André Winkler

Der Klang der Rache

Über den Autor:

André Winkler wurde 1980 als Kind des Ruhrgebiets in Essen geboren, lebt seit über zehn Jahren in Recklinghausen und arbeitet als Lehrer an einer Förderschule mit dem Schwerpunkt Geistige Entwicklung.

Das kreative Schreiben hat ihn seit jeher fasziniert und er hat im Rahmen seines Lehramtsstudiums u.a. Literaturwissenschaft an der TU Dortmund studiert und sich im ›creative Writing‹ an der Pace University in New York erprobt.

›Der Klang der Rache‹ ist der Auftakt einer Reihe rund um den Protagonisten ›Karl Daske‹ und gleichzeitig der Debütroman des Autors.

André Winkler

Der Klang der Rache

Karl Daske ermittelt 1

Kriminalroman

Bibliografische Information der Deutschen Nationalbibliothek:
Die Deutsche Nationalbibliothek verzeichnet diese Publikation in
der Deutschen Nationalbibliografie; detaillierte bibliografische
Daten sind im Internet über http://dnb.d-nb.de abrufbar.

© März 2024 Empire-Verlag
Empire-Verlag OG, Lofer 416, 5090 Lofer

Lektorat: Dr. Daniela Guse –
https://www.danibakerbooks.com/lektorat
Korrektorat: Rebekka Maria Packery – www.sprachkunst.art

Alle Rechte vorbehalten. Das Werk darf – auch teilweise –
nur mit Genehmigung des Verlags wiedergegeben werden.

Songtextauszug: »Waffenschein bei Aldi« mit freundlicher
Genehmigung der Band Sondaschule

Cover: Chris Gilcher
https://buchcoverdesign.de/
Illustrationen: Adobe Stock ID 248500036

Buchsatz: Samantha Halama
http://www.samanthahalama.com/
gesetzt aus der Garamond Libre
erstellt mit Affinity Publisher

Bestellung und Vertrieb: Nova MD GmbH, Vachendorf

Sommer

1

> Los, zieh' dich warm an, Kleiner!
> Du weißt, da draußen ist es kalt!
> Und halt dich fern von Menschen,
> sonst trifft dich Terror und Gewalt.

> Du bist hier nicht mehr sicher!
> Nicht mal in deinem eigenen Haus!
> Im Baumarkt gehen schon langsam
> wieder die Hängeschlösser aus!

Paul schrie den Text aus vollem Leibe mit.

Was für ein Konzert! Was für ein Rausch! Der Mob tobte im Pogokreis!

Paul gab Vollgas und ließ sich in einen Strudel aus Menschen saugen. Er hüpfte wild durch die Massen, nahm einen tiefen Schluck Rotwein aus dem Tetra Pak und schüttelte sich. Er schmeckte schal und vergoren, aber es machte ihm nichts aus.

Ellenbogen raus! Knie hoch! Springen! Schattenboxen! Springen! Drehen! Springen! Faustschlag! Links! Rechts! Doppelschlag! Text grölen!

> Zum Glück gibt es ab Donnerstag
> Waffenschein bei Aldi!
> Und wer weiß, vielleicht sind hoffentlich
> schon Freitag endlich alle Menschen tot!

Verschwitzte Leiber klatschten mit Wucht aufeinander und wirbelten umher.

Links, rechts, kurze Rempler. Helfende Hände griffen nach ihm und Paul stand wieder auf den Beinen. Er wurde mächtig durchgeschüttelt und ein tiefroter Fleck Tütenwein machte sich hüfthoch auf seinem Hemd breit. Nach einem allerletzten Schluck schleuderte er den flüssigen Begleiter in hohem Bogen in das begeisterte Volk.

Springen! Schreien! YEAH!

> All' die Pessimisten
> All' die Terroristen
> Nur die Lobbyisten singen
> Halleluja

Auf der Bühne knallten laute Explosionen und Konfettiregen setzte ein. Er spürte die schweißnasse Haut eines waghalsigen Crowdsurfers, der unkontrolliert auf dem Händemeer schwamm. Die *Sondaschule* nahm immer weiter Fahrt auf und Paul pflügte im Beat durch die Reihen. Arme. Beine. Nackte Bäuche. Die Menschen um ihn herum purzelten munter durcheinander, während *Costa Cannabis* und die Seinen auf der Bühne alles aus sich rausholten.

Paul gab sich komplett der Musik hin und genoss seinen Rausch in vollen Zügen.

Ausruhen könnte er sich auch noch, wenn er tot sei.

Feuer frei!

***

In der Zivilisation saß Karl Daske derweil zusammen mit seiner Frau Petra beim gemeinsamen Rommé. Sie hatten mehrere Runden gespielt und Daske freute sich jedes Mal diebisch, wenn seine Gattin noch hohe Karten in der Hand hielt, während er gänzlich ablegen konnte.

Zurzeit sah es für ihn gut aus, denn Petra hatte bisher 253 Minuspunkte mehr auf ihrem Konto gesammelt. Daske lag souverän in Führung und würde garantiert einen historischen Sieg davontragen. So könnte das Wochenende ruhig weitergehen.

Da es momentan im Recklinghäuser Polizeipräsidium nicht viel zu tun gab, freute sich der Kriminalhauptkommissar auf ein ruhiges Wochenende in der Rufbereitschaft und hoffte, dass er nicht doch zu einem Einsatz gerufen wurde.

Den heutigen freien Tag hatte Daske mit seiner Frau Gemahlin im heimischen Beet verbracht. Wobei er vermehrt Anweisungen und Ratschläge vom Liegestuhl aus erteilt hatte, während Petra den Unkräutern zu Leibe gerückt war.

Am Nachmittag hatte er schließlich den stattlichen Gasgrill bemüht und für beide eine mittelgroße Schlachtplatte den Flammen übergeben.

Um den Tag abzurunden, war er ihr zuliebe am frühen Abend bei einer der letzten Inszenierungen der Ruhrfestspiele im Theater gewesen.

Daske hatte sich in seinen feinsten Anzug gequält und Petra damit verzückt. Sie hatten zusammen *Der Meister und Margarita* von Michail Bulgakow im großen Haus angeschaut. Eigentlich. Denn tatsächlich genoss Petra die Aufführung, während Daske vorwiegend auf das Smartphone schielte, um die Zwischenstände des Eröffnungsspiels der Europameisterschaft per Liveticker zu erhaschen.

Frankreich gegen Italien.

Ein echter Fußballklassiker und packender Auftakt. Italiens Torhüter hatte direkt zu Beginn die rote Karte gesehen und der Ersatzkeeper den fälligen Strafstoß der Franzosen gehalten. Große Dramaturgie!

In der Pause hatte Daske sich auf der Herrentoilette mit anderen Leidensgenossen über die Partie ausgetauscht und solidarisch erklärt. Die zweite Hälfte war, dank Liveticker, wie im Fluge vergangen und auch Petra hatte sich köstlich amüsiert. Sie war sehr angetan von der exzellenten schauspielerischen Leistung und es war ein rundum gelungener Abend gewesen.

Nun saßen Petra und Karl Daske zu später Stunde bei sommerlichen Temperaturen entspannt auf ihrer Terrasse, tranken Bier aus dem Sauerland und roten Wein aus der Toskana. Sie vertieften sich in ein sorgloses Kartenspiel und vergaßen die Welt um sich herum. Daske hatte den feinen Zwirn gegen den rot-weißen Trainingsanzug seiner Lieblingsmannschaft Rot-Weiss Essen eingetauscht und von Zeit zu Zeit hallten brachiale Musikfetzen vom Flugplatz in der Loemühle zu ihnen herüber, welche aber nicht die Idylle störten.

**

Nach dem Konzert der *Sondaschule* konnte sich Paul kaum noch auf den Beinen halten. Er hatte ein pfeifendes Piepsen in den Ohren, das mit den rauschenden Baumkronen des nahen Waldes einen wirren Chor ergab.

Es hatte ordentlich gekracht und gewaltig gerockt. Paul hatte sämtliche Orientierung von Zeit und Raum verloren.

Seine Freunde Martin und Fabian hatte er schon vor Stunden aus den Augen verloren. Sie waren vom Schwamm der Entfesselten förmlich aufgesogen worden.

Erschöpft ließ er sich vor ihrem Wohnmobil in einen Campingstuhl fallen. Wobei die Bezeichnung *Wohnmobil* ein wenig übertrieben war.

Er hatte sich mit Martin einen großen Transporter gemietet und auf der Ladefläche wohnlich eingerichtet. Fabian hatte auf diese Art von Luxus gänzlich verzichtet und war mit seinem Golf angereist, in welchem er gestern irgendwie gepennt hatte.

Über beide Fahrzeuge hatten sie eine Zeltplane gespannt, die sich nun geräuschvoll im Wind bog.

Paul streckte die strapazierten Glieder aus und schaute auf die Uhr seines Smartphones. Der Alkoholkonsum zwang ihn ein Auge zu schließen, damit er nicht doppelt sah.

23.45 Uhr.

›Wo seid ihr? Ich hab' Durst!‹ Er texte seinen Freunden und hoffte, endlich ein Lebenszeichen von ihnen zu erhalten.

Paul seufzte. Martin hatte den Autoschlüssel und ohne ihn kam er nicht an ein Gute-Nacht-Bier.

Vor lauter Langeweile angelte er eine zerknüllte Zigarettenschachtel vom Boden und warf sie lustlos über den selbstgezimmerten Jägerzaun, der ihren Campingbereich stilecht eingrenzte.

Wo blieben seine beiden Freunde nur? Das Konzert war schon seit einer halben Ewigkeit vorbei.

Er gähnte herzhaft und spürte einen deutlichen Spannungsabfall. Leicht verärgert stand er auf und rüttelte trotzig an der Seitentür des Transporters.

Zu seiner Verwunderung ließ sich die Schiebetür ohne Probleme öffnen.

Paul blickte stutzig in den stockdüsteren Innenraum.

Lag da etwa Martin?

Waren seine Freunde doch schon zurück?

Paul angelte in seinen Hosentaschen nach seinem Smartphone. Bevor er die Taschenlampen-App aktivieren konnte, vernahm er ein kurzes Röcheln, gefolgt von einem nicht ganz so kurzen Furz. Martin drehte sich brummelnd um und begann lautstark zu schnarchen.

Paul musste grinsen. »Warte ab, wenn ich gleich ins Bettchen komme, Schätzchen«, murmelte er gefällig.

Trotz aller Müdigkeit nahm er sich doch noch ein Bier aus dem Wageninneren, welches aufgrund der nächtlichen Temperaturen erstaunlich gut gekühlt war.

Zufrieden ließ er sich wieder in den Campingstuhl fallen, während aus dem geöffneten Wagen wiederkehrendes Schnarchen und Röcheln hervordrang.

Blieb nur die Frage, wo sich Fabian rumtrieb. Im Golf ratzte er jedenfalls nicht vor sich hin.

Nachdem er eine Weile in seinem Campingstuhl gesessen und Bier getrunken hatte, war es an der Zeit Martin im Transporter zu beehren.

Fabian wird schon wieder auftauchen, dachte er sich und warf die leere Bierflasche geräuschvoll in den Kasten im Inneren des Transporters.

Da er vergeblich auf eine Reaktion von Martin wartete, langte er schließlich ein letztes Mal nach seinem Handy und machte ein schnelles Foto von Martin.

›#BesoffeneDekorieren?! :D‹ Er schickte das Foto in ihre WhatsApp-Gruppe.

Dann zog er die Wagentür von innen zu und legte sich in kompletter Montur neben seinen Freund auf die Luftmatratze. Er zog noch nicht einmal die Schuhe aus.

***

Vorsichtig schlug Paul die Augen auf und versuchte, sich hilflos im Raum zu orientieren.

Doch im selben Augenblick explodierte sein Kopf.

Nie wieder Alkohol! In meinem ganzen Leben werde ich nie wieder etwas trinken, schwor er sich kläglich und feierlich zugleich.

Ihm war speiübel und dennoch hatte er Durst. Einen Riesendurst.

Nur bitte keinen Alkohol. Nie wieder!

Eine halbvolle Wasserflasche stand am Fußende der Luftmatratze.

So weit weg. Viel zu weit weg.

Plötzlich wurde die Tür aufgerissen und das grelle Tageslicht fiel aggressiv in den Innenraum.

»Wach werden, ihr alten Schnurzelhäschen!«, brüllte Fabian in die miefige Kabine des Transporters und rümpfte die Nase. »Boah, stinkt dat bei euch! Alter Vatter!«

Der Freund hielt triumphierend eine Kanne Kaffee hoch.

»Frühstück is' feddich! Ich hab' euch wat ganz Feines gezaubert!«

Doch Paul rührte sich nicht.

»Wat habt ihr denn wieder die ganze Nacht getrieben?«, fragte Fabian vorwurfsvoll, nachdem er in den Transporter geäugt hatte. »Wat is' mit euch nur kaputt?«

Paul lag weiterhin in Embryonalstellung und schloss die Augen, bis sein Freund endlich abgezogen war.

War das gestern ein geiler Tag gewesen! Die Konzerte waren der absolute Hammer und die Leute waren alle megagut drauf gewesen. Echt sehr entspannt das Ganze.

Er hatte bei der *Sondaschule* gepogt wie ein junger Gott und einfach nur abgefeiert.

Jetzt wälzte er sich mit bohrenden und hämmernden Kopfschmerzen auf der Luftmatratze herum.

Nie wieder Alkohol!

Er rieb sich die Schläfen und streckte seine linke Hand aus, die plötzlich in irgendetwas Kaltem und Feuchtem landete. Angeekelt zog er die Hand sofort wieder zurück, führte sie aber dennoch instinktiv an die Nase und roch vorsichtig daran. Sie stank säuerlich und vergoren.

»Alter, hast du etwa in die Karre gekotzt? Bist du behämmert? Das ist ja richtig ekelhaft!«, raunte er Martin an.

Er war gänzlich angewidert, brachte es jedoch nicht fertig sich aufzuraffen, geschweige denn die Augen zu öffnen. Sein Kumpel lag mit dem Rücken zu ihm und rührte sich nicht.

»Mann, und ich dachte, ich wäre gestern richtig voll gewesen. Das war aber auch ein krasser Scheiß«, versuchte er kläglich zu lachen.

Keine Reaktion.

Er blinzelte misstrauisch und versuchte, die Schmerzen in seinem Kopf für einige Sekunden zu ignorieren.

Aus schmalen Augen heraus erkannte er schemenhaft kleine Brocken halbverdauter Fleischreste, in welche er gerade gelangt haben musste. Er erkannte Überbleibsel von Toastbrot, die in ein schillerndes Grünorange getaucht waren. Die ganze Luftmatratze neben ihm war vollgereihert und ein Schauer des Ekels lief ihm den Rücken herunter. Sein Freund bewegte sich immer noch nicht.

Er putzte die versiffte Hand am Pullover des Kumpels ab und rüttelte an ihm.

»Wach auf, Mann!«, rief er.

Da dieser sich immer noch nicht rührte, ignorierte er die Kopfschmerzen, schluckte den Ekel herunter und ging auf die Knie, um sich über seinen Freund zu beugen. Er rüttelte ihn erneut und drehte ihn schließlich zu sich herum.

»Wach endlich auf! Hörst du schlecht!«, brüllte er ihn an.

Plötzlich hielt er in der Bewegung inne. Martins Augen waren auf die Größe von Aprikosen angeschwollen und schimmerten in einem tiefen Rot.

»Ach, du Scheiße«, entfuhr es Paul und er wich erschrocken zurück. »Was ist denn mit dir los?«

Sein Blick fiel auf den Brustkorb des Freundes. Dieser hob sich nicht und senkte sich schon gar nicht. Er zeigte keine Regung.

Hob und senkte sich nicht.

Martin atmete nicht!

Verzweiflung machte sich in Paul breit.

»Das kann doch nicht wahr nicht sein!«

Er rüttelte heftig an dem Freund, schlug auf dessen Brustkorb und hämmerte an die Wagenwand.

Er schrie.

Kreischte nach Fabian.

Schrie um Hilfe.

Paul war mit einem Mal hellwach.

2

Die Anfahrt aus der Recklinghäuser Innenstadt gestaltete sich schwieriger als gewöhnlich. Die Zufahrten zum Gelände am Flugplatz waren für den normalen Verkehr abgeriegelt und einzig seine Dienstmarke erlaubte es ihm, zeitnah an der Loemühle anzukommen. Vor Ort war erst recht alles gesperrt.

Kriminalhauptkommissar Karl Daske blickte sich um und konnte in der Ferne auf dem Flugplatzgelände die zwei riesigen Bühnen für das Musikfestival erspähen. *Rocklinghausen* stand dort in gewaltigen Lettern auf einer leichten Anhöhe geschrieben und erinnerte im großen Stil an den berühmten Schriftzug in den Hollywood Hills.

Da Daske keine genauen Instruktionen bezüglich des Fundortes der Leiche erhalten hatte, rief er seinen Kollegen Zabinski an. Dieser war schon etwas eher eingetroffen und koordinierte bisher die Ermittlungen vor Ort. Trotz des niedrigeren Dienstgrads besaß Zabinski die Nerven, Daske an den Ordnungsdienst des Festivals zu verweisen. Die Security würde ihn schon zum Leichenfundort leiten.

Mehrfach versuchte Daske daraufhin sein Anliegen diesen bemuskelten Hornochsen zu erklären, bevor er endlich jemanden mit einem letzten Fünkchen Verstand auftat. Von diesem Genie in Neonweste wurde er schließlich mit seinem Wagen im Schritttempo durch umherwandernde Massen geführt. Daske musste torkelnden Betrunkenen, grölenden Fußballtrikotträgern und verzauberten Elfen in Gummistiefeln ausweichen. Die meisten Leute schleppten dabei palettenweise Dosenbier und schrien ihm unbekannte Lieder entgegen. Die Stimmung war ausgelassen und nahezu hemmungslos.

Daske parkte seinen Dienstwagen mitten auf einem Feldweg zwischen flanierenden Festivalbesuchern und betrat einen von Bauzäunen umfassten Acker, auf dem tausende Menschen campierten. Das Zaungitter diente zudem als öffentliche Toilette und wurde ausführlich von Männern in teils vollkommen heruntergelassenen Hosen frequentiert.

Er blickte sich um. Als wohlgenährter Mittfünfziger in einem dezent verknitterten Jackett mit angegrautem vollem Haar, unscheinbarer Brille und stattlichem Schnauzbart wirkte er gänzlich verloren und fehl am Platze.

Was seine Augen in diesem frühen Sonnenlicht wahrnahmen, konnte sein Gehirn noch nicht richtig umsetzen, geschweige denn einordnen.

Auf dem Acker grassierte der absolut nackte Wahnsinn.

Dicht an dicht standen alle erdenklichen Möglichkeiten des motorisierten Untersatzes. Daske erblickte Wohnwagen, Busse, Baustellenwagen, Kleintransporter und PKWs. Mit Folien, Planen oder Zeltstoffen waren einzelne Autos zu vielen kleinen Wagenburgen zusammengetackert worden und schützten auf diese Weise vor Sonnenlicht und Regen sowie primär vor Bierduschen und umherfliegenden Grillwürstchen. Überall lag Müll herum und Musik wummerte ihm nicht nur aus einer Himmelsrichtung entgegen. Rockgitarren mischten sich mit noch härteren Heavy-Metal-Gitarren, die sich wiederum mit Sprechgesang und besonders dicken Beats abwechselten.

Dass dies im Herbst und Frühling ein ertragreicher Acker sein sollte, wollte Daske nicht einleuchten.

Auf ihrem Weg zu einer ausgedehnten Tour in die hügelige Landschaft der Haardt war er hier noch im Frühjahr zusammen mit seiner Frau Petra auf dem E-Bike unterwegs gewesen. Sie waren an blühenden Feldern und saftigen Wiesen vorbeigeradelt. Damals war es ihm herrlich vorgekommen. Ruhig und voller Natur.

Der Versuch, im Hier und Jetzt frische Luft einzuatmen, misslang Daske eindeutig. Das Gemisch, welches die Leute durch die Nase zu sich nahmen, war stark mit Holzkohle angereichert. Es roch zudem nach Fleisch, Schweiß und Pisse. Die Menschen um ihn herum fühlten sich dennoch pudelwohl und feierten ausgelassen in diesem Dreck.

Es war ihm ein Rätsel und Daske schüttelte den Kopf. Früher war er selbst ein passionierter Konzertgänger gewesen und liebte die Gitarrenmusik des Jimi Hendrix' immer noch über alles.

Aber dieser Dreck!

Dieser Lärm!

Nein, das war nichts mehr für ihn und er fühlte sich alt und auf eine gewisse Weise abgehängt.

Endlich erspähte er in diesem Chaos einen Streifenwagen und zwei Rettungswagen der Feuerwehr.

»Wieso musste ich eigentlich außerhalb des Geländes parken?«, ärgerte er sich und ging auf die Kollegen zu.

Als er den Leichenfundort erreicht hatte, zog eine fünfköpfige Gruppe altpubertierender Jungs an ihm vorüber und gab mit Blick auf den Streifenwagen den allseits beliebten Klassiker *Blau-weißer Partybus* zum Besten. Die vermeintlichen Künstler waren trotz des frühen Morgens mit Bier und Whiskey-Colaflaschen ausgestattet.

Feixend und winkend gingen die Typen aufreizend langsam an dem Leichenfundort entlang, bis Daske sie mit seiner grimmigen Miene vertrieb.

Während er mit gedanklichem Mittelfinger mitten auf dem chaotischen Feld stand und den jungen Menschen feindlich hinterherblickte, stand Zabinski plötzlich neben ihm.

»Mit dem falschen Fuß aufgestanden?«, fragte der Kollege grinsend.

Kriminalkommissar Alex Zabinski war eine Generation jünger als Daske und hatte die Laufbahn des Kommissars erst vor kurzem eingeschlagen. Er war einer der jungen Wilden im Recklinghäuser Präsidium. Doch bei allem Elan musste er sich Respekt und Anerkennung erst noch verdienen.

Zabinski unterstützte Daske seit Anfang des Jahres in der täglichen Arbeit, sie hatten aber bisher noch keine großen Fälle gemeinsam bestreiten müssen.

Daske grunzte zur Begrüßung und ließ sich von Zabinski mit den bisher bekannten Informationen versorgen.

Während Zabinski berichtete, legte Daske die Stirn in Falten, strich sich durch den Schnauzbart und schaute grübelnd auf den eingezäunten Leichenfundort.

Was war hier in der letzten Nacht nur vor sich gegangen?

Gedankenverloren ging er in die Hocke und richtete sich die Socken.

Daske war ein leidenschaftlicher und leidensfähiger Fußballfan und trug aus Verbundenheit zu seinem RWE bei jedem Anlass rot-weiße Socken. Die Angewohnheit war mit den Jahren zur Marotte ausgewachsen und Kollegen beehrten ihn zu jedem Geburtstag mit einer weiteren, modisch teils fragwürdigen, Variante. Heute bevorzugte er eine dezente Version mit rot-weißen Längsstreifen, welche er nun am Bund packte und nachdenklich hochzog.

Zabinski schloss seinen kurzen Bericht, doch seine Ausführungen waren insgesamt sehr dürftig gewesen und enthielten bislang nur wenig brauchbare Informationen. Daske seufzte innerlich. Es lag viel Arbeit vor ihnen.

***

»Guten Morgen, Karl!«

Eine junge Kriminaltechnikerin von Anfang dreißig, mit langer schwarzer Lockenpracht und legerer Kleidung war an den Leichenfundort herangetreten. Sie schulterte eine große Umhängetasche und trug einen silbernen Koffer. Isabell.

Daske straffte sich und reichte ihr die Hand. Sie schüttelten kurz und professionell die Hände.

Dienstlich gesehen war dies eine alltägliche Begegnung zwischen zwei Kollegen. Schaute man jedoch genauer hin, konnte man die Ähnlichkeit der Grübchen am Kinn von beiden nicht leugnen.

»Guten Morgen, Isabell«, begrüßte er seine Tochter.
»Was zur Hölle geht hier vor?«

Isabell ging sofort zum Geschäftlichen über und wollte keine Zeit für Privates verlieren.

Daske zuckte mit den Schultern und machte eine ausschweifende Geste über die Zeltstadt hinweg.

»Wir befinden uns mitten in Rocklinghausen. Der krönende Abschluss der Ruhrfestspiele. Vier Tage lang Party und Musik«, sagte er mehr entschuldigend als amüsiert.

In der Tat war *Rocklinghausen* der ungewöhnliche Gegensatz zum sonstigen Programm der Ruhrfestspiele. In jedem Jahr war das Theaterfestival ab dem 1. Mai für sechs Wochen der kulturelle Mittelpunkt Europas und es kamen zehntausende Besucher nach Recklinghausen. Vornehmlich bestaunten die Menschen die schauspielerische Kunst und huldigten berühmten Darstellern sowie renommierten Regisseuren. Mit einem beinharten Rockfestival hatte dies wenig gemein.

Vor einigen Jahren griff der Intendant jedoch die Idee eines großen Abschlussfestivals für die jüngere Generation auf und hob *Rocklinghausen* aus der Taufe. Fortan zog das Festival auf dem Flugplatz Loemühle zehntausende Musikjünger in ihren Bann. Das viertägige Rockfest steigerte den Stellenwert der Ruhrfestspiele in allen Altersschichten enorm und machte es international noch populärer.

»Wir haben einen zirka 25-jährigen Mann, mittelgroß, ungefähr 75 Kilo«, fasste Daske schließlich Zabinskis Worte zusammen und seine Tochter notierte sich die Daten.

»Wir warten aktuell noch auf den Pathologen und können bisher weder etwas zur Todesursache noch zum Todeszeitpunkt sagen«, fuhr er fort. »Eins kann ich aber jetzt schon sagen: Es sieht nicht sehr appetitanregend da drin aus.«

Daske deutete auf einen Transporter innerhalb des abgesperrten Areals, dessen Seitentür geschlossen worden war, und verzog gleichzeitig den Mund. Er hatte den Fundort vor ein paar Minuten nur für einige Sekunden selbst in Augenschein genommen und sich beinahe übergeben. Der Anblick des Toten hatte ihn bis ins Mark getroffen. Die genaue Untersuchung der Leiche sollten andere für ihn übernehmen.

Noch bevor er seiner Tochter weitere Details nennen konnte, rollte ein Ball zwischen seine Füße. Kaum bückte er sich nach ihm, kam ein abgehalfterter Hipster mit Fliegersonnenbrille, herunterhängenden Hosenträgern und voluminöser Wollmütze angeschlurft.

Er nahm Daske »'schuldigung« nuschelnd den Ball aus den Händen und schlenderte zu seinen Bekannten zurück, die keine zwanzig Meter vom abgesperrten Leichenfundort entfernt auf ihn warteten.

Die jungen Männer gingen einem sonderbaren Spiel nach. Sie warfen mit dem Ball nach einem Holzklotz in ihrer Mitte und je nach Trefferquote durfte die gegenüberstehende Gruppe in rasender Geschwindigkeit ihre Bierdosen leertrinken.

Eine interessante Freizeitbeschäftigung an einem Samstagmorgen direkt neben einem Leichenfundort, dachte Daske kopfschüttelnd und richtete die Aufmerksamkeit wieder auf seine Tochter, die ihn endlich nach möglichen Zeugen befragen konnte.

»Wie es aussieht, haben zwei männliche Personen in dem Transporter geschlafen. Der Tote heißt Martin Lorenz und der andere ...«, Daske blätterte in seinem Notizblock, »... der andere heißt Paul Biedermeier und hat direkt neben dem Opfer geschlafen.«

Isabell hielt sich bestürzt die Hand vor den Mund.

»Laut eigener Aussage hat Herr Biedermeier ›nix mitbekommen‹«, zitierte Daske den Überlebenden. »Die herbeigerufenen Kollegen vom Rettungsdienst konnten letztendlich nur noch feststellen, dass das Opfer sämtliche vitalen Funktionen eingestellt hatte und haben uns daraufhin verständigt.« Er deutete auf die drei Männer der Berufsfeuerwehr und den Notarzt, die soeben die medizinischen Koffer in die beiden Rettungswagen verstauten.

»Fremdverschulden?«, hakte seine Tochter nach.

»Nicht auszuschließen, aber vielleicht schaust du dir die Leiche erst mal an und machst dir selbst ein Bild.«

Isabell öffnete ihre Tasche und holte einen weißen Ganzkörperanzug heraus.

»Wer hat das Areal bisher alles betreten?«

»Nachdem der Zeuge bei uns angerufen hatte, haben nur noch die vier Kollegen vom Rettungsdienst, die zwei Kollegen von der Streife, Zabinski und meine Wenigkeit den Leichenfundort betreten.«

Daske hatte genau registriert, wie seine Tochter bei dem Namen Zabinski kurz aufblickte.

Wahrscheinlich hatten sie wieder die Nacht zusammen verbracht und sich auf ein Wochenende voller Zweisamkeit gefreut, dachte er griesgrämig und hoffte, dass sie seine Reaktion nicht wahrgenommen hatte.

»Okay, ich benötige die DNA und Fingerabdrücke des Opfers sowie von den beiden Zeugen. Könntest du das veranlassen?«

Daske tippte sich zur Bestätigung mit dem Zeigefinger an den Kopf und machte sich eine entsprechende Notiz.

Keine Viertelstunde später betrat Isabell in Schutzhandschuhen, Schuhüberziehern, Mundschutz und dem weißen Ganzkörperanzug verpackt das abgesperrte Areal.

Daske blieb außen vor und beobachtete seine Tochter bei jedem Schritt.

»Bevor ich einen Blick in den Wagen und auf die Leiche werfen, dokumentiere ich erst mal dieses Chaos zwischen Transporter und Golf«, erklärte sie ihm und machte erste Bilder mit einer hochauflösenden Digitalkamera.

Zwischen drei Campingstühlen standen auf einer Sperrholzplatte dutzende Bierflaschen und allerlei Unrat. Der Tisch war in seiner Gesamterscheinung total versifft und schwarzer Dreck klebte an allen Gegenständen. Überall lagen Müll und allerlei merkwürdiges Partyzubehör wie eine rosa Gießkanne voller Schnaps.

Daske war zu gleichen Teilen erstaunt und interessiert ob der ganzen Eigenarten, die so ein Musikfestival mit sich brachte.

»Schon was gefunden?«, rief er seiner Tochter zu.

Isabell schüttelte nur den Kopf und ging in die Hocke, um einen Blick unter den Transporter zu werfen.

»Die Asservierung bereitet mir ein paar Kopfschmerzen«, sagte sie. »Viel zu viele Spuren und Vermischungen von DNA.«

Aus den Augenwinkeln bemerkte er, dass sich Zabinski ebenso an das Flatterband gestellt hatte und ihr bei der Arbeit zusah. Er hielt zwar einen gebührenden Abstand, aber Daske sah trotzdem, wie er ihr verstohlen zuwinkte.

Als Isabell gerade die letzten Spuren verstaut hatte, kam ein kleiner Mann auf Daske zu.

Die füllige Person stand wahrscheinlich kurz vor ihrer Pensionierung und passte ebenso wenig auf diesen Campingplatz wie er. Er trug eine Nickelbrille und hatte einen zauseligen Haarkranz. Der Mann streckte ihm die Hand entgegen.

»Wesseling, Pathologie, Prosper-Hospital«, sagte er mit kräftiger und klarer Stimme.

»Angenehm. Daske.«

Sie schüttelten die Hände und lachten beide kurz auf.

Isabell kam hinzu und begrüßte den alten Freund ihres Vaters, den sie bereits seit Kindestagen kannte.

»Wir verschaffen uns gerade einen ersten Eindruck vom Fundort. Ein Fremdverschulden kann ich zum jetzigen Zeitpunkt noch nicht ausschließen«, sagte Daske an Wesseling gerichtet.

»Bevor ich an die Kollegen der Rechtsmedizin übergebe, möchte ich mir das Opfer vorab persönlich anschauen.« Der Pathologe blickte sich interessiert um. »Sag mal, Karl, kann man hier einen Kaffee bekommen?«

Daske zuckte mit den Schultern.

»Ein Bier könnte ich dir bestimmt sofort besorgen.«

***

Daske war froh, dass Wesseling endlich am Leichenfundort eingetroffen war. Er hob das Flatterband an, sodass der Pathologe und Isabell durchschlüpfen konnten, zögerte kurz, tauchte dann aber ebenfalls unter dem Flatterband durch und ging den beiden nach. Grundsätzlich ging er dem direkten Leichenkontakt aus dem Weg, aber dieses Mal trieb ihn die Neugier an.

Bevor sie den Transporter öffneten, versorgte Wesseling alle mit japanischem Heilpflanzenöl.

»Altes Familienrezept gegen das Odeur des Klientel.« Er zwinkerte vergnügt.

Mit wohltuenden Kräutern in der Nase schob Daske vorsichtig die Seitentür auf und trat dann respektvoll beiseite.

Die auf acht Kubikmetern gebündelte Luft aus vergorenem Mageninhalt, verschaltem Bier, Schweiß und Fäkalien schlug ihnen augenblicklich und unverdünnt entgegen. Trotz des japanischen Öls bahnte sich der Geruch seinen Weg und knallte mit Wucht auf die Nervenfasern in ihren Nasen.

Daske, Wesseling und Isabell gingen alle einen Schritt zurück und überließen dem Wind die Ehre des ersten Besuchs.

Sie schwiegen für sehr lange zehn Sekunden und sogen zunächst die visuellen Eindrücke auf.

Das Interieur deckte sich eins zu eins mit dem Geruch. Gepäck und Bierkästen stapelten sich chaotisch im rechten Einstiegsbereich, zwei Handtücher hingen neben aufgeklappten Kulturtaschen von der Decke und eine mittelgroße Musikbox stand vor den Bierkästen.

Im linken Teil des Transporters befand sich das Nachtlager, das die komplette hintere Ladefläche einnahm. Dort lag die Leiche des jungen Mannes bäuchlings und ohne Schlafsack bedeckt auf einer Doppelluftmatratze. Die Füße steckten in schweren Lederstiefeln und zeigten in Richtung Schiebetür.

»Das sieht ja nicht sehr appetitanregend aus«, sagte Daske.

Er konnte erkennen, dass die Shorts des Mannes von Kot und Urin dunkel eingefärbt waren. Erbrochenes befand sich auf dem linken Ärmel und Rücken des Pullovers, das bis zum Hosenboden reichte. Die Leiche war bewegt worden oder das Opfer war noch lebend durch sein eigenes Erbrochenes gerollt.

Der Rest des Mageninhalts hatte sich links neben dem Toten auf der Luftmatratze und Seitenwand des Transporters verteilt.

»Ich schau mir das mal aus der Nähe an«, sagte Wesseling, während Isabell erste Fotos machte.

Trotz seiner dicklichen Statur stieg er geschickt in den Frachtraum. Der Pathologe hangelte sich an der Musikbox vorbei und platzierte seine beiden Füße auf dem winzigen Platz zwischen dem Gepäck, den Füßen des Opfers und der Luftmatratze. Daske hielt sich weiterhin vornehm zurück, während er jede Bewegung des Pathologen genau beobachtete.

Wesseling ging in die Hocke und tastete nach der Kniekehlenarterie des Mannes.

»Wer hätte das gedacht. Kein Puls. Sieht schlecht aus für den armen Kerl.«

Daske zeigte unter seinem Mundschutz ein Lächeln. Er mochte den tiefschwarzen Humor der Pathologenzunft. Wesseling legte derweil eine Hand auf den Oberschenkel der Leiche und umfasste mit der anderen Hand den Knöchel. Er zog und drückte mit einiger Kraftanstrengung an dem Bein des Opfers und versuchte, es vergeblich anzuwinkeln. Die Leichenstarre hatte bereits eingesetzt.

»Ich würde vermuten, dass der Todeszeitpunkt zwischen sechs und zwölf Stunden zurückliegt.«

Nickend notierte Daske die Aussagen des Pathologen.

»Ich würde als Nächstes die Luftmatratze auf Spuren prüfen«, warf Isabell ein.

Daske sah dem kritischen Blick seiner Tochter an, dass sie befürchtete, Wesseling könnte den Leichenfundort mit einer längeren Untersuchung womöglich verändern.

»Tu dir keinen Zwang an.« Wesseling hüpfte mit einem Satz aus dem Wagen.

Isabell kletterte ihrerseits in den Transporter.

Sie fotografierte zuerst den Leichnam in Gänze und lichtete danach einzelne Abschnitte der Hose, des Pullovers, der Arme und Beine ab. Daske nahm wohlwollend zur Kenntnis, dass sich seine Tochter Zeit nahm und die Szenerie auf sich wirken ließ.

»Kein Blut und keine offensichtlichen Wunden sind auf den ersten Blick zu erkennen«, sagte sie. »Ich glaube nicht, dass wir es mit einer tödlichen Schuss- oder Stichverletzung zu tun haben.«

Isabell stand auf und betrachtete das Gepäck mit den vielen Bierkästen.

»Alkoholintoxikation ist allerdings eine Möglichkeit. Wir sollten einen Drogennachweis veranlassen«, sagte sie zu ihrem Vater. »Wer derartige Mengen Alkohol getrunken hat, könnte noch andere Dinge konsumiert haben.«

Die Chance einer Alkoholvergiftung oder einer Überdosis waren nicht abwegig. Er machte sich eine weitere Notiz und seine Tochter setzte ihre Inspektion fort. Isabell ließ die Leiche auf dem Bauch liegen und sammelte Haare, Lehmbröckchen und etwas von dem Erbrochenen ein. Die einzelnen Fundstücke packte sie erneut in kleine Plastiktüten.

Abschließend schob sie zwei Klumpen Erbrochenes beiseite und kontrollierte die Hosentaschen am Gesäß der Leiche.

Beide Taschen waren dunkel gefärbt von weichem Kot. In der linken Gesäßtasche befand sich das Portemonnaie des Opfers und in der rechten Tasche zwei zerknüllte, braun verfärbte Papierkügelchen. Vermutlich Kassenbons. Die beiden Papierkügelchen und das Portemonnaie steckte sie in entsprechende Plastikbeutel, folgte dem standardisierten Verfahren zur Beweismittelsicherung und stieg danach aus dem Transporter.

»Ohne konkrete Todesursache ist es zu diesem Zeitpunkt sinnlos, den Inhalt des Gefährts nach einer möglichen Mordwaffe zu durchsuchen«, sagte sie.

Daske legte die Stirn in Falten.

Mord? Stand das überhaupt zur Debatte?

Die Kriminaltechnik würde sich viel Zeit nehmen müssen, um jeden Winkel des Transporters abzusuchen. Die Asservierung von Spuren und menschlichen Sekreten rund um die Leiche war deswegen vor Ort nicht notwendig. Sollte sich die Todesursache hinterher als Eigenverschulden darstellen, wäre ihre gesamte Arbeit eh für die Katz gewesen.

***

Nachdem Daske die Seitentür des Transporters ordentlich verschlossen und versiegelt hatte, verließ er mit Isabell und Wesseling den Leichenfundort. Außerhalb der Umrandung wartete Zabinski breit grinsend und mit vier dampfenden Kaffeebechern auf sie.

»Unvorstellbar, was man hier alles kaufen kann«, sagte der junge Kommissar. »Dort hinten ist ein halbes Dorfzentrum mit Supermarkt, Tattoostudio und Klamottenständen aufgebaut. Da bekommt man echt alles.«

Daske schnaubte nur, griff nach dem erstbesten Becher und versuchte mit der freien Hand sich ungeschickt seiner Handschuhe und dem Mundschutz zu entledigen. Zabinski gab einen Becher an Wesseling und einen an Isabell.

»Mit Milch, aber ohne Zucker.« Er zwinkerte ihr zu.

Isabell nahm den Becher dankbar entgegen und entledigte sich ebenfalls des Mundschutzes. Sie trank einen

Schluck und stellte den Kaffeebecher zwischen die Stoppel auf den Feldboden. Anschließend zog sie die Plastiktüte mit dem Portemonnaie des Opfers aus ihrer Tasche. Beidhändig öffnete sie die Geldbörse und langte nach dem Personalausweis.

»Martin Lorenz, geboren am 1. März 1994«, las sie vor.

Betretene Stille trat zwischen ihnen inmitten des musikalischen Tohuwabohus auf dem Campinggelände ein. Alle tranken für einige Augenblicke ihren Kaffee, bis Daske als erster seine Stimme erhob: »Zabinski, rufen Sie in der Rechtsmedizin an und lassen Sie das Opfer abholen.«

Während Zabinski ins Handy sprach, verstaute Isabell das Portemonnaie wieder in dem leeren Plastikbeutel.

Wesseling räusperte sich.

»Wir sollten das Opfer wenigstens einmal umdrehen, um es vor seinem Abtransport von vorne zu untersuchen«, regte er an.

Die kurze Pause war somit offiziell beendet und ihre Kaffeebecher blieben auf dem staubigen Feldboden zurück.

Damit sie besser an die Leiche kamen, öffnete Daske den Transporter von der Rückseite. Da der Kopf des Leichnams jedoch im Zugang des Hecks lag, fiel er ihm recht unsanft entgegen. Daske erschrak und hätte beinahe laut aufgeschrien.

Dennoch bewahrte er Haltung und blickte zum ersten Mal in das Gesicht des Toten.

Als Erstes stach ihm das Erbrochene ins Auge. Es hing mit Speichel versetzt in Fetzen am Kinn fest und zog lange Fäden.

Seine Blicke wanderten auf die Augen des Opfers. Sie waren zwar geschlossen, aber dennoch sah man sofort, dass sie stark angeschwollen und hervorgetreten waren. Das Gesicht des Leichnams war regelrecht zu einer Fratze verzerrt.

Daskes Herz raste, während er prüfend auf die Leiche blickte.

»Ist das eine Reaktion auf ein Gift?«, fragte er seine Tochter, die sich dicht neben ihn gestellt hatte.

»Das wird das Labor herausfinden.«

Obwohl ihm richtig flau war, konnte er seinen Blick nicht von der Leiche abwenden.

Lag hier doch ein Fremdverschulden vor?

Ein ungeduldiges Kribbeln stieg langsam in ihm auf.

»Ich geh noch mal rein.« Wesseling riss Daske aus seinen Gedanken und kletterte erneut in den Transporter.

Beherzt zog er der Leiche die Hose herunter und führte ein Thermometer in den Mastdarm des Opfers ein.

»Fünfundzwanzig Grad«, las er die Temperatur ab und legte eine nachdenkliche Miene auf. »Ich würde auf ein Ableben gegen zirka 2 Uhr heute Morgen tippen«, sagte er schließlich.

Daske notierte sich die Uhrzeit und schaute seiner Tochter zu, wie diese ihrerseits in das Fahrzeug kletterte. Isabell sammelte zunächst ein Feuerzeug und ein Handy aus einer der vorderen Hosentaschen ein und nahm dem Leichnam die Fingerabdrücke ab.

Im Anschluss drehten sie den Toten gemeinsam auf den Rücken.

Wesseling deutete wortlos auf die Oberschenkel des Toten, auf welchen sich dunkle Totenflecken deutlich abzeichneten. Er hob den Pullover des Toten etwas an und auch am Bauch waren die dunklen Flecken zu erkennen. Das Muster der Luftmatratze hatte sich negativ eingedrückt und zeichnete sich bizarr auf dem Körper des Toten ab.

»War es ein unnatürlicher Tod?«, fragte Daske ernst, während seine Tochter und Wesseling aus dem Transporter kletterten.

»Es ist noch zu früh, um erste Schlüsse zu ziehen. Wir müssen das Opfer jetzt erst einmal obduzieren«, wiegelte Wesseling ab. »Aber ich glaube nicht, dass der Junge an einem altersschwachen Herz gestorben ist.«

Dabei ließ es Daske bewenden. Er wollte sich das entstellte Gesicht des Toten unter keinen Umständen näher anschauen. Er würde sich gedulden müssen.

3

Daske setzte sich wortlos neben Isabell in den mittlerweile herbeibeorderten Mannschaftswagen der Polizei. Seine Miene verriet dabei nicht, ob er sich freute, seine Tochter an diesem Ort anzutreffen. Er bemühte sich sichtlich, eine professionelle Fassade zu bewahren und die vor ihnen liegenden Aufgaben polizeilich und dienstlich korrekt zu regeln. Es war der falsche Ort und die falsche Zeit für familiäre Gespräche.

Seit über einem Monat hatten sie kaum ein Wort miteinander gewechselt, da würden die nächsten paar Stunden jedenfalls kaum ins Gewicht fallen.

Seine Tochter hatte sich, soweit es ging, in dem Mannschaftswagen eingerichtet und all ihre Arbeitswerkzeuge vor sich ausgebreitet. Die Pflicht rief.

Als Erstes baten sie Fabian Dietz zu sich herein.

Daske beäugte Dietz kritisch. Eine seiner Faustregeln besagte, dass der erste Zeuge immer der erste Verdächtige ist.

»Damit wir Sie später bei einer möglichen Ermittlung als Täter ausschließen können, müssen wir jetzt Ihre DNA und Fingerabdrücke nehmen. Sind Sie mit der Abgabe einverstanden oder müssen wir Sie per richterlichem Bescheid vorladen?«, fragte er mit strenger Stimme den sichtlich bedrückten Zeugen.

»Wurde Martin ermordet?«, fragte Dietz mit ehrlichem Erstaunen in der Stimme, während Isabell ihm routiniert die Fingerabdrücke abnahm.

»Das können wir Ihnen nicht sagen«, ließ Daske keinen Spielraum für Zweifel aufkommen.

»Martin war ein super Typ. Er war immer gut gelaunt und locker drauf, verstehen Sie? Wer sollte so etwas getan haben?«, jammerte Dietz sichtlich mitgenommen.

»Wir stehen erst am Beginn unserer Ermittlungen, Herr Dietz. Darauf kann ich Ihnen keine erschöpfende Antwort geben.«

Daske versuchte Dietz mit den Augen zu fixieren, doch er verlor ihn schnell wieder. Der leere Blick des Zeugen verlief sich auf dem Boden des Mannschaftsbusses.

»Ihren Golf und alles, was sich in ihm befindet, werden wir bis auf Weiteres beschlagnahmen.« Er sah den Zeugen ernst an. »Mein Kollege Zabinski wird Ihnen gleich einen Streifenwagen besorgen, der Sie nach Hause fährt.«

Dietz nickte kaum merkbar und Isabell nahm dem niedergeschlagenen Mann abschließend eine Speichelprobe zur DNA-Bestimmung ab. Mit hängenden Schultern und einem Termin für den nächsten Morgen im Präsidium verließ Fabian Dietz den Mannschaftswagen. Die Nummer des psychologischen Dienstes hatte er sich dankbar in die Hosentasche gesteckt. Das Punkrockfestival hatte für ihn ein frühzeitiges Ende genommen.

Nach Fabian Dietz betraten hintereinander vier weitere Camper aus dem näheren Umfeld des Leichenfundorts das provisorische Arbeitszimmer von Daske und seiner Tochter und gaben selbstverständlich eine DNA-Probe sowie ihre Fingerabdrücke ab. Sie alle zeichnete eine große Fassungslosigkeit und Unverständnis aus.

Die Routine seiner Arbeit half Daske in solchen Augenblicken, die ganze Tragik des plötzlichen Todes auszublenden.

Die Befragungen dauerten insgesamt eine gute Stunde und bis auf das Sammeln der Personalien, Fingerabdrücke und DNA-Abstriche hatten sie bisher nicht viel Brauchbares in Erfahrung bringen können.

Daske seufzte.

»Das war ja nicht besonders ergiebig. Immer dieselbe Leier: Party, Musik und saufen.« Er verzog säuerlich das Gesicht.

»Wir haben doch gerade erst angefangen zu ermitteln.« Isabell hatte mal wieder seine Ungeduld durchschaut.

Als Nächstes betrat Paul Biedermeier den Mannschaftswagen und nahm gegenüber von Daske und Isabell Platz.

Er sah noch angeschlagener aus als Dietz. Man merkte ihm an, dass er sturzbetrunken für einige Stunden neben seinem toten Freund geschlafen hatte und neben ihm aufgewacht war. Er wirkte nervös und kratzte sich verlegen am Arm.

Biedermeier war niedergeschlagen, aber Trauer lag nicht in seinem Blick. Noch nicht. Er stand unter Adrenalin, aber der Schock würde noch kommen und dann heftig zuschlagen.

Trotz der fehlenden Tränen waren seine Augen gerötet. Würde man sein Schicksal der letzten Stunden nicht kennen, könnte man vermuten, dass er hochinfektiös erkrankt wäre.

Daske versuchte es mit einem Lächeln.

»Meine Kollegin wird Ihnen Ihre Fingerabdrücke abnehmen und im Anschluss einen Abrieb mit einem Wattestieltupfer aus Ihrer Mundhöhle für die Ermittlung eines DNA-Profils entnehmen. Danach sind Sie schon entlassen.«

Biedermeier streckte mechanisch die Hände aus. Sie waren stark verschwitzt und eiskalt. Er ließ sich willenlos jeden einzelnen Finger auf den Scanner drücken. Seine Augen zuckten dabei stetig und er hatte einen unsteten Blick.

»Wenn Sie jetzt bitte den Mund öffnen würden.«

Biedermeiers Mund öffnete sich langsam. Plötzlich ertönte ein kurzes Glucksen, gefolgt von einem tiefen Gurgeln und mit einem abrupten Schwall entlud sich eine größere Menge Mageninhalt mitten in den Mannschaftswagen. Es geschah so unverhofft und plötzlich, dass weder Daske noch seine Tochter hätten reagieren können.

Daske saß für einige Sekunden erstarrt auf seinem Sitz und guckte mehr erschreckt denn angeekelt auf die sich darbietende Situation. Seine Tochter und er hatten eine ordentliche Menge Erbrochenes abbekommen und weitere Magensäure tropfte als Zugabe vom Tisch auf seine Hosenbeine. Der junge Mann würgte erneut und machte dabei gruselige Geräusche. Daske schüttelte sich aus seiner Erstarrung und riss den apathischen Biedermeier von dessen Sitz.

»Komm schon, Freundchen. Du hast wohl nicht mehr alle Tassen im Schrank!«, herrschte er ihn an.

Isabell reichte ihrem Vater ein Päckchen Pflegetücher. Sie trug immer noch ihren Ganzkörperanzug und war von dem Erbrochenen weitestgehend verschont geblieben.

Notdürftig tupfte sich Daske das Erbrochene von Hemd und Jackett. Seine Hose würde er wechseln müssen. Lediglich die rot-weißen Socken waren verschont geblieben. Wenigstens ein schwacher Trost.

Biedermeier klammerte sich an Daskes linke Hand und verharrte immer noch vornübergebeugt.

»Was für eine Sauerei«, schnaubte Daske.

Er war aufgebracht und hatte für einen kurzen Moment die tragische Situation des Zeugen verdrängt.

»Jeder reagiert anders auf den Tod eines Menschen, Karl«, versuchte seine Tochter ihn zu beruhigen.

»Aber deswegen kotze ich nicht gleich anderen Leuten in die Karre«, schnauzte er verärgert. »Der ist doch noch völlig besoffen.«

Daske packte den jungen Mann an Arm und Schulter und führte ihn kopfschüttelnd in Richtung Zabinski ab, damit dieser ihn nach Hause fahren konnte.

»Lass ihn auf jeden Fall von einem Arzt durchchecken«, rief ihm Isabell hinterher.

Nachdem Daske ohne Biedermeier zurückgekehrt war, schauten sie schließlich in das Wageninnere.

Das Erbrochene war überall und tropfte von allen Gegenständen. Isabell checkte kurz ihre Ausrüstung und entnahm dem Mageninhalt des Zeugen einige Proben.

»Die Jungs und Mädels im Labor werden begeistert sein«, sagte sie und verstaute alles in ihrer Tasche.

Daske nahm die einzelnen Arbeitsschritte seiner Tochter kaum zur Kenntnis. Er sah mitgenommen aus. An seiner Kleidung waren die Spuren von Biedermeiers Mageninhalt noch deutlich zu sehen und seine Haare waren verschwitzt und durcheinander. Er spürte Isabells kritischen Blick.

»Tut mir leid, dass ich ausgerastet bin«, sagte er abwehrend und fügte schnell hinzu: »Was ist mit deinem Scanner und den Abrieben?«

»Alles in Sicherheit.« Sie klopfte auf die Tasche und schaute ihren Vater dann mit ernster Miene an. »Karl, setze dich bitte dafür ein, dass der Junge in ein Krankenhaus kommt. Gib ihm einen Tag Ruhe.«

Daske stimmte seiner Tochter zu. Es bestand weder akuter Tatverdacht noch erhöhte Fluchtgefahr.

Während er mit dem Notarzt telefonierte, sah er, wie der Leichnam von Martin Lorenz von zwei Helfern der Rechtsmedizin unter der Anleitung von Wesseling für den Abtransport vorbereitet wurde. Isabell bewachte dabei jede Bewegung.

Ein Lächeln breitete sich auf Daskes Gesicht aus. Auch wenn ihr Verhältnis gerade im Argen lag, ließ sich seine Tochter nichts anmerken. Sie arbeitete penibel wie eh und je.

Der Sarg verschwand im Fond des Wagens der Rechtsmedizin. Wesseling und Isabell sahen zufrieden aus. Manch ein alkoholgeschwängerter Festivalgänger mochte bei dem Spektakel an eine morbide Werbemaßnahme denken. Für Martin Lorenz endete mit diesem Auftritt hingegen das Musikfestival und für Daske und sein Team begannen die Ermittlungen.

***

Daske war zurück ins Präsidium gefahren. Das Gebäude war von außen ein alter und würdevoller Bau, der in den zwanziger Jahren des letzten Jahrhunderts erbaut worden war. Über dem Eingang musterte ein furchteinflößender, steinerner Adler jeden, der das Gebäude betreten wollte, und innen schirmten weiße Lamellen die Außenwelt vor der Mordkommission hermetisch ab. Trotz der historischen Dimensionen des Präsidiums konnten die Beamten mit den neuesten digitalen Techniken arbeiten und sie für die Verbrechensbekämpfung einsetzen.

Jetzt saß er an seinem Schreibtisch und telefonierte.

»Mhm. Ja. Ich verstehe.«

Er hatte sich umgezogen und die von Erbrochenem ruinierte Kleidung in einem Mülleimer entsorgt. Nun lief er unruhig in seinem Büro auf und ab. Er machte Meter um Meter. Er umkurvte den Schreibtisch bereits zum vierten Mal und pendelte zwischen Ficus und Papierkorb, während der behandelnde Arzt am anderen Ende der Leitung sprach.

»Ja. Alles klar. Ich melde mich, wenn ich weitere Informationen benötige. Haben Sie vielen Dank.« Daske wollte auflegen, als ihm noch etwas einfiel. »Wann kann ich denn mit dem Patienten sprechen? Ist er fit genug, um ins Präsidium zu kommen?«

Er lauschte angestrengt und bedeutete Zabinski mit der freien Hand sich still zu verhalten, nachdem dieser sein Büro betreten hatte.

»Ah, ok. Ich danke Ihnen vielmals.«

Daske beendete das Gespräch, ging in aller Seelenruhe um den Schreibtisch herum und nahm auf dem großzügigen Bürostuhl Platz.

»Also, was sagt das Krankenhaus? Jetzt machen Sie es nicht unnötig spannend«, sagte Zabinski sichtlich ungeduldig.

Daske genoss seinen Wissensvorsprung, zog auffällig langsam einen Schreibblock heran und notierte etwas. Dann zerknüllte er das gerade erst beschriebene Papier, warf es weg und schrieb sich die Notiz erneut in abgeänderter Form auf. Plötzlich hielt er inne und blickte Zabinski eindringlich an.

»Es sieht so aus, als ob der Zeuge Biedermeier einen kleinen Schwächeanfall erlitten hat. Deswegen hat er uns in die Karre gekotzt. Gemessen an seinen Erlebnissen von heute Morgen und dem Alkoholpensum am Tag zuvor, ist dies scheinbar nicht weiter verwunderlich.«

»Sonst nichts?«

»Er hat offenkundig einen Schock erlitten. Die Ärzte haben ihm Blut und Urin abgenommen, warten aber noch auf die toxikologischen Befunde.«

»Wann können wir ihn verhören?«

»Die Ärzte waren der Meinung, dass er jetzt vor allem Ruhe braucht, aber aufgrund der Dringlichkeit dürfen wir ihm heute Nachmittag kurz ein paar Fragen vor Ort im Krankenhaus stellen.«

Daske gab Zabinski per Handzeichen zu verstehen, dass er nicht mehr in seinem Büro erwünscht war. Die Unterredung war beendet.

Nachdem Zabinski die Tür hinter sich geschlossen hatte, war er endlich wieder allein. Er atmete schwer aus, als die Tür ins Schloss fiel.

Er konnte das nicht. Jetzt noch nicht.

Es fiel ihm nicht leicht, wieder zurück zur Normalität überzugehen. Als wäre nie etwas passiert. Als hätte seine Welt vor gut einem Monat nicht plötzlich kopfgestanden.

Vieles hatte sich seitdem verändert.

Immer wieder durchlebte er diese eine Szene.

Diese eine Szene, in der sie plötzlich vor Petra und ihm gestanden hatte.

Isabell.

Seine Isa.

Etwas stieg unwillkürlich in ihm hoch und wollte sich dunkel über sein Gemüt legen. Doch bevor dieses Gefühl überhandnahm, schob Daske die düsteren Gedanken beiseite und richtete den Blick wieder auf die soeben erstellten Notizen.

So weit, so gut.

Bis die genaue Todesursache nicht geklärt war, bestand für ihn noch keine Notwendigkeit, eine Ermittlungstruppe zusammenzutrommeln. Er schaute auf die

Uhr und beschloss, zu Wesseling in die Pathologie zu fahren.

Immerhin lag ihr Zeuge Paul Biedermeier nach seinem Schwächeanfall im selben Krankenhaus. Er konnte also zwei Fliegen mit einer Klappe schlagen.

***

Daske nahm seinen Dienstwagen für den kurzen Weg vom Polizeipräsidium zur Pathologie im Prosper-Hospital und fuhr dabei mit viel zu hoher Geschwindigkeit. Etwas säuerlich hatte er festgestellt, dass Isabell mit ihrem eigenen Wagen zu Wesseling aufgebrochen war. Insgeheim hatte er gehofft, dass sie gemeinsam fahren würden. Wie früher.

Während Daske zügig durch die Gänge des Krankenhauses lief, dachte er daran, wie froh er darüber war, endlich wieder mit seinem alten Kumpel Wesseling zusammenzuarbeiten.

Früher war der Pathologe eine Koryphäe der Rechtsmedizin gewesen und hatte Vorträge in der gesamten forensischen Welt gehalten. Doch kurz vor seinem 50. Geburtstag war Daskes Freund mit großer Wucht von einer Midlife-Crisis getroffen worden und hatte sich eine Auszeit genommen. Daske hatte über fünf Jahre lang Postkarten aus der ganzen Welt geschickt bekommen und war teilweise regelrecht neidisch gewesen. Nachdem Wesselings Erspartes langsam zur Neige gegangen war, hatte er sich schließlich als Pathologe in seiner Heimatstadt Recklinghausen niedergelassen. Er hatte einen Job mit weniger Verantwortung gebraucht und sich nicht länger in der Lage gefühlt, als Rechtsmediziner täglich in die schlimmsten Abgründe des menschlichen Seins zu blicken. Neben der Arbeit im Krankenhaus hatte Wesseling einen Lehrauftrag am Klinikum der Universität Essen im Bereich der Rechtsmedizin angenommen und war somit seinem alten Fachbereich treu geblieben.

Als Daske endlich in den Räumlichkeiten der Pathologie ankam, schnitt Wesseling gerade vorsichtig die Kleidung ihres Opfers auf und reichte sie Stück für Stück an Isabell weiter, die wiederum alles in einzelnen Plastikbeuteln asservierte.

Die beiden waren sehr konzentriert und bemerkten Daske zunächst nicht, der erst mal an der Tür stehen blieb und sie in Ruhe arbeiten ließ.

Nachdem alle Kleidungsstücke schließlich in Plastikbeuteln verpackt worden waren und die Leiche nackt auf dem Seziertisch lag, räusperte er sich.

Wesseling trat vom Tisch ab und kam auf Daske zu, während Isabell weiter die asservierten Gegenstände sortierte und beschriftete.

»Stehst du schon länger hier, Karl?«, fragte der Pathologe.

»Nicht der Rede wert«, antwortete Daske. »Hast du schon etwas an der Leiche entdeckt?«

»Ich kann dir noch nichts über die Todesursache sagen, wenn du das meinst«, schüttelte Wesseling den Kopf. »Wir stehen noch am Anfang der Untersuchung.«

Er klopfte Daske tröstend auf die Schulter.

»Die Obduktion ist richterlich angeordnet und meine Kollegin von der Rechtsmedizin schon auf dem Weg. Die Rechtsmedizin ist in Essen dermaßen überlastet, dass wir die Obduktion in Recklinghausen machen können. Solange ich hier die Pathologie leite und in Essen lehre, werden wir das auch in Zukunft so handhaben. Du kannst dich also bei mir bedanken, dass du demnächst nicht die schönsten Autobahnstaus auf dem Weg nach Essen bestaunen darfst.«

Wesseling zwinkerte vergnügt und auch Daske war hocherfreut über die Zeitersparnis und weitere Zusammenarbeit mit seinem Freund.

Nach einer kurzen Kaffeepause mit einem kleinen Pläuschchen stand der Pathologe tatsächlich mit besagter Kollegin von der Rechtsmedizin zusammen am Seziertisch, um den Leichnam endlich zu obduzieren.

Die Medizinerin war wie Wesseling ebenfalls kurzgewachsen und beleibt, sodass sie zusammen ein sehr homogenes Pärchen abgaben. Daske hatte sich wieder an seinen Platz neben der Tür verzogen und musste bei dem Anblick der beiden leicht schmunzeln.

Die Leiche lag vollständig entkleidet vor den Medizinern und die stark fortgeschrittenen Totenflecken waren deutlich zu sehen. Durch das gleißende Neonlicht in der weißgekachelten Umgebung wirkten sie auf der Haut des Toten wesentlich farbenfroher als noch in dem Transporter auf dem Festivalgelände. Die Atmosphäre in dem Seziersaal war sachlich abgeklärt und erinnerte in keiner Weise an düstere Horrorfantasien von knochensägenden, wahnwitzigen Medizinern.

Isabell trat zu ihrem Vater, der sich seit Beginn der Untersuchung nicht vom Fleck gerührt hatte. Seine Tochter wusste, dass er die anstehende Obduktion absolut furchtbar finden würde. Einzig die Neugier hatte ihn in den Saal des Pathologen geführt. Stillschweigend drückte sie ihm beide Hände. Es war eine Geste der Unterstützung, in welcher für ihn auch eine Art Friedensangebot lag.

In einer Ecke des Saals dudelte ein Radio leise und fröhlich vor sich hin, während Wesseling zu den Instrumenten griff. Es war an der Zeit, dem Tod auf die Schliche zu kommen.

***

Daske stand nervös in der hinteren Ecke der Pathologie und schaute dem geschäftigen Treiben rund um den Leichnam zu. Seine Tochter schwirrte mittlerweile ebenso um den Toten herum wie Wesseling und dessen Kollegin von der Rechtsmedizin.

Daske schnappte hin und wieder ein paar brauchbare Informationen auf, vermied es aber tunlichst, sich dem Leichnam weiter zu nähern. Er überließ lieber den Fachleuten das Feld.

Der Anblick des Opfers war allerdings auch aus seiner Entfernung furchtbar genug.

Im verzerrten Gesicht des Toten waren die Schwellungen der Augen weiterhin deutlich zu erkennen. Sie sahen aus wie zwei halbe, sehr reife Aprikosen, die man dem Opfer ins Gesicht gedrückt hatte. Vom Rumpf des Toten stand die Muskulatur der Arme steif hervor und ließen ihn wie einen Roboter mit viel zu großen Augen aussehen.

Wesseling schoss zunächst aus allen möglichen Perspektiven und mit sämtlichen Objektivgrößen einige Fotos von dem Toten. Nachdem er alles festgehalten hatte, legte er die Kamera zur Seite und nahm einen Kamm, um dem Opfer damit durch die kurzen Haare zu fahren.

Der Tote hatte dichtes, buschiges Haar. Es war sehr fettig und an den Enden leicht verknotet. Die Rechtsmedizinerin fing sämtliche Schuppen, Haare und Dreck auf dem Obduktionstisch auf und übergab das Gesammelte an Isabell, die wiederum alles beschriftete.

»Totenflecken auf allen vier Extremitäten und dem Rumpf ausgeprägt«, diktierte Wesseling in ein Handgerät, nachdem er sich die Kopflupe in sein Sichtfeld geschoben hatte. »Keine Druckstellen zu erkennen. Hals frei von Würgemalen. Blauverfärbungen aufgrund von Sauerstoffmangel an Lippen und Fingernägeln. Letztere weisen keine Verteidigungsmale auf. Augen geschwollen und mit rötlicher Verfärbung. Zunge belegt; Narbe auf der Stirn – wahrscheinlich von Kindheit an; Füße leicht geschwollen; Tätowierung auf dem linken Oberarm; Muttermal am linken Oberschenkel. Keine Stich- oder Schusswunde. Venen weisen keine Einstiche auf. Zähne regelrecht.«

Nicht wirklich neue Erkenntnisse, dachte Daske in seiner Ecke ungeduldig. Martin Lorenz war weder erstochen, noch erwürgt worden. Und niemand hatte ihn erschossen. Halleluja! Manchmal könnte ein Erstklässler Wesselings Job machen.

Der Pathologe betrachtete derweil die geschwollenen Augen des Opfers und ging um den Tisch herum zu dessen Kopf. Langsam öffnete er die Lider.

»Petechien!«, rief er plötzlich begeistert aus und klatschte in die Hände.

Noch bevor sich Isabell und die Rechtsmedizinerin über die Leiche beugen konnten, winkte er Daske aufgeregt herbei.

Daske verließ widerwillig seinen Platz und ging zum Obduktionstisch, hielt aber einen respektvollen Abstand.

»Siehst du die Petechien, Karl?« Wesseling war immer noch aus dem Häuschen. »Siehst du diese kleinen, roten Punkte in den Augen? Das sind Petechien!«

Daske musste ein Stück nähertreten und sich über den Leichnam beugen.

Tatsächlich!

Die Augen des Opfers wiesen kleine rote Punkte auf.

Der junge Mann hatte einen akuten Sauerstoffmangel erlitten. Das gab Daskes medizinisches Wissen gerade noch her.

»Tod durch Ersticken!«, stieß er hervor.

»Für den Sauerstoffmangel spricht ebenfalls die violette bis bläuliche Verfärbung der Lippen und Fingernägel«, ergänzte Wesseling. »Das Blut war zum Zeitpunkt des Ablebens tödlich unterversorgt.«

Daske trat vom Obduktionstisch ab und grübelte.

»Woran ist er denn erstickt?«, fragte er laut in den Saal hinein und sprach damit aus, was in diesem Moment alle vier Anwesenden dachten.

Ohne Zeit zu verlieren, griff Wesseling erneut zur Lupe. Er war offenbar fest entschlossen, die genaue Todesursache schnellstens zu finden. Daske wanderte freiwillig in die angestammte Ecke zurück und das Schauspiel rund um die Leiche des jungen Mannes begann von vorne.

Wesseling suchte gemeinsam mit der Kollegin von der Rechtsmedizin die Haut der Leiche von Kopf bis Fuß ab, während Isabell sich zur Verfügung hielt. Das Neonlicht aus den Kopf- und Deckenleuchten gab den Totenflecken dabei ein beruhigendes Glänzen.

Die beiden Mediziner sammelten kleinste Spuren – auf den ersten Blick vornehmlich Dreck und Staub –

mit Pinzette oder Klebestreifen auf. Erneut wanderte das Eingesammelte in Plastiktüten und Isabell nahm alles an sich. Schließlich legte Wesseling die Kopfbedeckung ab und zog seine Schürze aus.

»Die äußere Besichtigung des Toten ist nun abgeschlossen«, sagte er zu Daske. »Von außen ist es nicht ersichtlich, woran das Opfer erstickt ist. Ich kann dir noch nicht einmal sagen, ob es sich überhaupt um einen Mord handelt.«

Daske wusste genau, was das bedeutete und er verließ ungeduldig den Saal.

Der anstehenden Öffnung des Körpers wollte er unter keinen Umständen beiwohnen.

4

Vier Stockwerke oberhalb der Pathologie saß Daske mittlerweile seit einer Viertelstunde neben Paul Biedermeier an dessen Bett, während Wesseling mit der Kollegin von der Rechtsmedizin die Obduktion in den Kellerräumen fortführte.

Sein Handy vibrierte. Isabell teilte ihm kurz und knapp mit, dass sie zurück zur KTU fahre, um erste Spuren im Labor zu analysieren.

Unwillkürlich dachte Daske an den Händedruck seiner Tochter während der Obduktion, verwarf jedoch alle Gedanken an Isabell, als sich Biedermeier geräuschvoll im Schlaf umdrehte.

Der junge Mann schlief immer noch den Schlaf der Gerechten und Daske zwirbelte mittlerweile nervös an den Enden seines Schnauzbartes. Er wurde langsam ungeduldig. Er wäre am liebsten wieder zurück zum Präsidium gefahren, wollte den Moment des Aufwachens aber auf keinen Fall verpassen.

Das Aufwecken des jungen Mannes war ihm zuvor unter Androhung der Höchststrafe von einer Krankenschwester eindringlich verboten worden. Sie hatte sich da sehr deutlich ausgedrückt.

Das Warten hatte Daske zumindest bislang damit überbrückt, sich ein paar Fragen zurechtzulegen, während sein Magen leise vor sich hin grummelte.

Daske verzog das Gesicht.

Der Anblick der Leiche war für ihn kein Genuss gewesen. Er musste sofort an die aufgequollenen Augen inmitten des zur Fratze entstellten Gesichts denken.

Daske fuhr sich erneut über den Schnauzbart und brachte ihn wieder mit Daumen und Zeigefinger in Form.

»Wenn der Bengel nicht bald wach wird, dann vergesse ich mich«, murmelte er leise vor sich hin und wie auf Kommando flog in diesem Moment die Tür des Krankenzimmers auf.

Ein junger Assistenzarzt mit weichem, fast bartlosem Gesicht und Hornbrille kam schnellen Schrittes herein.

»Sind Sie der Vater?«, fragte der Mediziner ohne Umschweife.

Er trug einen teuren Anzug mit Weste und Krawatte unter dem geöffneten Kittel. Seine Haare waren nach hinten gegelt und er wirkte wie der klassische Arztsohn, der die eingebaute Karriereleiter emporeilte.

»Sehe ich vielleicht wie sein Vater aus?«, raunte Daske zurück und merkte sofort, dass er einen viel zu ablehnenden Tonfall angeschlagen hatte.

Stress und Ungeduld verschafften sich gerade Luft.

Ruhig Brauner, der hat dir nichts getan, besänftigte er sich selbst.

»Entschuldigung. Daske von der Kriminalpolizei. Ist nicht mein Tag heute, Doc.« Er reichte ihm friedvoll die Hand. »Ich warte darauf, dass Herr Biedermeier aufwacht und ich ihm ein paar Fragen stellen kann. Können Sie mir denn wenigstens schon etwas über seine Blut- und Urinwerte sagen?«

»Ach, Polizei.« Der Assistenzarzt nickte. »Wegen der Testergebnisse bin ich gerade hier.«

Daske war mittlerweile aufgestanden und wippte ungeduldig mit dem gesamten Oberkörper hin und her. Er hasste es, auf die Folter gespannt zu werden.

»Ich hatte gehofft, Herrn Biedermeier die Ergebnisse persönlich mitzuteilen«, sagte der Mediziner und zeigte mit seiner Körperhaltung an, dass er Daske die Ergebnisse am liebsten vorenthalten würde.

»Jetzt passen Sie mal schön auf, Herr Doktor.« Daske verlor endgültig die Beherrschung.

Er stand dem Kittelträger jetzt direkt gegenüber und hatte die Hände zu Fäusten geballt.

»Es handelt sich hier um eine Mordermittlung!«, brüllte er den Mediziner an. »Sie behindern meine Arbeit mit Ihren Volksreden gerade gehörig.«

Das Gesicht des Arztes wechselte schlagartig in die Farbe seines weißen Kittels.

»Rücken Sie endlich mit der Sprache raus«, herrschte Daske ihn weiter an.

»Der ... der Patient ... weist einen erhöhten Alkoholgehalt im Blut auf«, stammelte der Assistenzarzt.

Er hatte sämtliche Souveränität und Autorität verloren.

»Das weiß ich bereits alles. Verkaufen Sie mich nicht für dumm!«, schnauzte Daske ihn an.

Er genoss förmlich die Nervosität und Unsicherheit des hochnäsigen Assistenzarztes. Dieser atmete kurz durch und fing sich zumindest sprachlich ein wenig.

»Wir haben zusätzlich eine sehr hohe Konzentration Histamin im Blut des Patienten festgestellt. Daher fiel unser Verdacht auf eine allergische Reaktion.«

Daske trommelte ungeduldig mit den Fingernägeln auf der metallischen Bettumrandung.

»Und?«, schnauzte er ihn weiter an.

»Wir haben unsere Suche erweitert und festgestellt, dass das Blutbild gesteigerte Werte von Hyaluronidase sowie Phospholipase A und B aufweist«, sagte der Assistenzarzt etwas gefasster. »Die Werte sind viel zu hoch.«

»Geht das vielleicht noch präziser?«, preschte Daske zynisch hervor. Er hatte sämtliche Geduld mit seinem Gegenüber verloren. »Über die Verwendung von Hochdeutsch wäre ich sehr erfreut.«

Der Assistenzarzt räusperte sich gefällig. Er erfreute sich nahezu an Daskes Abhängigkeit von seinen Worten.

»Nun, Herr Kommissar, Hyaluronidase, Phospholipase A und B sind allesamt Allergene, die die gemeine Wespe benutzt, um ihre Feinde in die Flucht zu schlagen.«

»Wespengift?« Daske schaute den Assistenzarzt ungläubig an. »Sind Sie sich da sicher?«

»Absolut«, sagte der Mediziner aus dem Brustton der Überzeugung. »Es besteht kein Zweifel.«

Daske blickte kritisch auf den schlafenden Patienten im Bett.

»Hätten wir nur Phospholipase A gefunden, hätte es sich auch um das Gift einer Biene handeln können«, fuhr der Assistenzarzt fort. »Aber da wir kein Melittin, sondern Phospholipase B nachweisen konnten, kann ich zu einhundert Prozent sagen, dass es sich um das Gift der gemeinen Wespe handelt.«

»Er wurde also von einer Wespe gestochen?«

Der Mediziner schüttelte den Kopf.

»Die Konzentration ist für einen Wespenstich viel zu hoch«, merkte er an. »Den Patienten müssten demnach mindestens zehn Wespen gleichzeitig gestochen haben. Allerdings haben wir bei der ersten Untersuchung keinerlei Quaddeln festgestellt.«

»Wie konnte denn so viel Gift in den Körper des Patienten gelangen?«, fragte Daske ungläubig. »Hat er etwa ein ganzes Wespennest im Schlaf verschluckt?«

»Er wird die Wespen definitiv nicht verschluckt haben«, beantwortete der Assistenzarzt Daskes Ironie sachlich. »Der Rachenbereich und die Mundhöhle sind nicht geschwollen. Ich kann Ihnen nicht genau sagen, wie das Gift in den Körper gelangt ist. Dahingehend müssen wir den Patienten später untersuchen.«

»Hätte Biedermeier auch an dem Gift ersticken können?«

»Das kommt ganz darauf an, wie allergisch der Patient ist.«

Daske horchte auf. Sie hatten eine erste zaghafte Spur. Er musste sofort zurück zu Wesseling in die Pathologie.

»Na, was ist los? Worauf warten Sie noch?«, herrschte Daske den Assistenzarzt ein letztes Mal an und zeigte auf den immer noch selig schlafenden Biedermeier. »Machen Sie sich endlich an die Arbeit und suchen Sie die verdammten Einstiche.«

***

Daske kam völlig außer Atem in den Kellerräumen der Pathologie an. Er hämmerte an die Tür des Autopsiesaals, bis Wesseling seinen Kopf zur Tür herausstreckte. Unter keinen Umständen hätte Daske den Saal betreten wollen. Die Gefahr, den geöffneten Leichnam von Martin Lorenz zu sehen, war ihm viel zu hoch.

»Wir waren gerade dabei die Schädelhöhle zu öffnen, als du geklopft hast.« Wesseling legte Schürze und

Handschuhe ab. »Willst du einen Blick auf den geöffneten Körper werfen?«

»Wie gut kennst du mich?«, fragte Daske ironisch und schüttelte energisch den Kopf. Er hegte keine Intentionen in den Autopsiesaal zu gehen. Die deutlich sichtbaren Blutspritzer auf Wesselings Schürze bestätigten ihn in seiner Absicht.

Stattdessen informierte er Wesseling, dass eine erhöhte Konzentration Wespengift im Blut von ihrem Zeugen Paul Biedermeier festgestellt worden war. Der Pathologe staunte nicht schlecht und rief sofort im Labor an. Er bat darum, das Blut des Toten ebenfalls dahingehend zu untersuchen.

Während sie auf den Rückruf vom Labor warteten, gönnte sich Daske mit Wesseling eine kleine Pause in der Kantine.

»Was hast du bislang in Erfahrung gebracht?«, fragte Daske, nachdem sie sich an einen kleinen Bistrotisch gesetzt hatten.

»Wir haben dem Oberkörper des Toten bereits sämtliche Organe entnommen und diese vermessen, gewogen und grob auf äußere Schäden betrachtet. Aber soweit haben wir keine Auffälligkeiten diagnostizieren können.« Wesseling trank einen Schluck Kaffee, bevor er fortfuhr. »Vor allen Dingen weisen die Organe keine erkennbaren Veränderungen in ihrer Form und Struktur auf. Ein krankhaft bedingtes Ableben ist auf den ersten Blick also eindeutig auszuschließen. Die Blut-

und Urinproben sind bekanntlich im Labor und die Biopsien von den Organen ebenso.«

Daske lächelte ihn dankbar an.

»Glaubst du, dass Martin Lorenz ebenfalls Wespengift verabreicht wurde?«, fragte er und biss in sein Käsebrötchen.

»Möglich wäre das. Es könnte zumindest eine Erklärung sein, warum er erstickt ist.«

Daske nickte und schwieg für eine kurze Weile.

»Wie ist den beiden Jungs das Wespengift verabreicht worden?«, fragte er schließlich.

»Ich habe ehrlich gesagt keine Ahnung. Mir sind schon viele Morde und Tatwaffen in meiner Laufbahn untergekommen, aber so etwas habe ich noch nicht erlebt.«

»Meinst du denn, dass wir schon von Mord sprechen können?«, fragte Daske mit ehrlicher Ratlosigkeit in seiner Stimme.

»Wenn die Konzentration des Wespengifts tatsächlich so hoch ist, wie der Kollege sagt, dann halte ich das für sehr naheliegend.«

Die beiden Männer schauten sich angespannt an. Den Worten des Pathologen war nichts weiter hinzuzufügen.

Sie überbrückten die übrige Wartezeit mit einem weiteren Kaffee, bis endlich der erlösende Anruf aus dem Labor kam.

»Und?«, fragte Daske ungeduldig, nachdem Wesseling das Telefonat beendet hatte.

»Volltreffer«, bestätigte Wesseling. »Hohe Konzentration der Allergene. Der Tote hat ebenfalls Wespengift im Blut.«

»Das gibt's doch nicht.« Daske haute mit der Faust auf den kleinen Bistrotisch, sodass sich einige Köpfe zu ihnen umdrehten.

»Ich muss zurück an den Seziertisch und mir Nieren, Leber und Lunge genauer anschauen«, sagte Wesseling und war bereits aufgestanden, um zurück in den Autopsiesaal zu gehen.

Daske blieb sitzen. Er wollte der Untersuchung um jeden Preis fernbleiben.

»Ich frage mich, warum bei beiden Opfern keine direkten Wespenstiche zu sehen sind«, grübelte er laut vor sich hin.

Wesseling schaute ihn verdutzt an, dann schlug er sich mit der flachen Hand auf die hohe Stirn.

»Die Füße«, entfuhr es ihm.

»Die Füße?«

Doch Wesseling war bereits außer Hörweite.

***

Daske holte seinen Freund kurz vor der Pathologie ein und Wesseling zog ihn, ohne Widerworte zu dulden, in den Autopsiesaal. Verlegen schielte Daske auf den Toten, der ein markant genähtes *T* auf dem verschlossenen Oberkörper hatte. Die Kollegin der Rechtsmedizin konnte er indes nirgends entdecken, sparte sich aber nach ihr zu fragen. Es sah Wesseling ähnlich, wenn er sie einfach schon wieder nach Hause geschickt hätte.

Daske hielt sich gut zwei Schritte zurück, als Wesseling theatralisch an die Leiche herantrat, um die Füße des Opfers zu untersuchen. Er hatte sich eine Lupe genommen und suchte die Venen an den Beinen Millimeter für Millimeter ab und wanderte in Richtung Fuß.

»Was machst du da?«

»Ich suche die Einstiche«, murmelte Wesseling.

»Hättet ihr die nicht schon längst gesehen?«

»Mit den Totenflecken kann man das schon mal übersehen.«

Wesseling hob die Füße leicht an und suchte sie von der Hacke bis zu den Zehenspitzen ebenfalls Millimeter für Millimeter ab.

»Hast du was entdeckt?«

Doch Wesseling schüttelte nur mit dem Kopf.

»Mir kommt aber gerade eine abwegige Idee«, murmelte er.

Vorsichtig und langsam spreizte er die Zehen auseinander. Immer zwei auf einmal.

Plötzlich hielt er inne und winkte Daske zu sich heran.

»Siehst du, was ich sehe?«

Widerwillig trat Daske einen Schritt näher und schaute durch die Lupe, die Wesseling zwischen die Zehen des Toten hielt.

Das war doch nicht möglich.

An jedem Fuß waren selbst für den Laien winzige Einstiche zwischen den zweiten und dritten Zehen zu erkennen.

»Das ist nicht wahr«, entfuhr es ihm und er schaute verwundert zu Wesseling herüber.

»Unmöglich, dass die Stiche von zwei Wespen stammen. Das Opfer trug die gesamte Nacht über seine harten Lederschuhe. Hier waren eindeutig Menschenhände im Spiel.«

»Was für ein gerissenes Vorgehen«, sagte Daske. »Sollten die Injektionen vertuscht werden?«

Wesseling zuckte mit den Schultern und untersuchte die Einstichlöcher.

»Sie sind viel zu klein für eine gewöhnliche Spritze.«

Er kratzte sich am Kopf und griff plötzlich zum Skalpell.

Ohne Vorwarnung schnitt er das Opfer in der Halsgegend auf. Daske konnte gerade noch rechtzeitig den Blick abwenden.

Was nun geschah, würde er nie wieder vergessen, wenn er es sich näher anschauen würde.

Wesseling machte derweil einige Hautschnitte, drückte das Gewebe mit dem Handschuh beiseite und legte auf diese Art und Weise Rachen und Kehlkopf des Toten frei, während Daske krampfhaft versuchte, sich in Gedanken auf die kleine Holzbank in seinem Garten zu beamen. Dabei bemühte er sich, die grausigen Geräusche so gut es ging zu ignorieren.

»Schau dir das an.« Wesseling stieß ihn schließlich in die Seite, nachdem er das Werk vollendet hatte.

Vorsichtig drehte Daske beide Augen in Richtung des Obduktionstischs und fokussierte sich auf den Toten.

»Ödeme und Petechien.« Wesseling deutete auf die Schwellungen sowie roten Punkte im Rachen des Opfers.

Daske blinzelte. Jetzt sah er es auch. Deutliche Schwellungen und dieselben roten Punkte, die sie in den Augen des Opfers gefunden hatten.

Es bestand kein Zweifel mehr.

Martin Lorenz war an einer heftigen allergischen Reaktion seines Immunsystems gegen das eindringende Wespengift gestorben.

Der junge Mann hatte einen anaphylaktischen Schock erlitten.

Jetzt konnte sich Daske in Ruhe übergeben.

5

Daske war mit einem tiefen Grummeln im Magen zurück zum Präsidium gefahren. Der Anblick des aufgeschnittenen Halses hatte ihn erschüttert. Albträume würden ihn bis auf Weiteres in seinen Nächten begleiten. So viel stand fest.

Nachdem der Pathologe ihm die Todesursache aufgezeigt hatte, war Daske standhaft und kräftigen Schrittes aus dem Gebäude marschiert. Er hatte sich vor seinem alten Freund Wesseling nichts anmerken lassen und die Fassung bewahrt. Er hatte jedoch dringend an die frische Luft gemusst.

Draußen war Daske weiter zu seinem Wagen gehastet, immer mit dem Bild des aufgeklappten Halses vor Augen. Er hatte zwar in seiner Karriere viele Leichen gesehen, aber das war für ihn zu viel gewesen.

In einem abrupten Schwall hatte er in die Blumenkübel vor seinem parkenden Dienstwagen gekotzt. Ihm war speiübel gewesen.

Ein paar Minuten hatte er noch zur Besinnung benötigt und war dann über den Altstadtwall ins Präsidium gerast. Weg von dem Toten und dessen Innereien.

Der Zeuge Paul Biedermeier konnte noch ein wenig auf seine Befragung warten, der lief ihm schon nicht weg.

Zurück im Büro hatte sich Daske kurz sammeln müssen. Er hatte Magensäure aus seinem Schnauzer entfernt, die Brille poliert und sich erfrischt. Für heute hatte er definitiv genug Kontakt mit Erbrochenem gehabt.

Dennoch kannte dieser Samstag kein Erbarmen mit ihm. Kurz überlegte Daske in der KTU bei Isabell vorbeizuschauen, verwarf den Gedanken jedoch schnell wieder.

Auf dem Flur des Präsidiums traf er schließlich Zabinski und bat ihn, für den frühen Abend eine erste Besprechung mit den Kollegen einzuberufen. Danach ging er alleine zu seinem Dienstwagen zurück. Für den nächsten Gang konnte und wollte er keine kollegiale Unterstützung in Anspruch nehmen.

Er fuhr einen großen Umweg, benutzte die Autobahn in Richtung Münster und kam über Haltern am See wieder stadteinwärts zurück. Alles in der leisen Hoffnung, dass irgendjemand in der Zwischenzeit die Eltern des Toten informiert hatte.

Als Daske an der Tür des unscheinbaren Reihenhauses in Suderwich klingelte, wurde ihm schnell bewusst, dass bisher niemand die Eltern über das Ableben ihres Sohnes in Kenntnis gesetzt hatte.

Natürlich nicht.

Herr Lorenz öffnete viel zu unbekümmert die Haustür und es lag an Daske, die Todesnachricht zu überbringen.

Daske blickte in den liebevoll mit sommerlicher Dekoration versehenen Eingangsbereich des Elternhauses. Muscheln und ein kleines Holzsegelschiff auf dem Schuhschrank waren mit der Aufgabe versehen worden, maritime Glücksgefühle zu verbreiten.

Aus dem Wohnzimmer vernahm er jubelnde Zuschauermassen aus dem Fernseher. Die Europameisterschaft hatte er über den Tag hinweg vollkommen vergessen. Wie unwichtig ihm plötzlich diese Spiele vorkamen. Daske würde die Idylle in dem Eigenheim in wenigen Augenblicken auf ewig zerstören. Ein Satz reichte aus, um das Leben dieser Menschen für immer zu verändern. Sein Satz. Er war als der Sensenmann gekommen.

»Guten Tag, Herr Lorenz. Daske von der Kriminalpolizei.« Er versteckte sich hinter dem Dienstausweis und begann routiniert, um sich selbst den Einstieg in das Gespräch zu erleichtern.

Der Augenkontakt fiel ihm sichtlich schwer.

Wie würde er reagieren, wenn man ihm den gewaltsamen Tod seiner Tochter mitteilen würde?

Er fand darauf keine Antwort.

Herr Lorenz lächelte Daske weiterhin freundlich an. Frau Lorenz war derweil im Wohnzimmer bei der Europameisterschaft geblieben. Das Lächeln von Herrn Lorenz war von absoluter Sorglosigkeit geprägt und Daske stammelte sich in das Gespräch hinein. Wobei er vielmehr in einem stockenden Monolog Herrn Lorenz die Todesnachricht des Sohnemanns überbrachte.

Daske schämte sich für jedes Wort und seine Sätze stachen wie eine Lanze mitten in das Herz des Vaters.

Er hasste diesen Teil des Polizeiberufs immens.

Ab einem bestimmten Punkt in Daskes Monolog taumelte der Vater gegen die Garderobe in der Diele und riss Muscheln und Holzschiffchen mit sich. Er blieb wie benommen am Boden hocken, bis ihm seine Frau bestürzt zu Hilfe geeilt kam.

Jedwede Spur von Lebensenergie war innerhalb von Sekunden aus dem Körper des Vaters gewichen und Daske musste für die Mutter erneut seinen Monolog vortragen. Die Worte kamen ihm dabei noch schleppender über die Lippen, obwohl er sie nur eine Minute zuvor an dem Vater leidlich geübt hatte.

Im Wohnzimmer redete sich derweil ein Kommentator in Ekstase, dann war Daske wieder auf der Straße. Er atmete mehrmals tief durch, rief dann den psychologischen Dienst an und übergab die Daten von Herrn und Frau Lorenz. Er würde morgen noch einmal vorbeikommen müssen. Dann würde er aber wohl oder übel Zabinski zur moralischen Unterstützung mitbringen.

***

Am frühen Abend saß Daske erstmalig gemeinsam mit den Mitgliedern der hastig einberufenen Mordkommission in dem großen Besprechungszimmer im zweiten Stock des Polizeipräsidiums.

Die Stimmung in dem Raum war angespannt und es roch nach typischem Bürokaffee. Schwarz, kräftig und bitter.

Neben Daske hatte Alexander Zabinski Platz genommen, links davon saß Isabell für die KTU und rechts die beiden Kriminalbeamten Lutz Morgenstern und Anna Voss.

Hinter Daske stand ein Flipchart, auf welcher Zabinski die Eckdaten des Opfers, seine sozialen Beziehungen und die familiären Verhältnisse skizziert hatte.

Obwohl sie einen langen Tag hinter sich hatten, war die Konzentration bei allen Anwesenden hoch. Ihnen war bewusst, dass der Feierabend noch in weiter Ferne lag, denn bei den Vorfällen am frühen Morgen handelte es sich mittlerweile um Mord und versuchten Mord.

Die Terminologien hatten sich geändert. Aus dem Leichenfundort war der Tatort und die Leiche zum Mordopfer geworden.

»Laut Professor Wesseling wurde der Tod durch einen allergischen Schock ausgelöst. Der Zeuge Paul Biedermeier zeigt ebenfalls allergische Reaktionen, aber er war allen Anschein nach resistenter gegenüber den Allergenen«, sagte Daske mit leicht gepresster Stimme. »Bisher ist belegt, dass die Injektionen bei beiden Opfern zwischen den Zehen erfolgten und somit definitiv von Menschenhand ausgeführt wurden.«

Er fuhr sich über seinen angespannten Bauch und atmete tief aus. Die Ereignisse des Tages schlugen ihm bisher eindeutig auf den Magen. Es fiel ihm nicht leicht, die Szenen aus dem Elternhaus des Opfers direkt wieder zu vergessen.

Niemand sollte seine eigenen Kinder überleben, dachte er und blickte unweigerlich zu Isabell herüber, die keine fünf Meter von ihm entfernt an einem Tisch saß und ihre Unterlagen sortierte.

Immerhin hatte er durch die Erfahrung im Hause Lorenz fast den aufgeschnittenen Hals des Toten während der Autopsie vergessen.

»Isabell, gibst du uns bitte einen kurzen Überblick über die bisherige Arbeit der Kriminaltechnik?«, bat Daske seine Tochter.

»Wir erstellen gerade die DNA-Profile der drei Freunde und werten die Asservate des Campingplatzes sowie das Erbrochene von Biedermeier und Lorenz aus. Aufgrund der Injektionen in die Füße werden wir uns die Schuhe der Opfer natürlich schnellstens anschauen.«

Daske sah seine Tochter zufrieden an. Sie dachte immer einen Schritt voraus und hatte einen guten kriminalistischen Spürsinn.

Er richtete seine Aufmerksamkeit auf Voss und Morgenstern: »Sie kümmern sich bitte um die vermeintliche Tatwaffe. Wie konnte der Täter in den Besitz von Wespengift kommen? Schauen Sie nach, welche Allergologen es im Umkreis gibt.«

Die Kollegen nickten. Sie waren noch recht jung und unerfahren. Primär waren sie für die Laufarbeit und die Internetrecherche zuständig, durften aber auf diese Weise an bedeutsamen Fällen mitarbeiten. Daske schätzte ihre Fachkenntnisse sehr und war an diesem Tag besonders froh, dass sie mit im Raum waren. Eine dienstliche Besprechung nur mit Isabell und Zabinski hätte er nicht überstanden. Zuviel war in den letzten Wochen vorgefallen.

Nachdem die ersten Aufgaben verteilt waren, wedelte Daske mit einer Plastiktüte vor seinem Gesicht herum und lächelte verschmitzt.

»Das hier ist Biedermeiers Handy. Er war so freundlich, es mir zu überlassen.«

Er hatte dem schlafenden Patienten vorhin im Krankenhaus kurzerhand das Smartphone aus dem Nachttisch entwendet, bevor der hochnäsige Assistenzarzt aufgetaucht war.

»Hierauf befinden sich sämtliche Fotos, die Biedermeier während der letzten Tage geschossen hat. Es wäre gut, wenn Sie das Handy heute noch durchschauen könnten. Zabinski.«

Der Kollege nahm das Smartphone entgegen und stellte erfreut fest, dass es entsperrt war.

»Dann zum weiteren Vorgehen: Wir treffen uns bitte alle morgen früh um 8 Uhr vor dem Campinggelände des Festivals, um nach weiteren Zeugen zu suchen.« Daske legte eine Kunstpause ein und setzte eine ernste Miene auf. »Morgen ist der letzte Tag von Rocklinghausen. Ich muss nicht extra betonen, was das bedeutet. Aber wenn wir dann keine weiteren Zeugen ausfindig machen, wird es verdammt schwer werden, nachträglich an welche zu kommen«, sagte er mit Nachdruck und blickte jedes Mitglied der Mordkommission einzeln an.

»Warum fahren wir nicht jetzt noch zum Festivalgelände zurück und suchen nach weiteren Zeugen?«, fragte Zabinski nach.

»Hast du mal auf die Uhr geschaut?« Isabell tippte sich auf ihr Handgelenk. »Der Alkoholpegel auf dem Flugplatz wird für heute den Höhepunkt erreicht haben und die meisten Leute sind auf den Konzerten verteilt. Du hast doch gesehen, was da heute Morgen los war.«

»Genauso sieht es aus. Das macht heute keinen Sinn mehr«, bestätigte Daske. »Außerdem haben wir für den Rest des heutigen Tages noch genug anderes zu tun.«

Er wollte sein Team gerade losscheuchen, als es an der Tür klopfte. Die Sekretärin der Abteilung, Hildegard Eichler, steckte ihren Kopf herein.

»Der Abschleppdienst mit den Fahrzeugen vom Tatort ist eingetroffen. Soll ich sie direkt in die Halle der KTU schicken?«

»Das wäre toll, Frau Eichler.«

»Die Presse hat außerdem mehrfach angerufen und verlangt nach einer Stellungnahme. Tod auf dem Rockfest der Ruhrfestspiele! Das spricht sich schnell rum.«

»Ich kümmere mich darum, Frau Eichler.«

Damit war die erste Sitzung der Mordkommission beendet und der gemütliche Abend mit seiner Frau Petra für Daske endgültig gestrichen. An die Europameisterschaft war erst recht nicht zu denken. Die Pflicht rief.

***

Daske gähnte und massierte sich die Schläfen. Mittlerweile war es nach 23 Uhr. Petra war garantiert schon ohne ihn schlafen gegangen. Er würde sich nachher ins Haus schleichen und still zu seiner Gattin ins Bett kriechen. So wie er sich bereits am frühen Morgen davongeschlichen hatte.

In der Zwischenzeit hatten Voss und Morgenstern ihm berichtet, dass Insektengift, respektive Wespengift, sehr wohl zur Desensibilisierung im medizinischen Kontext verwendet wurde. Sie hatten einige Allergologen im Umkreis ausfindig gemacht, aber nur einer bot ausdrücklich eine spezielle Therapie mit Insektengift an. Daske hatte sich den Namen des Arztes notiert und wohlwollend festgestellt, dass sich dessen Praxis nicht unweit vom Präsidium befand.

Nachdem Daske die Kollegen in den Feierabend geschickt hatte, hatte er in Erfahrung gebracht, dass die Eltern von Paul Biedermeier in München lebten. Er hatte ausführlich mit dem erschütterten Vater telefoniert und einen guten Einblick über das Leben von Paul, Martin und Fabian bekommen.

Die drei Freunde kannten sich von Kindesbeinen an, waren in die gleiche Grundschule gegangen, hatten dasselbe Gymnasium besucht und hatten schließlich an der Universität Essen-Duisburg gemeinsam Geisteswissenschaften studiert. Sie standen alle drei kurz vor ihrem Abschluss, um in die freie Welt entlassen zu werden. Martin Lorenz hätte Journalist werden wollen, Paul Biedermeier studierte Lehramt und Fabian Dietz bildete sich in Kommunikationswissenschaft. Das Leben sollte eigentlich noch einige Weggabelungen für sie bereithalten. Sie wären Freunde für das gesamte Leben gewesen.

Wenn nicht dieser heutige Tag eine tragische Wende herbeigeführt hätte.

Daske gähnte erneut. Ein schier endloser und anstrengender Samstag lag hinter ihm. Was für eine bedrückende Art das Bereitschaftswochenende zu bestreiten. Trotz aller Motivation kam er in dieser körperlichen und geistigen Verfassung um kurz vor Mitternacht nicht weiter.

Die Kollegen im Präsidium hatten sich, außer der Nachtschicht, jedenfalls allesamt nach Hause verabschiedet. Er schaltete den Rechner aus und löschte das Licht. Zeit, den eigenen Feierabend einzuläuten.

Als Daske das Büro verließ, kam ihm plötzlich und unerwartet seine Tochter mit zwei Bechern Kaffee auf dem Flur entgegen.

Kurz erstarrte er zur Salzsäule. Mit ihr hatte er tatsächlich nicht mehr gerechnet.

»Noch hier?«, fragte er knapp.

»Ja«, entgegnete sie lakonisch.

»War ein verdammt langer Tag.« Er lächelte gequält. »Was machst du noch hier?«

»Alex und ich sichten gerade die Fotos von Biedermeier und Lorenz in meinem Büro. Wir sind fast fertig. Du könntest mitkommen.«

Daske war viel zu müde, um jetzt noch darüber nachzudenken, wie es wäre, mit Isabell und Zabinski alleine in einem Büro zu sitzen. Ihre Differenzen mussten noch ein wenig warten.

Schweigend verlegte er den Feierabend um eine weitere Stunde nach hinten und folgte seiner Tochter den Flur entlang.

Auf dem Weg zum Büro informierte ihn Isabell, wie sie die letzten Stunden damit verbracht hatte, die Lederstiefel der beiden Opfer genauestens zu untersuchen. Bisher hatte der Täter jedoch keine einzige Spur hinterlassen.

»Alle DNA-Proben sollten morgen fertig ausgewertet sein«, schloss sie ihren kurzen Bericht und ließ ihrem Vater den Vortritt in das Büro.

Zabinski blickte kurz erstaunt auf, als er Daskes stattliche Statur im Türrahmen sah.

»Auch noch hier?«, nuschelte er in seinen Dreitagebart.

Daske ließ sich wortlos in den Bürostuhl neben Zabinski fallen und starrte gespannt auf den Bildschirm. Isabell nahm sich einen Besucherstuhl aus der Ecke, setzte sich neben Zabinski und reichte ihm einen Kaffee.

Alle drei blickten gebannt auf das aufgerufene Foto. Die drei Freunde Biedermeier, Lorenz und Dietz als Selfie vor einer Bühne. Glückliche und ausgelassene Menschen rundherum.

»Ich geh noch mal an den Anfang des Festivals«, sagte Zabinski und machte ein paar Klicks mit der Maus. »Vielleicht habe ich was übersehen. Sechs Augen sehen definitiv mehr als zwei.«

Daske und Isabell hatten dem nichts entgegenzusetzen und sie schauten sich sämtliche Fotos noch einmal gemeinsam an.

Zabinski öffnete die Bilder für alle drei gut sichtbar per Slideshow im Vollbildmodus und sie gewannen einen ersten Eindruck.

Bier, Party und Musik. Es war das volle Festivalprogramm.

Sie zappten sich durch die einzelnen Konzerte, die Saufeskapaden am Grill und sahen wie Martin Lorenz gemeinsam mit Paul Biedermeier und Fabian Dietz ausgelassen feierte. Sorglose Enthemmung dreier Freunde, die noch nichts von ihrem nahenden Schicksal ahnten.

Die Ermittler waren mittlerweile eng zusammengerückt und drängten sich förmlich um den Bildschirm. Daske strich mit jedem weiteren Foto wilder über seinen Schnauzbart, während Zabinski nervöser auf den Fingernägeln kaute und Isabell eine schwarze Lockensträhne nimmermüde mit den Fingern aufwickelte. Ihre Anspannung war im Raum deutlich zu spüren. Sie kamen dem Ableben von Martin Lorenz auf den Bildern immer näher.

Nach unzähligen, aber forensisch wertlosen Fotos gelangten sie schließlich zum letzten Schnappschuss.

Auf dem Bildschirm erschien ein vom Blitzlicht erhellter Martin Lorenz. Er lag in der hinteren Ecke des Transporters auf der Luftmatratze und schlief.

»Mit so einem Foto habe ich jetzt nicht gerechnet.« Daske stieß deutlich hörbar etwas Luft aus.

»Das Bild muss laut Signatur wenige Stunden vor dem finalen Atemzug des Opfers entstanden sein«, erklärte Zabinski.

Daske musterte Lorenz. Er lag auf dem Rücken und hatte die Arme entspannt neben sich. Der Mund war leicht geöffnet und er schnarchte wahrscheinlich. Seine Augen waren geschlossen und sahen noch entspannt aus. Es war kein Vergleich zu den stark geschwollenen Augen, die das Opfer im Todeskampf zur Fratze entstellt hatten. Die Füße steckten immer noch in den prägnanten Lederstiefeln und waren vor dem Einschlafen nicht ausgezogen worden.

»Wahrscheinlich das letzte Foto von Lorenz.« Daske pfiff durch die Zähne. »Können Sie den Rest des Transporters ein wenig sichtbarer machen?«

Es dauerte einige Sekunden, bis das Bild schließlich deutlich schärfer in einem schummerigen schwarz-weißen Kontrast erschien. Daske und Isabell rückten noch näher an Zabinski heran und ihre drei Köpfe bohrten sich beinahe in den Bildschirm.

»Viel ist auf den ersten Blick ja nicht zu erkennen«, merkte Daske enttäuscht an.

Ein großer Gegenstand hing rechts neben dem Schlafenden in der oberen Wagenverkleidung festgeklemmt. Mit ziemlicher Sicherheit handelte es sich hierbei um ein Handtuch. Eine Reisetasche fand am Fußende der Luftmatratze ihren Platz. Dann fiel Daskes Blick auf den unteren Bildrand. Dort war ein weiterer Schuh neben der Tasche zu erkennen.

Ein weiterer Schuh? Er stutzte und wagte kaum zu blinzeln.

Das war doch ein vornehmer Herrenschuh.

Daske fuhr sich nervös durch den Schnauzer, sodass Isabell und Zabinski auf den Lackschuh aufmerksam wurden.

Biedermeier dürfte der auf keinen Fall gehören.

»Habt ihr so einen Lederschuh in dem Transporter gefunden?« Daske tippte auf den Bildschirm.

Isabell schaute ihren Vater an und schüttelte nur bestimmt den Kopf.

»Was hat dieser edle Schuh auf einem Rockfestival verloren? Der passt überhaupt nicht in die Szenerie.« Daske kratzte sich am Kopf. »Könnten wir den Ausschnitt noch etwas größer kriegen?«

Zabinski markierte die entsprechende Stelle und stellte sie aufgrund akuter Pixelarmut noch etwas schärfer. Das Programm rechnete einige Sekunden vor sich hin und spuckte schließlich einen deutlich erkennbaren noblen Herrenschuh aus, aus dem etwas herausragte.

»Das ist ein Bein«, keuchte Daske verblüfft. »Ein verfluchtes, lebendiges, menschliches Bein.«

Er schlug mit der flachen Hand auf den Schreibtisch, sodass dieser bebte.

»Ein linkes Bein, um genau zu sein«, sagte Isabell konzentriert. »Die Person scheint sich nach hinten zu lehnen. Hat wahrscheinlich bemerkt, dass Biedermeier ein Foto schießen würde.«

Daske traute seinen Augen kaum.

Stand dort der Killer mitten im Transporter?

»Wenn das der Mörder ist, besitzt der Typ echt Nerven aus Stahl«, merkte Zabinski an.

Er schien sichtlich beeindruckt.

»Der Mörder ist kurz davor, Martin Lorenz zu vergiften, hört dann plötzlich Biedermeier an der Autotür und verharrt regungslos.« Daske schüttelte ungläubig den Kopf. »Selbst als das Kameralicht aufblitzt, bleibt er cool und wartet, bis Biedermeier endlich einschläft, um dann zur Sicherheit beide Männer zu vergiften.«

Die drei Beamten schauten ein paar Augenblicke schweigsam auf den Bildschirm.

»Wir haben es mit einem eiskalten Killer zu tun«, sagte Daske schließlich.

***

Müde und abgekämpft betrat Daske erst nach Mitternacht die eigenen vier Wände. Er war froh, endlich wieder zu Hause zu sein und schlich sich in die Küche.

Seine Frau schlief bereits, hatte ihm allerdings eine große Portion Nudeln übriggelassen, die er sich in der Mikrowelle aufwärmte.

Lass es dir schmecken, mein Schatz hatte sie neben die Nudeln geschrieben und dazu eine kleine Schokoladenkugel aus Nougat gelegt.

Er setzte sich mit dem Essen im Wohnzimmer in seinen Lieblingssessel aus grünem Ziegenvelours. Daske fühlte sich komplett ausgelaugt und stocherte lustlos mit der Gabel in den Nudeln herum. Trotz der liebevollen Fürsorge seiner Frau hatte er keinen Appetit.

Aber er war noch viel zu aufgewühlt, um Petra ins Bett zu folgen. Es war ein anstrengender Tag gewesen und eigentlich müsste er vor Müdigkeit tot umfallen.

Es war lange her, dass er so spät noch im Präsidium gearbeitet hatte. Aber die Entdeckung einer ersten Spur rechtfertigte jede Überstunde.

Sein Blick fiel auf das Foto von Isabells Vereidigung an ihrer Wohnzimmerwand. Seine Tochter hatte zunächst einen Bachelor in molekularer Wissenschaft abschlossen und war im Anschluss in den Polizeidienst eingetreten. Sie hatte eine ganz normale Ausbildung zur Polizistin begonnen und sich nebenher in Kriminaltechnik weitergebildet. Die Prüfung zur Kriminaltechnikerin hatte sie schließlich als Jahresgangbeste abgeschlossen. Er war vor Stolz beinahe geplatzt, als sie ihm damals offenbart hatte, dass sie in ihrer Heimatstadt bleiben möchte.

Es war für ihn das Größte gewesen, als sie schließlich im Präsidium angefangen hatte.

Und heute?

Es war ebenfalls lange her, dass er seine Tochter gesehen hatte. Bis zum heutigen Morgen waren es ganz genau vier Wochen und drei Tage gewesen.

Daske fand, dass der Tag so weit glimpflich abgelaufen war. Sie hatten normal miteinander gesprochen, auch wenn es sich ausschließlich um dienstliche Belange gehandelt hatte.

Ob sich ihre Beziehung wieder normalisieren würde?

Die gemeinsame Analyse der Fotos war zumindest ein zaghafter Anfang gewesen. Sie hatten zusammengearbeitet und wieder miteinander gesprochen.

Daske ging das Foto nicht aus dem Kopf.

Der Täter musste mucksmäuschenstill und starr in dem Transporter ausgeharrt haben, bis er sicher war, dass die beiden Opfer tief und fest schliefen. Er hatte den beiden Jungs in aller Seelenruhe die Schuhe ausgezogen und ihnen das Wespengift zwischen die Zehen gespritzt. Nach der Tat hatte er ihnen alles wieder angezogen und war verschwunden, als wäre er nie da gewesen.

Daske schüttelte ungläubig mit dem Kopf.

Der Mörder war eiskalt und absolut berechnend vorgegangen, hatte aber Biedermeiers Handy am Tatort zurückgelassen.

Hatte er das Handy schlichtweg vergessen, als sich Martin Lorenz im Todeskampf auf der Luftmatratze umherwälzte?

Daske grübelte.

Schließlich stellte er den Teller mit den Nudeln auf den kleinen Beistelltisch. Er hatte nicht eine einzige Nudel gegessen und seine Gedanken drehten sich im Kreis. Es war für ihn endlich an der Zeit, Petra im Bett zu beehren und neue Kraft zu tanken.

6

Die Stimmung bei *Rocklinghausen* war an diesem wunderbar sonnigen Sonntagmorgen ebenso chaotisch wie am Tag zuvor. Als hätte es nie einen polizeilichen Großeinsatz gegeben. Die Party sollte und musste weitergehen. Der letzte Tag und somit das krachende Finale der Ruhrfestspiele stand in den Startlöchern und setzte noch einmal sämtliche Kräfte bei allen Beteiligten frei. Es galt die restlichen Bierreserven komplett zu vernichten, denn jede volle Dose würde die Rückreise nur unnötig erschweren.

Daske, Zabinski, Voss und Morgenstern blickten mit insgesamt zehn versammelten Uniformierten auf das eingezäunte Campinggelände für Wohnmobile.

Wobei die Bezeichnung *Wohnmobile* eindeutig romantisch verklärt war.

Musik hämmerte aus hunderten Quellen mit Wucht auf sie ein. Langschläfer waren hier eindeutig unerwünscht.

Daske ließ seinen Blick in Ruhe schweifen und sog die chaotische Szenerie fasziniert auf. Ein rauchig-würziger Duft hing von ungezählten Holzkohlegrills in der Luft und es wurde für das Frühstück aus vollen Rohren gefeuert. Es galt die allgemeine Faustregel, schon um 8 Uhr morgens den Kater vom Vortag mit neuem Bier zu vertreiben.

An einem improvisierten Toilettenparadies in der Mitte der äußeren Bauzaunumrandung warteten derweil gut hundert Leute mit Klopapierrollen bewaffnet, dass es in der Schlange endlich voranging. Quälend langsam kamen sie dabei der heiligen Porzellanschüssel näher. An dem Duschzelt daneben stand man scheinbar ebenso lange an. Nur die Ungeduld der Festivalbesucher schien hier nicht so groß zu sein wie vor den Toiletten.

»Den vierten Tag hausen die Leute jetzt schon in diesem Dreck und Lärm. Ich bin schon richtig neidisch.« Zabinski grinste breit.

»Jetzt werde nicht spätpubertär«, krähte der nur sieben Jahre jüngere Morgenstern. »Das hältst du in deinem Alter doch gar nicht mehr durch.«

Zabinski machte einen übertrieben einsichtigen Schmollmund und die beiden Beamten lachten laut los.

Daske beendete die aufkommende Fröhlichkeit, indem er mehrfach in die Hände klatschte und lautstark seine Stimme in Richtung der Beamtenschar erhob.

»Wir werden uns gleich auf dem Campinggelände darum bemühen, Zeugen für den Mordfall von gestern Morgen zu finden. Ich bitte Sie darum, dass Sie ausreichend Visitenkarten an die Festivalbesucher mit der Telefonnummer der Mordkommission verteilen.«

Zabinski hielt einen Stapel mit bedruckten Adresskärtchen hoch, während sich Daske mit zwei Fingern durch den Schnauzbart fuhr.

»Ich bitte Sie bei allen Nachfragen der Festivalbesucher dringlichst die Tatsache zu vermeiden, dass es sich um eine Mordermittlung handelt. Wir wollen hier keine Massenpanik durch wilde Gerüchte heraufbeschwören. Sprechen Sie von einem ungeklärten Todesfall und vermeiden Sie unschöne Details«, schwor Daske seine Beamten ein. »Richten Sie die Aufmerksamkeit Ihrer Fragen vor allen Dingen nach einer Person in teuren, schwarzen Herrenschuhen aus glänzendem Leder. Diese Schuhe sollten hier definitiv auffallen.« Er legte eine Kunstpause ein. »Ich appelliere an Sie alle. Wenn wir heute keinen Zeugen finden, ist der Zug abgefahren. Bleiben Sie freundlich, seien Sie hartnäckig und lassen Sie sich nicht durch blöde Sprüche provozieren.«

Die Beamten zerstreuten sich und durchliefen die einzelnen Reihen mit den verschiedenen Camps.

»Hallo, wir sind von der Kriminalpolizei.«

Warten auf den Applaus.

»Auf eurem Zeltplatz ist gestern eine Person gestorben.«

Warten auf das betretene Schweigen.

»Wir suchen nach einer Person, die uns eventuell weiterhelfen kann. Sie trägt glänzende Lackschuhe. Habt ihr zufällig so jemand gesehen?«

Warten auf das Kopfschütteln, Visitenkarten aushändigen und abschließend das angebotene Bier dankend ablehnen.

Auf diese Art und Weise verliefen ungefähr die einzelnen Befragungen der verschiedenen Camps.

Die meisten Festivalbesucher reagierten geschockt und erwartungsgemäß verstört auf die Nachricht, dass einer aus ihrer unmittelbaren Mitte herausgerissen worden war. Es war erstaunlich, dass das gestrige Spektakel scheinbar unbemerkt an der großen Masse und den sozialen Medien vorbeigegangen war.

Nachdem sich der Schock gelegt hatte, prasselten teilweise Fragen über Fragen auf die Polizisten ein. Brauchbare Informationen bekamen die Beamten dabei nicht heraus.

Am Fundort der Leiche hatte Daske die Flatterbandkonstruktion über Nacht von zwei Kollegen bewachen lassen. Man konnte schließlich nie wissen, ob nicht noch nachträglich nach bestimmten Spuren gesucht werden musste. Das abgesperrte Areal sah ohne die Wagenburg aus Transporter und Golf regelrecht verloren aus.

Daske ging auf die wachhabenden Beamten zu, die sich in ihren Campingstühlen streckten.

»Zabinski, besorgen Sie den beiden einen Kaffee«, beschied er und gönnte den übermüdeten Kollegen noch ein wenig Smalltalk.

Die beiden Beamten hatten zwar eine interessante Nacht mit lauter illustren Geschichten hinter sich, aber etwas Relevantes für den Mordfall war nicht dabei.

Nachdem Zabinski die Polizisten mit Kaffee versorgt hatte, ging Daske mit ihm zusammen zu dem Wohnwagen, der direkt neben dem Tatort stand.

Vor dem fahrbaren Wohnsitz saßen drei Männer und eine Frau auf Campingstühlen unter einer seitlich ausgefahrenen Markise. Die Kohle auf dem angrenzenden Grill feuerte heftig und das Frühstückssteak wurde fleißig gewendet. Aufgrund der sich darbietenden Spießigkeit musste sich Daske ein lautes Lachen verkneifen.

»Zabinski und Daske von der Kriminalpolizei«, stellte er sie mit seinem Ausweis in der Hand vor und warf einen strafenden Blick auf den Grill. »Sie dürfen das Fleisch nicht so häufig drehen, junger Mann. Einmal genügt vollkommen, sonst wird das doch völlig zäh.«

»Ähh ... Danke.« Der Griller wirkte leicht irritiert. »Dafür schicken die jetzt extra jemanden vorbei? Sind Sie etwa von der Grillpolizei?«

Es war ein mehr als schlechter Versuch, den unangenehmen Augenblick aufzulockern, während sein Sitznachbar kläglich darum bemüht war, den fast fertig gedrehten Joint unter dem Wagen verschwinden zu lassen. Natürlich zogen die hampeligen Bewegungen sofort die Aufmerksamkeit von Daske auf sich.

»Lassen Sie das nicht die Kollegen vom Rauschgiftdezernat sehen.« Er schmunzelte unter seinem Schnauzbart und ließ Gnade vor Recht ergehen.

Schließlich hoffte er insgeheim, brauchbare Informationen über den Mordfall zu bekommen. Er rückte seine Brille autoritär zurecht und sprach nun mit deutlich strengerer Stimme.

»Wie Sie mitbekommen haben, ist gestern Nacht einer Ihrer Nachbarn im Schlaf gestorben. Wir suchen Zeugen, die in den letzten 48 Stunden irgendetwas Ungewöhnliches gesehen haben. Ist Ihnen etwas aufgefallen?«

Außer dem brutzelnden Fleisch und dem Knacken der Holzkohle lag plötzlich Stille unter der Markise. Alle Camper schauten betreten auf ihre Füße. Nach einer gefühlten Ewigkeit ergriff der Griller das Wort.

»Also, mir ist nichts aufgefallen. Die drei Jungs nebenan waren wirklich in Ordnung. Wir haben mit denen Freitagnachmittag gemütlich zusammengesessen und ein paar Bierchen geschlürft. Alles ganz locker.«

Daske seufzte. Diese Antwort hatte er mittlerweile zur Genüge gehört. Das konnte ja heiter werden.

»Wie war das denn in der Nacht zum Samstag? Wann sind Sie von den Konzerten zurückgekommen?«

»Alter, kein Plan. Wir waren alle voll durch.«

Allgemeines, verhaltenes Gelächter.

»Das muss gegen Mitternacht gewesen sein. Wir sind gemeinsam zurückgelaufen. Waren echt voll im Sack. Das war aber auch ein geiles Konzert.« Der Jointbastler war sichtlich bemüht zu glänzen.

»Haben Sie nebenan etwas gesehen oder bemerkt?«

Langsam wurde diese Begriffsstutzigkeit echt nervig.

»Nee, Fehlanzeige. Da war alles dunkel. Keiner da. Wir haben abschließend noch für ein Stündchen zwei, drei Bier getrunken und sind dann ab in die Falle.«

»Sind Ihnen vielleicht bei irgendwem schwarze, teure Herrenlackschuhe aus Leder aufgefallen?«

Die vier Camper schauten Daske ein wenig irritiert an, schüttelten dann aber ohne weitere Nachfragen die Köpfe.

»Falls Ihnen noch irgendetwas einfällt, bitte ich Sie um einen Anruf.« Daske überreichte seine Visitenkarte dem Jointbastler.

»An Ihrer Stelle würde ich das grüne Kraut nicht mehr anrühren. Sonst muss ich doch noch bei den Kollegen vom Rauschgift anrufen.« Daske zwinkerte dem Camper zu und verließ mit Zabinski den Dunstkreis des Grills. Es war ein durchaus gelungener Abgang.

***

Nachdem die Zeugensuchaktion unbefriedigend beendet worden war, saßen Daske und Zabinski im Notarztzelt und warteten auf den diensthabenden Mediziner.

Die mobile Rettungsstation erinnerte Daske eher an ein Feldlazarett. Die meisten der zwanzig Feldbetten waren mit leicht blutenden oder verbundenen Festivalbesuchern besetzt. Einige schliefen auch einfach nur ihren Rausch aus.

Der größte Teil der verletzten Personen waren junge Männer, die sich allen Anschein nach beim gestrigen Pogen oder sonstigen alkoholgetränkten Leichtsinnigkeiten die Blessuren zugezogen hatten.

Vereinzelt wimmerte jemand leise vor sich hin, während andere lauthals ihr Schicksal beklagten. Zwei Sanitäter saßen währenddessen gelangweilt auf Plastikstühlen am Rand und beobachteten von ihren Logenplätzen aus das Geschehen.

»Die Herren von der Kripo«, ertönte plötzlich eine Stimme von der Seite. »Willkommen im Sankt Rocklinghausen Spital. Franz Haarer.«

Der Notarzt streckte ihnen die Hand entgegen. Er hatte blendende Laune und zeigte eine herzliche Freundlichkeit. Aufgrund seines Arbeitsplatzes war dies mehr als verwunderlich.

»Wir sind wegen des Todesfalls gestern Morgen auf dem Campinggelände hier.« Daske kam direkt zur Sache.

»Schrecklich das Ganze.«

»Das Ableben hat sich mittlerweile als unfreiwillig, sprich Mord, herausgestellt«, sagte Daske so leise wie möglich.

»Ach du meine Güte.« In der Stimme des Notarztes lag ehrliche Besorgnis. »Können Sie mir verraten, woran er gestorben ist?«

»Der junge Mann wurde vergiftet.«

»Vergiftet?«

»Der Mörder hat dem Opfer Wespengift gespritzt und dadurch einen allergischen Schock ausgelöst. Ein normaler Insektenstich ist definitiv ausgeschlossen.«

»Das ist nicht wahr.«

»Der Täter hat das Gift auch in eine weitere männliche Person injiziert, die sich mit im Wohnmobil befand. Dieser junge Mann hat aber zum Glück überlebt.«

»Wir fragen uns, ob Sie in den letzten Tagen Patienten mit ähnlichen Symptomen in Ihrem Zelt hatten, die eventuell über einen Insektenstich klagten«, fiel Zabinski Daske ins Wort.

Der Notarzt überlegte kurz, legte die Stirn in Falten und leckte sich mit der Zunge über die Unterlippe.

»Ich kann mich an keinen Patienten erinnern. Aber warten Sie einen Moment. Ich frage meine Sanitäter. Bei allergischen Reaktionen ist es anzunehmen, dass diese schnell und vor Ort auf den Zeltplätzen behandelt wurden.«

Haarer lief quer durch das Zelt zu den beiden Sanitätern herüber. Nach einem kurzen Austausch zeigte er Daske an, dass er telefonieren müsste.

»Ich hoffe, dass wir nicht noch weitere Fälle mit Vergiftungen haben«, sagte Zabinski, während sie auf Haarer warteten. »Sollten sich auf dem Festival tatsächlich mehrere Opfer von Wespengiftattacken finden, jagen wir mit ziemlicher Sicherheit einen Verrückten, der garantiert erneut zuschlagen wird.«

Daske musterte den Kollegen von der Seite. Manchmal ging die Fantasie mit Zabinski durch. Ein umherlaufender Täter, der möglichst viele Menschen mit Wespengift attackiert, war ihm etwas zu weit hergeholt.

Kurz darauf wurde er eines Besseren belehrt.

Der Notarzt kam zurück und teilte ihnen mit, dass sie seit Freitagmorgen insgesamt vierzehn Menschen mit allergischen Reaktionen auf Insektengift in Behandlung gehabt hatten, sechs davon hatte es im Schlaf überrascht.

***

»Abbrechen? Das kann ich nicht verantworten, Herr Polizeipräsident.«

Sein Vorgesetzter war am anderen Ende der Leitung mehr als aufgebracht und brüllte erneut seinen Unmut durch das Telefon. Daske hielt das Handy etwas vom Ohr weg.

»Ich verstehe, dass Sie unter Druck stehen, aber wir können es uns nicht leisten, die Veranstaltung abzubrechen. Die einsetzende Panik wäre zu groß. Stellen Sie sich zehntausend Menschen gleichzeitig auf der Flucht vor. Dazu noch die unübersichtliche Campingsituation und der erhöhte Alkoholkonsum. Das ist viel zu riskant.«

Daske knirschte nervös mit den Zähnen und hörte seinem Chef weiter zu. Er konnte den Polizeipräsidenten durchaus verstehen, aber ein Abbruch würde in einem absoluten Chaos enden und weitere Opfer heraufbeschwören. Sie müssten eine andere Vorgehensweise anwenden.

»Ich bin mir sicher, dass der Täter nicht noch einmal zuschlagen wird«, versuchte er den Polizeipräsidenten zu überzeugen. »Zumindest wird der Täter nicht während der letzten Konzerte zuschlagen. Er wird, wenn überhaupt, nur in der Nacht zuschlagen. Sobald die Leute schlafen, traut er sich erst aus der Deckung heraus.«

Kleine Schweißperlen bildeten sich allmählich auf Daskes Stirn. Zabinski litt auf dem Beifahrersitz sichtlich mit. Er tat aber so, als ob er das Gespräch nicht mithören würde, indem er scheinbar zerstreut aus dem Fenster schaute.

Sie waren auf dem Weg zu den Eltern des Verstorbenen und wollten danach Paul Biedermeier im Krankenhaus befragen.

»Warum ich mir sicher bin?«, fragte Daske den Polizeipräsidenten rhetorisch. »Wir konnten nach eigenen Ermittlungen und der Aussage des Notarztes bestätigen, dass der Täter bisher ausschließlich nachts agierte. Ich wiederhole mich gerne, wenn ich Ihnen sage, dass die Opfer ausschließlich im Schlaf attackiert wurden.«

Er atmete tief durch und hörte weiter angestrengt zu.

»Herr Polizeipräsident, ich verstehe Ihre Sorgen vollkommen. Aber im Sinne der Sicherheit aller Zuschauer haben wir mit dem Veranstalter ausgehandelt, dass die Zeltplätze nach den Konzerten heute Abend geschlossen werden. Mit anderen Worten, die Besucher des Festivals müssen noch heute abreisen. Der veränderte Zeitplan wird den Besuchern schonend per Videoleinwand und durch die Security beigebracht. Auf diese Weise wird keine Massenpanik vor einem freilaufenden Mörder ausgelöst und alle Fahrer haben mehr als einen halben Tag zum Ausnüchtern. Das Festival wird geruhsam abgewickelt werden. Denken Sie nur an die Vorkommnisse auf der Loveparade.«

Daskes Ass stach sofort. Das Wort *Loveparade* schaffte es immer noch, Politiker und Entscheidungsträger im Ruhrgebiet sofort in die Defensive zu drängen. Die Sicherheit der Zuschauer und Besucher war zu einem kostbaren Gut geworden.

»Verstanden, Herr Polizeipräsident. Danke, Herr Polizeipräsident.« Daske beendete das Gespräch und schielte zu Zabinski herüber. »Wir müssen uns mit den Befragungen von Familie Lorenz und Paul Biedermeier beeilen. Um 16 Uhr geben wir eine Pressekonferenz.«

7

Vor dem Elternhaus des Mordopfers hatten sie nur mit Mühe einen Parkplatz gefunden. Nun standen sie vor dem Haus der Familie Lorenz. Gerade als Daske die Klingel betätigen wollte, öffnete eine ältere Dame die Haustür.

»Sie wollen bestimmt zu Marion und Günther«, sagte die betagte Frau mit gedämpfter Stimme. »Schlimm, schlimm. Der arme Junge. Der war noch so jung, hatte das ganze Leben noch vor sich. Kommen Sie rein, kommen Sie. Ich wollte eh gerade gehen. Ich wohne direkt nebenan, müssen Sie wissen. Ich kenne die Lorenz' schon seit Ewigkeiten. Das sind ganz liebe Leute, wenn Sie mich fragen. Sie sind Martins Fußballtrainier, nicht wahr?«

»Kriminalpolizei«, antwortete Daske knapp und beendete den Redeschwall der alten Dame abrupt.

»Frau Lorenz?«

Daske und Zabinski gingen unentschlossen in den Eingangsbereich des Reihenhauses.

»Herr Lorenz?«

Schließlich betrat eine weitere ältere Dame die Diele.

»Wir sind alle im Wohnzimmer. Kommen Sie nur herein. Sie sind die Fußballtrainer, nicht wahr?«

Daske verkniff sich die Antwort und sie folgten der Dame schweigsam. Dieses Mal dröhnte keine Reporterstimme aus dem Fernseher. Niemand in diesem Haus interessierte sich noch für die Fußball-EM. Stille hatte das ganze Gebäude gefangen genommen und drückte schwer auf alle Anwesenden.

Das Wohnzimmer war gefüllt mit Nachbarn, Verwandten und Freunden von Martin Lorenz' Eltern.

Sie hatten es sich auf zwei Couchen und einem Sessel rund um den Sofatisch bequem gemacht. Die Schiebetür zur Terrasse war geöffnet und dort saßen weitere Leute an einem kleinen Holztisch. Schnapsflaschen standen auf allen Tischen. Die Menschen tranken sich ihren Kummer von der Seele und einige weinten verstohlen in ein Taschentuch. Kaum jemand nahm von den beiden Kriminalbeamten Notiz.

Daske ließ seinen Blick schweifen und entdeckte Günther Lorenz schließlich an dem Holztisch auf der Terrasse.

Als sie zu ihm traten, füllte der Vater gerade sein Schnapsglas auf. Er hatte scheinbar sämtlichen Lebensmut verloren und war vollkommen apathisch. Den fröhlichen Familienvater, der Daske gestern die Tür zu seinem Haus geöffnet hatte, gab es nicht mehr.

»Wir haben noch ein paar Fragen«, sagte Daske und klopfte Günther Lorenz aufmunternd auf die Schulter. »Auch wenn es Ihnen schwerfällt.«

Günther Lorenz nickte schwerfällig und zeigte in den liebevoll gepflegten Garten hinein. Hinter einer Weide und von zwei blühenden Hortensien eingerahmt, saß seine Frau allein auf einer Bank und schaute in den Himmel. Sie rührte sich nicht vom Fleck, als sich ihr Mann neben sie setzte und die Hand auf ihr Knie legte. Daske und Zabinski stellten sich schweigend neben die Bank und ließen Marion Lorenz den Blick in den Himmel frei. Eine Weile lauschten sie den singenden Vögeln und dem Rauschen der Blätter.

Daske erkannte neben sich Margeriten, Lupinen und Funkien in voller Blüte. Bienen, Hummeln und Schmetterlinge flogen umher und es summte aus allen Richtungen. Das Leben in diesem paradiesischen Garten wirkte sorglos und beinahe fröhlich.

Etwas widerwillig ergriff er das Wort.

»Wir müssen noch einmal mit Ihnen über Ihren Sohn sprechen.«

Zum ersten Mal schaute ihn Marion Lorenz an. In ihren Augen lag plötzlich ein kleiner Hoffnungsschimmer. Als wären ihre Gebete erhört worden und er brächte den geliebten Sohn wieder zurück.

»Die Rechtsmedizin hat herausgefunden, dass Martin keines natürlichen Todes gestorben ist. Er wurde ermordet.«

Für einen Moment herrschte eine absolute Stille, dann schluchzten Mutter und Vater beide zeitgleich laut auf. Die Wahrheit war für beide sichtbar unerträglich. Der geliebte Sohn war nicht nur tot, er war ermordet worden.

Marion Lorenz schüttelte sich vor innerem Schmerz, während ihr Mann mit der blanken Faust mehrmals gegen die Armlehne der Bank schlug. Das Holz barst unter der Gewalteinwirkung und knackte geräuschvoll.

»Marion! Günther! Alles in Ordnung bei euch?«, rief ein Mann von der Terrasse herüber und kam mit einem feindseligen Blick in den Garten gelaufen. »Was wollen Sie hier?«, polterte er und ging direkt auf Daske los. »Lassen Sie meine Schwägerin und meinen Bruder in dieser schlimmen Stunde in Ruhe!«

Wütende Trauer stand in den Augen des Mannes, die sich ein Ventil suchte.

Günther Lorenz war aufgestanden und umarmte den Mann.

»Lass gut sein, Norbert. Die Herren von der Polizei machen nur ihren Job.«

Die Anspannung wich aus dem Angreifer heraus. Er ließ die Arme hängen und die Umarmung zu. Die Situation entspannte sich und Günther Lorenz führte seinen Bruder wieder zur Terrasse. Daske und Zabinski hatten sich die ganze Zeit nicht vom Fleck gerührt und auch Marion Lorenz hatte die Situation aufmerksam verfolgt.

»Entschuldigen Sie bitte meinen Bruder. Die ganze Familie leidet gerade sehr«, sagte Günther Lorenz und setzte sich wieder zu seiner Frau.

»Das kann ich sehr gut verstehen. Machen Sie sich um uns bitte keine Sorgen«, räusperte sich Daske betreten. »Haben Sie irgendeine Ahnung, wer Martin das angetan haben könnte?«

Die Eltern schüttelten die Köpfe.

»Martin ist ...« Er stockte. »Martin ... war ein lieber Junge. Er war in der Uni und seiner Fußballmannschaft sehr beliebt.«

Die Vergangenheitsform bereitete den Eltern sichtlich Schmerzen. Während ihr Mann das Tempus stockend verbessert hatte, hatte Marion Lorenz erneut lautstark aufgeschluchzt.

»Wie ... wie ist er gestorben?«, keuchte Günther Lorenz. »Musste er sehr leiden? Hatte er starke Schmerzen?«

Qualvolle Fragen, die kein Elternteil über die eigenen Kinder formulieren sollte.

Marion Lorenz saß mittlerweile apathisch auf der Bank und nahm von dem Gespräch um sie herum scheinbar keine Notiz mehr. Ihr Blick war wieder in den Himmel gerichtet.

»Martin hat nicht gelitten.« Daske behalf sich einer Notlüge, während Zabinski neben ihm ziemlich verloren wirkte. »Ihr Sohn wurde vergiftet. Es ging sehr schnell.«

Günther Lorenz schüttelte wild und heftig den Kopf.

»Nein! Das kann nicht sein!«

Er schlug erneut mit der Faust gegen die Armlehne, sodass diese endgültig von der Holzbank abbrach. Blut tropfte von seinen Fingerknöcheln.

»Hatte Martin irgendwelche Allergien und war er deswegen in Behandlung?«, hakte Daske nach.

Günther Lorenz starrte seine blutige Hand teilnahmslos an und verstummte. Der laue Sommerwind drehte kurz auf und ließ die Baumkronen geräuschvoll rascheln.

»Herr Lorenz, ich bitte Sie! Helfen Sie uns! Helfen Sie uns, Martins Mörder zu fassen«, appellierte Daske. »Hatte Ihr Sohn irgendwelche Allergien?«

Doch Günther Lorenz war vollkommen in sich und seinem Schmerz versunken.

Als die Beamten den Garten verlassen wollten, hielt Frau Lorenz Daske am Jackett fest. Sie zog ihn langsam zu sich heran und flüsterte ihm nur zwei Worte ins Ohr.

»Doktor Grunau.«

***

Daske lehnte an der Motorhaube des Dienstwagens und starrte die Straße mit den liebevoll gepflegten Reihenhäuschen in der ruhigen Siedlung entlang.

Er musste sich kurz besinnen.

Die Befragung hatte ihn innerlich aufgewühlt. Er musste ständig an seine eigene Tochter denken.

Wie würde er reagieren, wenn man mit ihm über den grausamen Mord an seinem Kind sprechen würde. Seiner Isabell. Er wollte es sich nicht ausmalen.

Er zückte sein Smartphone, um Isabell eine Textnachricht zu schreiben. Er wollte nachfragen, wie es ihr ging und vielleicht noch nachhören, wie es mit den Ermittlungen in der KTU lief.

Daske formulierte drei verschiedene Texte, löschte aber alle Varianten wieder und steckte das Handy schließlich ohne abgeschickte Nachricht zurück ins Jackett.

Ihre Beziehung zueinander war aktuell noch nicht so weit. Sie hatten sich bis auf den gestrigen Tag zu lange nichts zu sagen gehabt.

Wir müssen unser Verhältnis wieder in den Griff kriegen, dachte er und stieg zu Zabinski ins Auto, der offenbar gelangweilt auf seinem Smartphone herumwischte. Wortlos startete Daske den Wagen und fuhr in Richtung Festivalgelände los.

Sie wollten spontan mit dem Konzertveranstalter über die Abwicklung des letzten Konzerttages sprechen. Daske hoffte inständig, dass sie sich nicht mit einer Massenpanik beschäftigen müssten. Die Befragung von Biedermeier im Krankenhaus wollten sie erst im Anschluss erledigen.

»Doktor Grunau«, sagte Zabinski plötzlich laut und griff damit die letzte Aussage von Marion Lorenz wieder auf, während er angespannt mit dem Zeigefinger auf den Handlauf der Beifahrertür tippte. »Der Mann ist Allergologe, hat Zugang zu Insektengiften und unser Opfer war bei ihm in Behandlung. Ist das ein Zufall?«

Daske grunzte nur und hielt die Augen auf den Verkehr gerichtet. Er ging seinen eigenen Gedanken nach und fragte sich, welchen Tätigkeiten Isabell in der KTU nachging. Er konnte sich gerade auf nichts anderes als seine Tochter konzentrieren.

Die Ampel schaltete auf grün und Daske fuhr ruckartig an.

»Ich finde, wir sollten dem guten Doktor Grunau Montagmorgen direkt einen Besuch abstatten. Er wird uns bei einigen Fragen weiterhelfen können. Meinen Sie, dass wir ihn unter Tatverdacht stellen sollten?«, ließ Zabinski nicht locker.

»Was gehen Sie für Verschwörungstheorien nach? Wie Sie schon richtig sagten, der Mann ist Allergologe. Sicherlich hat er Zugang zu Insektengiften, aber all das macht ihn nicht zu einem Mörder.«

Daske schüttelte den Kopf. Zabinskis Fantasien gingen ihm eindeutig zu weit. Doktor Grunau als tatverdächtig einzustufen, lag weit außerhalb seines Vorstellungsvermögens. Es wäre viel zu simpel und oberflächlich.

»Und wenn der Mord nur ein Zufall war?« Zabinski zuckte mit den Schultern. »Insgesamt gab es auf dem Festival bisher sechszehn Vorfälle mit Wespengift. Acht

Personen hat das Gift davon im Schlaf ereilt. Gehen wir davon aus, dass nur diese acht Personen Opfer unseres Täters waren, dann stellt sich für mich die Frage nach dem Sinn und Zweck der Attacken.«

An diesem Gedankengang von Zabinski war in der Tat etwas dran, das musste Daske durchaus zugeben. Dennoch bedachte er ihn erneut mit einem Grunzen.

»Wollte der Täter all diese Menschen gezielt töten oder wollte er den Leuten bloß einen Schreck einjagen?«, sprach Zabinski Daskes Gedanken aus.

Daske ärgerte es, dass sie keine Möglichkeit hatten, an die Namen der sechzehn Menschen zu kommen, die wegen vermeintlicher Insektenstiche auf dem Festival in Behandlung gewesen waren.

Die notärztliche Versorgung verlief auf Musikfestivals üblicherweise unbürokratisch und war im Service inbegriffen. Es gab schlichtweg keine Patientendaten und das machte eine Rückverfolgung für die Beamten nahezu unmöglich. Die Überprüfung, ob es sich bei allen Personen tatsächlich um reale Insektenstiche handelte oder um gezielte Injektionen ihres Täters, dürfte schwierig werden.

Plötzlich klingelte Daskes Handy.

»Paul Biedermeier ist heute Nacht aus dem Krankenhaus verschwunden«, keuchte Morgenstern aufgeregt am anderen Ende der Leitung,

»Was? Machen Sie Witze? Warum zur Hölle erfahre ich das erst jetzt?«, brüllte Daske ins Telefon.

Er schlug mit der Faust auf das Lenkrad. Es schepperte gewaltig und der Wagen kam kurz ins Schlingern, sodass Zabinski sein Smartphone aus der Hand fiel.

Daske krallte sich mit einer Hand an das lederne Lenkrad und presste mit der anderen das Handy dicht ans Ohr.

»Wir haben die Meldung gerade erst reinbekommen. Der leitende Stationsarzt fand die Nachricht nicht sonderlich dringend«, versuchte der sichtlich eingeschüchterte Morgenstern ihm eine Erklärung für die späte Information zu liefern. »Der Mediziner ist der Ansicht, dass sich unser Opfer selbst entlassen und nach Hause begeben hat.«

Daske ballte erneut die Faust. Er dachte sofort an den Besuch bei Paul Biedermeier und seine Begegnung mit diesem vermaledeiten Assistenzarzt zurück. Diesem Schlaumeier war scheinbar ihr wichtigster Zeuge entwischt.

***

Mit Vollgas jagten sie durch Röllinghausen und überbrückten das Industrieviertel mit 150km/h bis kurz vor die Herner Stadtgrenze. Daske trat das Gaspedal durch und Zabinski krallte sich während der gesamten Fahrt am Beifahrersitz fest.

Nach nur sieben Minuten stoppte Daske den Dienstwagen mit quietschenden Reifen vor dem Haus von Paul Biedermeier. Sie blickten auf ein typisches Mietshaus mit vier Stockwerken und renovierungsbedürftiger Fassade im Süden der Stadt.

Im Laufschritt erklommen sie die fünf kleinen Stufen vor dem Gebäude und hetzten durch ein Spalier von immergrünen Sträuchern. Insgesamt gab es acht Klingeln an der Haustür und *P. Biedermeier* stand in Handschrift auf einem der beiden oberen Knöpfe. Daske bohrte seinen rechten Zeigefinger dreimal auf die Klingel. Die Beamten warteten. Nach einem kurzen Augenblick klingelte Daske erneut dreimal. Doch nichts passierte.

Er verlor die Geduld und fuhr schließlich über sämtliche Klingelknöpfe, bis der Türsummer endlich ertönte.

Sofort jagten sie die Treppe empor. Daske hielt mit dem wesentlich jüngeren und fitteren Zabinski erstaunlich gut Schritt. Das Adrenalin puschte ihn förmlich die Stufen hoch. Auf jedem Absatz deuteten sie den Anwohnern per Handbewegung wieder in ihre Wohnungen zu gehen.

Hier gab es nichts zu sehen.

In der oberen Etage angekommen, war die Linke von zwei Türen geöffnet. Ein junger Mann mit zotteligem Vollbart, Zopf und Nickelbrille lugte aus dem schmal geöffneten Spalt seiner Wohnung hervor.

Daske und Zabinski nahmen von dem direkten Nachbarn von Paul Biedermeier keinerlei Notiz. Sie stürmten an ihm vorbei und Daske hämmerte sofort an die verschlossene Wohnungstür.

»Biedermeier! Machen Sie auf! Was soll der Quatsch?«, brüllte er in dem Hausflur.

»Der ist nicht da«, sagte der Zopfträger, der sich immer noch nicht weiter herausgewagt hatte. »Der ist auf einem Festival.«

Die Beamten drehten sich um und erspähten den Mann im Türspalt.

»Auf dem Festival ist Herr Biedermeier aber nicht mehr.« Daske ging auf den Nachbarn zu, der unwillkürlich hinter dem Türspalt zurückwich, und zückte seinen Dienstausweis.

»Wir müssen dringend mit Herrn Biedermeier sprechen. War er vielleicht heute Nacht oder am Morgen zu Hause?«

Der Nachbar entspannte sich mit Blick auf den Dienstausweis ein wenig und trat ein kleines Stückchen aus seiner Deckung heraus.

»Das kann ich Ihnen nicht sagen, Herr Wachtmeister«, versuchte er entspannt zu wirken. »Vorhin lief nebenan die Dusche. Ich denke, dass das Pauls Freundin war. Die ist über das Wochenende immer hier.«

»Überlassen Sie das Denken lieber uns«, beschied Daske schroff und hämmerte erneut gegen die geschlossene Wohnungstür. »Biedermeier! Machen Sie endlich die Tür auf!«

Nachdem Daske zusätzlich den Klingelknopf gedrückt hielt, öffnete sich mit einem Mal die Tür zu Paul Biedermeiers Wohnung.

»Wollt ihr zu Paul?«

Eine aufreizende junge Frau von Mitte zwanzig hatte die Tür geöffnet. Sie war lediglich mit einem sehr kurzen Bademantel bekleidet und zeigte selbstbewusst ihre langen, schlanken Beine sowie ein einladendes Dekolleté. Ihre blonden Haare waren nass und Wassertropfen rannen über ein anmutiges Gesicht mit blauen Kornblumenaugen und vollen Lippen.

Die beiden Kriminalbeamten schauten sie sichtlich überrumpelt an und versuchten krampfhaft den Augenkontakt aufrechtzuhalten.

»Paul ist nicht zu Hause. Der ist mit Kumpels bei Rocklinghausen. Das ist so ein Musikfestival. Kennt ihr das?«, flötete sie elfenhaft.

Daske fing sich als Erster und nickte, während Zabinski eindeutig mit seinen Hormonen kämpfte.

»Ich bin Fiona, Pauls Freundin«, flötete sie weiter und zwinkerte Zabinski dabei lächelnd zu.

»Wir sind von der Kriminalpolizei«, fuhr Daske barsch dazwischen, während er seinen Dienstausweis hochhielt. »Können wir Ihnen ein paar Fragen stellen, Frau ...?«

»Fiona Peters.« Sie lächelte ihn zuckersüß an.

»Frau Peters ...«

»Fiona reicht vollkommen.«

»Frau Peters, können wir vielleicht einen Moment reinkommen? Wir müssen dringend mit Ihnen sprechen. Sie können sich vorher etwas überziehen. Wir warten so lange im Hausflur.«

»Das ist nicht nötig. Kommt ruhig schon mal herein. Ich föhne mir nur kurz die Haare etwas über.«

Daske schob den protestierenden Nachbarn wieder in dessen Wohnung zurück und folgte Zabinski in die Diele von Paul Biedermeiers Apartment.

Auf den ersten Blick war alles modern und im Stil eines schwedischen Möbelhauses eingerichtet. Daske erkannte Poster von den Ramones und Johnny Cash an den Wänden der langgezogenen Diele.

Geschmack hatte Biedermeier schon einmal.

Fiona Peters führte die beiden Beamten in eine kleine Küche, während sie im Bad verschwand.

Daske und Zabinski nahmen an dem kleinen Tisch nebeneinander Platz und warteten schweigend auf die Gastgeberin.

Die Küche war aufgeräumt und ordentlich, versprühte mit der kleinen Whiskeysammlung auf der Arbeitsplatte und dem großen Poster der lasziven Megan Fox aber den Charme einer typischen Junggesellenwohnung.

Fiona Peters offerierte Daske und Zabinski schließlich einen Kaffee, als sie mit getrockneten Haaren, aber weiterhin nur mit dem Bademantel bekleidet, in die Küche zurückkam. Die Kriminalbeamten lehnten das

Angebot dankend ab und saßen ihr kerzengerade am Küchentisch gegenüber. Daske trat Zabinski unter dem Tisch auf den Fuß, als dieser verstohlen auf die ansehnlichen Öffnungen im Bademantel schielte.

Natürlich kann er seine Augen nicht bei sich halten, dachte Daske angewidert.

Aber er versuchte, sich nicht davon ablenken zu lassen und wandte sich stattdessen Fiona Peters zu: »Hat sich Ihr Freund Paul in den letzten zwei Tagen bei Ihnen gemeldet?«

»Er hat mir Freitagabend das letzte Mal getextet.« Sie lächelte ihn an. »Auf diesen Festivals ist wegen der vielen Leute meistens kein Empfang. In der Regel meldet er sich erst wieder, wenn er auf dem Rückweg ist.«

»Haben Sie eine Ahnung, wo sich Ihr Freund gerade befindet?«

»Na, ich nehme an, dass er auf dem Festival ist«, sagte Fiona Peters und zwinkerte Zabinski erneut keck zu, der beschämt zur Seite guckte. »Weswegen sucht ihr Paul denn? Hat er etwas ausgefressen?«, fragte sie überspitzt gekünstelt und machte eine unschuldige Miene.

Daske ging dieses Getue der Frau langsam aber sicher auf die Nerven. Es war an der Zeit, sie ein bisschen unter Druck zu setzen.

»Frau Peters, auf Ihren Freund wurde gestern Nacht ein Mordanschlag verübt«, sagte er ohne Umschweife und fixierte sie dabei mit ernster Miene.

Fiona Peters riss ihre blauen Augen weit auf und hielt sich eine Hand vor den Mund.

»Oh, mein Gott«, flüsterte sie krächzend.

Der Ton war im zarten Hals stecken geblieben.

»Keine Sorge, Ihrem Freund geht es so weit gut. Er hat die Nacht allerdings im Krankenhaus verbracht.«

Daske betrachtete die junge Frau eingehend.

War sie wirklich ahnungslos? Oder spielte sie die Rolle der bestürzten Freundin nur sehr gut?

»Sie wussten nicht, dass ihm etwas passiert ist?«, hakte er mit strengem Blick nach.

Fiona Peters schüttelte den Kopf. Ihre zuvor noch von der heißen Dusche geröteten Wangen waren nun so schneeweiß wie der Bademantel.

»Nein. Er hat sich nach Freitagabend nicht mehr bei mir gemeldet.« Sie wirkte ehrlich gekränkt und ein bisschen enttäuscht.

Könnte daran liegen, dass wir Biedermeiers Handy konfisziert haben, dachte Daske.

»Was ist ihm denn passiert?«, fragte Fiona Peters.

»Er wurde mit Wespengift von einem Unbekannten vergiftet«, schaltete sich Zabinski endlich in die Unterhaltung mit ein.

Der betörende Charme von Fiona Peters war ein wenig verflogen.

»Wespengift?«, fragte sie neugierig und verwundert zugleich. »Wer macht denn so etwas?«

»Da tappen wir selbst noch im Dunkeln. Hatte jemand vielleicht einen Hass auf Ihren Freund?«, fragte Daske.

Sie schüttelte das blonde Haar.

»Kennen Sie seine Kumpels Martin Lorenz und Fabian Dietz?«

»Nicht sonderlich gut. Ich habe sie höchstens ein paar Mal gesehen.«

Daske seufzte.

»Ihr Freund Paul hat sich heute Nacht jedenfalls erfolgreich selbst aus dem Krankenhaus entlassen. Hat er wirklich nicht versucht, mit Ihnen in Kontakt zu treten?«

»Nein, hat er nicht.« Sie zog einen Schmollmund.

»Könnte er vielleicht bei seinen Eltern sein?«, hakte Daske nach.

»In München?«, fragte Fiona Peters verwundert. »Das glaube ich, ehrlich gesagt, nicht.«

»Haben Sie eine Idee, wo er sich sonst aufhalten könnte?«

»Nein. Scheinbar weiß ich überhaupt nichts von ihm.«

»Machen Sie sich nicht allzu viele Sorgen, Frau Peters. Ihr Freund wird schon wieder auftauchen. Es hat sich noch immer alles aufgeklärt.«

Noch bevor Daske eine Visitenkarte im Rausgehen auf den Küchentisch legen konnte, hatte Zabinski bereits seine Telefonnummer hinterlassen.

8

Während Daske den Wagen an blühenden Raps- und Weizenfeldern in Richtung Festivalgelände vorbeijagte, telefonierte Zabinski in seinem Auftrag mit Voss. Sie sollte Biedermeier zur Fahndung ausschreiben lassen und einen Streifenwagen bei Fabian Dietz vorbeischicken. Daske hoffte, dass Biedermeier sich bei seinem Freund verkrochen hatte. Er manövrierte seinen Dienstwagen mittlerweile geschickt durch die Absperrungen rund um den Flugplatz Loemühle und war mit den Kuriositäten des Festivalgeschehens recht vertraut.

Der Konzertveranstalter Salvatore Vernedelli empfing die beiden Beamten in einem engen Baucontainer hinter der Hauptbühne. Die zuvor noch ohrenbetäubenden Gitarrenklänge waren hier drinnen kaum noch zu vernehmen. Das provisorische Büro war kühl und zweckmäßig eingerichtet und versprühte keinen Glanz von Rock 'n' Roll.

Vernedelli glich ebenfalls eher einem sachlichen Bürokraten. Er war um die 60, wirkte untersetzt und hatte eine Glatze mit schwarzgrauem Haarkranz. Er putzte seine Hornbrille, als Daske und Zabinski den Baucontainer betraten.

»Zunächst einmal möchte ich mich bei Ihnen persönlich bedanken, dass Sie uns mit dem Zeitplan entgegengekommen sind«, sagte Daske, nachdem sie sich vorgestellt und auf den Besucherstühlen Platz genommen hatten.

Er deutete auf das große Whiteboard, das die gesamte linke Containerwand hinter dem nüchternen Schreibtisch einnahm und mit vielen Anweisungen und Pfeilen versehen war.

»Sie sagten am Telefon, dass der Täter nur nach Einbruch der Dunkelheit zuschlagen würde. Sofern er es noch einmal wagen würde.«

»Das ist richtig und nicht hundertprozentig auszuschließen.«

»Wir sind jedenfalls bis 21 Uhr mit allen Konzerten durch und um spätestens 23 Uhr sollten die Zeltplätze allesamt geräumt sein.«

»Haben Sie nochmals vielen Dank für Ihr Verständnis und die Zusammenarbeit«, bekräftigte Daske. »Bevor wir gleich mit Ihnen zur Pressekonferenz ins Präsidium fahren, würden wir Ihnen vorab noch ein paar Fragen stellen.«

»Aber sicher. Das ist unter den gegebenen Umständen selbstverständlich.«

Salvatore Vernedelli verhielt sich absolut kooperativ. Man sah ihm an, dass er jedweden Schaden von dem Festival abhalten wollte. Der Ruf seiner Veranstaltung stand eindeutig auf dem Spiel.

»Werden Sie vielleicht erpresst? Gab es gegen Sie eine Lösegeldforderung, der Sie vielleicht nicht nachgekommen sind?« Zabinski hatte unerwartet das Wort ergriffen und funkelte den Veranstalter geradezu herausfordernd an.

Vernedelli machte hinter seiner Hornbrille große Augen und auch Daske schaute missmutig drein. Zabinski hatte beide mit seiner forschen Behauptung sichtlich überrumpelt.

Es vergingen einige Sekunden, bis Vernedelli die Stimme wiedergefunden hatte.

»Wir werden von niemanden erpresst. Mir ist nichts dergleichen bekannt.« Er schüttelte bestimmt den Kopf. »Sollte sich jemand bewusst gegen mich und meine Veranstaltung richten, wäre doch eine Drohung oder Ähnliches bei mir eingegangen.«

Daske strich sich langsam durch den Schnauzbart und nickte einvernehmlich. Innerlich brodelte er jedoch. Ihm war Zabinskis Auftreten und dessen haltlose Theorien regelrecht peinlich. Am liebsten wäre er dem Kollegen ins Wort gefallen und hätte ihn für eine Unterredung vor die Tür gebeten. Aber dies war nicht der richtige Ort für eine dienstliche Standpauke.

Immerhin sprach Vernedelli in seinen Augen die Wahrheit.

Das Musikfestival war keinem erpresserischen Angriff zum Opfer gefallen und sie tappten in Bezug auf das Motiv weiter im Dunkeln.

Es gab durchaus bessere Szenarien, um vor die Presse zu treten.

***

Hildegard Eichler flog geschäftig an den Stuhlreihen der Pressevertreter vorbei, füllte hier und dort Kaffee aus einer großen Thermoskanne nach und begrüßte bekannte Gesichter freundlich. Es lag eindeutig an der Sekretärin der Mordkommission, gute Stimmung zu verbreiten, denn Daskes Laune war tief im Keller.

Nachdem Zabinski, der Konzertveranstalter und er im Präsidium angekommen waren, war er vom Polizeipräsidenten persönlich auf dem Flur abgefangen worden.

Schmallippig musste Daske seinem Chef gegenüber zugeben, dass sich Paul Biedermeier offenbar in Luft aufgelöst hatte. Der Umstand, dass die Fahndung lief, versöhnte seinen Vorgesetzten dabei nicht im Geringsten.

Ausgerechnet in diesem ungünstigen Augenblick war Morgenstern ebenfalls auf dem Flur erschienen und hatte berichtet, dass Fabian Dietz nicht zu Hause anzutreffen sei und sich Biedermann somit nicht bei seinem Freund versteckt halte.

Noch bevor Daske hätte antworten können, befahl der Polizeipräsident, die Fahndung auf Dietz auszuweiten. Darüber hinaus beschied er, dass Voss und Morgenstern umgehend auf das Festivalgelände zurückzubeordern wären, um mit der Hilfe einiger Kollegen nach den vermeintlichen anderen Giftopfern Ausschau zu halten. Sie sollten hierzu nochmals den behandelnden Notarzt befragen und über die Bühnen Durchsagen an das Publikum veranlassen. Daske erhielt zusätzlich den Auftrag, der KTU Druck zu machen.

Nun saß er mit saurer Miene in der Mitte des kleinen Podiums und blickte in die Runde der Pressevertreter. Links von ihm saß der Konzertveranstalter Vernedelli und rechts von ihm hatte der Pressesprecher der Recklinghäuser Polizei Platz genommen.

Der Polizeipräsident hatte sich derweil in sein Büro zurückgezogen. Er würde erst bei einem Ermittlungserfolg vor die Presse treten.

Während der Pressesprecher eine kurze Einleitung sprach, überreichte Frau Eichler Daske einen Kaffee.

»Jetzt stärken Sie sich erst einmal, Herr Daske.« Sie lächelte ihn nahezu mütterlich an. »Ich habe die Meute inzwischen für Sie gezähmt. Das Protokoll Ihrer gestrigen Sitzung habe ich ebenfalls für Sie vorbereitet.«

Sie überreichte ihm ein ausgedrucktes Exemplar. Daske sah sie erleichtert an. Frau Eichler war ein wahrer Schatz und mit Gold kaum aufzuwiegen. Durch das heutige Tagespensum hatte er nicht die Zeit gefunden, die bisherigen Ermittlungen wenigstens kurz zu skizzieren.

Daske blickte in die Runde und trank einen Schluck wohltuenden Kaffee.

Die anwesenden Journalisten waren ihm allesamt bekannt und er war froh, dass keine unbekannten Gesichter zu entdecken waren. Die Recklinghäuser Stadtzeitung war vertreten, zwei Anzeigenblätter, ein Internetportal, eine weitere regionale Zeitung und das Lokalradio.

Das Interesse der Medien war trotz der Bedeutung der Ruhrfestspiele überschaubar geblieben. Noch war der Tote auf dem Musikfestival eine regionale Angelegenheit, stellte er zufrieden fest. So sollte es seiner Meinung nach bleiben.

Der Pressesprecher erteilte ihm schließlich das Wort.

Daske räusperte sich und rückte seine Brille zurecht. Es konnte losgehen.

»Wie Sie alle wissen, ist es am gestrigen Samstagmorgen auf dem Musikfestival Rocklinghausen zu einem Todesfall gekommen«, begann er routiniert und lächelte gequält.

Er wollte sich seine schlechte Laune unter keinen Umständen anmerken lassen. Es galt die Fakten kundzutun und ihre aktuell spärlichen Ergebnisse geschickt zu verkaufen. Sie mussten unter allen Umständen den Schein wahren und wilde Spekulationen verhindern.

»Bei dem Verstorbenen handelt es sich um einen jungen Mann aus Recklinghausen.«

Daske legte eine kleine Kunstpause ein, um das Gewicht seiner Aussage zu unterstreichen. »Das Opfer wurde am Morgen von seinen Freunden leblos aufgefunden.«

»Wurde der Mann Opfer eines Gewaltverbrechens?«, unterbrach ihn die Dame der Stadtzeitung.

Daske schüttelte den Kopf.

»Über die näheren Umstände des Todes laufen immer noch die Ermittlungen. Ich kann Ihnen hierzu keine weiteren Auskünfte erteilen. Ich kann Ihnen versichern, dass wir in alle Richtungen ermitteln.«

»Sie schließen also eine Ermordung des Mannes nicht kategorisch aus?« Der findige Fuchs der Regionalzeitung kratzte sich mit einem Bleistift am Kopf. »Habe ich Sie da richtig verstanden?«

»Ich kann es nicht kategorisch ausschließen«, antwortete Daske wahrheitsgemäß und sah aus den Augenwinkeln, wie der Konzertveranstalter auf seinem Stuhl kleiner wurde.

»Ich möchte an Ihren Menschenverstand appellieren, dass Sie jetzt nicht in die Redaktion eilen und reißerische Spekulationen über einen etwaigen Mord bei den Ruhrfestspielen zusammenschustern«, schob Daske seiner Aussage schnell hinterher.

Um den Worten Nachdruck zu verleihen, suchte er zu jedem einzelnen Reporter Augenkontakt.

»Rocklinghausen wird am heutigen Abend friedlich zu Ende gehen, das versichere ich Ihnen.« Vernedelli war plötzlich aufgestanden und sprach nahezu staatsmännisch zu den Journalisten.

Blitzlicht flackerte vereinzelt auf.

»Bitte verursachen Sie durch Ihre Berichterstattung keine unnötige Panik. Wir werden heute gegen 21 Uhr das letzte Konzert beenden und danach mit der Abreise der zehntausend Besucher beginnen. Rocklinghausen wird geordnet zu Ende gehen.«

Der Veranstalter setzte sich wieder und schaute zufrieden in die Runde. Er hatte alles Wichtige, was ihm auf dem Herzen lag, gesagt.

»Haben Sie weitere Fragen?« Der Pressesprecher übernahm wieder die Moderation.

»Unsere Follower möchten wissen, ob es schon Erkenntnisse von Seiten der Rechtsmedizin gibt«, brachte sich die Frau des Internetportals mit piepsiger Stimme ein.

»Wie gesagt, wir stehen noch am Anfang der Ermittlungen. Sobald wir Näheres über die Todesursache in Erfahrung bringen, geben wir es selbstverständlich an Sie weiter«, sagte Daske.

»Wer leitet denn die rechtsmedizinischen Untersuchungen?«, hakte die junge Frau nach.

»Professor Wesseling ist zuständig.«

Einige Journalisten nickten gefällig. Der Pathologe war weitreichend bekannt und respektiert.

»Was sind Ihre nächsten Schritte in den Ermittlungen?«, fragte der Mitarbeiter des Lokalradios.

»Wir haben vorsorglich eine Ermittlungsgruppe gegründet, die mit Hochdruck daran arbeitet, die Hintergründe des Todesfalls zu ermitteln. Sobald wir über neue Erkenntnisse verfügen, werden wir Sie, wie gesagt, informieren.« Daske hob die Hände beendend in die Luft. »An dieser Stelle müssen wir unsere kleine Runde wieder auflösen. Sie können sich denken, dass wir noch eine Menge zu tun haben. Wenn Sie noch weitere Fragen haben, wenden Sie sich bitte an unsere Pressestelle oder an die Organisation des Festivals. Dort werden hoffentlich alle Ihre Anliegen beantwortet.«

Die Reporter riefen noch weitere Fragen in den Raum, doch sie scheiterten an Daskes energischer Haltung.

Die wichtigsten Informationen waren angekommen und die Pressekonferenz somit offiziell beendet. Die Berichterstattungen würden schon keine Panik auslösen, da war sich Daske sicher.

***

Nach der Pressekonferenz war Daske sofort in sein Büro gegangen. Er hatte sich weder vom Konzertveranstalter verabschiedet, noch hatte er ihm ein Taxi gerufen. Sollte sich Zabinski darum kümmern. Er musste kurz durchatmen und für sich allein sein.

Ein wenig ermattet stand er am Waschbecken und ließ Wasser durch seine Finger laufen. Ein paar Mal ging er sich mit dem kühlenden Nass durch das Gesicht.

Das Wasser tat gut und half ihm, dabei etwas von der aufgebauten Spannung zu entladen.

Den gesamten Tag war er mit Zabinski unterwegs gewesen und er hatte sich bemüht, gute Miene zum bösen Spiel zu machen. Er hatte sehr darauf geachtet, Dienstliches von Privatem zu trennen und fand, dass er bis hierhin einen guten Job gemacht hatte.

Daske drehte den Wasserhahn zu und ging mit nassem Gesicht und tropfendem Schnauzbart an den Schreibtisch. Er ließ sich schwer auf den Bürostuhl fallen und wischte sich das Wasser mit dem Ärmel seines Hemdes vom Gesicht.

Zabinski, dieser elende Heuchler! Wenn ich schon dieses falsche Grinsen sehe!

Er verzog das Gesicht.

Wie lange war es her, dass Isabell vor ihm und Petra gestanden hatte?

Er wusste es genau. Zweiunddreißig Tage. Zu genau diesem Zeitpunkt hatte es bei ihnen zu Hause an der Tür geklingelt.

Sie hatten es sich gerade auf der Couch gemütlich gemacht und erwarteten keinen Besuch mehr.

»Isabell!«, hatte Petra freudig an der Tür gerufen und er war in die Diele gelaufen, um seine Tochter zu begrüßen.

Doch in der Tür hatte nicht nur seine geliebte Isa gestanden, sondern auch dieser dauergrinsende Zabinski. Beide hielten sich eng umschlungen und demonstrierten nach außen hin eine glückliche Einheit.

»Mama, Papa, ich wollte euch meinen neuen Freund vorstellen.« Sie hatte gestrahlt. »Das ist Alex! Papa, ihr kennt euch ja.«

Er war wie versteinert gewesen und hatte sich in der eigenen Diele plötzlich wie auf einem fremden Planeten gefühlt. Er hatte nichts erwidern können. Er war perplex gewesen und hatte durch Zabinski hindurch auf die Straße gestarrt. Die Situation hatte ihn gänzlich überfordert und er hatte nicht gewusst, wie er auf das neue Pärchen reagieren sollte. Doch dann hatte Isabell den Satz gesagt, der bis zum heutigen Tag die Beziehung zwischen ihnen zerstört und alles noch viel schlimmer gemacht hatte.

»Wir haben uns verlobt!«

Die schlimmsten vier Worte, die er je von seiner Tochter gehört hatte.

Wir haben uns verlobt!

Er hatte noch für einen kurzen Augenblick durch Zabinski und dessen Grinsen hindurchgestarrt und war dann ohne etwas zu sagen zurück ins Wohnzimmer gegangen. Er hatte die Tür geschlossen, sich auf die Couch gesetzt und den Fernseher eingeschaltet.

Von diesem Moment an hatten Isabell und er keinerlei privaten Kontakt mehr zueinander gehabt. Petra hingegen hatte seine Ablehnung überhaupt nicht verstanden und sich öfters mit Isabell und Zabinski auf einen Kaffee in der Altstadt getroffen.

Daske fühlte sich zwar nicht als überbehütender Vater, aber er konnte sich in dieser Beziehung nicht helfen. Zabinski gefiel ihm nicht. Als Kriminalbeamter war er brauchbar, aber als Freund respektive Ehemann seiner geliebten Tochter vollkommen ungeeignet. Das Wort *Schwiegersohn* kam ihm gar nicht erst in den Sinn.

Unwillkürlich musste Daske an gestern Abend denken. Wie sie spät abends zu dritt in Isabells Büro gesessen und sich die Fotos vom Festival angeschaut hatten.

Vater, Tochter und Zabinski.

Das erste Mal seit einer langen Zeit waren sie gezwungen worden, dienstlich zusammenzuarbeiten. Plötzlich führte sie ein Mord notgedrungen zueinander und bis zum jetzigen Zeitpunkt hatte es gut funktioniert, musste sich Daske eingestehen.

Zabinski und er ignorierten gekonnt die Tatsache, dass zwischen ihnen etwas vorgefallen war, und Isabell wurde in der KTU gerade regelrecht mit Arbeit überschüttet.

Der Gedanke an die KTU erinnerte ihn daran, dass er seiner Tochter noch vom Polizeipräsidenten Druck machen sollte. Aber er wusste, dass er dieser Aufforderung nicht nachkommen würde.

Er wollte das zarte Pflänzchen der dienstlichen Beziehung nicht direkt wieder herausreißen. Die KTU machte auch ohne sein Zutun einen hervorragenden Job.

Isabell, Zabinski und er. Die Kriminaltechnikerin, der Kriminalbeamte und er.

Vater, vorgesetzter Kriminalhauptkommissar und im schlimmsten Falle Schwiegervater in einer Person.

Ihm wurde automatisch flau im Magen.

Sollte Isabell seinen Kollegen tatsächlich demnächst heiraten?

Isabell Zabinski.

Was für ein beschissener Gedanke.

***

Am frühen Abend saß die komplette Mordkommission erneut in ihrem Besprechungszimmer des Polizeipräsidiums zusammen. Die Sonne wärmte zu später Stunde von außen das Gebäude und fiel horizontal in die Fenster ein.

Bis zum jetzigen Zeitpunkt hatten die diensthabenden Beamten keine Angst oder gar Panik unter den Besuchern auf dem Festivalgelände festgestellt.

Zur Vorsicht hatte Daske dennoch zwanzig zusätzliche Kräfte an den Ort des Geschehens geschickt. Es galt die Veranstaltung im wahrsten Sinne des Wortes geordnet über die Bühne zu bringen und den Täter von einem möglichen weiteren Mord abzuschrecken.

Die Organisatoren hatten geschickt gehandelt und sämtliche Headliner zeitlich vorgezogen. Spiel- und Umbauzeiten waren teils drastisch gekürzt worden und es fiel nicht ein einziges Konzert aus. Alles in allem war der letzte Festivaltag bisher eine logistisch gelungene Sache.

Am wichtigsten war es Daske gewesen, dass das Festival noch vor dem Einbruch der Dunkelheit abgewickelt werden würde. Sie wollten dem Täter keine weiteren Vorteile bieten und die erhöhte Polizeipräsenz sollte ebenfalls abschreckend wirken. Dennoch glaubte er nicht daran, dass der Täter ein weiteres Mal zuschlagen würde.

Zur Einstimmung ihrer Besprechungsrunde hatte Daske die Schlagzeilen der Medien per Beamer an die Wand geworfen. *Toter beim Rockfest der Ruhrfestspiele* lauteten in ungefähr die sachlich abgeklärten Schlagzeilen in den Onlineportalen der Printmedien.

In manchen Zeiten war noch Verlass auf die Presse, stellte er glücklich fest.

Daske war beeindruckt, wie schnell seine Tochter die wichtigsten Informationen digital aufbereitet hatte und schaute ihr interessiert zu, wie sie die ersten Ergebnisse bezüglich der entnommenen Fingerabdrücke aus den beiden beschlagnahmten Fahrzeugen und den asservierten Gegenständen zusammenfasste. Sie hatte die Resultate vom Landeskriminalamt abgleichen lassen und erwartungsgemäß keinen Treffer in der Datenbank zu vermelden. Die meisten Spuren stammten von den drei Freunden Lorenz, Biedermeier und Dietz.

»Insgesamt haben wir gut zweihundert Fingerabdrücke und ähnlich viele DNA-Spuren untersucht, aber keinen Treffer in den Datenbanken erhalten. Wir werden in den nächsten Tagen aber noch viele weitere Spuren fertig analysiert und abgeglichen haben«, schloss Isabell den Bericht für die KTU ab.

Zumindest im Hinblick auf das Arbeitspensum der Kriminaltechnik war Daske zufrieden. Das Ergebnis hätte allerdings besser sein können.

Voss ergriff als Nächstes das Wort. Sie war mit Morgenstern bis kurz vor der Besprechung auf dem Festivalgelände gewesen und hatte es gemeinsam mit ihrem Kollegen tatsächlich geschafft, drei Menschen mit allergischen Reaktionen aufzutreiben.

»Zwei Männer und eine Frau haben unabhängig voneinander Symptome durch Wespengift erlitten«, sagte Voss. »Ihre Zelte waren weit über den Campingplatz verstreut und es gab zwischen den dreien keinen direkten Kontakt. Auffällig ist, dass sie alle nachts mit dem Gift in Berührung kamen. Sie wachten morgens auf und fühlten sich nicht gut. Die Geschädigten mussten sich allesamt übergeben und klagten über geschwollene Hände beziehungsweise Füße. Da es sich für sie nicht wie ein gewöhnlicher Kater anfühlte, haben sie sich notärztlich im Rettungszelt versorgen lassen. Anschließend haben sie scheinbar ohne Probleme weitergefeiert.«

»Ob sie von einem Serientäter heimgesucht wurden und nur durch pures Glück überlebt haben?«, fragte Zabinski nachdenklich.

Das aufkommende Gemurmel erstickte Daske, indem er mit seinem Ehering auf den Tisch klopfte.

»Das bringt nichts, wenn wir uns jetzt in Ihren Fantasien verrennen«, sagte er nicht nur an Zabinski gerichtet. »Sie dramatisieren das noch schlimmer, als es die Presse tun würde. Wir müssen uns eindeutig an die Fakten halten.«

Er ging zu dem Flipchart und skizzierte die bisherigen Ergebnisse.

»Wir müssen als erstes Biedermeier und Dietz finden. Vielleicht haben sie etwas bemerkt und sind aus Angst untergetaucht.«

»Oder es ist ihnen etwas zugestoßen«, warf Morgenstern erneut eine Spekulation in den Raum und erntete dafür einen bösen Blick von Daske.

»Halten Sie sich an die Fakten.« Er tippte auf das Flipchart. »Wir sollten als Erstes morgen früh im Krankenhaus das Personal zu dem Verschwinden von Paul Biedermeier befragen.« Er blickte auffordernd in die Runde.

»Lutz und ich können das übernehmen«, meldete sich Voss ohne Umschweife freiwillig.

»Darüber hinaus sollten wir die Freundin von Paul Biedermeier überwachen«, fuhr Daske fort. »Vielleicht versucht er mit ihr Kontakt aufzunehmen.«

»Ich kann das machen«, bot sich Morgenstern freiwillig an. Er hatte scheinbar von Zabinski gehört, wie umwerfend Fiona Peters aussah. »Allerdings müsste Anna dann alleine zum Krankenhaus fahren«, schob er hinterher und grinste seine Kollegin herausfordernd an.

Während sich Voss kurz mit Morgenstern darüber stritt, ob er ihr im Krankenhaus helfen müsste, hatte Daske mit einem Marker das Wort *Wespengift* auf das Flipchart geschrieben. Er tippte geräuschvoll mit dem Stift gegen die Metallumrandung, bis ihm wieder uneingeschränkte Aufmerksamkeit geschenkt wurde.

»Ich finde, wir sollten endlich der Quelle des Insektengifts auf die Spur kommen. Woher hat der Täter die tödliche Waffe bezogen?«, schwor er die Kollegen ein. »Zumindest wissen wir von einer Person in dieser Stadt, die sowohl im Besitz des Giftes ist als auch unser Todesopfer kannte«, sagte er bedeutungsschwer und schrieb den Namen des Allergologen auf das Flipchart.

Doktor Grunau.

»Hier sollten wir, meiner Meinung nach, als Nächstes ansetzen.«

9

Daske war am Montagmorgen als Erster vom Ermittlungsteam im Präsidium erschienen. Er war gestern Abend früh zu Hause gewesen. Nach dem anstrengenden Wochenende musste er kurz durchatmen und Abstand gewinnen.

Er hatte den Abend mit Petra auf der Terrasse bei Bier und Kartenspiel verbracht. Ausnahmsweise hatte er seine Frau gewinnen lassen. Zu guter Letzt hatte Petra ein altes Fotoalbum aus dem Wohnzimmerschrank geholt. Sie hatten sich das Jahr angeschaut, in dem Isabell eingeschult worden war.

Die gute alte Zeit.

Petra und er hatten sich auf der Couch aneinander gekuschelt und sie hatten in Erinnerungen geschwelgt. Isabells letzter Tag im Kindergarten, Isabell mit ihrer Schultüte. Vater, Mutter und Tochter vor Isabells Grundschule. Sie hatten um die Wette gestrahlt. Eine glückliche Familie, die nichts aus der Bahn werfen konnte.

Daske biss gerade in ein Fleischwurstbrötchen, als Isabell den Kopf durch die geöffnete Tür steckte.

Beinahe hätte er sich an dem Brötchen verschluckt, so überrascht war er, ausgerechnet seine Tochter zu sehen.

»Deine Tür stand auf«, sagte sie zur Begrüßung. »Da wollte ich kurz Hallo sagen.«

Daske tupfte sich etwas Senf aus dem Schnauzbart und legte das Brötchen beiseite. Verlegen strich er sich ein paar Krümel von seinem Hemd.

Isabell stand in der Tür und blickte ihn immer noch an.

»Guten Morgen«, sagte er schließlich, nachdem er sich gesammelt hatte. »Liegen die Ergebnisse der zweiten DNA-Charge schon vor?«

»Du bist so ein Arschloch!«

Daske schaute verdattert auf die plötzlich verwaiste Türschwelle.

Er hatte es versaut.

Isabell hatte versucht, einen zarten Beziehungsfaden in Form einer privaten Konversation zu spannen und er hatte ihn förmlich in der Luft zerrissen.

Er seufzte und musste an das Bild von Isabell mit ihrer Schultüte denken.

Da war die Welt noch in Ordnung gewesen.

Heute hatte er es dagegen wieder mal versaut.

Missmutig schmiss er den Rest seines Brötchens in den Mülleimer.

Ihm war der Appetit fürs Erste vergangen.

Da er die Beziehung zu seiner Tochter in den nächsten Stunden nicht retten konnte, beschloss er selbst ins Krankenhaus zu fahren und das Personal zum Verschwinden von Paul Biedermeier zu befragen. Er legte einen Zettel mit der Anweisung, sich primär um die Fahndung nach Dietz und Biedermeier zu kümmern, auf Voss' und Morgensterns Schreibtisch und verließ das Präsidium. Die kurze Strecke zum Prosper-Hospital ging er zu Fuß, um etwas frische Luft zu tanken.

Er mochte das Viertel mit den vielen Altbauten sehr und der Weg half ihm dabei seine Gedanken ein wenig zu zerstreuen.

Daske hatte Glück, dass die diensthabende Nachtschwester gerade noch die Übergabe an die Frühschicht machte und somit im Haus war.

Er setzte sich in den leeren Besucherraum und wartete.

Nach ein paar Minuten kam die Nachtschwester mit zwei Tassen in der Hand herein.

»Ich dachte mir, dass Sie vielleicht einen Kaffee vertragen könnten«, sagte die quirlige Frau und lächelte.

Daske nahm ihr Angebot dankend an.

Sie war Mitte 40, trug eine modische Bobfrisur und sprühte voller Energie, obwohl sie die ganze Nacht gearbeitet hatte.

Daske trank einen Schluck und stellte die Tasse dann auf dem Beistelltisch ab.

»Susanne Kallwitz«, stellte sich die Nachtschwester vor und reichte ihm die Hand.

»Ich muss Ihnen ein paar Fragen zum Verschwinden von Paul Biedermeier stellen«, sagte Daske.

»Ich kann mir das nicht erklären, Herr Kommissar«, sagte Frau Kallwitz ehrlich. »Als ich morgens um 5.30 Uhr meine letzte Runde durch die Patientenzimmer gemacht habe, war er schon nicht mehr da.«

»Haben Sie Biedermeier denn zu Beginn Ihrer Schicht noch zu Gesicht bekommen?«

»Ich musste gestern schon etwas früher anfangen, da eine Kollegin kurzfristig erkrankt ist, und habe ihn deswegen tatsächlich gegen 21 Uhr kurz gesehen, als ich sein Abendessen abgeräumt habe. Bei meinem letzten Kontrollgang vor der Nachtruhe war er noch da und schlief tief und fest.«

»Ist Ihnen an dem Patienten etwas aufgefallen?«

»Wie meinen Sie das, Herr Kommissar?«

»Würden Sie sagen, dass er sonderlich nervös war?«

Die Krankenschwester überlegte kurz. »Er war eher verunsichert und erschöpft.«

Bevor Daske noch eine weitere Frage stellen konnte, kam eine weitere Krankenschwester aufgeregt in den Besucherraum gestürmt.

»Susanne, kommst du bitte schnell!«

Ein Patient musste reanimiert werden. Ärzte und Krankenpfleger rannten durcheinander und Kommandos wurden gerufen. Daske blieb im Türrahmen des Besucherraums stehen und schaute sich das rege Treiben ein paar Minuten an. Schließlich beschloss er zu gehen. Ein Mensch rang auf der Krankenstation mit dem Leben, da konnten seine Fragen bis morgen warten.

***

Den Weg zurück zum Präsidium lief er zügig und ohne Umschweife. Daske war jetzt voller Tatendrang und wollte als Nächstes zum Festivalgelände fahren und bei den Aufräumarbeiten nach dem Rechten sehen. Er meldete sich bei dem Konzertveranstalter und kündigte sein Kommen an. Vor dem Präsidium stieg er in seinen Dienstwagen, ohne kurz ins Büro zu gehen. Die Kollegen waren mit Aufgaben versehen und seine Anwesenheit nicht zwingend notwendig. Auf diese Weise konnte er immerhin Isabell noch eine Weile aus dem Weg gehen.

Am Festivalgelände angekommen, parkte er direkt vor Vernedellis Baucontainerbüro, da sämtliche Straßensperren in der Zwischenzeit aufgehoben worden waren.

Daske stieg aus seinem Wagen und war beeindruckt, dass die beiden großen Bühnen beinahe vollständig abgebaut waren. Lediglich deren Gerippe standen noch auf der Start- und Landebahn des kleinen Flugplatzes.

Als er das Büro betrat, sah er, dass der kleine Raum beträchtlich mit Menschen gefüllt war.

Vernedelli saß am Schreibtisch und winkte Daske zu sich.

»Ich habe nach Ihrem Anruf veranlasst, dass der leitende Notarzt Franz Haarer und einige der Sanitäter heute bei dem Gespräch dabei sind«, sagte der Veranstalter und war sichtlich darum bemüht, zur Aufklärung des Falls beizutragen. »Herr Haarer ist während der Abbauarbeiten bis heute Abend eh noch auf dem Gelände.«

Daske war über die Weitsicht Vernedellis sehr erfreut. Der Mann verstand etwas von reibungslosen Abläufen.

»Wie ist denn die Abreise der Besucher vonstattengegangen? Ist so weit alles ruhig geblieben?«

»Die Leute haben sich super verhalten, auch wenn sich die Abreise bis tief in die Nacht hingezogen hat. Die Räumung der ganzen Zeltplätze bei zehntausend Besuchern ging einfach nicht schneller.«

»Aber es ist nicht zu einem erneuten Zwischenfall gekommen?«

»Soweit ich das beurteilen kann«, klinkte sich Haarer in das Gespräch mit ein, »kam es gottlob zu keinen weiteren Attacken.«

»Haben sich denn gestern noch weitere Opfer aus den vorherigen Tagen bei Ihnen gemeldet?«, fragte Daske den Notarzt.

»Leider nicht. Die Leute wollten abends nicht die besten Konzerte verpassen und waren gedanklich schon bei der Abreise.«

»Nichts für ungut. Wir haben selbst erlebt, was hier für ein Menschenauflauf los war.«

»Meinen Sie, dass wir es mit jemandem zu tun haben, der uns schlichtweg schädigen wollte?«, fragte Vernedelli an Daske gerichtet.

»Wenn Sie mich fragen, haben wir es eher mit einem Täter zu tun, der über medizinisches Wissen verfügt«, antwortete Haarer stattdessen. »Ein anderer Täter hätte mit seinen Giftdosierungen wahrscheinlich einen wesentlich größeren Schaden angerichtet. Wir würden in diesem Fall definitiv von mehreren Toten sprechen.«

Daske nickte schwerfällig. Er hatte ebenso vermutet, dass der Täter medizinisches Wissen haben könnte. Sie sollten dem Allergologen Doktor Grunau endlich einen Besuch abstatten.

***

Vom Festivalgelände nahm Daske nicht den direkten Weg zum Präsidium, sondern steuerte ein mexikanisches Restaurant an der Stadtgrenze zu Marl an.

Nachdem er sein Fleischwurstbrötchen heute Morgen achtlos in den Mülleimer geworfen hatte, verspürte er nun Appetit. Er bestellte sich ein großes Omelett und eine Kanne Kaffee.

Während er aß, ließ er seinen Blick über die Felder schweifen und dachte an seine kurze Auseinandersetzung mit Isabell.

Warum zur Hölle hatte sie sich ausgerechnet in Zabinski verguckt und damit ihre familiäre Beziehung derart auf die Probe gestellt?

Gab es da draußen keine besseren Männer?

Er fiel ihm schwer, diesen Heini an der Seite seiner Tochter zu akzeptieren.

Daske dachte an den Moment, als Zabinski neu in seine Abteilung gekommen war. Daske hatte sich alle Mühe gegeben und die gesamte Belegschaft der Mordkommission zu sich nach Hause eingeladen, um den neuen Kollegen willkommen zu heißen.

Zabinski hatte seinen Gasgrill mit dem 900°C Keramikbrenner bewundert und Daske hatte ihn mit einem perfekten Black Angus Steak belohnt. Es war ein toller Nachmittag gewesen und die Kollegen hatten Zabinski gut aufgenommen.

Ein paar Wochen später hatte Daske einen Ausflug mit den Kollegen an die Hafenstraße unternommen und sie hatten einen schönen Fußballnachmittag verbracht. Isabell war auch mit von der Partie gewesen, aber sie hatte sich kaum mit Zabinski unterhalten. Dass der neue Kollege ausgerechnet ein Blauer war und *Auf Schalke* ging, hatte Daske allerdings erst später herausgefunden. Insgesamt war der Start ihrer Zusammenarbeit vielversprechend verlaufen. Doch dann hatte es Zabinski kolossal verbockt.

Daske wischte die Gedanken missmutig beiseite und verschlang die Reste seines opulenten Frühstücks.

Mit neuem Tatendrang ausgestattet, sauste er schließlich zum Präsidium und sammelte Zabinski vor dem Gebäude ein. Gemeinsam fuhren sie den kurzen Weg zu Doktor Grunau, der die morgendliche Sprechstunde soeben beendet hatte.

Der Allergologe war für Daske noch nicht verdächtig, aber er hatte das nötige Wissen über Wespengift. Zudem wusste er, wie man in dessen Besitz kommen könnte, und hatte zudem das Mordopfer in seiner Praxis persönlich behandelt.

All diese Umstände machen ihn noch lange nicht zu unserem Täter, aber wir werden ihm definitiv auf den Zahn fühlen müssen, dachte Daske, nachdem sie vor der Praxis geparkt hatten.

Doktor Grunau empfing sie an der Rezeption. Er war im mittleren Alter, sonnengebräunt und pflegte ein durchaus eitles Auftreten. Die fast menschenleere Praxis versprühte einen modernen und eleganten Stil.

Daske stellte sie vor und Doktor Grunau verlangte nach ihren Dienstausweisen. Man sah dem Mediziner deutlich an, dass er die beiden Beamten am liebsten noch an der Tür abgewimmelt hätte.

Nachdem die Formalitäten geklärt waren, wollte sich der Allergologe zunächst nicht an seinen Patienten Martin Lorenz entsinnen. Eine Praxishelferin musste ihm erst die entsprechende Patientenakte auf dem PC aufrufen.

»Was ist denn mit Herrn Lorenz?«, fragte Doktor Grunau abweisend. »Womit kann ich Ihnen behilflich sein?«

»Kennen Sie das Festival Rocklinghausen auf dem Flugplatz?«, fragte Daske.

»Nein, ist mir nicht bekannt.«

»Ihr Patient Martin Lorenz war auf dem Festival.«

»Schön für Herrn Lorenz, aber was hat das Ganze mit mir zu tun?« Doktor Grunau verhielt sich weiterhin arrogant und abweisend. »Bitte verschwenden Sie nicht meine Zeit und kommen Sie zum Punkt.«

»Haben Sie in Ihrer Praxis verschiedene Allergene gelagert?« Daske ließ sich nicht aus dem Konzept bringen.

»Selbstverständlich. Ich bin Allergologe. Das gehört zu meinem Beruf.«

»Haben Sie Insektengift vorrätig?«

»Ja.«

»Wespengift?«

»Auch das«, antwortete Doktor Grunau zunehmend gereizter. »Hören Sie, Herr Kommissar, Sie stehlen mir gerade meine wertvolle Zeit.«

»Mein lieber Doktor Grunau.« Daske schlug einen deutlicheren Tonfall an. »Wir ermitteln gerade in einem Mordfall. Martin Lorenz wurde kaltblütig ermordet, indem der Täter einen allergischen Schock bei Ihrem Patienten ausgelöst hat.«

»Da kann ich Ihnen nicht weiterhelfen.« Der Mediziner zuckte gleichgültig mit den Schultern. »Ich habe Herrn Lorenz schon länger nicht mehr in meiner Praxis gesehen.«

»Wo lagern Sie Ihr Wespengift?«, preschte Zabinski ungeduldig nach vorne.

Er hatte sich bisher zurückgehalten und Daske das Feld überlassen. Jetzt konnte er sich offenbar nicht mehr beherrschen.

»Ich weiß nicht, was Sie das angeht. Wollen Sie mir etwa was unterstellen?« Doktor Grunau blickte sie feindselig an. »Ich muss Sie bitten zu gehen. Ich habe noch viel zu tun.«

Der Mediziner machte mit einer Handbewegung deutlich, dass das Gespräch für ihn beendet sei. Er ging ohne Verabschiedung in ein Sprechzimmer und schloss die Tür.

Auf dem Weg zum Dienstwagen schimpfte Daske über die arrogante und hochnäsige Art des Allergologen.

»Was fällt dem ein, uns derart abzukanzeln?«, echauffierte er sich. »Das ist eine absolute Frechheit.«

Zabinski wirkte ebenso verbissen. »Ich hätte ihn am liebsten aus dem Arztzimmer gezogen und auf dem Präsidium ausgiebig in die Mangel genommen.«

»Halt! Warten Sie!«

Die Arzthelferin aus Doktor Grunaus Praxis war ihnen hinterhergelaufen.

Daske und Zabinski stoppten und blickten sie erwartungsvoll an.

»Ich wollte das gerade nicht vor dem Herrn Doktor sagen«, gab sie zu, »aber aus der Praxis wurden vor zwei Wochen einige Ampullen mit Wespengift gestohlen.«

***

Nach dem kurzen Gespräch mit der Praxishelferin fuhr Daske mit Zabinski gut zwanzig Minuten auf den Recklinghäuser Wällen. Ganze fünf Mal umrundeten sie dabei die Altstadt. Daske brauchte Zeit, um seine nächsten Schritte zu planen.

Zunächst hatte er überlegt, wieder in die Praxis von Doktor Grunau zu stürmen und ihn in ein regelrechtes Kreuzverhör zu nehmen. Immerhin hatte der Mediziner verschwiegen, dass aus seiner Praxis eine gehörige Portion Wespengift verschwunden war.

Diese Tatsache und die arrogante Art des Allergologen hatte Daske auf die sprichwörtliche Palme gebracht.

Aber er musste sich schnell eingestehen, dass ein erneutes Gespräch mit hoher Wahrscheinlichkeit nicht sonderlich gesittet und professionell abgelaufen wäre.

Also fuhr er zwei weitere Runden auf den Wällen und beschloss stattdessen besonnen vorzugehen.

Der Allergologe erschien ihm gerissen und mit allen Wassern gewaschen zu sein. Er musste sich auf eine erneute Befragung besser vorbereiten.

Daske entschied sich schließlich dazu, dem Wohnsitz von Doktor Grunau einen Besuch abzustatten. Insgeheim hoffte er darauf, Frau Grunau anzutreffen und ihr ein paar diskrete Fragen stellen zu können.

Doktor Grunau wohnte mit seiner Familie standesgemäß im vornehmsten Viertel von Recklinghausen in der Nähe des Festspielhauses.

Daske parkte in der großzügigen Einfahrt direkt vor der Doppelgarage. Zabinski und er stiegen aus und gemeinsam musterten sie die imposante Villa. Es war ein schicker Bau, der komplett in Weiß gehalten war und gut und gerne Platz für eine zehnköpfige Familie bot.

Er klingelte und trat einen Schritt zurück.

Durch das seitliche Fenster neben der Haustür konnten sie einen Blick in die Diele werfen. Die Garderobe und die umherliegenden Sachen ließen durchaus einen Rückschluss auf die familiären Verhältnisse im Hause Grunau zu.

Daske erblickte Inlineskates, zwei Hockeyschläger, einen Helm fürs Mountainbiken, mehrere Jacken und einen teuren Damenmantel. Aufgrund der Größe der Jacken und Inlineskates schätzte er, dass Doktor Grunau zwei jugendliche Söhne hatte.

Er betätigte ein weiteres Mal die Klingel, doch niemand schien zu Hause zu sein.

»Ist wohl keiner da«, sagte er resignierend und wendete sich ab.

»Wir sollten uns trotzdem ein bisschen umsehen«, ließ Zabinski nicht locker und lugte links am Haus vorbei.

Der Garten war mannshoch eingezäunt und schirmte das Grundstück von neugierigen Passanten ab. Ein Gartentörchen erlaubte jedoch den Zutritt von der Straßenseite.

Zabinski rüttelte am Gartentor und drückte die Klinke. Zum Erstaunen der beiden Kriminalbeamten war es nicht abgeschlossen und ließ sich problemlos öffnen.

»Zabinski, wir können nicht einfach in den Garten marschieren«, protestierte Daske. »So gerne ich mich dort umsehen würde, aber das geht nicht.«

Doch Zabinski ignorierte die Anweisungen seines Chefs und ging schnurstracks durch das geöffnete Tor.

»Wir sagen später, dass wir ein Geräusch gehört haben«, murmelte er und war schon um die Ecke verschwunden.

»Sie bringen uns noch in Teufels Küche!«, rief Daske hinter ihm her, aber Zabinski war bereits außer Hörweite.

Daske fluchte und folgte kopfschüttelnd dem Kollegen.

Der Garten war weitläufig und mit klaren Linien gestaltet. Direkt an das Haus schloss eine gewaltige Terrasse mit modernen Loungemöbeln und einer Outdoor-Küche an. Die Farben der Möbel waren skandinavisch schlicht gehalten und passten gut zum Haus.

Die Terrasse wurde von einem länglichen, mediterranen Kräuterbeet eingefasst und somit von dem englischen Rasen abgegrenzt, auf welchem ein Mähroboter lautlos seinen Dienst verrichtete.

Im hinteren Ende des Gartens befand sich ein stattlicher Pool und links davon ein kleines Gartenhäuschen, in das Daske Zabinski gerade noch verschwinden sah. Er seufzte und ging zügig über die Wiese hinter dem Kollegen her.

Das Gartenhäuschen war mehr ein Geräteschuppen und Daske erblickte Zabinski, wie er sich an einem von zwei Regalen zu schaffen machte. Die Regale waren mit Werkzeugkisten für die Gartenarbeit bestückt und in einer Ecke standen eine Schubkarre und ein Rasenkantenschneider. Arbeitskleidung hing an einem Haken in der Wand und es roch ein wenig feucht.

»Zabinski, was machen Sie da?«, herrschte Daske ihn an. »Wir machen uns gerade strafbar. Das ist Hausfriedensbruch!«

Der Angesprochene ließ sich jedoch nicht beirren und durchsuchte weiterhin das Regal. Plötzlich hielt er inne und bedeutete ihm mit einem Handzeichen näher zu kommen. In der Ecke mit der Arbeitskleidung hatte er tatsächlich etwas entdeckt.

10

Daske eilte durch den Haupteingang des Präsidiums. Er hatte sich von Zabinski in seinem Dienstwagen fahren und vor dem Gebäude absetzen lassen.

Wie sollte er dem Staatsanwalt und dem Polizeipräsidenten bloß erklären, dass sie eventuell auf eine wichtige Spur gestoßen waren, indem sie bei dem Allergologen Doktor Grunau mehr oder weniger eingebrochen waren. Er würde sich einen Plan zurechtlegen müssen.

Immerhin hatten sie Hausfriedensbruch begangen und somit die Spur nahezu unbrauchbar gemacht. Ihr dienstliches Verhalten war unverzeihlich und Daske hätte Zabinski in dessen Tatendrang deutlicher zurückpfeifen müssen.

»Wir sollten Isabell erst einmal alles in der KTU analysieren lassen«, hatte Zabinski beteuernd eingeworfen. »Falls sie etwas Verwertbares findet, wird uns schon noch was einfallen.«

Daske hatte nur gegrunzt und seine eigenen Ideen weiterverfolgt.

Nun stampfte er, ohne an der Pforte zu grüßen, den Flur im Präsidium entlang und grübelte immer noch vor sich hin.

Wie sollte er ihren Fund rechtfertigen?

Ihm fiel bisher keine schlaue Begründung ein.

Vielleicht hatte dieser leichtsinnige Zabinski recht und sie sollten erst mal das Ergebnis der Untersuchung abwarten.

Daske bog auf den Gängen zweimal ab und nutzte einen Treppenaufgang, bevor er vor dem Flur der KTU stand. Er öffnete die Milchglastür und trat ein.

Er lief an einigen verschlossenen Türen vorbei und sah seine Tochter schließlich durch eine Scheibe hindurch an einem Laborplatz arbeiten. Sie rieb gerade einen sichergestellten Gegenstand vom Tatort des Festivalgeländes mit einem Wattestieltupfer ab.

Was es genau für ein Gegenstand war, konnte Daske nicht erkennen. Isabell hatte sich Kopfhörer über die schwarze Lockenpracht aufgesetzt und hörte wahrscheinlich eine ihrer Lieblingsbands, von welcher er noch nie etwas gehört hatte. Sie war sehr in die Arbeit vertieft und nahm von ihrem Vater keine Notiz.

Daske stand wie angewurzelt auf dem Flur und beobachtete seine Tochter durch die Scheibe hindurch einige Minuten bei ihren Tätigkeiten.

Er bewunderte sie in besonderem Maße und hatte ihren Werdegang auf Schritt und Tritt verfolgt und sie nach allen Möglichkeiten gefördert. Isabell hatte es ihm mit hervorragenden Noten gedankt und war mittlerweile seit sechs Jahren eine respektierte und beliebte Kollegin.

Er musste erneut an ihre kurze Begegnung heute Morgen in seinem Büro denken.

Ob sie immer noch sauer auf ihn war?

Isabell konnte sehr nachtragend sein, wenn sie sich gekränkt fühlte.

Er beschloss, dass es besser für ihren Seelenfrieden sei, wenn er den Fund aus Doktor Grunaus Geräteschuppen lieber mit einer kurzen Nachricht hinterlegen würde.

Er ging in den Aufenthaltsraum der KTU und legte einen Plastikbeutel mit dem illegal erworbenen Fundstück auf den Tisch.

›Bitte zügig analysieren. Danke, Karl‹, schrieb er auf einen Zettel und legte ihn daneben.

Es war lange her, dass Isabell ihn Papa genannt hatte, dachte er und war innerlich der Überzeugung, dass es an der Zeit war, dies zu ändern. Er wünschte sich in diesem Moment nichts sehnlicher, als endlich wieder einen normalen, familiären Umgang mit seiner Tochter zu haben.

Daske verließ den Flur der KTU lautlos und unbemerkt. Er musste sich auf Doktor Grunau vorbereiten.

***

Am nächsten Morgen erschien der Allergologe pünktlich mit der Akte seines Patienten Martin Lorenz auf dem Präsidium.

Isabell hatte tatsächlich eine verwertbare Spur gefunden und Daske hatte dem Staatsanwalt glaubhaft versichern können, dass Gefahr im Verzug bestanden hätte.

Somit war Grunau offiziell für den heutigen Morgen vorgeladen und zusätzlich von der ärztlichen Schweigepflicht richterlich entbunden worden.

Daske empfing den Mediziner allein in seinem Büro. Er bemühte sich bewusst um eine entspannte Atmosphäre, denn die Anschuldigungen sollten Doktor Grunau unvorbereitet treffen. Er sollte nicht im Vorfeld Verdacht schöpfen und eine defensive Verteidigungslinie zusammen mit einem Anwalt auftürmen.

»Schön, dass Sie es einrichten konnten, Herr Doktor Grunau.«

»Blieb mir eine andere Wahl?«

Der Mediziner war sichtlich gereizt und saß ein wenig angespannt auf Daskes Besucherstuhl. Er hatte seine Praxis extra für dieses Gespräch schließen müssen und war darüber verständlicherweise wenig erfreut gewesen.

»Lassen Sie uns ein wenig über Ihren Patienten Martin Lorenz unterhalten«, eröffnete Daske das Gespräch ungezwungen. »Er war bei Ihnen wegen bestimmter Allergien in Behandlung, nicht wahr?«

»Das ist richtig. Vor zehn Jahren kam Herr Lorenz erstmalig mit Beschwerden in meine Praxis und wurde auf verschiedene Allergene getestet. Auf Grund der pollenbedingten, asthmatischen Rhinitis erhielt der Patient letztendlich pharmakotherapeutische Hilfe«, zitierte Doktor Grunau aus der Akte des Patienten.

Daske nickte stumm und ermunterte ihn fortzufahren.

»Herr Lorenz begann vor vier Jahren schließlich eine spezifische Immuntherapie, die im letzten Jahr erfolgreich beendet wurde«, schloss Doktor Grunau seinen kurzen Vortrag.

»Sie erzählen mir also im Klartext, dass Martin Lorenz gegen mehrere Dinge allergisch war und Sie ihn geheilt haben?«

»Geheilt war Herr Lorenz nicht. Die asthmatischen Symptome wurden gelindert und sein Körper war insgesamt desensibilisiert. Nicht geheilt. Das ist ein großer Unterschied«, belehrte ihn der Allergologe.

»Reagierte Ihr Patient gegen Insektengifte im besonderen Maße allergisch?«

»Das kann man sagen. Er war in dieser Hinsicht nicht desensibilisiert.«

»Gut. Lassen wir die medizinischen Begrifflichkeiten beiseite.« Daske läutete langsam die Offensive ein. Ihm ging der Mediziner gehörig auf die Nerven. »Mich macht es stutzig, dass der halbwegs desensibilisierte Martin Lorenz vor drei Tagen an einem allergischen

Schock verstorben ist«, betonte Daske leicht ironisch seinen Vorwurf und fixierte Doktor Grunau dabei eindringlich. »Um genau zu sein, verstirbt Ihr Patient in der Nacht von Freitag auf Samstag durch eine erhöhte Dosis Wespengift, die unter anderem bei Ihnen in der Praxis lagerte und vor kurzem entwendet wurde. Ziemlich viele Zufälle, finden Sie nicht auch?«

Von einem auf den anderen Moment lief Doktor Grunau vor Wut rot an.

»Das ist unerhört! Was wollen Sie mir unterstellen?«, polterte er los. »Was bilden Sie sich ein! Sind das die neuen Polizeimethoden?«

Daske hatte es ohne größeren Aufwand geschafft, dass der Mediziner die Beherrschung verloren hatte. Der Arzt war laut und impulsiv geworden. Er fühlte sich vermutlich in seiner Ehre gekränkt. Nun galt es ihn weiter unter Druck zu setzen.

»Ich werde mich persönlich über Sie beschweren!«, echauffierte sich Grunau.

Daske verzog keine Miene und blieb die Ruhe selbst.

Er stand auf und ging wortlos um den Schreibtisch herum. Ließ ein paar Sekunden verstreichen und lehnte sich dann nah an das Ohr des Allergologen. Die folgenden Worte sprach Daske betont langsam und überdeutlich aus.

»Sie wurden auf dem Festival gesehen, Herr Doktor Grunau.«

Der Mediziner glotzte ihn erstaunt an.

»Was sagen Sie da?«

»Man hat Sie auf dem Campinggelände des Festivals gesehen«, flüsterte Daske.

Grunau war in Sekundenschnelle erblasst und die gehegte Bräune war wie weggeblasen.

»Ich ...«, brachte er nur hervor.

»Sie wurden nicht nur auf dem Gelände gesehen, wir haben bei Ihnen auch stark verschmutzte Arbeitsschuhe gefunden.« Daske grinste Grunau siegessicher an. »Die Art der Verschmutzung war mir sofort bekannt vorgekommen, denn nach der Zeugenbefragung auf dem Festivalgelände sahen meine Schuhe genauso aus.«

Grunau rutschte auf seinem Stuhl nervös hin und her.

»Die Kriminaltechnik hat es uns schließlich bestätigt, dass es sich bei dem Dreck unter Ihren Schuhen um dieselbe Holzasche handelte, mit denen der Bauer seine Felder am Festivalgelände vor den Besuchern schützen wollte.«

Grunau hatte sämtliche Gesichtsfarbe verloren.

»Man hat Sie auf dem Campinggelände des Festivals gesehen, Herr Doktor«, wiederholte Daske die kleine Notlüge.

Er ging zu seinem Bürostuhl und ließ den Allergologen dabei nicht aus den Augen.

»Das kann nicht sein«, stammelte der Mediziner schließlich.

Daske sah ihm die Verunsicherung deutlich an. Doktor Grunau schien es durchaus bewusst zu sein, dass er gestern noch behauptet hatte, noch nie etwas von dem Festival gehört zu haben.

Daske musterte den Allergologen streng und sagte kein Wort mehr.

Doktor Grunau seufzte nach zwei Minuten vollkommener Stille und begann dann resignierend auszupacken.

***

Abends hatte sich Daske wieder allein in sein Büro zurückgezogen. Er wollte den Tag so beenden, wie er ihn begonnen hatte. Alleine an seinem Schreibtisch.

Er rieb sich mit beiden Zeigefingern in kreisrunden Bewegungen über die Schläfen. Es war ein wohltuendes und schmerzhaftes Reiben zugleich. Der abendliche Sonnenschein reizte seine erschöpften Augen und die Kühlung des Rechners surrte leise vor sich hin. Die Luft war stickig und wäre mit einem stumpfen Küchenmesser leicht zu durchschneiden gewesen.

Daske rekapitulierte in Gedanken die bisherigen Ereignisse.

Sie hatten es geschafft, dass das Festival tatsächlich ohne einen weiteren Zwischenfall komplett abgewickelt worden war. Die Aufräumarbeiten auf dem Flugplatzgelände und auf den angrenzenden Feldern waren abgeschlossen und der Polizeipräsident sowie der Konzertveranstalter waren zufrieden, dass es keine negativen Schlagzeilen mehr gegeben hatte.

Daske nahm die randlose Brille ab und legte sie vor sich auf die Unterlagen. Seine Augen drückten regelrecht von innen auf das Gehirn und er öffnete ein Fenster.

Er dachte an Doktor Grunau.

Der Allergologe war letztendlich eingeknickt und hatte zugegeben, auf dem Festivalgelände gewesen zu sein.

Jedoch gab er an, dass er dort nicht in mörderischer Absicht unterwegs gewesen war. Seine beiden Söhne Simon und Phillipp hatten mit drei Freunden ebenfalls auf dem eingezäunten Acker gezeltet und er hatte ihnen wärmende Jacken für die Nacht vorbeibringen müssen.

Jugendlicher Leichtsinn und die Vorfreude auf das Festival hatten dazu geführt, dass die Sprösslinge sich bei den nächtlichen Temperaturen verkalkuliert hatten.

Grunaus Aussagen waren im Laufe des Tages von dessen Familie bestätigt worden. Seine Frau hatte ausgesagt, dass sie zu Hause einen Grillabend mit Freunden veranstaltet hatten, den ihr Mann lediglich kurz verlassen hatte. Einer der Freunde hatte ihn im Auto begleitet und die Aussagen schlossen den Allergologen letztlich als Täter aus.

Daskes Hoffnung, in Grunau den Mörder vor sich zu haben, war eh gering gewesen. Zu groß waren die

Unterschiede zwischen den klobigen Arbeitsschuhen des Allergologen und den feinen Lacklederschuhen des vermeintlichen Täters auf dem Foto aus dem Transporter ihres Opfers.

Zudem wollte Daske kein plausibles Tatmotiv für den Mediziner einfallen. Dieser Mann war vielleicht kein großer Sympathieträger, aber auch kein Mörder.

Daske schaute auf den Kirchturm von Sankt Peter, der von der Abendsonne in ein rötliches Licht getaucht wurde.

»Wir stehen wieder am Anfang«, murmelte er vor sich hin.

Schließlich stellte er das Fenster auf Kipp und brühte sich in der provisorischen Küchenzeile einen Rooibostee auf.

Er wartete am Fenster, bis der Tee durchgezogen war und setzte sich dann wieder mit ein wenig mehr Elan an seinen Schreibtisch. Zunächst schaltete er den Rechner aus. Das sonore Rauschen erstarb und wunderbare Stille trat ein. Daske nahm einen Schluck, lehnte sich zurück und schloss die Augen.

Denk, Karl, denk!

Was hatte er übersehen?

Was war ihm durch die Lappen gegangen?

Sie hatten bis auf Weiteres schlichtweg keine verwertbaren Spuren.

Im Laufe des Tages waren die restlichen DNA-Proben allesamt von Isabell und ihrem Team analysiert und ausgewertet worden, erbrachten aber in keiner Weise den erhofften Durchbruch.

Ihnen war der Mörder scheinbar mit dem Ende des Festivals spurlos entglitten.

Er öffnete schließlich seine Augen und strich sich durch den Schnauzbart.

Die Geräusche auf dem Flur des Präsidiums waren weniger geworden und die Kollegen auf dem Weg in den wohlverdienten Feierabend.

Daske setzte schließlich wieder die Brille auf, raffte das vor ihm liegende Protokoll über die Vernehmung von Doktor Grunau zusammen und heftete es ab.

Nachdenklich fuhr er sich durch sein angegrautes Haar und blieb an einer Notiz zur bisher erfolglosen Fahndung nach Paul Biedermeier und Fabian Dietz auf dem Schreibtisch hängen.

Waren die beiden Freunde wirklich flüchtig?

Daske stützte die Ellenbogen auf das Papier und ließ das Wort *flüchtig* auf sich wirken.

Sollte er weiterhin von einer Flucht ausgehen?

Biedermeier und Dietz schienen sich in Luft aufgelöst zu haben.

War den beiden doch etwas Schlimmes widerfahren?

Daske erschien es immer plausibler, dass die Freunde in der Tatnacht etwas gesehen hatten und der Mörder sich gezwungen sah, sie zum Schweigen zu bringen.

Er musste sich eingestehen, dass diese Theorie viele Fragezeichen hatte und keine einzige Antwort lieferte.

Sie steckten in ihren Ermittlungen fest und standen dabei knietief in einem großen Haufen voller Scheiße.

***

Sein Handy klingelte.

»Sie hat sich wieder erinnert.« Die Stimme klang schrill. »Was sollen wir machen?«

»Du machst gar nichts. Ich lasse sie verschwinden.« Er beendete das Gespräch.

Herbst

11

Es war tagsüber und nicht nachts.

Zumindest dachte er das.

Die Luft war kühl, arm an Sauerstoff und es fiel ihm schwer, durch die Nase zu atmen. Dazu roch es modrig und feucht.

Aber es war Tag. Da war er sich recht sicher.

Ob es Morgen, Nachmittag oder Abend war, konnte er jedoch nicht sagen.

Die Tageszeit spielte schon lange keine Rolle mehr. Es war egal.

Er war allerdings der Überzeugung, dass der Sommer mittlerweile vorüber war. Es war kälter geworden und er brauchte den Jutesack nun wesentlich öfter. Auch tagsüber. Zumindest, wenn er glaubte, dass es tagsüber war.

Irgendetwas durch Geräusche zu bestimmen, hatte er schon vor langer Zeit aufgegeben.

Die Welt war lautlos geworden. Stumpf und taub.

Er lag auf der Seite und hatte die Beine nah an den Oberkörper gezogen. Zwischen ihm und dem blanken Stein lag etwas Stroh.

Mit den Fingern tastete er den Boden ab und krabbelte über den feuchten Grund, bis er die Haut des Anderen spürte. Sie war kühl und rau. Doch so richtig konnte er das nicht beurteilen. Seine Finger waren mit der Zeit stumpf und taub geworden. Wie seine ganze Welt.

Immerhin war er nicht allein. Der Hautkontakt hatte es ihm bestätigt.

Er versuchte, sich ein wenig aufzurichten, aber sein Rücken schmerzte und die Beine gehorchten ihm schon länger nicht mehr. Es brauchte eine gewisse Zeit, bis er saß. Warum er sich aufgesetzt hatte, wusste er nicht. Er hatte die Befehle über seine Bewegungen längst abgegeben.

Das Einzige, was ihn geblieben war, war der Geruch von beißender Pisse. Er war eine willkommene Abwechslung und erinnerte ihn daran, dass es das Konzept vom Leben noch gab.

Er tastete mit den Fingern abermals über den Boden. Die Halme des Strohs schnitten ihm in die aufgerissene und verkrustete Haut, bis er endlich die Flasche spürte. Er hob sie auf und goss die Flüssigkeit zurückhaltend auf den Stoff in seinem Mund. Er tränkte ihn, sodass er die Brühe tropfenweise in sich aufsaugen konnte. Durst erinnerte ihn ebenso an das eigene Dasein wie Pisse.

Durst und Pisse. Ein ewiger Kreislauf.

Das Gefühl von Hunger hatte er hingegen aus dem Gedächtnis verloren. Es war in seinen Erinnerungen nicht mehr existent.

Wie oft er in der Woche oder am Tag Nahrung vorgesetzt bekam, wusste er nicht. Die Aufnahme von Lebensmitteln war lediglich von einer gewissen Notwendigkeit geprägt, auf die er sich weder freute noch ihr entgegenfieberte. Der Hunger als solches existierte nicht mehr für ihn.

Er saß weiterhin an die Mauer gelehnt und stellte die Plastikflasche in das Stroh.

Es war lange her, dass er einen klaren Gedanken gefasst hatte, und in seinem Kopf herrschte mittlerweile eine große, weite Leere.

Dennoch war er sich sicher, dass das Ende nah war.

12

Es war mal wieder weit nach Dienstschluss und draußen war es bereits dunkel, als Daske müde sein Büro verließ. Zu Hause erwartete Petra ihn zu einem fröhlichen Pärchenabend. Er hatte jedoch überhaupt nicht das Bedürfnis nach Gesellschaft und textete ihr kurzfristig, dass er noch arbeiten müsse.

Die Last des Falls drückte ihm schwer auf das Gemüt und er entschied sich stattdessen für einen kurzen Abstecher in die Altstadt. Er überquerte die Straße an der altehrwürdigen Feuerwehrwache und lief durch kleine Gassen auf der Suche nach etwas Essbarem zum Marktplatz. Unter einem wärmenden Heizstrahler ließ er sich nieder und aß eine knusprig dünne Pizza.

Der erleuchtete Anblick des Kirchturms von Sankt Peter tat ihm gut und er vergaß für einen kurzen Moment seine Sorgen.

Vom Marktplatz zog er weiter in das *Drüb*. Die Kneipe bestach durch ihr rustikales und ehrliches Ambiente. Sie kam vollkommen ohne Flachbildfernseher oder sonstigem Schnickschnack aus.

Daske liebte das gesprächige Treiben an den kleinen runden Tischen, an welchen angeregte Unterhaltungen quer durch die Bevölkerung und alle Altersschichten geführt wurden. Im *Drüb* gab es noch ungefilterte Vielfalt.

Er machte es sich in der hinteren Ecke der Bar an einem Einzeltisch gemütlich, nahm einen Schluck von seinem Feierabendbier und genoss den hopfigen Geschmack, der kalt die Kehle hinunterperlte.

Am Tisch neben ihm diskutierten zwei junge Männer von Anfang dreißig lautstark und leidenschaftlich über die Gefahr von Altersarmut und wie sie diese sozioökonomisch bekämpfen würden.

Daske lauschte eine Weile dem intellektuellen Gespräch und zog schließlich einen Notizblock mit einem schwarzen Kugelschreiber aus seinem Jackett.

Auch wenn es nach Dienstschluss war, er konnte noch nicht loslassen und den freien Abend unbeschwert genießen.

Er starrte auf das leere Blatt Papier vor sich. Es war zu einem Sinnbild für sein Unvermögen in diesem vermaledeiten Fall geworden. Seinem bisher einzig ungelösten Fall. Hundertfach hatte Daske die Fakten in seinem Kopf abgespielt – und war der Lösung kein Stück nähergekommen. Er wollte und konnte nicht akzeptieren, dass der Tod von Martin Lorenz und das spurlose Verschwinden seiner beiden Freunde ungeklärt blieb. Alle drei Männer waren viel zu jung gewesen, um den Fall gleichgültig kalt werden zu lassen.

Er tippte unschlüssig mit dem Kugelschreiber auf dem Block herum und schrieb schließlich *Motiv* in großen Buchstaben auf das weiße Papier.

Seit fast vier Monaten war er auf der Suche nach einem Motiv erfolglos geblieben und es hatte sich in der Zwischenzeit nicht sonderlich viel ereignet.

Sein einziger Hinweis auf den Täter war ein schlecht belichtetes Handyfoto, auf dem der vermeintliche Lackschuh des Mörders kurz vor dessen Tat abgebildet worden war.

Daske spielte nervös mit dem Kugelschreiber und löste das geräuschvolle Klicken der Mine immer wieder aus. Es war zu einer Angewohnheit geworden, die seine ganze Ungeduld widerspiegelte. Er hatte in den letzten Wochen schwer mit der beruflichen Belastung zu kämpfen gehabt und dieser Ballast griff ihn vermehrt körperlich an.

Jeden Morgen schluckte er irgendwelche Pillen gegen eine fast schon chronische Magenentzündung und die grauen Haare wurden immer mehr, während seine Haarpracht insgesamt abnahm.

Er musste diesen verdammten Fall bald lösen, sonst würde er körperlich noch daran zugrunde gehen.

Das *Motiv* starrte ihn weiterhin provokativ von dem Block aus an.

Sie hatten in den letzten Monaten die wildesten Fantasien bezüglich des Tatmotivs entwickelt. Besonders Zabinski zeigte sich äußerst kreativ, wenn es um die Erstellung neuer Beweggründe des Mörders ging.

Seine abwegigste Theorie war von militanten Klimaaktivisten ausgegangen, die gegen das müllschwere Musikfestival einen symbolischen Angriff mit Wespengift gestartet hatten. Seiner Meinung nach schlug Mutter Natur mit ihren eigenen biologischen Waffen zurück. Aber es war weder ein Bekennerschreiben noch ein mahnendes Video in den sozialen Medien aufgetaucht und Zabinskis Hirngespinst hatte sich wieder in Luft aufgelöst.

Daske nahm einen großen Schluck Pils und schrieb dann schließlich *Klimaaktivisten* missmutig auf das noch recht leere Blatt Papier.

Ihre naheliegendste Vermutung war eine simple Lösegeldforderung gewesen, die im Vorfeld gegen den Konzertveranstalter gerichtet worden war. Sie hatten Vernedelli jedoch mehrmals verhört und er blieb bei seiner Aussage nicht erpresst worden zu sein. Trotzdem notierte sich Daske das Wort *Erpresser* und bestellte sich das zweite Pils.

Während er auf das Getränk wartete, ließ er die Gedanken an das Mordmotiv ruhen und versuchte wieder, einen Gesprächsfetzen von seinem Nebentisch aufzuschnappen. Die intellektuelle Konversation über soziale Ungerechtigkeit war mittlerweile bei einer mittelalterlichen Fernsehserie angekommen und ließ jegliche gesellschaftliche Kritik im Mainstream der Fernsehkultur verschwinden.

Daske lauschte trotzdem eine ganze Weile und trank das frisch gezapfte Pils fast zur Gänze aus, bis er erneut zum Kugelschreiber griff und *Psychopath* unwillig auf den Block kritzelte.

Die Tat eines Verrückten war ihnen letztendlich am plausibelsten erschienen. Sie hatten vermutet, dass ein krankes Hirn sich die Taten auf dem Festivalgelände selbst eingeflüstert hatte, damit es seinen Hass auf das Glück der Mitmenschen ausleben konnte.

Daske starrte frustriert auf seine Notizen.

Klimaaktivisten, Erpresser und Psychopath.

»Welch eine illustre Gesellschaft«, murmelte er griesgrämig in seinen Schnauzbart.

Hinzukamen die nicht vorhandenen Beweismittel. Sie hatten weder eine verräterische DNA noch eine benutzte Spritze mit Wespengift gefunden.

Die Ermittlung war festgefahren und die Motivation der gesamten Mordkommission auf dem Tiefstand angelangt. Mittlerweile widmeten sie ihre Arbeitskraft nicht mehr ausschließlich diesem Fall und die vormals täglichen Sitzungen waren auf eine kurze wöchentliche Zusammenfassung geschrumpft.

Isabell blieb den Besprechungen inzwischen komplett fern, da sie zu diesem Fall nichts Sinnvolles mehr beitragen konnte.

Daske leerte den Rest von seinem Pils in einem Zug und verblieb in Gedanken bei seiner Tochter.

Ihr Kontakt zueinander war in einem ähnlichen Tempo abgekühlt wie die Ermittlungen. Daske schätzte, dass sie sich seit drei Wochen nicht mehr gesehen hatten.

Zu allem Überfluss plante Isabell weiterhin, den Bund der Ehe mit Zabinski zu schließen. Ausgerechnet Zabinski.

Daske atmete geräuschvoll aus.

Er wusste einfach nicht, wie er seiner Tochter die Wahrheit über ihren Verlobten sagen könnte. Jedes Mal, wenn er Isabell Arm in Arm mit diesem schmierigen Typen wähnte, musste er daran denken, wie er Zabinski im Winter hinter dem Bahnhof aufgegriffen hatte. Dennoch fand er nie die richtige Gelegenheit, um ihr alles haarklein zu erzählen.

Sie würde es sich verbitten, dass er sich in ihr Leben einmischte. Sie wollte ihre eigenen Erfahrungen machen und nicht nach seinen Vorstellungen leben.

Das geht dich nichts an! Das ist eine Sache zwischen Alex und mir, würde sie sagen.

Wenn er nur endlich den Mut aufbrächte, mit ihr zu reden.

Er haderte mit sich. Es war doch vollkommen normal, dass Väter ihre Töchter beschützen wollen, und dennoch traute er sich nicht, sich in Isabells Leben einzumischen.

Zu allem Überfluss hatte er selbst seiner Frau nichts von seiner Begegnung mit Zabinski berichtet. Irgendwann war er an dem Punkt angekommen, wo er sein Wissen nur noch für sich behielt. Er hatte den richtigen Zeitpunkt für eine klärende Aussprache verpasst. Wäre er Zabinski in dieser folgenschweren Nacht nie begegnet, dann wäre ihre Beziehung vielleicht ganz normal verlaufen und er hätte sich vielleicht mit seinem Schwiegersohn in spe arrangiert. Immerhin gab sich der Kollege weiterhin große Mühe, sein Vertrauen zu gewinnen und war ihm gegenüber stets respektvoll und höflich.

Den Vorfall von damals hatte Zabinski in der ganzen Zwischenzeit nie wieder erwähnt.

Daske bestellte sich ein weiteres Pils.

In den letzten Monaten war ihm nicht nur Isabell entglitten, seine Ehe stand mittlerweile unter einem ähnlich schlechten Licht.

Wann hatte er das letzte Mal mit seiner Frau einen unbeschwerten Abend verbracht und sie innig geküsst? Gab es überhaupt noch eine gewisse Zweisamkeit?

Daske konnte nicht einmal diese Fragen zufriedenstellend beantworten. Er wusste es schlichtweg nicht.

Das Verheimlichen seines Wissens um Zabinski hatte einen unsichtbaren Keil zwischen Petra und ihn getrieben. Es schmerzte ihn, dass er Geheimnisse vor seiner Frau hatte. Er hatte ihr doch immer alles sagen können.

Warum hatte er nur diese innere Blockade?

Zudem hatte der Fall ihn dermaßen beschäftigt, dass er alles andere hintenanstellte und Petras Bedürfnisse und Gefühle dabei vergaß. Es war für ihn schlichtweg unmöglich geworden, einen unbeschwerten Abend mit seiner Frau zu verbringen.

Saß er mit ihr bei ihrem Lieblingsgriechen *Dimi* oder ging er mit ihr ins Theater, dachte er immerzu an den Fall.

Er konnte sich selbst nicht helfen. Der ungelöste Fall nagte an ihm und hatte die Kontrolle über sein Leben übernommen.

Selbst der eigene Garten bereitete ihm keine Freude mehr. Früher hatten Petra und er oft zusammen gegärtnert, aber er verspürte gerade einfach keine Lust auf ein blühendes Staudenbeet. Sogar seinen geliebten Gasgrill hatte er schon länger nicht mehr angeworfen.

Selbst an der Hafenstraße war er in der neuen Saison noch nicht einmal gewesen. Ganz zu schweigen von dem Dartspiel mit den Nachbarn. Das hatte er gänzlich aufgegeben. Es war einfach wie verhext.

Ihm war sein eigenes Verhalten durchaus bewusst, aber er konnte einfach nicht anders. Das Mordopfer war viel zu jung gewesen. Martin Lorenz hatte fast Isabells Alter und sein ganzes Leben noch vor sich gehabt.

Der Mörder durfte nicht ungeschoren davonkommen und in Freiheit leben. Das war er Martin Lorenz und dessen Eltern schuldig.

Daske bestellte sich ein weiteres Pils.

Er musste etwas ändern. Er musste sein Leben beruflich und privat neu aufstellen. Zurück zur guten, alten Zeit.

Er blickte auf seine spärlichen Notizen und beschloss feierlich, dass er mit Isabell reinen Tisch machen würde. Er würde mit ihr ein Gespräch suchen und sein gesamtes Wissen auspacken. Er würde endlich den Mut aufbringen, ihr die Wahrheit über Zabinski zu erzählen.

Er würde die Mordermittlung ans Landeskriminalamt weiterreichen und wieder mehr Zeit mit Petra verbringen.

Daske nahm einen tiefen Schluck und zerknüllte das Blatt mit den dürftigen Tatmotiven.

Er hatte genug von diesem Fall.

Es war an der Zeit loszulassen und sich neuen Aufgaben zu stellen.

Warum bis morgen warten?

Er könnte auch jetzt schon das Gespräch mit Isabell suchen.

Leicht beschwipst holte Daske sein Handy aus der Hosentasche und starrte unschlüssig auf das dunkle Display. Der ganze Elan war mit einem Mal dahin. Er nippte immer wieder an seinem Pils, während er weiter auf das Display schaute. Plötzlich leuchtete es hell auf und das Handy begann zu vibrieren.

Es war sein alter Freund Wesseling, von dem Daske auch seit Monaten nichts mehr gehört hatte.

Verwundert nahm er das Gespräch entgegen und lauschte angestrengt.

Der Pathologe kam sofort zum Punkt. Daske hört ihm konzentriert zu, bedankte sich und legt auf. Hektisch holte er einen Zwanzig-Euro-Schein aus dem Portemonnaie, legte ihn neben das halbleere Glas und verließ eilig das *Drüb*.

Die Aussage von Wesseling war unmissverständlich gewesen.

Vor fünf Tagen, genau am Tag der Deutschen Einheit, war eine Frau während des Oktoberfestes in der Arena im Süden der Stadt verstorben.

Sie war an den Folgen einer allergischen Reaktion verstorben, die durch eine sehr hohe Konzentration Wespengift hervorgerufen worden war.

Daskes Leben hatte wieder einen Sinn. Der Täter war zurück.

13

Daske lief schnurstracks zum Wall und hielt nach einem Taxi Ausschau. Da er nicht sofort eins erblickte, trieb ihn die innere Unruhe zu Fuß in Richtung Hauptbahnhof, wo er schließlich ein Taxi auftrieb.

Er riss die Hintertür des Fahrzeugs auf und ließ sich auf die geräumige Rückbank fallen. Sein Atem ging heftig und der Puls war erhöht. Völlig aus der Puste keuchte er dem Taxifahrer das Prosper-Hospital als Zielort entgegen.

Plötzlich war Daske wieder mitten in der Mordermittlung angekommen. Der Täter hatte sehr wahrscheinlich wieder zugeschlagen und Daske war weit davon entfernt, den Fall abzugeben. Es brodelte in ihm und er spürte, wie eine unbändige Energie nach dem Telefonat mit Wesseling freigesetzt worden war.

Der Frieden mit Isabell musste bis auf Weiteres warten.

An der Pforte zeigte Daske seinen Dienstausweis, damit er nach Ende der Besuchszeit Zutritt bekam. Die

Zeiger gingen auf 22 Uhr zu und auf den menschenleeren Gängen hallten seine Schritte geräuschvoll von den Wänden wider, während er den Flur in Richtung Pathologie entlangstürmte.

Im Kellergeschoss angekommen, stand die Tür zu Wesselings Büro offen.

Wie gut, dass er sich ebenso wenig für einen geregelten Feierabend interessierte.

Daske klopfte an den Türrahmen und trat ein.

Wesseling sprang sogleich auf und kam um den Schreibtisch herum, um seinen alten Freund zu begrüßen.

»Ich habe vorhin im Büro meiner Sekretärin zufällig diesen Befund entdeckt. Er muss erst abends angekommen sein.« Der Pathologe hielt eine Akte hoch. »Daraus geht hervor, dass das Opfer an einer allergischen Reaktion durch eine Überdosis Insektengift gestorben ist.«

»Wespengift?«, fragte Daske.

»Das ist noch nicht abschließend geklärt. Allerdings ist die Konzentration des Gifts ähnlich hoch wie bei dem Toten im Sommer. Ein einzelnes Insekt kann das unmöglich verursacht haben.«

»Warum erfahre ich davon erst jetzt?«, hakte Daske mit säuerlicher Miene nach. »Die Frau ist vor fünf Tagen gestorben.«

»In der allgemeinen Hektik hat der Notarzt auf ein kapitales Herzversagen getippt und auch aus rechtsmedizinischer Sicht war keine Eile geboten.« Wesseling lächelte gequält. »Es sind drei Tage vergangen, bis ich überhaupt die Zeit fand, die Leiche äußerlich zu begutachten.«

Daske schüttelte verärgert den Kopf.

Er hatte zwar Verständnis für die Verzögerung, aber dennoch ärgerte es ihn ungemein. Zu viel Zeit war sinnlos vergeudet worden.

»Nach der Begutachtung der Organe war ein Herzinfarkt nicht mehr in Frage gekommen«, setzte Wesseling seinen Bericht fort. »Allerdings habe ich eine Verengung der Atemwege festgestellt.«

»Wie bei unserem ersten Opfer«, entfuhr es Daske.

»Exakt. Zusammen mit dem Wespengift erscheint der Todesfall nun in einem ganz anderen Licht.«

»Hast du eine Einstichstelle gefunden?«

Wesseling schüttelte den Kopf. »Ich habe dich angerufen und danach den Leichnam für die erneute Untersuchung vorbereitet. Wir können sofort loslegen.«

Sie verließen hastig das Büro und betraten in vorschriftsgemäßer Schutzkleidung den gekühlten Raum mit der Leiche.

Im Eifer des Gefechts ignorierte Daske seine Vorbehalte den Toten gegenüber. Er war vollkommen im Bann der Geschehnisse und wollte nicht eine einzige Sekunde der anstehenden Untersuchung verpassen.

Er folgte Wesseling zu dem metallischen Seziertisch, auf dem die entkleidete Leiche lag und betrachtete die deutlich schimmernden Totenflecken. Er konnte nichts

Menschliches mehr an der Frau erkennen und bemerkte, dass er der Toten gegenüber keine Ablehnung hegte. Sie war für ihn vielmehr ein friedlicher Gegenstand, von dem keinerlei Bedrohung ausging. Diese Leiche würde ihn nicht in seinen Träumen verfolgen.

Daske musterte die Frau kritisch.

Hatten sie es mit einem Serientäter zu tun?

Eine furchtbare Vorstellung, die ihn erschaudern ließ.

»Könntest du mir zur Hand gehen?«, riss Wesseling ihn aus seinen Überlegungen. »Wir untersuchen die Leiche als Erstes zwischen den Zehen. Vielleicht hat der Täter sein Gift auf dieselbe Art gespritzt wie im Sommer.«

Daske trat tatsächlich näher und bog die ersten zwei Zehen an den furchtbar kalten und leblosen Füßen behutsam auseinander. Er hatte auf eine besondere Art Frieden mit der Leiche vor sich geschlossen. Die Zehen waren für ihn nur noch abstrakte Objekte, die er für Wesseling spreizen musste.

Der Pathologe nahm eine Lupe zu Hilfe und untersuchte die entstandenen Zwischenräume.

»Nichts zu erkennen. Keine Einstiche am linken Fuß«, nuschelte er tief über die Leiche gebeugt, nachdem er alle Zwischenräume intensiv begutachtet hatte.

Der zweite Fuß stellte sich ebenfalls als Sackgasse heraus und Wesseling tippte ungeduldig mit der Kante der rechteckigen Lupe auf den Seziertisch.

»Gehen wir davon aus, dass das Opfer die Schuhe während der Veranstaltung anbehalten hat«, überlegte Daske laut. »Dann würden mir zum Beispiel die Räume zwischen den Fingern als gut versteckte Injektionsstellen einfallen.«

Wesseling begann sofort mit der Untersuchung der Hände, schüttelte jedoch nach einer Weile den Kopf.

»Wie wäre es mit einer Stelle hinter den Ohren? Ein harmloser Stich im Vorbeigehen, als wäre nichts geschehen«, gab Daske nicht auf.

Wesseling untersuchte den Kopf der Toten und schüttelte dann abermals den Kopf. »Ich befürchte, dass ich die Leiche noch einmal ganz in Ruhe untersuchen muss. Eventuell muss ich sie sogar erneut aufschneiden. Ich würde dich aber an dieser Stelle entlassen«, fügte er schnell hinzu, als er den flehenden Blick von Daske bemerkte, der seinen Frieden mit der Leiche in akuter Gefahr sah.

Daske verabschiedete sich und verließ dankbar den Saal. Jetzt galt es abzuwarten.

***

Daske beschloss, den kurzen Weg vom Krankenhaus nach Hause zu laufen. Er musste den Kopf freibekommen und die kühle Herbstluft tat ihm dabei sichtlich gut.

Den Gedanken an ein weiteres Kneipenbier hatte er schnell verworfen, denn er war selbst für ein frisch gezapftes Pils zu aufgewühlt. Stattdessen lief er rastlos und in wirren Umwegen durch das Westviertel.

Nach ein paar Minuten Fußweg fasste er einen Entschluss und zückte sein Handy. Obwohl Wesseling ihm noch nicht einhundertprozentig bestätigt hatte, dass sie es mit einer erneuten Tat des Wespengiftmörders zu tun hatten, war es an der Zeit die Mordkommission wieder in voller Teamstärke zu reaktivieren.

Zunächst rief er Morgenstern und Voss an. Daske beschränkte sich knapp auf die neuesten Fakten, bestellte die beiden Kriminalbeamten für sieben Uhr am nächsten Morgen ins Präsidium und erbat sich Pünktlichkeit.

Bevor er den nächsten Anruf tätigte, ließ er sich ein bisschen Zeit und lief zunächst durch einige Straßenzüge. Er rief schließlich Zabinski statt seiner Tochter an und beschränkte sich ausschließlich auf die dienstlichen Fakten. Er hielt das Gespräch so kurz wie möglich und vermied es dabei gänzlich, sich nach Isabell zu erkundigen.

Nachdem er ein paar Straßen weitergegangen war, stand er plötzlich vor seinem Haus.

Sollte er Isabell auch noch anrufen und eine persönliche Einladung für das morgige Treffen der Mordkommission aussprechen?

Daske verwarf den Gedanken sofort wieder und überzeugte sein schlechtes Gewissen, dass Zabinski ihr Bescheid geben würde.

Stattdessen schloss er leise die Haustür auf und huschte hinein. Die Diele war dunkel und auch im Rest des Hauses war die Beleuchtung erloschen. Daske knipste eine kleine Tischlampe auf dem Sideboard in der Diele an und entledigte sich seines Mantels.

Der Besuch war offensichtlich schon weg und Petra war schon im Bett und hatte nicht mehr auf ihn gewartet. Daske blickte auf die alte Wanduhr aus den 50er-Jahren. Halb zwölf.

Es war nach dem Besuch im *Drüb* und dem unverhofften Abstecher zu Wesseling sehr spät geworden. Zu spät, um mit Petra noch ein paar gemeinsame Stunden zu verbringen.

Ein wenig frustriert schlich Daske auf Socken ins Wohnzimmer. Irgendwie sahen sie sich in letzter Zeit überhaupt nicht mehr und er wusste genau, dass sein Verhalten der Grund dafür war.

Er war wie besessen davon, den Wespengiftmörder endlich zu fassen.

Unzählige Wochenenden hatte er sich in seinem Arbeitszimmer zu Hause eingeschlossen und war für niemanden zu sprechen gewesen. Petra hatte seinen Eifer zunächst unterstützt, aber ihre Geduld hatte zuletzt stark abgenommen. Sie hatte ihm erst am Sonntag deutlich zu verstehen gegeben, dass er den Fall endlich ans

LKA weitergeben sollte. Andernfalls würde sie eine Paartherapeutin hinzuziehen.

Daske seufzte und goss sich einen Bourbon ein.

Er schaute von seinem Lieblingssessel auf die verlassene Straße.

Der Täter war unerwartet zurückgekehrt und er konnte zum ersten Mal seit langem ohne schlechtes Gewissen über den Fall nachdenken.

Warum hatte sich Wesseling noch nicht gemeldet?

Daske brannte darauf, neue Erkenntnisse zu erhalten. Er würde den Mörder endlich schnappen, seine Ehe retten und gleichzeitig Isabell reinen Wein über Zabinski einschenken.

Zufrieden lehnte er sich zurück, nahm einen tiefen Schluck Bourbon und war sich sicher, dass es nicht bei diesem einen Glas bleiben würde.

***

»Das war dein Vater«, sagte Zabinski. »Der Wespengiftmörder hat scheinbar erneut zugeschlagen.«

Isabell verschluckte sich beinahe an einer Salzstange.

Nachdem sie kurz husten musste, stellte sie leicht säuerlich fest, dass ihr Vater nicht sie angerufen hatte.

»Ich hätte um diese Uhrzeit wirklich mit vielem gerechnet, aber das übertrifft alles«, sagte sie schließlich.

Zabinski nickte. »Der vermeintliche Mord ist allerdings schon fünf Tage her.«

»Da wird es für mich also nicht viel zu tun geben.«

»Dein Vater möchte trotzdem, dass wir beide morgen früh an der Sitzung teilnehmen.«

Alex schenkte ihr ein wenig Pinot Grigio nach und sie kuschelte sich an ihn.

Endlich gab es in dem Fall eine weitere Entwicklung und sie würde ihren Vater nach einer gefühlten Ewigkeit wiedersehen.

Ob er ihr bewusst aus dem Weg gegangen war?

Sie hatte erst neulich mit ihrer Mutter darüber gesprochen.

»Du weißt doch, wie er ist«, hatte ihre Mutter nur gesagt. »Engstirnig und manchmal ein wenig dickköpfig.«

Nachdem sie die letzte Folge *Dahmer* zu Ende geguckt hatten, gingen sie ins Bett.

Was für eine bedrückende Serie, wo der Mörder auch viel zu lange ungeschoren davonkommt.

Sie hoffte inständig, dass ihr Fall nicht ähnliche Ausmaße annehmen würde.

Obwohl sie nach der Folge überhaupt nicht in Stimmung war, küsste ihr Alex zärtlich den Nacken und streichelte ihr sanft über den Rücken. Sie entspannte sich und genoss seine Liebkosungen. Alex kannte ihre Bedürfnisse genau und war so liebevoll.

Nach dem Sex kuschelten sie noch eine Weile, bis Alex befriedigt einschlief.

Isabell ging in die Küche und goss sich ein Glas Milch ein. Sie setzte sich an den Küchentisch und blätterte lustlos in einer von Alex' Fußballzeitschriften.

Dass Alex ein Blauer war, konnte nicht der einzige Grund sein, warum ihr Vater ihn nicht mochte, dachte sie mit Blick auf die Bundesligaberichte.

Sie schaute auf ihr Handy und stellte verärgert fest, dass sich ihr Vater immer noch nicht persönlich bei ihr gemeldet hatte.

Das kann ja morgen heiter werden.

Alex kam schlaftrunken in die Küche gewatschelt, um sich ein Glas Wasser zu holen.

»Du bist noch auf?«

»Ich konnte nicht schlafen.«

»Ist es wieder wegen deinem Alten?«

»Unter anderem.«

»Ach, mein Schatz, du musst dich endlich von ihm lösen. Es bedrückt dich jetzt schon seit Monaten. Denk einfach nicht ständig an ihn. Wir beide sind als Paar wichtig.«

»Das sagst du so leicht. Er ist aber immer noch mein Papa.«

»Auch Väter können manchmal richtige Arschlöcher sein.«

»Vielleicht sollten wir meine Eltern mal zum Essen zu uns einladen. Du bist doch so ein begnadeter Koch und dein Boeuf Stroganoff ist wirklich fantastisch.«

»Das halte ich für keine gute Idee.« Alex schüttelte den Kopf. »Dein Alter hat dich viel zu lange missachtet und ist dir aus dem Weg gegangen. Du solltest einfach mal den Spieß umdrehen.«

Alex nahm die Zeitschrift an sich und ging wieder ins Schlafzimmer.

Vielleicht hatte er recht und sie sollte sich von ihrem Vater lossagen. Sie würde ihm den Spiegel vorhalten und ihm sein eigenes Verhalten vor Augen führen.

Dickköpfig war sie schließlich auch.

14

Der Anruf von Wesseling erreichte ihn am nächsten Morgen kurz vor der ersten Dienstbesprechung der Mordkommission, die in dieser Form seit fast drei Monaten nicht mehr getagt hatte.

Als das Handy in seiner Jacke ertönte, erklomm er gerade die Stufen vor dem Polizeipräsidium. Draußen war es noch nicht wieder hell geworden und mit dem aufkommenden Herbstwind hatte er es schwer, den Worten des Pathologen zu folgen.

Schließlich hastete er die letzten Stufen zum Präsidium hinauf und schlüpfte in einem passenden Moment durch die mächtige Eingangspforte.

»Jetzt kann ich dich besser verstehen.« Er war ein wenig aus der Puste. »Schieß los, ich bin sehr gespannt.«

Daske lauschte angestrengt und nahm die Stufen im Gebäudeinneren ebenfalls mit erhöhter Geschwindigkeit. Er traute seinen Ohren kaum, während er über die Flure eilte.

Vor der Tür zur Mordkommission hielt er abrupt an und beendete das Gespräch, nachdem er Wesseling für die schnelle und saubere Arbeit gedankt hatte.

Daske versuchte, sich kurz zu sammeln. Er atmete schwer und es rasselte tief aus seinem Inneren heraus.

Mit Wucht spürte er den akuten Wassermangel seines Körpers und die einsetzenden Kopfschmerzen. Er hatte kaum geschlafen und immer noch eine gehörige Portion Restalkohol im Blut. Er stützte sich kurz mit einer Hand an dem alten Gemäuer des verwaisten Flures ab und hoffte sehr, dass ihn niemand der Kollegen in diesem Zustand sah.

Langsam aber sicher beruhigte sich sein Puls und seine Atmung wurde flacher. Nachdem er sich den Schweiß von der Stirn getupft hatte, betrat er schließlich das Dienstzimmer.

Die vier Kollegen saßen bereits an ihren Plätzen, tranken Kaffee und bekämpften mit lahmem Smalltalk die Müdigkeit.

Zufrieden stellte Daske fest, dass Zabinski seine Tochter über die Besprechung informiert hatte. Sie zeigte ihrem Verlobten gerade etwas auf dem Tablet, während Voss sich ihren blonden Pferdeschwanz band und Morgenstern mit dem Hintern auf dem Tisch herumlümmelte.

»Guten Morgen, meine Damen und Herren«, sagte Daske lautstark und legte eine übertriebene Fröhlichkeit an den Tag, die seinen Kater vor den Kollegen verbergen sollte.

Zielgerichtet ging er zu seinem angestammten Platz und ließ sich auf den Stuhl fallen.

Er atmete noch einmal tief durch, während ihn die vier Kollegen neugierig anschauten.

»Morgenstern, könnten Sie mir einen Kaffee bei Frau Eichler besorgen?«, eröffnete Daske die Sitzung. »Kann ruhig richtig stark sein.«

Morgenstern verließ etwas widerwillig den Raum, während Daske in aller Ruhe die Notizen aus der braunen Aktentasche nahm.

Er hatte bisher den direkten Blickkontakt mit seiner Tochter und Zabinski tunlichst vermieden und widmete sich übertrieben sorgfältig den Aufzeichnungen vor ihm. Niemand im Dienstzimmer sagte ein Wort, bis Morgenstern mit dem Kaffee zurückgekehrt war.

Daske nahm die Tasse dankbar entgegen und trank hastig einen Schluck.

»Es gibt eine neue Entwicklung im Fall Lorenz.« Daske startete ohne Umschweife mit der Besprechung.

Endlich brachte er den Mut auf, jeden Kollegen kurz anzuschauen. Seiner Tochter und ihrem Verlobten schenkte er dabei den gleichen Blick wie Voss und Morgenstern. Dies war eine wichtige Dienstbesprechung und keine Familientherapie. Er würde sich Isabell und ihren gemeinsamen Problemen später stellen.

»Wie es aussieht, haben wir einen weiteren Mord durch eine tödliche Dosis Wespengift.« Er blickte mit ernster Miene in die Runde.

Er war jetzt vollkommen in der Besprechung angekommen. Der Kater hatte sich erst mal verflüchtigt und er konnte seine Gedanken auf das Dienstliche reduzieren.

»Vor zehn Minuten bestätigte mir Wesseling, dass die Leiche keinen einzigen Einstich durch eine Injektion aufweist«, fuhr Daske fort. »Er hat sie heute Nacht stundenlang erfolglos untersucht.«

»Was vermutet der Professor?«, fragte Voss. »Hat er eine Theorie, wie das Gift in den Körper gelangt ist?«

»Er nimmt an, dass das Gift den oralen Weg gegangen ist.«

»Jemand hat dem Opfer das Gift ins Glas getan«, murmelte Zabinski und betrachtete dabei seine Kaffeetasse.

»Das Opfer war bekanntlich auf dem Oktoberfest zu Gast. Da liegt die Mutmaßung durchaus nahe, dass der Täter das Gift über eine Maß Bier verabreicht hat.«

»Das nenne ich mal *sich zu Tode saufen*«, versuchte Morgenstern die angespannte Stimmung mit einem Spruch aufzuheitern.

»Jetzt ist nicht der Zeitpunkt für blöde Witze, Morgenstern«, kanzelte Daske ihn unwirsch ab. »Bis wir weitere rechtsmedizinische Erkenntnisse vorliegen haben, gehen wir davon aus, dass unser Täter mit allergrößter Wahrscheinlichkeit ein weiteres Mal zugeschlagen hat.«

Daske spürte, dass seine Kollegen von dieser neuen Tat ebenso beflügelt waren wie er. Hoffnung machte sich in ihm breit, den Täter endlich fassen zu können.

»Es wird jetzt immer wichtiger, dass wir das Motiv hinter den Taten sichtbar machen.« Daske war aufgestanden und an das freie Flipchart herangetreten. »Was steckt hinter diesen beiden heimtückischen Morden?« Er tippte mit dem Marker auf das weiße Papier und schrieb sogleich den Namen von Martin Lorenz darauf. »Die Tote heißt Barbara Hartmann.« Er schrieb auch diesen Namen auf und zog eine Linie zwischen den Opfern. »Wir müssen dringendst klären, ob es eine Verbindung zwischen den beiden gibt.«

»Aber sind wir nicht davon ausgegangen, dass Martin Lorenz nur ein zufälliges Opfer mit der nötigen Allergieempfindlichkeit war?«, warf Isabell kritisch ein.

»Trotzdem könnte es sein, dass der Mörder genau diese beiden Menschen gezielt ausgesucht hat«, sagte Daske.

»Wir hatten auf dem Rockfestival bekanntlich mehrere Menschen mit akuten Symptomen. Das spricht eher weniger für eine gezielte Auswahl«, bemerkte sie kritisch an.

»Ich weiß es ehrlich gesagt auch nicht«, gestand Daske ein. »Trotzdem will ich nicht die Möglichkeit außer Acht lassen, dass die beiden Todesopfer gezielt ausgesucht wurden«, entschied er kurz und knapp und zeigte mit dem Marker auf Morgenstern. »Sie kümmern sich bitte darum, weitere Daten und Fakten über unser zweites Opfer zu sammeln und eine mögliche Verbindung zwischen den beiden Toten herzustellen.«

Morgenstern nickte.

»Soweit ich bisher in Erfahrung bringen konnte, war die Frau 53 Jahre alt, ledig und mit einer Freundin auf dem Oktoberfest«, teilte Daske sein bisheriges Wissen und Morgenstern machte sich Notizen.

»Interessanterweise gibt es bereits jetzt einen Zusammenhang zwischen den Morden. Die Veranstaltung des Oktoberfests geht nämlich auf dieselbe Kappe, wie das Musikfestival im Sommer«, betonte Daske und dachte automatisch an die Begegnung mit dem Konzertveranstalter Vernedelli zurück.

Der Mann war damals äußerst kooperativ gewesen und ihnen in vielen Dingen entgegengekommen. Dennoch war es nicht unbedeutsam, dass ein weiteres Todesopfer auf einer seiner Veranstaltungen zu beklagen war.

»Voss, Sie sprechen mit Vernedelli.« Daske schaute seine Kollegin an. »Es könnte durchaus sein, dass ihm während der Veranstaltung etwas aufgefallen ist und es einen Zusammenhang zu dem Musikfestival gibt.«

»Vielleicht gibt es dieses Mal eine erpresserische Absicht«, merkte Zabinski an.

»Das werden die weiteren Ermittlungen zeigen«, würgte Daske ihm das Wort ab. »Glaubst du, dass vor Ort noch irgendwelche Spuren zu retten sind?«, richtete er sich an Isabell, noch bevor Zabinski protestieren konnte.

»Das Fest liegt jetzt fast eine ganze Woche zurück.« Resignation schwang in ihrer Stimme. »Es wird auf jeden Fall schwierig werden, noch etwas Verwertbares zu finden.«

»Vielleicht haben wir ausnahmsweise ein wenig Glück.«

»Was ist mit Biedermeier und Dietz?«

Alle blickten auf Morgenstern, der in die Stille des Raumes plötzlich eine gewichtige Frage geworfen hatte.

»Du meinst, sie könnten etwas mit dem Mord auf dem Oktoberfest zu tun haben?«, fragte Zabinski.

»Ich glaube es ehrlich gesagt nicht«, gestand Morgenstern. »Aber vielleicht sind sie damals untergetaucht, weil sie dem Fahndungsdruck nicht mehr gewachsen waren.«

»Ich bin mir sicher, dass Biedermeier und Dietz nicht den Tod ihres Freundes zu verantworten haben.« Daske erstickte die Diskussion damit direkt im Keim. »Dennoch sollten wir uns noch einmal verstärkt mit deren Verschwinden beschäftigen.« Er raffte die Papiere zusammen und gab mit seiner Körperhaltung zu verstehen, dass die Sitzung beendet war.

»Sollten wir nicht lieber das gesamte Personal des Oktoberfests vorladen?«, fragte Zabinski in die Aufbruchstimmung hinein.

»Ich denke, es genügt, wenn Voss zu Beginn mit dem Veranstalter spricht«, verneinte Daske. »Wir beide haben stattdessen einen Termin mit dem behandelnden Notarzt. Erstaunlicherweise ist das derselbe Notarzt wie auf dem Musikfestival.«

Zabinski machte große Augen.

***

Daske war direkt ins Büro gegangen, nachdem er das Dienstzimmer als Erster verlassen hatte.

»Das ist doch gut gelaufen«, murmelte er seinem Spiegelbild zu, als er sich an dem kleinen Waschbecken die Hände wusch.

Es war schön Isabell zu sehen. Ihre Stimme zu hören.

Sie waren sich viel zu lange aus dem Weg gegangen.

Daske war mit ihrer ersten Begegnung zufrieden. Auf diese Art und Weise könnte es weitergehen.

Er benetzte sich gerade das Gesicht mit kaltem Wasser, als es an der Tür klopfte. Ohne eine Antwort abzuwarten, stand Isabell plötzlich im Büro.

Er richtete sich vom Waschbecken auf und schaute seine Tochter vollkommen überrumpelt an. Er brachte keinen Ton raus.

»Ich wollte eine Sache direkt von Anfang an klarstellen.« Sie funkelte ihn aus ihren braunen Augen heraus an. »Wir arbeiten an diesem Fall weiterhin genauso sachlich, wie wir es in der Vergangenheit getan haben. Was zwischen uns vorgefallen ist, geht niemanden im Präsidium etwas an und sollte unsere Arbeit nicht beeinträchtigen.«

Sie schien auf seine Reaktion zu warten, doch er schaute sie weiterhin perplex an.

»Wenn dieser Fall endlich abgeschlossen ist, bitte ich dich mich nicht mehr in dein nächstes Team zu berufen. Wir haben in der Kriminaltechnik ausreichend gute Kräfte«, sagte sie mit großem Nachdruck in der Stimme, drehte sich postwendend auf dem Absatz um und verließ das Büro ohne eine Verabschiedung.

Daske hatte sich nicht einen Millimeter bewegt. Wassertropfen hingen ihm immer noch im Schnauzbart und er sah aus wie der sprichwörtlich begossene Pudel.

Zum zweiten Mal an diesem Morgen spürte er die ganze Wucht des Katers und die bohrenden Kopfschmerzen kehrten automatisch zurück. So stand er eine ganze Weile am Waschbecken und schaute auf die geschlossene Bürotür. Schließlich löste er sich aus der Position und tupfte die Wassertropfen endlich vom Schnauzer ab.

Er rückte die Brille zurecht und strich sich über das Jackett. Er konnte sich nicht um zwei Baustellen gleichzeitig kümmern.

Seine privaten Probleme würden sich schon von alleine lösen, wenn erst mal dieser unsägliche Fall gelöst wäre.

Seine Aufmerksamkeit galt nun Doktor Haarer, dem Notarzt der beiden Tatorte.

***

Zabinski hatte auf ihn vor dem Präsidium gewartet und sie brachen zusammen auf, um den Notarzt in dessen Praxis innerhalb der Altstadt aufzusuchen. Daske schlug vor, den kurzen Weg zu Doktor Haarer zu Fuß zurückzulegen. Seinen Unmut über die kurze Begegnung mit Isabell ließ er sich dabei nicht anmerken und war selbst Zabinski gegenüber ungewohnt freundlich.

»Meinen Sie, wir sollten das LKA zu den Ermittlungen hinzuziehen?«, fragte Zabinski, während sie die Straße an der alten Feuerwache überquerten.

»Mit dieser Überlegung habe ich mich gestern Nacht auch herumgeschlagen.« Daske nickte. »Ich halte es aber für sinnvoll, wenn jeder zunächst seine Aufgabenliste abarbeitet. Im Laufe der Woche entscheiden wir dann, wo wir stehen und ob wir externe Kräfte benötigen.«

Zabinski begnugte sich mit dieser Antwort und für den Rest des Weges gingen sie schweigend nebeneinander.

Kurz vor ihrem Ziel bog Daske noch schnell in die Altstadtbäckerei ab, um sich ein kleines Frühstück zu besorgen. Genüsslich kauend betrat er schließlich mit dem Kollegen die Arztpraxis.

»Zabinski, Kriminalpolizei. Das hier ist mein Kollege Daske«, stellte sie Zabinski an der Rezeption vor, während Daske die Reste seines Brötchens hinunterschluckte. »Wir haben einen dringenden Termin mit Doktor Haarer.«

»Der hat gerade Sprechstunde. Sie müssen sich einen Moment gedulden.« Die Arzthelferin zeigte zum offenstehenden Wartezimmer, aus dem ein furchtbares Husten zu hören war.

»Ich denke, wir bleiben lieber hier stehen und warten darauf, dass das Sprechzimmer frei wird«, lehnte Daske das Angebot dankend ab.

Keine fünf Minuten später saßen sie vor Haarers aufgeräumten Schreibtisch. Der Mediziner sah nach gesunder Urlaubsbräune aus und seine ärztliche Kleidung war teuer und edel. Innerhalb seiner Praxis war er eine wesentlich elegantere Erscheinung als noch auf dem Festival.

»Es geht um Ihren Einsatz am Tag der Deutschen Einheit«, erläuterte Daske den Grund des Besuchs, während er sich die letzten Brötchenkrümel vom Jackett klopfte. »Wir haben ein paar Fragen an Sie.«

»Es geht um das Oktoberfest, nicht wahr?«

»Sie haben bei der Veranstaltung als behandelnder Notarzt gearbeitet.«

»Es war ein furchtbarer Abend. Plötzlich brachte man uns diese leblose Frau mit Herzversagen nach Alkoholintoxikation. Eine schlimme Sache.« Er legte die Stirn in Falten. »Ich nehme an, wenn Sie deswegen hier sind, wird meine erste Diagnose nicht korrekt gewesen sein?«

»Da liegen Sie goldrichtig, Herr Doktor. Das Opfer ist in der Tat nicht an Herzversagen gestorben. Wir gehen vielmehr davon aus, dass sie ermordet wurde.«

»Ermordet?« Haarer wirkte ehrlich besorgt.

»Das ist leider wahr«, bekräftigte Daske, ohne weitere Details zu nennen. »Helfen Sie uns, den Verlauf des Abends genau zu verstehen. Wann haben Sie die Verstorbene behandelt?«

»Sie haben meinen Bericht gelesen?«, fragte Haarer und die Beamten bejahten seine Frage. »Gemessen an der Veranstaltung war es zunächst ein normaler Abend. Es gab einige Alkoholintoxikationen, aber insgesamt war nichts Dramatisches dabei«, rekapitulierte er. »Soweit ich das beurteilen kann, war die Stimmung in der Arena ausgelassen und fröhlich. Es wurde auf den Bänken getanzt und alles war friedlich. Gegen 21.30 Uhr kamen dann die ersten Patienten mit erhöhtem Alkoholkonsum. Alles junge Burschen in Lederhosen oder Mädels im feschen Dirndl. Es war offensichtlich, dass diese Personen vor dem Betreten der Arena stark getrunken hatten. Insgesamt sollte das Fest bis 1 Uhr in der Früh gehen und Sie können sich vorstellen, dass wir zum Ende hin alle Hände voll zu tun hatten.«

»Das ist alles schön und gut«, unterbrach Daske die weitschweifenden Ausführungen des Arztes. »Uns interessiert ausschließlich was mit der Toten passiert ist.«

»Richtig. Entschuldigen Sie vielmals«, hob Haarer beschwichtigend die Hände. »Die Verstorbene wurde von uns zweimal behandelt, ehe wir sie per vorläufiger Todesbescheinigung an die Kollegen der Pathologie übergeben haben.«

»Zweimal?« Zabinski rutschte auf seinem Stuhl ein Stück nach vorne.

»Wir haben sie zunächst wegen übermäßigem Alkoholkonsum behandelt. Ich erinnere mich recht genau, da es noch weit vor der hektischen Zeit war und wir ansonsten nur Jungvolk behandelt haben. Da fiel eine Dame mittleren Alters einfach auf.«

»Sie sind sich aber sicher, dass es sich bei der Frau um eine Alkoholvergiftung handelte?«, hakte Daske weiter nach.

»Die Dame zeigte alle Anzeichen für erhöhten Alkoholkonsum. Sie hatte gerötete Augen, ein akutes Problem mit ihrem Gleichgewicht und empfindliche Artikulationsstörungen. Sie wurde aber auf eigenen Wunsch nach kurzer Behandlungszeit wieder in die Arena gelassen.« Haarer legte eine künstliche Redepause ein und schaute die beiden Beamten besorgt an. »Sie sagten, sie sei ermordet worden. Das spricht wohl gegen meine vermutete Todesursache durch Alkoholintoxikation.«

»Frau Hartmann ist nicht an einer Alkoholvergiftung gestorben«, bestätigte Daske.

»Sondern?«

»Der Tod des Opfers ist für uns in einer anderen Hinsicht interessant«, fuhr Daske fort und hob dabei eine Augenbraue. »Erinnern Sie sich noch an unser letztes Treffen im Sommer? Damals ging es um einen Mord in Verbindung mit Wespengift auf dem Musikfestival.«

»Natürlich erinnere ich mich. Gibt es da einen Zusammenhang?«

»Wir haben aktuell die sehr begründete Annahme, dass wir das Ableben von Frau Hartmann demselben Täter zu verdanken haben.«

»Sie wurde ebenfalls mit Wespengift ermordet?«

»Ja.«

»Guter Gott!« Haarer war sichtlich erregt und seine Gesichtsfarbe hatte sofort ein wenig von ihrer Bräune eingebüßt.

»Wir wundern uns ehrlich gesagt ein wenig, dass ausgerechnet Sie erneut in den Ermittlungsakten auftauchen.« Daske sah den Mediziner herausfordernd an.

»Aber meine Herren, ich bitte Sie.« Haarer wurde zusehends ungehaltener. »Sie glauben doch nicht im Ernst, dass ich etwas mit der Sache zu tun habe.«

Schweiß war auf seine Stirn getreten und ihm war sichtlich unwohl in der Haut. Er nestelte mit den Fingern an einem Kugelschreiber und schaute die Kriminalbeamten hilfesuchend an.

»Es ist schon sehr merkwürdig, dass ausgerechnet Sie als niedergelassener Hausarzt ständig bei Veranstaltungen als Notarzt arbeiten auf denen Leute ermordet werden«, setzte Daske weiter nach. »Haben Sie dafür eine Erklärung?«

»Das ist alles nur ein blöder Zufall. Ein großes Missverständnis«, flehte Haarer ihn förmlich an. »Das können Sie mir nicht ankreiden. Ich habe damit nichts zu tun.«

Daske machte keine Anstalten ein weiteres Wort zu sagen und schaute den Mediziner interessiert an.

»Ich brauche ab und zu ein wenig Abwechslung vom Praxisalltag«, beteuerte Haarer. »Das Leben als Hausarzt kann sehr eintönig sein. Da freut man sich förmlich auf die medizinische Betreuung einer hektischen Veranstaltung.«

»Warum haben Sie keine Anzeichen auf einen anaphylaktischen Schock wahrgenommen?«

»Der ganze Trubel in der Arena ließ eine differenzierte Diagnose nicht zu«, gestand der Mediziner. »Tausend schreiende und lachende Menschen, die zu sehr lauter Schlagermusik schunkeln und literweise Bier trinken. Sie können sich das Chaos gar nicht vorstellen.«

»Sie glauben nicht, was wir uns alles vorstellen können, Herr Doktor«, sagte Daske mit einem eindringlichen Gesichtsausdruck. »Führen Sie uns durch die entscheidenden, letzten Momente in Frau Hartmanns Leben. Was ist genau geschehen?«

Der Notarzt legte die Stirn in Falten und wog die nächsten Worte mit Sorgfalt ab.

»Wie ich gesagt habe, befand sich die Stimmung auf ihrem Siedepunkt. Es muss kurz nach Mitternacht passiert sein. Frau Hartmann ist in der Nähe der Bühne kollabiert. Die Band hat das nicht wahrgenommen und die Menschen um sie herum sind zunächst wohl nur von einem Stolpern ausgegangen. Als das Opfer schließlich bei uns im Notversorgungszelt vor der Arena war, waren bestimmt schon zehn bis fünfzehn Minuten vergangen.«

»War sie in irgendeiner Weise ansprechbar?«

»Nein. Sie war bewusstlos.«

»Sie hatte also noch einen Puls?«

»Ja.« Haarer stockte. »Das heißt, ich weiß es nicht genau. Wir sind zunächst von einer normalen Alkoholvergiftung ausgegangen. Sie wurde deswegen von den Sanitätern in stabiler Seitenlage transportiert. Als sie bei uns ankam, war niemand in großer Sorge. Alles sprach für eine durch erhöhten Alkoholkonsum ausgelöste Bewusstlosigkeit. Erst als ich ihre Pupillen kontrolliert habe, ist mir deren Reaktionslosigkeit aufgefallen. Es deutete eindeutig auf einen akuten Schockzustand hin. Ich habe sofort per Funk einen Schockraum angemeldet.« Haarer stockte kurz und atmete tief durch. »Das können Sie alles nachprüfen.« Seine Stimme hatte einen flehenden Unterton angenommen. »Letztendlich haben ihre Vitalfunktionen kapital versagt. Alles ging sehr, sehr schnell.«

»Haben Sie versucht sie zu reanimieren?«

»Selbstredend.«

»Aber es war vergeblich«, fasste Daske die unglückliche Verkettung der Geschehnisse zusammen. »Ist Ihnen zufällig eine weitere Person mit denselben Symptomen aufgefallen?«

»Sie meinen wie auf dem Rockfestival?«

»Genau.«

»Nein, tut mir leid.«

»Wäre es trotzdem möglich, dass noch jemand vergiftet wurde und Sie das nicht mitbekommen haben?«

»Möglich wäre das«, gab der Mediziner ehrlich zu.

»Zum Schluss habe ich eine ganz andere Frage«, machte Daske Anstalten, das Gespräch zu beenden. »Kennen Sie diese Männer?«

Er legte ein Foto mit den beiden verschwundenen Freunden Paul Biedermeier und Fabian Lorenz auf den Schreibtisch.

Haarer schüttelte den Kopf und Daske war sich sicher, dass der Arzt nur zufällig an beiden Tatorten gewesen war.

15

Isabell fuhr in ihrem Dienstwagen gemeinsam mit Voss stadtauswärts. Sie kam über eine der dichtbefahrenen Hauptstraßen nur gemächlich voran und nutzte die Zeit, um sich auf die anstehende Aufgabe vorzubereiten.

Vorab hatte sie den Veranstalter des Oktoberfests telefonisch über ihr Anliegen informiert. Vernedelli war über den Anruf sichtlich überrascht gewesen, denn schließlich war er bereits am Tag nach dem tragischen Todesfall von der Polizei befragt worden. Das nichtssagende Protokoll der kurzen Unterredung hatten Isabell und Voss im Präsidium zuvor von den Kollegen erhalten und eingehend studiert.

»Darf ich dich was fragen?« Voss sah Isabell verstohlen von der Seite an, als sie an einer Ampel hielten. Isabell nickte nur stumm und schaute dabei weiter auf den Verkehr.

»Ich fand den Chef heute Morgen in der Dienstbesprechung ziemlich angespannt. Ist dir das auch aufgefallen?«

Isabell zuckte unwillkürlich zusammen. Bisher hatte sie niemandem im Präsidium von den persönlichen Problemen mit ihrem Vater erzählt. Das ging keinen der Kollegen etwas an. Das war eine rein private Angelegenheit.

Hatte sich Alex beim Smalltalk verquatscht?

Immerhin war er ein Teil ihrer Familienprobleme.

»Nein, mir ist nichts aufgefallen«, sagte sie so beiläufig, wie eben möglich. »Wahrscheinlich hat ihn der erneute Mord nur ein wenig aus der Bahn geworfen.«

»Da magst du recht haben«, merkte Voss an und schaute aus dem Fenster.

Isabell verstummte ebenfalls. Während sie weiterfuhren, drehte sie mit der freien Hand eine Strähne ihrer langen, schwarzen Locken auf. Das tat sie immer, wenn sie angespannt war.

Es nagte an ihr, dass sich ihr Vater nicht mit Alex arrangieren konnte.

Doch sobald sie auf ihren Vater zu sprechen kam, winkte auch Alex bloß ab.

Irgendetwas musste zwischen den beiden vorgefallen sein. Nur was?

»In einem Kilometer rechts abbiegen«, verkündete das Navi.

Krampfhaft versuchte sie, die Gedanken auf den Fall zu lenken.

Sie hatte sich in den letzten Wochen kaum noch mit dem Wespengiftmörder befasst. Ihre kriminaltechnische Arbeit für diesen Fall war im Sommer allumfassend beendet worden.

Ohne einen Täter gefasst zu haben, war der Fall aus ihrer Sicht abgeschlossen worden und sie hatte seitdem nichts mehr zu den Ermittlungen beisteuern können.

Von ihrer Mutter hatte sie in den letzten Wochen und Monaten immerhin ab und zu mitbekommen, wie sehr der ungelöste Fall an ihrem Vater nagte. Aber sowohl er als auch sie selbst waren in all der Zeit zu stolz gewesen, um den ersten Schritt zur Versöhnung zu wagen.

Seit ihrem Wutanfall vorhin im Büro plagte sie das schlechte Gewissen.

War sie vielleicht doch zu hart zu ihrem Vater?

War es doch keine so gute Idee, ihn mit seinen eigenen Waffen der Missachtung zu strafen?

Sie seufzte innerlich und hatte das dringende Bedürfnis mit Alex zu sprechen.

Was hatte ihr Vater bloß an Alex auszusetzen?

Konnten die beiden sich nicht endlich zusammenreißen?

Der Streit würde nur weiter hochkochen.

Isabell lenkte den Wagen schließlich in eine Seitenstraße und hielt vor der Arena an.

Sie setzte ihre Sonnenbrille auf und schaute an der Glasfassade des Gebäudes entlang, nachdem sie aus dem Wagen gestiegen war.

Sieben Tage lag der tragische Todesfall zurück und alle Spuren des Oktoberfests waren beseitigt worden. Das Gebäude sah insgesamt verwaist aus und der Veranstalter ließ noch auf sich warten.

Isabell spazierte auf die Mülltonnen vor dem Gebäude zu. Sie öffnete alle Behälter und wurde sofort wieder enttäuscht, da sie bereits geleert worden waren.

Als Nächstes inspizierte sie die großen Blumenkübel neben dem Eingang. Vielleicht war irgendetwas von den Sanitätern oder Gästen unachtsam weggeworfen worden, dass für den Fall noch von Bedeutung war.

Während ihre Hoffnung auf einen spontanen Sensationsfund stetig abnahm, kam ein sehr geräumiger Geländewagen mit quietschenden Reifen vorgefahren. Der stattliche Motor erstarb und ein kleiner Mann reiferen Alters stieg aus. Er streifte sich ein elegantes Jackett über und ging zielsicher auf Isabell und ihre Kollegin zu. Er streckte ihnen die Hand entgegen und zeigte eine Reihe tadellos weißer Zähne unterhalb seiner bräunlich getönten Brille.

»Vernedelli. Salvatore Vernedelli«, stellte er sich vor. »Wer von Ihnen ist Frau Voss?«

Die Kriminalbeamtin machte einen Schritt auf den Veranstalter zu und schüttelte seine Hand.

»Das ist meine Kollegin von der Kriminaltechnik.« Sie deutete auf Isabell. »Wir ermitteln im Zuge des Todesfalls auf Ihrem Oktoberfest.«

»Das erwähnten Sie am Telefon.« Vernedelli lächelte sie freundlich, aber ungeduldig an.

»Es ist der zweite Todesfall auf einer Ihrer Veranstaltungen, Herr Vernedelli. Da werden Sie Verständnis dafür haben, dass wir uns fragen, wie so etwas geschehen kann.«

»Gehe ich recht in der Annahme, dass der erneute Todesfall wieder nicht auf natürliche Weise geschah? Immerhin sind Sie von der Mordkommission«, merkte Vernedelli spitz an.

Er schien von Voss' selbstbewusster Herangehensweise weder beeindruckt noch irritiert zu sein. Isabell fragte sich, ob das offensive Verhalten ihrer attraktiven Kollegin ihn vielleicht sogar neugierig machte.

»Mir ist nichts von einem Verschulden meinerseits bekannt«, schob er sofort mit Nachdruck in der Stimme nach.

»Sie haben klug kombiniert, Herr Vernedelli.« Voss lächelte gequält und ließ sich nicht aus dem Konzept bringen. »Es handelt sich, wie Sie sagten, tatsächlich in beiden Todesfällen um Mord. Ob und wie weit diese beiden Taten letztendlich in Verbindung zu Ihren Veranstaltungen stehen, ermitteln wir gerade.«

Voss ließ ihr Gegenüber nicht aus den Augen. Dieses verzog keine Miene und nahm die Worte ohne sichtbare Regung zur Kenntnis.

»Uns interessiert in diesem Zusammenhang, ob Sie eine Ahnung haben, warum sich der Täter ausgerechnet

Ihre Veranstaltungen als Schauplatz für diese Taten ausgesucht hat«, legte sie nach und schaute ihrerseits Vernedelli herausfordernd an.

Der Veranstalter zuckte mit den Schultern.

»Ich bin ein erfolgreicher Geschäftsmann. Vielleicht geht das jemandem auf den Zeiger.«

»Auf den Zeiger?«, schaltete sich Isabell in die Unterhaltung mit ein. »Zweifacher Mord ist schon eine heftige Reaktion, wenn man jemandem auf den Zeiger geht. Finden Sie nicht?«

»Sie wissen schon, wie ich das meine. Es gibt viele Neider auf dieser Welt«, versuchte er seine Aussage zu erklären.

»Fällt Ihnen da irgendwer Konkretes ein?«

»Nein.«

»Wurden Sie in letzter Zeit bedroht oder erpresst?«

»Das kann ich entschieden verneinen.«

»Hatten Sie mit irgendwem Streit?«, ließ Isabell nicht locker.

»Auch das nicht.«

Sie tauschte einen flüchtigen Blick mit Voss aus. Das Gespräch mit Vernedelli brachte sie an dieser Stelle nicht weiter. Es war an der Zeit, die Arena von innen zu betrachten.

Drinnen ging Vernedelli hinter die Garderobe und schaltete die Beleuchtung ein.

Isabells Blick fiel auf einen großzügigen Barbereich mit Tanzfläche sowie eine angrenzende Bühne. Das Interieur war modern und stilsicher zusammengestellt und insgesamt versprühte die Arena ein gemütliches Ambiente.

»Können Sie uns bitte eine Liste Ihrer Mitarbeiter für das Oktoberfest sowie sämtliche Fotos von der Veranstaltung aushändigen? Das wäre sehr hilfreich«, wandte sie sich an Vernedelli.

Vernedelli grinste sie mit seinen weißen Zähnen an und zog sich daraufhin in den Bürotrakt der Arena zurück.

Die Kriminalbeamtinnen blieben alleine in dem großen Festsaal zurück.

Isabell machte sich sofort an die Arbeit und hielt zunächst sämtliche Räumlichkeiten inklusive der Toiletten und Garderobe in unzähligen Bildern fest. Sie arbeitete akribisch und bedacht. Ihre Kamera klickte wiederholt und sie dokumentierte alles sorgfältig aus den unterschiedlichsten Blickwinkeln. Aufgrund der zeitlichen Differenz zur Mordnacht und der erfolgten Reinigung verzichtete sie darauf, Fingerabdrücke und DNA-Abriebe von sämtlichen Gegenständen zu nehmen.

Voss trat zu Isabell an die Theke heran, nachdem sie ihrerseits einen weitschweifenden Rundgang durch die Räumlichkeiten getätigt hatte.

»Der Täter könnte das Gift beim Ausschank in einen oder mehrere Maßkrüge gemischt haben«, sagte Isabell.

»Das spräche erneut für ein zufälliges Mordopfer.«

»Oder jemand hat bewusst einen vergifteten Maßkrug an unser Opfer übergeben.« Isabell betrachtete die Zapfhähne kritisch und überlegte.

Wurde das Opfer zufällig vergiftet oder war es gezielt ausgewählt worden?

Beide Optionen waren im Bereich des Möglichen und die Parallelen zum Mord im Sommer waren für sie jetzt schon klar sichtbar.

Das einzige Problem bestand darin, dass jeder Besucher oder Mitarbeiter des Oktoberfests die Maßkrüge mit Gift hätte versehen können.

Isabell runzelte die Stirn. Dieser Fall nahm erneut unüberschaubare Formen an.

Nachdem sie den Bereich der Bar auf Spuren untersucht hatte, verließ sie gemeinsam mit Voss und Vernedelli die Arena.

Die milde Herbstsonne empfing sie auf dem kleinen Vorplatz. Der Wind strich sanft durch einige Birken und warf vereinzelt goldgelbes Laub herab.

»Dort hat das Zelt der Sanitäter in einem abgetrennten Bereich gestanden.« Vernedelli deutete auf einen Platz neben dem Eingang und malte mit seinem Zeigefinger ein grobes Quadrat in die Luft.

Isabell begutachtete die beschriebene Stelle, in deren Mitte zwei fassgroße Blumenkübel standen. Sie versuchte, sich das Zelt mit all dem Trubel vorzustellen.

»Hier werden wir keine Spuren mehr finden«, sagte sie resignierend.

Nachdem Vernedelli ihnen die Liste mit den Namen seiner Mitarbeiter ausgehändigt hatte, zeigte Isabell dem Veranstalter ein Foto von den verschwundenen Freunden Biedermeier und Dietz.

»Haben Sie diese beiden jungen Männer zufällig auf dem Oktoberfest gesehen?«

»Nein, ich bedaure.« Vernedelli schüttelte den Kopf, nachdem er das Bild eingehend betrachtet hatte. »Sind das die Typen, die die beiden Anschläge verübt haben?«

»Wir suchen beide«, antwortete Isabell knapp.

»Sind sie flüchtig?«

Isabell zuckte mit den Achseln und verweigerte eine Antwort.

»Ich möchte aber noch einmal auf Ihre Mitarbeiter zu sprechen kommen«, griff sie stattdessen einen anderen Faden wieder auf. »Gab es zwischen Ihnen und einem Ihrer Angestellten in letzter Zeit vielleicht einen heftigen Streit?«

Vernedelli schüttelte den Kopf.

»Denken Sie bitte nach. Jede noch so kleine Auseinandersetzung kann immense Auswirkungen haben.«

»Natürlich haben wir manchmal Ärger in Personalfragen, aber das gehört zum Geschäftsalltag dazu. Das ist völlig normal«, wiegelte der Veranstalter ab.

»Mit wem hatten Sie denn in letzter Zeit normalen Ärger in Personalfragen?«, ließ sie nicht locker.

»Da müsste ich meinen Assistenten anrufen, der regelt die einfachen Dinge des Tagesgeschäfts.«

»Dann würde ich vorschlagen, dass Sie das am besten sofort tun«, sagte Isabell mit Nachdruck.

Während der Veranstalter mit seinem Hauptbüro in der Altstadt telefonierte, schauten Isabell und Voss über Vernedellis Mitarbeiterliste, die gut fünfzig Namen enthielt. Sie überflogen die aufgelisteten Angestellten, aber auf den ersten Blick kam ihnen kein Name bekannt vor.

»Jonas Skopp.«

Isabell und Voss schauten verwundert von der Liste auf.

»Wir haben Jonas Skopp im Frühjahr eine berufliche Umorientierung empfohlen.«

»Und?«, fragte Isabell.

»Er hat seine Kündigung nicht sonderlich begeistert aufgegriffen, sagt mein Assistent.«

»Es gab Streit?«

»Wie man es nimmt«, sagte Vernedelli. »Wie Sie vielleicht wissen, gehört mir die Boente Brauerei in der Altstadt. Jedenfalls hat sich Herr Skopp nach seiner Kündigung mehrmals mit Freunden im Schankraum volllaufen lassen und hat unsere Gäste provoziert und angepöbelt. Er wurde wiederholt hinausgeworfen und hat seit dem letzten Zwischenfall bei uns Hausverbot.«

»Interessant.« Isabell war hellhörig geworden.

»Mein Assistent meinte, dass Skopp bei seinem finalen Abgang gedroht hat, dass wir den Hinauswurf noch büßen würden.«

Vernedelli war sichtlich besorgt. Er schien von den Vorfällen mit dem gekündigten Mitarbeiter nichts gewusst zu haben.

»Können Sie in Erfahrung bringen, wann sich der letzte Vorfall ereignet hat?«, hakte Isabell nach.

»Jonas Skopp ist das letzte Mal im Mai aus unserem Schankraum geflogen.«

»Also kurz vor dem ersten Mord«, entfuhr es Isabell.

Da war sie. Eine zaghafte Spur. Sie war zum Greifen nahe.

***

Daske schlug geräuschvoll mit der rechten Faust auf den Tisch. Erst nach dem fünften Klopfer erstarb allmählich der Geräuschpegel.

Alle Mitglieder der Mordkommission waren wieder zurück im Präsidium. Sie wollten die Ergebnisse vom Vormittag besprechen, bevor sie die weiteren Ermittlungen angingen.

In dem geräumigen Dienstzimmer herrschte zum ersten Mal seit langem keine Lethargie mehr. Jeder hatte etwas Wichtiges herausgefunden und brannte geradezu darauf, es im Plenum kundzutun.

Morgenstern durfte als Erster seine Ergebnisse vorstellen.

Er hatte herausgefunden, dass das Opfer Barbara Hartmann als Kassiererin in einem Supermarkt gearbeitet hatte und alleinstehend gewesen war. Sie hatte eine kleine Mietwohnung im Süden der Stadt bewohnt und ihre Eltern waren schon vor längerer Zeit verstorben.

Das Opfer war Mitglied in einem örtlichen Karnevalsverein gewesen und schien auf den ersten Blick ein vollkommen normales Leben geführt zu haben.

Über die Ticketbuchung des Oktoberfests hatte Morgenstern ferner festgestellt, dass das Opfer keinen festen Tisch reserviert hatte. Barbara Hartmann hatte sich einen einzelnen Stehplatz gekauft und war voraussichtlich alleine auf das Fest gegangen.

Morgenstern hatte zudem eine E-Mail von Isabell weitergeleitet bekommen. In der Mail hatte der Veranstalter auf Isabells Bitte einen Link mit Fotomaterial vom Oktoberfest verschickt. Morgenstern hatte die Fotos umgehend ausgewertet, aber soweit keine Auffälligkeiten entdeckt. Die gesuchten Biedermeier und Dietz waren ebenfalls nicht unter den Feiernden zu finden.

Zum Abschluss brachte Morgenstern hervor, dass er keine Zusammenhänge oder Gemeinsamkeiten zwischen den beiden Toten gefunden habe. Es entstand somit mehr und mehr der Eindruck, dass die Opfer zur falschen Zeit am falschen Ort gewesen waren.

Zufrieden sah Daske Morgenstern an, nachdem dieser seinen Vortrag beendet hatte.

»An dieser Stelle ist das Opfer nach Aussage des Notarztes kurz nach Mitternacht in der Früh kollabiert«, eröffnete Daske seinen Teil der Ergebnisvorstellung.

Er malte ein großes rotes *X* mit Filzstift auf die entsprechende Stelle neben der Bühne. Isabell hatte zuvor einige Fotos aus dem Inneren der Arena vergrößert und ausgedruckt. Ein Grundriss vom Gebäude und dem umliegenden Gelände hing zudem neben den Fotos, die sorgfältig auf drei Flipcharts verteilt worden waren.

»Sie ist keine hundert Meter vom Sanitätszelt entfernt zusammengebrochen«, merkte Isabell an.

Sie stand von ihrem Platz auf und markierte den Zeltplatz mit einem roten Viereck auf dem Lageplan. Sie verband das Rettungszelt und die Stelle, an der das Opfer kollabiert war, mit einer blauen Linie.

»Trotz des kurzen Weges verging eine ganze Viertelstunde bis der Notarzt endlich eine akute Lebensgefahr bei dem Opfer festgestellt hat«, merkte Daske an, nachdem sich seine Tochter wieder gesetzt hatte.

»Ob ein Rettungssanitäter schlampig gearbeitet hat?«, fragte Voss nach.

»Das gilt es zu überprüfen«, bestätigte Daske. »Wir haben von dem Notarzt insgesamt zwei Listen mit den Namen von Sanitätern bekommen, die entweder beim

Festival im Sommer oder auf dem Oktoberfest vergangene Woche gearbeitet haben.«

Er hielt die beiden Listen kurz hoch.

»Wir haben alle Namen mit unserer Datenbank abgeglichen, aber keine Auffälligkeiten oder zurückliegenden Straftaten entdecken können. Es ist jedoch bemerkenswert, dass zwei Einsatzkräfte bei beiden Todesfällen vor Ort waren«, fuhr er fort, während Zabinski Kopien aushändigte.

»Glauben Sie, dass da ein Zusammenhang besteht?«, fragte Morgenstern, nachdem er die Namen interessiert studiert hatte.

»Ich gebe zu, dass die Verbindung etwas dürftig ist«, gestand Daske. »Trotzdem möchte ich das nicht übergehen. Gerade Menschen im medizinischen Bereich besitzen die nötige Kenntnis, um eine Spritze gezielt einzusetzen. Darüber hinaus haben Sanitäter im Rettungsdienst garantiert eher die Möglichkeit, an das entsprechende Wespengift zu gelangen«, fuhr er fort. »Wir sollten jetzt zwar keine voreiligen Schlüsse ziehen, aber die beiden Sanitäter müssen wir definitiv näher betrachten.«

»Der Notarzt scheidet dafür gänzlich aus den Ermittlungen aus?«, fragte Isabell nach.

»Ich denke schon«, entgegnete Daske. »Er hat meines Erachtens glaubhaft dargestellt, dass er aus Furcht vor der beruflichen Langeweile im Praxisalltag oft als

Notarzt an den Wochenenden respektive auf Großveranstaltungen arbeitet.«

Er schaute seine Tochter direkt an.

»Was hat sich bei euch an der Arena ergeben, Isabell?«

Sie legte die Listen mit den Namen der Sanitäter beiseite und räusperte sich.

»Ich konnte am Veranstaltungsort lediglich ein paar Fotos machen. DNA-Spuren und Fingerabdrücke können wir nach der Grundreinigung komplett vergessen. Die Arena war picobello aufgeräumt und nichts erinnerte noch im Entferntesten an das Oktoberfest. Selbst die markanten Bierbänke waren schon verschwunden.«

Daske machte ein enttäuschtes Gesicht und strich sich durch den Schnauzbart. Er hatte allerdings mit keinem anderen Ergebnis gerechnet. Der Todeszeitpunkt war vor einer Woche eingetreten und lag somit viel zu weit zurück.

»Um sicherzugehen, dass uns nicht die kleinste Spur entgangen ist, habe ich die Reinigungsfirma der Arena kontaktiert«, fügte Isabell hinzu. »Vielleicht ist denen am Morgen nach dem Oktoberfest etwas Ungewöhnliches aufgefallen. Viel Hoffnung habe ich allerdings nicht.«

Daskes Miene hellte ein wenig auf und er lächelte seine Tochter milde an.

»Gute Arbeit«, lobte er.

»Vernedelli hatte Ärger mit einem ehemaligen Mitarbeiter«, platzte es plötzlich aus Voss heraus. Sie konnte diese brisante Neuigkeit wohl nicht länger für sich behalten. »Er hat einen Kellner der Brauerei gefeuert und ihm Hausverbot erteilt.«

»Ich bin ganz Ohr.« Daske schaute sie erwartungsvoll an.

»Der Streit hat sich derart hochgeschaukelt, dass der Kellner Rache geschworen hat.« Voss hielt kurz den Atem an. »Und zwar vor dem ersten Mord.«

Zabinski pfiff anerkennend durch die Zähne.

Die Spannung in dem Besprechungsraum war seit Voss' letzten beiden Sätzen merklich gestiegen und ein Kribbeln lag in der Luft.

»Das könnte in der Tat ein ernstzunehmendes Motiv sein«, griff Daske die Aussage direkt auf. »Was war denn der genaue Hintergrund für die Kündigung?«

»Es gab scheinbar eine heftige Auseinandersetzung mit einem Gast, die nicht glimpflich endete«, erläuterte Isabell. »Die exakten Umstände der Kündigung müssen wir aber erst noch in Erfahrung bringen.«

»Das klingt trotzdem höchst interessant«, sagte Daske anerkennend. »Was wissen wir bisher über den gefeuerten Mitarbeiter?«

»Der Kellner heißt Jonas Skopp, ist neunundzwanzig Jahre alt und wohnhaft auf dem Quellberg. Er hat eine Ausbildung zum Maler und Lackierer abgebrochen und ist zurzeit als arbeitsuchend beim Jobcenter gemeldet. Skopp hat bisher keine Eintragungen ins Strafregister«, trug Isabell vor, während Voss ein Foto des Verdächtigen für alle gut sichtbar aufhängte.

Daske musterte das Bild von Skopp eingehend. Der Mann war ihm komplett unbekannt.

»Morgenstern, schauen Sie direkt mal nach, ob Sie Skopp auf dem Oktoberfest entdecken.«

Während Morgenstern sich der digitalen Bildersuche widmete, warf Zabinski ein, dass zwei mörderische Giftanschläge doch eine sehr heftige Reaktion auf den Verlust eines Arbeitsplatzes darstellen würden.

»Da muss ich Ihnen recht geben, Zabinski. Jedoch verhalten sich Menschen bisweilen sehr komisch, wenn sie in die Enge getrieben werden. Ich finde, dass Menschen durchaus in der Lage sind, mörderische Absichten nach dem Verlust des eigenen Arbeitsplatzes zu hegen. Sei es aus Wut oder aus purer Rachelust.«

Zabinski kratzte sich verlegen am Kopf und wich Daskes strengem Blick aus.

Nachdem Morgenstern signalisierte, dass er einige Zeit für die Bildersuche benötigen würde, entließ Daske sein Team in die weiteren Aufgaben.

Sie mussten sich dringend um Jonas Skopp kümmern.

***

Daske verließ das Präsidium umgehend nach der Besprechung mit der Mordkommission. Die Gefahr war ihm zu groß, dass Isabell ihn erneut aufsuchen könnte.

Die Besprechung war im Grunde gut verlaufen und er wollte nicht, dass ein erneutes Gespräch mit seiner Tochter unter vier Augen wieder alles ruinieren würde.

Daske lief über den Wall am altehrwürdigen Gymnasium Petrinum vorbei in die Altstadt und steuerte die Hausbrauerei Boente an. Die frische Herbstluft tat ihm sehr gut und er sog sie intensiv ein.

Da das Wetter dem goldenen Oktober alle Ehre erwies, wählte er einen Tisch im großzügigen Biergarten.

Er bestellte sich zunächst einen großen Milchkaffee und nahm zufrieden zur Kenntnis, dass der Kater endlich verschwunden war.

Im Präsidium hatte er Zabinski damit beauftragt, schon einmal sämtliche Informationen über Skopp zusammenzutragen, während er sich in der Hausbrauerei umschauen würde. Isabell hatte angeboten, Zabinski bei der Recherche zu unterstützen, und Daske hatte zu seiner eigenen Überraschung zugestimmt.

Morgenstern ging derweil mit Voss' Hilfe die Fotos vom Oktoberfest und Musikfestival akribisch durch. Sie hofften, dass sie den Verdächtigen vielleicht dort entdecken würden.

»Dies war also dein Arbeitsplatz, Jonas Skopp«, murmelte Daske und ließ den Blick ein wenig über den Biergarten schweifen. »Was hast du nur getrieben, nachdem du unehrenhaft von Vernedelli gefeuert worden warst?«

Er nahm einen Schluck vom Milchkaffee und beschloss, sich im Inneren des alten Backsteingebäudes über Skopp zu erkundigen.

Da er selbst schon öfters hier gewesen war, kannte er die Brauerei wie seine Westentasche. Schnurstracks ging er zum großen Barbereich und lehnte sich über die Theke.

Die Brauerei war zur Mittagszeit eher spärlich besucht und das geschäftige Treiben war nicht mit den Abendstunden zu vergleichen.

Das Interieur war genauso, wie man sich eine alte Brauerei vorstellt. Die Bar war sehr rustikal und zweckmäßig mit ihren verchromten Zapfhähnen eingerichtet und lediglich die vielen Flachbildfernseher und die geschickte LED-Beleuchtung erinnerten ein wenig an die Moderne.

Daske winkte den Kellner hinter der Theke zu sich.

»Guter Mann, darf ich Ihnen ein paar Fragen stellen?« Er legte seinen Dienstausweis auf den Tresen. Er wollte direkt mit offenen Karten spielen.

Der Kellner ließ sich davon nur kurz irritieren und bot ihm erst einmal etwas zu trinken an. Im Hinblick auf den Milchkaffee lehnte Daske das Angebot dankend ab und stellte dem Kellner stattdessen ein paar Fragen bezüglich Jonas Skopp.

Zurück im Biergarten lehnte sich Daske zufrieden zurück und nahm einen weiteren Schluck des nun lauwarmen Milchkaffees.

Der Kellner deckte im Wesentlichen die Aussage Vernedellis. Skopp war damals mit einem Gast aneinandergeraten und hatte deswegen seinen Job verloren.

Der Kellner bestätigte Skopps mehrfache Saufgelage und das unvermeidliche Hausverbot. Seitdem war Skopp tatsächlich nicht mehr in der Brauerei gewesen.

Daske leerte die Tasse in einem Schluck und schaute auf die Uhr.

»Pünktlich auf die Minute«, begrüßte er Wesseling, nachdem er ihn entdeckt hatte.

Daske hatte dem Pathologen vorab telefonisch von ihrem Verdächtigen und der geplanten Befragung in der Hausbrauerei berichtet. Daraufhin hatten sie sich spontan im Biergarten zur Mittagspause verabredet.

Die beiden Männer vertieften sich zunächst in die Speisekarte. Daske verspürte nach seinem durchzechten Abend großen Appetit auf etwas Deftiges.

Nachdem sie bestellt hatten, lenkte Daske das Gespräch sofort auf die Ermittlungen.

»Ich kann dir nicht viel Neues berichten.« Wesseling hob beschwichtigend die Hände. »Wir konnten nach weiteren Tests bestätigen, dass die Frau an einer viel zu hohen Dosis Wespengift und somit zu 100 Prozent an einem allergischen Schock gestorben ist.«

Daske atmete erleichtert aus. Es war zwar keine bahnbrechende Neuigkeit, aber immerhin waren die Ergebnisse forensisch abgesichert. Ihre ganze Arbeit war bisher nicht umsonst gewesen.

»Konntest du final klären, wie das Gift in den Körper des Opfers gelangt ist?«, fragte er.

Wesseling schüttelte den Kopf. »Ich vermute weiterhin, dass das Gift oral vom Opfer aufgenommen wurde. Ob sie es freiwillig oder unwissend geschluckt hat, kann ich selbstverständlich nicht beantworten.«

Daske nickte bedächtig und wog die weiteren Schritte in den Ermittlungen ab.

Als das Essen endlich kam, hatte er den Appetit verloren. Er wollte umgehend zurück ins Präsidium und die Jagd nach dem verdächtigen Ex-Kellner offiziell eröffnen.

16

Es war noch nicht wieder hell geworden. Das Licht der Straßenlaterne schien weiterhin direkt auf ihr Gesicht und sie hielt den Kopf deswegen leicht zur Seite geneigt. Jeder Zentimeter ihres Körpers schmerzte und die Kälte hatte sie mittlerweile komplett umschlungen.

Isabell gähnte und blinzelte mit schläfrigen Augen aus dem Fenster. Sie hatte beschissen geschlafen und einen vollkommen wirren Traum gehabt.

Sie war schon seit Jahren mit Alex verheiratet und sie bewohnten ein kleines Reihenhaus, das ihrem Elternhaus verdächtig ähnelte. Während Alex wie immer blendend aussah, war sie rapide gealtert. Sie hatte die schwarzen, langen Locken gegen einen grauen Bob eingetauscht und war faltig geworden. Sofern das noch nicht schlimm genug war, rannten um sie herum vier kleine Kinder. Vier kleine Kinder, die alle aussahen wie ihr eigener Vater. Sie hatte zusammen mit Alex vier Mini-Daskes bekommen und lebte wieder in ihrem alten Elternhaus.

Sie war unendlich erleichtert gewesen, als sie vor ein paar Augenblicken aufgewacht war.

»Gut geschlafen, mein Engel?« Zabinski lächelte vom Nebensitz herüber.

Wie sehr sie diesen Kosenamen hasste. War Alex wirklich so unkreativ, dass er sie von Zeit zu Zeit ausgerechnet *Engel* nennen musste?

Zabinski hielt ihr einen fantastisch duftenden Kaffee entgegen. »Während du selig geschlafen hast, war ich schnell beim Bäcker«, zwinkerte er vergnügt.

Isabell streckte ihre müden Glieder durch. Seine gute Laune ging ihr besonders an diesem Morgen richtig auf die Nerven. Dennoch nahm sie das wärmende Getränk dankbar entgegen.

Sie saßen seit gestern Abend in Zabinskis Dienstwagen und warteten vor Jonas Skopps Haus darauf, dass der ehemalige Kellner endlich seine Wohnung aufsuchte.

Seit dem gestrigen Nachmittag hatte ein Wagen der Streife vor dem Sechsfamilienhaus Stellung bezogen, nachdem sie Skopp nicht zuhause angetroffen hatten. Als der Gesuchte gegen Ende der Spätschicht immer noch nicht aufgetaucht war, hatten sich Isabell und Zabinski kurzerhand dazu bereit erklärt, die nächtliche Schicht zu übernehmen. Da der Krankenstand im Präsidium gerade sehr hoch war, hatte Daske sein Einverständnis gegeben.

Ein wenig hatte sich Isabell schon über die Erlaubnis ihres Vaters gewundert. Immerhin fiel eine Überwachung überhaupt nicht in ihr Ressort. Aber ihr Vater stand wohl dermaßen unter Druck, dass er ein paar dienstliche Regeln geflissentlich überging.

Isabell gähnte erneut.

Seit fast zehn Stunden war nahezu nichts passiert und Alex und sie hatten abwechselnd auf den Autositzen geschlafen.

Von erhoffter Romantik war die Nacht im Auto bislang meilenweit entfernt und der gesuchte Skopp war ebenfalls noch nicht aufgetaucht.

Wir hätten gestern nach Feierabend einfach nach Hause fahren sollen und Alex hätte sein unglaublich gutes Steinpilzrisotto für uns kochen können. Mit gefüllten Mägen hätten wir es uns auf der Couch gemütlich gemacht und endlich die neuste Staffel *Dexter* geguckt.

Sie hatte die Serie mit dem sympathischen und doch herrlich schrägen Forensiker und Serienmörder damals geliebt und förmlich verschlungen. Alex teilte zum Glück ihre Leidenschaft für Krimis und Thriller.

Während sie *Dexter* geschaut hätten, hätte Alex irgendwann wieder zärtlich an ihrem Ohr geknabbert und sie hätten den Rest der Folge nach kurzer Unterbrechung nackt im Bett weiterverfolgt. Zu gerne wäre sie heute Morgen unter Alex' zärtlichen Liebkosungen wachgeworden.

»Das war echt eine Nacht zum Abgewöhnen«, stöhnte sie und rutschte auf dem unbequemen Autositz hin und her. »So eine Zeitvergeudung.«

»War es nicht.« Zabinski grinste und deutete die Straße entlang. »Schau mal, wer dort kommt.«

Isabell war sofort hellwach und folgte Zabinskis Finger die Straße entlang. Damit sie besser sehen konnte, wischte sie mit der Jacke die beschlagene Frontscheibe frei. Tatsächlich bewegte sich zwischen den Eichen und parkenden Autos am Straßenrand eine gedrungene Person durch die beginnende Morgendämmerung. Isabell kniff die Augen zusammen und bemühte sich, den Mann näher zu betrachten.

Skopp schaute grimmig drein. Die kecke Föhnfrisur auf den Fotos an ihrer Pinnwand im Präsidium war einem stoppeligen Haaransatz gewichen. Er wirkte nicht mehr wie der freundliche und fröhliche Kellner aus der Brauerei, sondern schien arg vom Leben gebeutelt.

Skopp bewegte sich ohne Eile schnurgerade auf sein Zuhause zu.

Er wirkte auf den ersten Eindruck nicht sonderlich schuldbewusst oder gefährlich.

Erst als Skopp den Schlüssel in die Haustür steckte, traten sie abrupt an ihn heran. Er sollte sie nicht schon vorab bemerken.

»Herr Skopp, wir müssen dringend mit Ihnen reden. Ist es Ihnen recht, wenn wir kurz mit reinkommen?«, sprach Isabell ihn an.

Skopp musterte sie von der Seite, reagierte aber nicht auf ihre Frage. In seinem Blick lagen Gleichgültigkeit und Ablehnung.

»Wir sind von der Kriminalpolizei und müssen Sie in einer wichtigen Angelegenheit sprechen. Sie haben für den Veranstalter Vernedelli gearbeitet, oder?«

Skopp schaute von Isabell zu Zabinski und wieder zurück zu Isabell.

Dann rannte er plötzlich und ohne Vorwarnung die Straße in dieselbe Richtung hinunter, aus der er gekommen war.

»Scheiße!«, fluchte Zabinski.

Isabell tauschte einen vielsagenden Blick mit ihrem Verlobten und sprintete hinter dem Flüchtenden her.

Skopp hatte sich bereits gute fünfzehn Meter von der Haustür entfernt und bog flink in eine kleine Seitenstraße ein.

Isabell legte einen Zahn zu und spurtete ebenfalls um die Ecke, während Zabinski in eine andere Nebenstraße rannte, um Skopp den Weg abzuschneiden.

Sie sah gerade noch, wie der Flüchtende in die nächste Seitenstraße einbog. Skopp war schnell unterwegs.

»Stehen bleiben, Polizei!«, rief sie vergeblich hinterher.

Als sie ebenfalls in die Straße sprintete, sah sie gerade noch, wie der Fliehende über einen Zaun sprang und versuchte, über den Garten eines angrenzenden Grundstücks zu entkommen.

»Verdammte Kacke!«

Isabell sprang ihrerseits über den Gartenzaun, jagte am Haus vorbei und sah, wie sich Skopp wendig durch die wildwachsenden und ungepflegten Büsche des großzügigen Gartens schlug. Sie drang in die Botanik vor und versuchte noch ein wenig Tempo aufzunehmen. Aufgrund der Morgendämmerung übersah sie einige abstehende Äste, die ihr ins Gesicht peitschten und die leichte Übergangsjacke aufrissen. Sie fluchte erneut.

Weiter vor ihr ließ sich Skopp von dem üppigen Bewuchs nicht aufhalten und duckte sich geschickt unter einem Ast hindurch, ohne dabei die Geschwindigkeit zu drosseln.

Die geschmeidigen Bewegungen des Flüchtenden hinterließen bei Isabell den Eindruck, dass dieser nicht zum ersten Mal in seinem Leben verfolgt wurde.

Skopp überquerte den Jägerzaun am Ende des Grundstücks und nahm den wesentlich gepflegteren Nachbarsgarten im Sturm.

Sie hechtete im Vollsprint über den Zaun und sah gerade noch, wie Skopp über das kleine Gartentörchen sprang und in die Einfahrt rannte.

Am Ende des Grundstücks schien Skopp für einen Bruchteil zu überlegen, in welche Richtung er die Flucht fortsetzen sollte. Dann gab er erneut Gas und sprinte nach links die Straße hinauf. Isabell stieß einen weiteren Fluch hervor und bemerkte, wie ihr langsam die Puste ausging.

Im letzten Augenblick erspähte sie, wie Skopp in die nächste kleine Gasse einbog.

Isabell ignorierte das Brennen in ihrer Lunge und nahm die Verfolgung weiter auf. Als sie Skopp in den schmalen Durchgang folgte, sah sie, wie dieser am Ende des Weges plötzlich das Gleichgewicht verlor und hart auf dem Asphalt landete.

Isabell drosselte ihr Tempo und sah, wie Zabinski breitbeinig und triumphierend über dem Flüchtenden stand. Er hatte Skopp an der Ecke aufgelauert und ihn kurzerhand k.o. geschlagen.

»Ich hätte ihn fast gehabt«, keuchte sie und schnappte kurzatmig nach Luft.

Zabinski lächelte ironisch und genoss die Siegespose mit dem geschlagenen Skopp zu seinen Füßen sichtlich.

Er lachte triumphierend. »Ich denke, jetzt können wir unser Gespräch in aller Seelenruhe fortführen.«

***

Daske war an diesem herbstlichen Morgen wutschnaubend an den Schreibtisch zurückgekehrt. Immerhin hatte er sich in der Lage gefühlt, den Dienstwagen wieder zum Präsidium zu fahren. Er war gestern Abend früh im Bett gewesen, nachdem er sich mit seiner Frau Petra kurz und heftig gestritten hatte. Den genauen Grund des Streits wusste er nicht mehr. Daske hatte dieses Mal den Frust allerdings nicht in Alkohol ertränkt, sondern sein Heil im Schlaf gesucht.

Doch der Schlaf hatte ihn nicht besänftigt. Die nächtliche Observation von Skopp durch Isabell und Zabinski hatte es geschafft, sein inneres Fass endgültig zum Überlaufen zu bringen. Obwohl Zabinski schon vor ein paar Monaten bei seiner Tochter eingezogen war und sie sich ein gemeinsames Bett teilten, konnte es Daske nicht ertragen, dass Isabell die gesamte Nacht mit Zabinski auf engstem Raum vor Skopps Wohnung verbrachte.

Was hatte ihn nur geritten, als er die Beobachtung genehmigt hatte.

Bis zum jetzigen Zeitpunkt hatte er noch nicht einmal erfahren, ob ihre Aktion erfolgreich verlaufen war.

Ich spiele mich auf wie ein eifersüchtiger Idiot.

Unvermittelt knallte Daske seine Kaffeetasse auf den Schreibtisch, sodass diese beinahe in ihre Einzelteile zerbrach. Wütend wischte er den verschütteten Kaffee auf und pfefferte das braungetränkte Papiertuch in den Mülleimer.

Es brodelte förmlich in ihm.

Aber nicht nur die Beziehung von Zabinski mit seiner Tochter brachte ihn an diesem Morgen in Rage, er verspürte zudem eine innere Unruhe.

Er hatte sich die Lösung der beiden Mordfälle so sehr herbeigewünscht, dass er zu vorschnell gehandelt hatte.

Die Theorie eines rachesuchenden Kellners erschien ihm plötzlich nahezu plump. Er hatte zu simpel gedacht und sein Team war auf den Zug aufgesprungen. Sie hatten einen Erfolg in den Ermittlungen geradezu erzwingen wollen.

Daske fuhr sich durch den Schnauzbart und versuchte, die Gedanken wieder zu fokussieren. Er blickte auf die ausgedruckten Profile der beiden Opfer auf seinem Schreibtisch. Martin Lorenz traf auf Barbara Hartmann. Zumindest begegneten sie sich in ausgedruckter Form auf dem Papier.

Im wahren Leben kannten sich die zwei Opfer nicht und hatten nichts miteinander gemein. Er konnte trotz eingehender Recherche keine Verbindungen zwischen den beiden ausfindig machen.

Daske drehte sich mit dem Bürostuhl um 180 Grad und schaute an das große Whiteboard. Dort hingen kleine Steckbriefe von allen Personen, die im Zuge der Ermittlungen bislang in Erscheinung getreten waren. Sie grinsten ihn von kleinen Fotos aus an und trieben ihn in seinen Überlegungen weiter. Vielleicht hatte er etwas übersehen.

Auf jedem der kurzen Lebensläufe hatte er mit Textmarkern Querverbindungen der sozialen Berührungspunkte hervorgehoben.

Daske überflog die mühsam angelegten Informationen.

Etliche Namen tummelten sich auf der Tafel.

Der arbeitslose Kellner Skopp, der Veranstalter Vernedelli, die zwei gesuchten Biedermeier und Dietz, Biedermeiers Freundin Fiona Peters, der Allergologe Grunau und der Notarzt Haarer.

Die Personenliste war mittlerweile beachtlich angewachsen, aber Daske behielt nach wie vor den Überblick.

Dennoch verfolgte ihn das Gefühl, dass ihm etwas entgangen war. Er seufzte und blickte auf das Foto von Jonas Skopp.

Jagten sie wirklich einen arbeitslosen Rächer?

Die Theorie erschien ihm seit heute Morgen zu absurd.

Er stand auf und lief im Büro auf und ab. Der Gedanke an die Zweisamkeit von Isabell und Zabinski stachelte ihn förmlich an und er versuchte verzweifelt die Energie seiner Wut bewusst auf den Fall zu lenken.

Er war vollkommen unter Strom und tigerte durch den Raum. Dabei gestikulierte er wild mit den Armen und rezitierte immer wieder Auszüge aus den Lebensläufen.

Plötzlich hielt er inne und starrte auf das Whiteboard. Er hatte tatsächlich etwas übersehen.

Interessanterweise hing es mit Jonas Skopp zusammen.

***

Isabell schloss die Wohnung von Jonas Skopp auf, weil dessen Hände in den Handschellen zu sehr zitterten.

Der Gesuchte sah nach dem Niederschlag ziemlich mitgenommen aus. Zabinski hatte ihn mit seiner Rechten hart am Kinn erwischt und übel überrascht. Seine linke Gesichtshälfte leuchtete von dem Schlag immer noch rötlich und würde sich in den nächsten Tagen garantiert zu einem stattlichen Hämatom verfärben.

Skopp trat als Erster in die dunkle, schlauchartige Diele seiner Wohnung ein.

Aufgrund der Handschellen betätigte er mit beiden Händen den Lichtschalter und der Blick auf das sozialverträgliche Durcheinander eines Alleinstehenden wurde sichtbar.

In den Ecken der Diele lebten einige Wollmäuse und es roch modrig und nach kaltem Rauch. An den Wänden hingen Poster diverser Actionhelden und offenbarten Skopps Faible für schnelle Autos.

»Am besten gehen wir ins Wohnzimmer«, befahl Zabinski und bedeutete Skopp mit einer Geste voranzugehen.

Isabell erhaschte von der schmalen Diele einen Blick auf die kleine Küche. Hier gab es, außer leeren Bierflaschen und dreckigem Geschirr, nicht viel zu entdecken.

Am Ende des Ganges lag das Wohnzimmer. Skopp deutete weder ein- noch ausladend auf die durchgesessene, braune Couch aus Lederimitat.

Zwei volle Aschenbecher, eine Schachtel Zigaretten und vier übereinanderliegende Pizzakartons belegten den Wohnzimmertisch. Das ganze Zimmer war auf einen großen Fernseher ausgerichtet, neben dem eine Videospielkonsole stand.

Niedergeschlagen versank der junge Mann in dem einzigen Sessel des Raumes direkt neben der Couch. Eine vertrocknete Zimmerpflanze auf der Fensterbank war zu einem guten Spiegelbild seines trostlosen Daseins geworden.

»Herr Skopp, wären Sie so freundlich und könnten uns zu Beginn Ihre Flucht einmal näher erläutern?«, zerschnitt Isabell schließlich die Stille und öffnete gleichzeitig das einzige Wohnzimmerfenster.

Es war schon seit längerem nicht mehr gelüftet worden und die einströmende Luft tat regelrecht gut.

Seit dem Niederschlag hatten sie außer kleinen Anweisungen kein direktes Wort miteinander gewechselt. Skopp hatte es offensichtlich trotzdem nicht geschafft, die für ihn prekäre Situation zu überdenken.

Er zuckte mit den Schultern, während Isabell ihm freundlich lächelnd die Handschellen aufschloss. Das Metall knackte, als Skopp die Fesseln selbstständig abnahm. Er streckte die Finger durch und lockerte die Handgelenke.

»Es war vorhin noch dunkel. Ich habe gedacht, ihr wollt vielleicht meine Kohle«, brachte er schließlich hervor.

»Erzähle uns keine Märchen«, schaltete sich Zabinski ungehalten dazwischen, dem Skopps Ausrede scheinbar zu weit ging. »Wir haben uns eindeutig als Polizisten zu erkennen gegeben.«

»Habe ich deinen Ausweis gesehen?«, blaffte Skopp vorlaut zurück. »Kann ja jeder vorbeikommen und behaupten, er sei ein Bulle.«

Er schien neuen Mut gefasst zu haben und sein Respekt vor den Kriminalbeamten wich mit jedem Wort.

Zabinski verlor schlagartig die Geduld und bohrte dem jungen Mann seinen Dienstausweis auf die Nasenspitze, bis dieser lauthals protestierte.

»Reicht das? Lies ihn dir gut durch«, zischte er.

»Lass gut sein, Alex.« Isabell lächelte ihren Verlobten an. »Herr Skopp wird uns den Grund seiner Flucht schon noch erklären.«

Zabinski ließ von Skopp ab und stellte sich direkt ans geöffnete Fenster.

»Hatten Sie vielleicht Drogen dabei? Haben Sie einen Diebstahl begangen? Oder sind Sie gar für zwei Morde verantwortlich?«, feuerte Isabell plötzlich und unvermittelt ein Staccato an Anschuldigungen auf den jungen Mann ab.

Skopp riss Augen und Mund auf.

»Damit habe ich nichts zu tun. Das könnt ihr mir nicht alles anhängen.«

»Hör doch auf!«, brüllte Zabinski ihn an. »Ich verliere langsam die Geduld mit dir!«

»Ich bin unschuldig«, beteuerte Skopp. »Ehrlich!«

»Dann erzählen Sie uns von Ihrem Problem mit der Polizei. Ganz unschuldig sind Sie schließlich nicht davongelaufen. Hören Sie endlich auf uns irgendwelche Märchen aufzutischen«, legte Isabell im scharfen Tonfall nach.

»Ich hatte ein bisschen Gras dabei«, nuschelte Skopp kleinlaut in den Dreitagebart.

»Geht das ein bisschen deutlicher?«, herrschte Zabinski ihn an.

»Ich wollte mir nachher noch einen durchziehen. Kapiert ihr das nicht?«

»Wo ist das Gras jetzt?«

»Keine Ahnung. Habe ich unterwegs verloren.«

»Wie passend.« Zabinski schüttelte den Kopf.

»Zum Glück sind wir nicht von der Drogenfahndung, sondern von der Mordkommission.« Isabell lächelte den Beschuldigten an.

»Ihr seid wirklich von der Mordkommission?«, flüsterte er kaum hörbar. »Denkt ihr etwa, dass ich wen umgelegt habe?«

»Haben Sie?«, hakte Isabell nach.

»Nein, das habe ich nicht.«

»Erzählen Sie uns von Ihrem Arbeitsverhältnis in der Boente Brauerei«, lenkte Isabell das Gespräch um.

»Was soll das denn jetzt?«

»Beschreiben Sie Ihr Arbeitsverhältnis.«

»Wieso?«

»Haben Sie dort gerne gearbeitet?«

»Ja, Mann. Was soll das Ganze?«

Skopp war sichtlich gereizt. Das Thema gefiel ihm ganz und gar nicht. Sie waren auf der richtigen Spur.

»Warum hat man Sie im Mai gefeuert?«

»Keine Ahnung.«

Skopp war deutlich um Coolness und aufrichtige Ahnungslosigkeit bemüht. Isabell spürte förmlich seine Unsicherheit. Die Antwort war viel zu schnell gekommen.

»Sind Sie freiwillig gegangen?«

»Ich brauchte was Neues. Immer nur Bier auszuschenken, ging mir mit der Zeit gehörig auf den Sack.« Skopp zuckte mit den Achseln.

»Wir haben gestern mit deinem Chef gesprochen«, warf Zabinski unverfänglich ein.

»Ach ja?«

»Vernedelli hat uns bestätigt, dass du keineswegs freiwillig deine Anstellung aufgegeben hast.« Zabinski ließ Skopp nicht mehr aus den Augen. »Man hat dich achtkantig gefeuert und ihr seid im Streit auseinandergegangen.«

»Na und? Die gingen mir halt alle auf die Eier«, blaffte Skopp.

»Der Streit ging so weit, dass du mittlerweile Hausverbot hast«, führte Zabinski weiter aus. »Also hör auf zu lügen und erzähl uns endlich die Wahrheit. Warum zur Hölle bist du gefeuert worden? Woher kommt dieser Hass?«

Skopp starrte stur geradeaus und fixierte mit seinem Blick die leeren Pizzakartons auf dem Wohnzimmertisch. Der arbeitslose Kellner war verstummt.

Es verging eine ziemlich lange Minute, in der sich in dem kleinen Wohnzimmer niemand rührte oder etwas sagte.

Plötzlich schoss Zabinski vor und packte Skopp am Hinterkopf. Er hatte scheinbar die Geduld mit dem schweigenden jungen Mann verloren.

Isabel konnte seine Ungeduld nachvollziehen, denn immerhin hatten sie die ganze Nacht vor diesem verdammten Haus im Dienstwagen gehockt und sie hatte auch noch ihre Jacke bei der Verfolgungsjagd ruiniert.

Die abrupte Aktion riss Skopp aus dessen Starre und er glotzte Zabinski mit weit aufgerissenen Augen an. Doch noch bevor der arbeitslose Kellner etwas sagen konnte, stieß ihn Zabinski mit der Nase voran auf die Kante des Wohnzimmertischs.

Skopp schlug krachend mit der Stirn auf die lackbeschichtete Pressspanplatte und die Wucht katapultierte ihn aus dem Sessel heraus. Zusammengekrümmt lag er schließlich vor Isabell auf dem Teppichboden.

»Mach endlich deinen Mund auf!« Zabinski hatte vollkommen die Beherrschung verloren.

Isabell sprang entsetzt auf.

»Alex!«, schrie sie ihren Verlobten an und war plötzlich mindestens so kreidebleich wie der Verdächtige.

Zabinski blickte von Skopp auf und schaute ihr direkt in die Augen. Wut und Verachtung schlugen ihr entgegen.

Für einige Augenblicke passierte nichts und sie schaute Alex immer noch perplex an.

»Denise Reichel«, flüsterte Skopp schließlich kaum wahrnehmbar vom Fußboden.

Er wirkte weggetreten und leicht benebelt. Den blutenden Riss auf der Stirn hatte er noch nicht realisiert.

»Denise Reichel?«, echote Zabinski bedrohlich und konzentrierte sich wieder auf Skopp.

»Wegen ihr habe ich meine Arbeit verloren«, krächzte der junge Mann und ließ sich von Isabell hochhelfen. Er stützte sich benommen auf dem Tisch ab und fiel in den Sessel zurück.

»Denise ist der Grund, warum ich gerade keinen einzigen Job in dieser verdammten Stadt bekomme«, schluchzte er. »Sie hat mein ganzes Leben in einen riesengroßen Haufen Scheiße verwandelt.«

Es brach geradezu aus Skopp heraus. Es schien, als wenn sich lange angestaute Probleme mit einem Mal entladen würden. Er löste seine inneren Fesseln und befreite sich aus deren Umklammerung.

»Diese blöde Schlampe hat alles kaputt gemacht!«, schrie er voller Adrenalin und hämmerte mit beiden Fäusten auf den Wohnzimmertisch, sodass die leeren Pizzakartons zu Boden fielen.

»Was hat sie kaputt gemacht?«, fragte Zabinski, als wäre er die Ruhe selbst.

»Alles! Einfach alles«, schluchzte Skopp wütend.

Isabell hatte wieder auf der Couch Platz genommen. Sie ließ Zabinski für den Moment gewähren, hatte dessen gewaltsamen Ausbruch aber im Kopf abgespeichert. Sie würde diese Szene nie wieder vergessen. Während sie den gebrochenen Skopp betrachtete, musste sie mit einem Mal an ihren Vater denken. Sie würde mit ihm über diesen Vorfall sprechen müssen. Daran führte kein Weg vorbei. Das Private und das Dienstliche würden, ohne dass sie es verhindern könnte, vermengt werden.

Sie fokussierte ihre Aufmerksamkeit wieder auf Skopp, dem wütende Tränen über das Gesicht rannen. Geronnenes Blut klebte an seiner linken Augenbraue. Der ehemalige Kellner hatte sich ein wenig gefangen und sein Blick tigerte unstet durch das Wohnzimmer. Er erweckte in Isabell den Eindruck eines angeschossenen Tiers.

Sie stand auf und setzte sich neben den jungen Mann auf die Armlehne des Sessels. Isabell bedeutete Zabinski mit einer Geste den Raum zu verlassen und redete sachte auf Skopp ein.

Als sie ihn schließlich beruhigt hatte, kam Zabinski versöhnlich mit einem kalten Bier aus der Küche zurückgeschlendert. Er grinste und tat, als hätte es seinen gewaltsamen Wutausbruch nie gegeben.

Er reichte Skopp die Flasche.

Obwohl es noch früh am Morgen war, tat dem jungen Mann das kühle Bier sichtlich gut.

»Jetzt erzählen Sie uns mal in Ruhe, was mit dieser Denise Reichel vorgefallen ist«, sagte Isabell schließlich.

Skopp nahm einen weiteren Schluck und klammerte sich geradezu an der Flasche fest.

»Wir hatten was miteinander.«

»Sie kannten sich privat?«, bohrte Isabell nach und versuchte, einen besonders sanften Tonfall anzuschlagen.

»Wir kannten uns von der Arbeit her. Sie kellnerte auch in der Brauerei und wir haben uns gut verstanden.« Skopp klang niedergeschlagen. »Wir sind ein paar Mal miteinander ausgegangen, aber ich habe es nach ein paar Wochen beendet.«

»Sie haben sich getrennt?«

»Ja. Es passte einfach nicht.«

»Wie ging es dann weiter?«

»Sie wollte die Trennung nicht wahrhaben.«

»Für Sie war die Beziehung allerdings erledigt.«

»Genau«, sagte Skopp. »Sie hat daraufhin das Gerücht gestreut, ich hätte versucht sie im Braukeller zu begrapschen.«

Zabinski und Isabell machten ein überraschtes Gesicht. Vernedelli hatte ihnen gegenüber zu Protokoll gegeben, dass Skopp mit einem Gast aneinandergeraten war. Den Vorwurf der sexuellen Belästigung einer Mitarbeiterin hatte der Besitzer der Brauerei scheinbar kaschieren wollen.

»Natürlich hat der Chef irgendwann von Denises Vorwurf erfahren und hat mich hochgradig rausgeworfen.«

»Die Sache kam aber nie zur Anzeige?«, hakte Isabell nach.

»Nein«, sagte Skopp bestimmt. »Der Chef wollte die Sache am liebsten unter den Teppich kehren. Er hatte richtig Panik vor einer schlechten Außendarstellung.«

»Was haben Sie unternommen, um sich gegen die Anschuldigungen zu wehren?«, fragte Isabell weiter.

»Ich habe versucht, Denise zur Rede zu stellen, aber sie hat meine Anrufe und Textnachrichten ignoriert. Na ja, und daraufhin wollte ich sie auf der Arbeit zur Rede stellen. Sie hat mich rüde abblitzen lassen und dann habe ich mich stattdessen mit ein paar Kumpels mehrfach im Brauhaus volllaufen lassen.«

»War im Nachhinein vielleicht nicht die beste Idee«, bemerkte Zabinski.

Skopp nickte stumm mit seinem blutigen Kopf.

»Deswegen sind Sie also immer noch arbeitslos«, stellte Isabell fest.

»Versuchen Sie einmal einen Job zu kriegen, wenn Sie der sexuellen Belästigung bezichtigt werden. In der Hinsicht ist Recklinghausen echt ein Dorf und die Gerüchte machen schnell die Runde. Einen Job als Kellner kann ich jedenfalls vergessen«, sagte er aufrichtig niedergeschlagen.

»Wie stark ist Ihre Wut gegen die Brauerei heute?«

»Ich habe schon länger nicht mehr daran gedacht«, antwortete er ehrlich.

Isabell war sich in diesem Moment relativ sicher, dass Skopp nichts mit den beiden Morden zu tun hatte.

Sie schaute ihren Verlobten an. Es war an der Zeit, sich ihren eigenen Problemen zu stellen.

17

Daske saß neben Voss an ihrem Schreibtisch und erklärte sein Anliegen.

Sofort rief sie über Instagram und Facebook sämtliche Profile in den sozialen Netzwerken auf, die er ihr nannte. Nach ein paar Klicks und dem Besuch einer weiteren Website konnten sie seine Vermutung bestätigen.

Jonas Skopp und ein gewisser Marco Wicke waren Sportskameraden und gingen aktuell für die Recklinghausen Chargers beim American Football gemeinsam auf Punktejagd.

Wicke war seinerseits Sanitäter und hatte passenderweise auf dem Musikfestival und Oktoberfest Dienst gehabt.

»Die beiden sind komischerweise nicht über die sozialen Netzwerke direkt miteinander befreundet«, stellte sie verwundert fest.

»Vielleicht nur ein blöder Zufall.« Daske zuckte mit den Schultern.

Er konnte zu diesem Zeitpunkt schwer abschätzen, ob hinter dieser zaghaften Verbindung mehr steckte.

Rachsüchtige Footballspieler.

Hatten Skopp und Wicke einen gemeinsamen Plan ausgeheckt, um sich an Skopps ehemaligem Arbeitgeber Vernedelli zu rächen?

Daske musste der Sache nachgehen.

Der Rest der kurzen Recherche war für Voss ein Kinderspiel.

Sie suchte den Trainingsplan der Herrenmannschaft im Internet raus und brachte in Erfahrung, dass heute individuelles Konditions- und Krafttraining im Fitnessstudio des Sponsors auf dem Programm stand. Da die Spieler allesamt Amateure waren, war es ihnen freigestellt, wann sie im Laufe des Tages im Fitnessstudio aufkreuzten.

Daske beschloss sein Glück auf die Probe zu stellen und machte sich auf den Weg.

Obwohl für sein Anliegen keine Eile geboten war, wechselte er auf der A43 sofort auf die linke Spur. Ungeduldig trommelte er auf dem Lenkrad herum, während Jimi Hendrix' Gitarre aus den spärlichen Boxen des Dienstwagens dröhnte.

Isabell war immer noch nicht im Präsidium aufgetaucht. Wahrscheinlich observierte sie weiterhin mit Zabinski diesen Skopp oder sie vergnügte sich mit ihrem Verlobten auf eine andere Art und Weise.

Daske schnaubte verächtlich über die eigenen Gedanken. Er führte sich beinahe auf wie ein gekränkter Teenager. Absolut lächerlich in seinem Alter. Und dennoch konnte er diese Vorstellung nicht aus seinem Kopf verbannen.

Nach einigen Kilometern verließ er die Autobahn und trat an der grünen Ampel das Gaspedal erneut durch. Inständig hoffte er, dass Skopp und Wicke gemeinsam beim Training waren und er somit einen wichtigen Vorwand hätte, Isabell direkt anzurufen.

Nachdem er den Wagen schwungvoll auf den vorgelagerten Parkplatz des Fitnessstudios manövriert hatte, vibrierte sein Handy.

Es war eine Textnachricht von Isabell. Daske wurde schlagartig flau, als er den Namen seiner Tochter im Display sah und er öffnete nervös die Nachricht.

›Müssen reden. Skopp scheint unschuldig!‹

Daske starrte auf das Handy. Fünf Wörter war er ihr wert gewesen.

Offensichtlich hatte sie zusammen mit Zabinski den Verdächtigen zu Hause angetroffen.

›Skopp scheint unschuldig!‹

Der Satz hallte tief in seinem Inneren nach.

War er auf der falschen Fährte unterwegs und könnte sich den Besuch im Fitnessstudio schenken?

Daske wusste in diesem Moment nicht, ob er Isabell nicht besser sofort anrufen sollte. Untätig schaute er stattdessen auf das Display des Handys.

›Müssen reden.‹

Waren diese zwei Worte an ihn als Vater gerichtet oder sprach sie ihn dienstlich als ihren Vorgesetzten an?

Ratlos starrte er auf die fünf geschriebenen Worte seiner Tochter. Er musste eine Entscheidung fällen.

Also beschloss er, die Textnachricht zu ignorieren und steckte das Handy energisch in die Jacke zurück. Er würde seiner Spur nachgehen und sich im Anschluss um Skopp kümmern. Ob der Verdächtige tatsächlich unschuldig war, würde er später noch selbst bewerten können.

Entschlossen nahm er die Stufen zum Eingang des Sporttempels mit schnellen Schritten. Jetzt galt es dem footballspielenden Sanitäter auf den Zahn zu fühlen.

Künstliches Licht empfing ihn am Eingang und aus einem abgetrennten Bereich wummerte elektronische Musik zu ihm herüber.

Er trat mit seinem Ausweis in der Hand an den Tresen heran. »Daske, Kriminalpolizei.«

Er liebte diesen Satz und sprach ihn immer wieder mit Inbrunst.

Die junge Frau hinter der Rezeption blickte erstaunt auf. Sie war trotz der herbstlichen Witterung gut gebräunt und hatte in ihrem großzügig ausgeschnittenen Tanktop eine sportliche Figur.

»Hi, wie kann ich dir helfen?«, quiekte sie vergnügt und bedachte dabei Daskes Bauchansatz mit einem leichten Nasenrümpfen.

»Ich bräuchte eine Auskunft über zwei Mitglieder von Ihnen. Jonas Skopp und Marco Wicke«, versuchte er es mit einem Lächeln und kam sich dabei heuchlerisch vor. »Wäre gut, wenn Sie mir helfen könnten.«

Sie erwiderte sein Lächeln und tippte mit ihren langen Fingernägeln auf der Tastatur herum. Sie blickte kurz auf, schien zu überlegen und vergrub sich dann gedanklich erneut in den Monitor.

»Was willst du denn von den beiden? Haben sie was ausgefressen?«, fragte sie neugierig.

»Reine Routine«, sagte Daske und bediente sich einer dieser glorreichen Sätze aus der polizeilichen Rhetorikkiste.

»Du hast Glück«, flötete sie. »Marco ist gerade im Studio. Er hat vor einer halben Stunde zum Training eingecheckt.«

»Haben Sie vielen Dank.« Daske schluckte seinen Ärger über das penetrante Duzen herunter.

Er lief den Gang zum ausgewiesenen Trainingssaal hinunter und eine riesige Halle mit sehr hohen Decken tat sich direkt vor seinen Augen auf.

Fahrräder, Laufbänder, Stepper, große Zugmaschinen für sämtliche Körperteile, Freihanteln und unzählige weitere Gerätschaften standen hier für die Mitglieder bereit. Es herrschte ein reges Treiben und die gesamte Halle schien trotz der frühen Uhrzeit in Bewegung.

Daske ließ die Szenerie kurz auf sich wirken und ging schließlich durch die einzelnen Reihen der schwitzenden und ächzenden Leiber. Er zog dabei verwunderte bis ärgerliche Blicke auf sich, denn seine zivile Straßenbekleidung missfiel den Sporttreibenden gründlich.

Er fühlte sich tatsächlich ein wenig unwohl in seiner Haut und er vermied es deswegen tunlichst, den wohltrainierten und durchaus agilen Damen auf ihren Steppern tiefere Blicke zu schenken.

Es war eine gefühlte Ewigkeit her, dass er sich selbst sportlich betätigt hatte. Eine größere Radtour hatte er zuletzt vor fünf Jahren mit seiner Petra unternommen. Aber wenigstens waren sie dabei an der frischen Luft gewesen. Diese überdimensionierte Turnhalle war derweil nichts für ihn. Bevor er hier auf einem Fahrrad schwitzend die Wand anstarrte, würde er lieber auf Sport verzichten.

Nachdem er Wicke nicht bei den Ausdauergeräten entdeckt hatte, wendete er sich den muskelformenden Maschinen zu. Mit einem Auge schielte er dabei auf Wickes Foto auf seinem Smartphone und mit dem anderen scannte er die Umgebung.

Er lief konzentriert und zügig durch die Reihen der Muskelapparate und blieb schließlich an der Schulterpresse stehen. Der Mann an dem Gerät drückte gerade aus dem Sitzen heraus 120 Kilo mit beiden Armen nach oben. Zwei gewaltige Bizepse spannten sich mit aller Kraft gegen die engen Ärmel seines T-Shirts.

Daske ging auf ihn zu und erkannte den *Chargers*-Schriftzug des Footballvereins auf dessen Brust.

»Marco Wicke?«

»Ja?«

Der Kopf des Mannes war vor lauter Anspannung hochrot und Schweiß lief in Strömen an ihm herunter.

»Daske von der Kripo«, stellte er sich vor. »Ich müsste Ihnen ein paar Fragen stellen.«

Der Angesprochene atmete lautstark aus und ließ das Gewicht erst jetzt wieder zu Boden sinken. Während Wicke ihn mit fragendem Blick musterte, setzte sich Daske auf die nächste freie Schulterpresse und spielte mit den Handgriffen.

»Sie trainieren mit Jonas Skopp zusammen. Ich war mit ihm verabredet. Haben Sie eine Ahnung, wo er stecken könnte?«, log Daske.

»Was wollen Sie denn von Jojo?«

Daske gab sich innerlich ein High Five. Wicke kannte Skopp scheinbar besser als gedacht.

Aber warum waren die beiden nicht in den sozialen Netzwerken miteinander befreundet?

Hatten sie ihre Bekanntschaft bewusst verschleiert?

Daskes Gedanken galoppierten.

»Wir haben ein paar Fragen an Ihren Kumpel.« Er war weiterhin darum bemüht cool und routiniert zu klingen.

»Etwa schon wieder wegen dieser Tussi? Lassen Sie ihn endlich in Ruhe!« Wicke war aufgestanden und sichtlich aufgebracht. Daske blickte an dem imposanten Mann empor und hob beschwichtigend die Hände.

Er hatte keine Ahnung, wovon der muskulöse Sanitäter sprach, machte sich jedoch im Kopf eine Notiz. Vielleicht hatte Isabell in der Zwischenzeit herausgefunden, wer diese *Tussi* war.

»Sie müssen verstehen, dass wir so eine Sache nicht einfach auf sich beruhen lassen können«, behalf sich Daske einer weiteren Notlüge.

Doch der Sanitäter verschränkte die Arme vor der Brust und schwieg.

Daske war sich sicher, dass er von Wicke an dieser Stelle gar nichts mehr erfahren würde.

Er musste dringend mit seiner Tochter über die Observation von Skopp sprechen.

›Skopp scheint unschuldig!‹

Hatte Wicke etwa sein medizinisches Wissen genutzt, um in Skopps Namen unschuldige Menschen zu vergiften?

Wenn an dieser Theorie etwas dran war, musste er die Befragung der beiden Männer heute noch in Angriff nehmen. Er musste vermeiden, dass Wicke seine Antworten mit Skopp absprach.

»Es wäre das Beste, wenn Sie Ihr Training an dieser Stelle abbrechen und mit aufs Präsidium kommen.« Daske ließ keine Zweifel an seinen Worten aufkommen.

***

Skopp saß scheinbar vollkommen entspannt auf seinem Stuhl. Er schien sich mental gefangen zu haben und drückte mit seiner ganzen Körperhaltung seine Verachtung gegenüber den Kriminalbeamten aus.

Nur die Wunde auf seiner Stirn erinnerte noch an die vorherige Unterhaltung in seiner Wohnung.

Isabell musterte ihn kritisch.

Sie hatte ihren Vater vorab davon überzeugt, dass es am sinnvollsten wäre, wenn sie gemeinsam mit Alex die Befragung von Skopp fortführen und er währenddessen Wicke befragen würde.

Sie war seit den Morgenstunden völlig aufgewühlt und wusste nicht, wie sie sich ihrem Vater und ihrem Verlobten gegenüber verhalten sollte.

»Er ist gestolpert«, hatte Alex sie in Skopps Hausflur beschworen und seinen aggressiven Wutausbruch heruntergeredet.

Es war nichts passiert, hatte er versucht ihr einzureden.

Doch vor Isabells Auge lief die verhängnisvolle Szene immer wieder ab.

Sie hatte sich in der Situation überfordert gefühlt und tat es immer noch. Sie wusste nicht, wie sie sich verhalten sollte. Ihr Verlobter hatte einem Verdächtigen gegenüber Gewalt angewendet und sie machte sich mitschuldig, wenn sie weiterhin schwieg.

Sie steckte eindeutig in der Zwickmühle.

Sollte sie den eigenen Kollegen und Verlobten bei ihrem vorgesetzten Vater verpfeifen?

Müsste sie Alex anzeigen?

Sie würde mit ihrem Vater sprechen müssen. Ob sie wollte oder nicht.

Sie hoffte inständig, dass sie bei Skopp auf der falschen Fährte waren und sie nicht durch Alex' Gewalt ein mögliches Verfahren unbrauchbar gemacht hatten.

»Sie sind mit dem Sanitäter Marco Wicke befreundet?«, riss Alex sie mit seiner ersten, sehr förmlich formulierten Frage an Skopp aus den Gedanken.

Dem Befragten war ein Erstaunen deutlich anzumerken, dennoch nickte er wortlos mit dem Kopf. Skopp hatte seinen Kumpel Wicke bisher im Präsidium nicht zu Gesicht bekommen.

»Erläutern Sie uns Ihr Verhältnis zu Herrn Wicke.«

»Was denn für ein Verhältnis?«, blaffte Skopp verächtlich. »Wir sind Kumpel und kennen uns vom Sport. Nix Schwules oder so.«

»Das habe ich damit nicht gemeint.« Zabinski schüttelte den Kopf. »Haben Sie mit Herrn Wicke über Ihre Kündigung bei der Brauerei gesprochen?«

»Kann schon sein.«

»Ja oder nein?«

»Ja.«

»Wie hat er darauf reagiert?«

»Er fand das natürlich scheiße. Was denn sonst?«

»War er bei Ihrem anschließenden Besäufnis im Brauhaus dabei?«

»Ja.«

Zabinski legte ein unglaubliches Tempo vor und ließ Skopp keine Zeit zum Nachdenken oder Grübeln. Isabell war dennoch nicht entgangen, wie der Vorwurf der polizeilichen Gewalt eindeutig im Raum hing. Skopp war ihnen gegenüber vorsichtig. Wog seine Worte trotz der schnellen Fragen sorgsam ab. Der arbeitslose Kellner schien zu wissen, dass die Anschuldigung ins Leere laufen würde, wenn Isabell Zabinski deckte. Man sah Skopp die Verachtung gegenüber der Polizei deutlich an und sie konnte es ihm in diesem Moment noch nicht einmal verübeln.

»Haben Sie Herrn Wicke gegenüber erwähnt, dass Sie sich an Ihrem ehemaligen Chef Vernedelli rächen wollen?«, legte Zabinski nach.

»Nein.«

»Ach kommen Sie. Sie werden doch sicherlich den ein oder anderen Fluch in Richtung der Brauerei ausgestoßen haben.«

»Kann schon sein. Na und?«

»Sehen Sie, Herr Skopp, wir ermitteln in zwei tödlichen Anschlägen, die beide auf Veranstaltungen von Vernedelli verübt worden sind«, sagte Zabinski betont langsam. »Ihr alter Chef hat deswegen in der öffentlichen Wahrnehmung einen beträchtlichen Schaden genommen.«

Zabinski legte eine künstliche Pause ein, während Skopp ihn weiter gelangweilt anschaute und so tat, als ginge ihn das Gesagte nichts an.

»Vernedelli hat Sie erst vor ein paar Monaten aus dem Job geworfen und erfolgreich dafür gesorgt, dass Sie rund um Recklinghausen keine neue Arbeitsstelle finden.«

Skopp zuckte mit den Achseln, doch Zabinski war noch nicht am Ende seiner Anschuldigungen.

»An beiden Tatorten war Ihr Freund und Sportskollege Marco Wicke beruflich als Sanitäter beschäftigt«, sagte er betont ruhig. »Ihr Kumpel war demnach dort, wo zwei Menschen heimtückisch ihr Leben verloren haben.«

»Was habe ich damit zu tun, wo Marco abhängt.« Skopps Worte hallten von den kahlen Wänden wider.

»Die zwei tödlichen Giftanschläge können durchaus als Racheakt Ihrerseits gegenüber Vernedelli verstanden werden. Ich erkenne da ein erstklassiges Motiv«, erklärte Zabinski seine Sicht auf die Dinge und lehnte sich zurück.

»Sie glauben nicht im Ernst, dass ich Marco als meinen Auftragskiller angeheuert habe.« Skopp lachte laut und sarkastisch auf.

»Sie wollten sich an Ihrem alten Chef rächen und Ihr Kumpel ist einen Schritt zu weit gegangen.«

»Das ist völlig hirnverbrannt.« Skopp schüttelte den Kopf.

Isabell kratzte sich am Kinn. Ihre Argumentation bezüglich des Motivs von Skopp war plausibel und gleichsam musste sie dem Beschuldigten recht geben. Es war tatsächlich irgendwie hirnverbrannt. Zumindest hatte Isabell plötzlich das Gefühl, dass sie sich da in etwas verrannt hatten. Ihnen fehlten vor allem die Beweise für ihre Anschuldigungen.

Die Annahme, dass Skopp sich an seinem Chef Vernedelli rächen wollte und somit einigen Besuchern des Oktoberfests und Musikfestivals auf boshafte Weise schaden wollte, machte Sinn. Heimtückische Morde mit Wespengift überstiegen hingegen die Kompetenz der beiden Verdächtigen beträchtlich.

Besonders der erste Mord auf dem Rockfestival passte nicht zu ihrer Theorie der schiefgelaufenen Rache an Vernedelli.

Isabell dachte an den Lackschuh des Täters.

Der Mord in dem Transporter war eiskalt berechnend und intelligent durchgezogen worden. Und genau das war das Problem. Sie hielt Skopp berechtigterweise für nicht besonders helle.

***

Wicko kratzte sich mit seiner verschwitzten Hand am Kopf und schaute danach auf die Uhr. Er kratzte sich erneut am Kopf und schaute wieder auf die Uhr. Er tat dies im stetigen Wechsel.

Daske nahm erfreut zur Kenntnis, dass der Hüne immer nervöser wurde.

Wickes unstete Blicke wanderten durch das Zimmer und blieben an der verspiegelten Wand vor ihm hängen. Er glotzte sich selbst nahezu an.

Ob er denkt, er könnte mich hinter dem Spiegel erblicken, fragte sich Daske amüsiert.

Er beobachtete Wicke nun schon seit einer halben Stunde und sah, wie dieser zunehmend ungehaltener wurde.

Daske hatte ihm im Fitnessstudio gesteckt, dass er und sein Freund Skopp verdächtig seien eine Straftat begonnen zu haben.

Mehr hatte er bislang nicht preisgegeben.

»Was wollt ihr Bullen von mir? Was soll die Scheiße«, rief Wicke plötzlich sein Spiegelbild an.

Daske grinste. Er hatte ihn endlich weichgekocht und konnte mit dem Verhör beginnen.

»Herr Wicke, Sie und Herr Skopp sind dringend tatverdächtig, zwei Giftanschläge verübt zu haben«, hielt sich Daske nicht lange mit Floskeln auf, nachdem er den Vernehmungsraum betreten hatte.

»Was haben wir?«, ächzte Wicke und dem Hünen versagte beinahe die Stimme.

»Gehen wir zurück in den Mai.« Daske nahm etwas Spannung aus dem Gespräch. »Skopp wurde damals als Kellner der Hausbrauerei Boente entlassen.«

»Was habe ich damit zu tun?«, zischte Wicke.

Seine Nervosität war immer noch zum Greifen nahe.

»Wurde er wegen dieser *Tussi* entlassen, von der Sie vorhin sprachen?«

»Kann schon sein.«

»Was ist damals vorgefallen?«

»Marco hatte was mit einer anderen Kellnerin und sie hat ihn später beschuldigt, sie begrapscht zu haben.«

So weit deckte sich die knappe Aussage von Wicke mit dem, was Zabinski über Skopp berichtet hatte.

»Wie ging es dann weiter?«, hakte Daske nach.

»Wie soll es schon weitergegangen sein?«, echote Wicke. »Jojo wurde achtkantig rausgeworfen. Sein Chef ist damals richtig ausfallend geworden. Er hat Jojo gedroht, dafür zu sorgen, dass er nie wieder eine Anstellung als Kellner bekommt.«

»Was ihm gut gelungen ist.«

»Sie können es sich nicht vorstellen.« Wicke hatte seine Nervosität ein wenig abgelegt und sprach etwas freier. »Da erfindet so eine Schlampe irgendwelche Lügengeschichten und Jojos Leben ist danach völlig im Arsch.«

»Haben Sie deswegen beschlossen, sich an Vernedelli zu rächen?« Daske schaute Wicke eindringlich an.

»Wie kommen Sie auf diese Idee?« Wicke schnaubte ungläubig.

»Vor einer Woche und im letzten Sommer wurden in unserem beschaulichen Recklinghausen zwei Giftanschläge verübt«, führte Daske aus. »Beide Anschläge geschahen auf Festivals, die ausgerechnet von Vernedelli betrieben wurden und auf denen Sie gearbeitet haben.«

Wicke machte große Augen und er rutschte auf dem Stuhl nach vorne.

»Wollte sich Jonas Skopp zusammen mit Ihnen an Vernedelli rächen?«

Wicke zog es vor zu schweigen. Er wischte sich permanent Schweiß von den Händen an der Jeans ab.

»Die Giftanschläge waren kein harmloser Jungenstreich.« Daske hatte die Stimme erhoben.

Er stand auf und lehnte sich über den Tisch.

»Sie haben zwei Menschenleben auf dem Gewissen.«

»Das ist doch nicht Ihr Ernst!«, schrie Wicke und sprang auf.

Seine Stimme überschlug sich förmlich.

»Ich bringe keinen um!«

»Sie wollten sich mit ihrem Freund Skopp an Vernedelli rächen und sind dabei eindeutig über das Ziel hinausgeschossen.« Daske fixierte ihn scharf.

Er ließ sich dabei nicht von dessen imposanter Statur einschüchtern.

»Niemals«, keuchte Wicke.

Er wirkte angeschlagen und in die Enge getrieben.

»Jetzt tun Sie uns den Gefallen und geben es endlich zu«, warf Daske ihm im ruhigen Tonfall entgegen und setzte sich scheinbar entspannt zurück auf seinen Stuhl.

»Ich habe niemanden umgebracht.« Wicke schüttelte den Kopf und schlug mit beiden Fäusten auf den Tisch.

Daske ließ sich von diesem Ausbruch nicht irritieren. Er wartete ab, bis sich Wicke wieder gesetzt hatte.

»Sie waren an beiden Tatorten zugegen und haben ein eindeutiges Motiv«, sagte er in einem ruhigen, aber durchdringenden Tonfall. »Also hören Sie auf mich anzulügen.«

Wicke zeigte keinerlei Regung.

»Sie haben Barbara Hartmann auf dem Gewissen.« Er platzierte das Foto der Toten auf dem Tisch. »Sie haben Martin Lorenz heimtückisch getötet.« Er schob ein weiteres Foto vor Wicke.

»Ich habe niemanden umgebracht«, wimmerte der Hüne mit Blick auf die Fotos.

»Geben Sie es zu«, zischte Daske.

»Ich habe niemanden umgebracht.« Wicke senkte den Blick. »Ich habe bloß ein bisschen mit Anabolika gedealt«, flüsterte er.

»Gedealt?«

»Jojo und ich haben im Studio nur ein bisschen gedealt. Mit Mord habe ich nichts zu tun«, flehte Wicke beteuernd.

Er war wie ein Häufchen Elend zusammengesunken und die muskulöse Gestalt wirkte geradezu zerbrechlich.

Seine Zeit als Rettungssanitäter war in diesem Moment abgelaufen und seine Karriere als Kleinkrimineller ebenfalls. Aber immerhin würde ihm nicht wegen zweifachen Mordes der Prozess gemacht werden.

Wortlos verließ Daske den Raum und überließ Wicke seinem Schicksal.

Auf dem Flur erblickte er Isabell und Zabinski, die ihr Verhör ebenfalls beendet hatten.

Alle drei schüttelten gleichzeitig mit dem Kopf. Sie waren erfolglos gewesen.

Der Sanitäter und der Kellner waren zumindest in Bezug auf die beiden Morde unschuldig.

18

Daske saß am Fenster und blickte verloren auf die schwach beleuchtete Straße.

Er nahm einen tiefen Schluck von seinem Lieblingsbourbon, doch der Drink verschaffte ihm heute keine Befriedigung. Er schmeckte schal und abgestanden, obwohl er ihn sich gerade erst frisch über die Eiswürfel ins Glas gegossen hatte.

Daske war wieder einmal alleine im großzügigen Wohnzimmer, denn Petra hatte sich mit einem Buch ins Bett verzogen. Sie hatten es in den letzten Wochen nahezu perfektioniert, ihre Probleme voreinander fernzuhalten. Sie ging ihm aus dem Weg und er vertraute sich dem Bourbon an.

Er nahm einen weiteren Schluck und dachte an die Verhöre von Skopp und Wicke.

Nachdem er das Protokoll von Skopps Vernehmung durch Isabell und Zabinski gelesen hatte, hatte Morgenstern die Alibis für die beiden Tatzeiten überprüft. Da sämtliche Nachweise schlussendlich wasserdicht waren, musste sich Daske eingestehen, dass er die Mordkommission abermals in eine Sackgasse geführt hatte.

Zu allem Überfluss war ihm Isabell nach dem Verhör ziemlich offensichtlich aus dem Weg gegangen.

Sein geschulter Instinkt sagte ihm, dass irgendetwas nicht mit ihr stimmte. Sie waren sich gegenseitig in den letzten Monaten oft aus dem Weg gegangen, aber dieses Mal schien sie ihn auch noch dienstlich zu meiden. Sie hatte sich sofort in ihr Büro im Trakt der Kriminaltechnik zurückgezogen und Zabinski hatte ihn über die näheren Details zu Skopps Observierung und Befragung in Kenntnis gesetzt.

Irgendetwas schien Isabell ihm zu verheimlichen.

Ob es mit der Befragung von Skopp zusammenhing?

Nachdem seine schlechte Laune auf dem Höhepunkt angelangt war, hatte ihn der Polizeipräsident persönlich angerufen. Das Gespräch war kurz und knapp ausgefallen und er war froh gewesen, als sein Chef endlich aufgelegt hatte.

Sein Vorgesetzter hatte vehement Fortschritte eingefordert, die er schlichtweg nicht liefern konnte. Der Polizeipräsident dachte anscheinend, dass er seit Monaten nur Däumchen drehte.

Daske war im Anschluss regelrecht aus dem Büro geflohen. Er hatte es nicht mehr am Arbeitsplatz ausgehalten und war zur nächsten Tankstelle gelaufen, um sich mit Bourbon, einem Sechserträger Bier und Kartoffelchips einzudecken.

Als er am frühen Abend nach Hause kam, hatte Petra noch ferngesehen.

Wortlos hatte er sich mit Kopfhörern in den Sessel geworfen und *The Kinks* gehört, während er die ersten Biere trank.

Dort grübelte er nun schon seit zwei Stunden vor sich hin.

Schließlich stand er auf und ging in die Küche, um den Bourbon wegzuschütten und sich ein neues Bier zu öffnen.

Einmal in der Küche, briet er sich scheppernd zwei Würstchen mit Spiegelei.

Während er aß, meldete sich Wesseling bei ihm.

Der Pathologe teilte ihm mit, dass die rechtsmedizinischen Arbeiten an der Leiche komplett abgeschlossen waren und die Todesursache eindeutig ein anaphylaktischer Schock durch die orale Einnahme von einer Überdosis Wespengift war.

Wieder einer, der der Arbeit komplett verfallen ist, dachte Daske und ging zurück ins Wohnzimmer, ohne irgendwelche Anstalten bezüglich des Abwaschs zu unternehmen.

Petra hatte während Wesselings Anruf die Schlafzimmertür demonstrativ zugeschlagen. Daske nahm mittlerweile fast gleichgültig zur Kenntnis, dass ihr seine ständige Erreichbarkeit missfiel. Der Fall war tief in sein Privatleben geschwappt und bedrohte seine Ehe. Wenn er so weitermachte, würde Petra ihn bald verlassen. Da war er sich sicher.

Doch er konnte nicht anders. Er musste den Tod von Martin Lorenz endlich aufklären und die beiden verschollenen Freunde finden. Das war er deren Eltern schuldig.

Daske öffnete ein weiteres Bier.

Von seinem Sessel blickte er auf die gerahmten Familienfotos an der Wand. Glückliche Dreisamkeit. Er musste an ihren ersten Sommerurlaub als Familie denken. Sie waren nach Egmond an die Nordsee gefahren. Isabell hatte mit ihm erste Strandburgen gebaut und sie hatten mit einem kleinen Köcher Krabben gefischt.

Als Isabell eines Nachmittags alleine im Meer spielte, war sie von einer kleinen Welle umgeworfen worden. Daske war so schnell zu ihr gerannt wie in seinem ganzen Leben nicht mehr. Er hatte seine Tochter aus dem flachen Wasser gefischt und sie auf den Arm genommen.

Ich werde immer für dich da sein und dich beschützen, hatte er zu seiner weinenden Tochter gesagt und sie fest an sich gedrückt.

Am nächsten Morgen hatte die kleine Isabell am Frühstückstisch erklärt, dass sie wieder alleine ins Meer gehen wolle. Sie bräuchten keine Angst um sie haben. Sie sei ja schon ein großes Mädchen.

Daske lächelte. Isabell hatte schon immer einen Dickkopf gehabt und wusste ganz genau, was sie wollte.

Leicht beschwipst holte er sich ein weiteres Bier und drehte die *Rolling Stones* voll auf.

Dickkopf hin oder her, er würde seine Tochter vor ihrem größten Fehler bewahren und die Hochzeit mit Zabinski verhindern.

Zabinski! Ausgerechnet Zabinski.

Er sah dessen grinsende Visage noch genau vor sich, als er ihn während einer winterlichen Razzia im Bahnhofsviertel aufgegriffen hatte.

Der Kollege ließ sich in seiner Freizeit gerne von blutjungen, osteuropäischen Frauen bei perversen Sexspielchen auspeitschen. Die fragwürdige Menschenrechtslage seiner Gebieterinnen hatte ihn dabei nicht so sehr interessiert, wie seine eigene Haut zu retten.

Herr Daske, Sie dürfen mich nicht verpfeifen. Ich bin noch nicht verbeamtet. Das war ein einmaliges Versehen.

Zabinski hatte hoch und heilig versprochen, dass es nur ein Ausrutscher war und Daske hatte Gnade vor Recht ergehen lassen.

Damals hatte er dem Kollegen keine Steine in den Weg werfen wollen, doch nun musste er seine Tochter vor diesem Widerling schützen.

Daske musste bei dem Gedanken an Zabinskis Ledertanga bitter auflachen. Der Kollege hatte den Vorfall nie wieder angesprochen und es schien so, als ob er ihn aus dem Gedächtnis gestrichen hatte.

So ein schmieriger Fatzke.

Vor dem Fenster zog Wind auf und die Bäume ließen ihr Blätterkleid herabregnen. Daske versank tief zwischen den Ohren des Sessels und rieb sich durch den Schnauzbart.

Dort draußen lief ein zweifacher Mörder frei herum, die Freunde Biedermeier und Dietz blieben verschwunden und er konnte in diesem Augenblick nichts dagegen unternehmen. Rein gar nichts.

Er wusste, dass er zur Betäubung seiner düsteren Gedanken noch mehr Bier trinken und diese ungemütliche Herbstnacht in seinem Sessel verbringen würde.

Frühling

19

Gabi Kiesewetter machte den vorschriftsgemäßen Schulterblick und setzte dann den Blinker. Dennoch bog sie viel zu hektisch ab und fluchte leise.

Sie wusste tief in ihrem Inneren, dass sie ruhiger werden musste. Trotzdem konnte sie sich nicht helfen. Sie war den gesamten Tag über sehr nervös gewesen.

Hatte sie etwas übersehen?

Hatte sie einen Fehler gemacht?

Sie ging abermals ihren bisherigen Tagesablauf im Kopf durch und murmelte ihn vor sich hin. Das gab ihr Sicherheit und ließ sie kurz verschnaufen. Sie hatte alles so gemacht wie immer.

Alles war gut.

Sie bog mit ihrem Kleinwagen von der Hauptstraße ab, fuhr durch die Unterführung und parkte am Straßenrand.

Wurde sie womöglich verfolgt?

Sie schüttelte den Kopf.

Das konnte nicht sein.

Wer sollte sie schon verfolgen?

Dennoch bemerkte sie die negative Energie. Noch bevor sie am Morgen die Augen geöffnet hatte, war ihr die Anwesenheit des kräftezehrenden Feldes bewusst geworden. Es hatte sie fest im Griff gehalten und sie bisher nicht verlassen. Sie spürte dessen drückende Dominanz mehr als deutlich.

Alles war gut.

Sie stieg aus dem Wagen und atmete die frische Luft ein, die über die Felder herüberwehte. Die Sonne kribbelte auf dem Gesicht und umschloss sie wie eine wärmende Hülle. Das Energiefeld färbte sich hell und warm. Es gab ihr positive Kraft.

Sie öffnete den Kofferraum und ließ ihren Jack Russell wie gewohnt heraushüpfen.

Der Vierbeiner durfte zu Beginn des Ausflugs seine obligatorische Schnupperrunde über das direkt angrenzende Feld vollführen, bevor sie ihn an die Leine nahm. Er liebte das Herumtollen zwischen dem heranwachsenden Getreide. Es kitzelte und kratzte ihn zugleich am gesamten Körper. Er genoss es sichtlich.

Nach der Erkundungsrunde machten sich die beiden gemeinsam auf ihren täglichen Spaziergang.

Nur keinen Fehler begehen. Die Nervosität war trotz des Energieschubs durch die Sonnenstrahlen nicht weniger geworden.

Irgendetwas stimmte nicht. Das spürte sie genau.

Sie liefen parallel zu den Feldern einen steinigen Pfad entlang, der sich vor ihnen einen kleinen Berg hinaufwand.

Sie begegneten drei weiteren Hundehaltern und eigentlich war an diesem sonnigen Morgen alles wie immer. Sie ließ ihren Hund wieder von der Leine. Augenblicklich tollte er durch das Dickicht des Mischwaldes und raschelte durch das Laub des Vorjahres.

Doch mit einem Mal schob sich eine Wolke vor die Sonne und verdunkelte den im Volksmund sogenannten Rodelberg. Sie bemerkte sofort den Wechsel der Energie und die Unsicherheit kam zurück.

Nur keinen Fehler machen, dann war alles gut.

Ihr Weg ging an der Ostseite des Rodelbergs weiter und wendete sich von der wolkenverhangenen Sonne noch weiter ab. Sie hatten schließlich die Schattenseite des Bergs erreicht und liefen unter stattlichen Baumkronen weiter in die Natur hinein.

Sie schätzte diesen Teil ihres Weges sehr. Er lag ein wenig abseits von den gewöhnlichen Routen der Spaziergänger und es hing eine angenehme Ruhe über der Landschaft.

Heute verabscheute sie diese Stille. Die Dunkelheit wirkte abweisend und das negative Energiefeld drückte förmlich auf ihr Gemüt.

Ihr Hund schien davon nichts zu spüren. Er tollte fernab des Weges durch faulige Laubberge und genoss seine Freiheit außerhalb der Leine in vollen Zügen.

Sie schaute ihm eine Weile zu.

Dennoch war der Rodelberg ihr plötzlich viel zu dunkel, sonnenlos und modrig. Sie hatte es nun eilig und wollte diesen Ort schnell wieder verlassen.

Das Dickicht, in welchem der Jack Russell gerade herumhüpfte, war zum Glück gut einsehbar. Ihrem Hund ging es gut und sie hatte alles im Griff.

Sie war wohl doch zu nervös gewesen.

Alles war gut.

Sogar die Sonne kam hinter den düsteren Wolken wieder hervor und drang mit ihren Strahlen durch die Baumkronen des Waldes. Die wärmende Energie war zurück und sie fühlte das Gute.

Entspannt legte sie den Kopf in den Nacken, schloss die Augen und versuchte sich auf den Gesang des Buchfinken zu konzentrieren. Sie lauschte dem wunderbaren Sangeskünstler eine Weile und zog den wohligen Duft des Waldes ein.

Alles war gut.

Am Wegesrand standen einige Frühblüher und verursachten ein herrliches Kribbeln in ihren Nasenflügeln. Der faulige Geruch der modrigen Blätter war endgültig gewichen und sie konnte befreit durchatmen.

In diesem Jahr hatten sie nicht lange auf den Frühling warten müssen und die Umgebung veränderte sich mit jedem Tag. Die gestiegenen Temperaturen hauchten der Natur spürbar neues Leben ein und alles summte um sie herum.

Sie stand einige Augenblicke mit geschlossen Augen auf dem Waldweg und lauschte dem natürlichen Treiben.

Sie entspannte sich vollständig und war schließlich ganz gelöst.

Erst als sie die Augen wieder öffnete, sah sie, dass ihr Vierbeiner fröhlich mit dem Schwanz wedelnd vor ihr saß.

Er hatte einen Ast aus dem Dickicht mitgebracht und blickte sie erwartungsvoll an.

Als Gabi Kiesewetter sich freudig bückte, um das Geschenk aufzuheben, zuckte sie plötzlich zusammen.

Das war doch nicht möglich.

Sie betrachte den Ast ein wenig näher und stutzte.

Vor ihr lag ein großer, fauliger Knochen und das Dunkle war mit großer Macht zurückgekehrt.

***

Isabells Gedanken fuhren in der sprichwörtlichen Achterbahn.

›Leiche am Rodelberg! Ich glaube Biedermeier oder Dietz! Beeil dich!‹

Die Textnachricht kam von Daske. Ihr Vater hatte sich seit Monaten nicht mehr gemeldet und nun schrieb er völlig unerwartet diese unpersönlichen Zeilen. Sie war schlagartig wütend, ein wenig irritiert und aufgeregt zugleich.

Sie hatte gerade die letzten Gutachten korrigiert und war dabei gewesen, die Sachen im kriminaltechnischen Labor für ihre Abwesenheit zu ordnen.

Es war ein wunderschöner Freitagmorgen und ihr Plan sah vor, um spätestens zwölf Uhr das Präsidium zu verlassen und erst in vier Wochen wieder zurückzukehren.

Ihr Timing war bis zu jener Nachricht von ihrem Vater perfekt gewesen. Es gab keine dringlichen Fälle zu bearbeiten und die letzte Tat des Giftmörders lag über ein halbes Jahr zurück.

Lediglich Daske befasste sich noch mit der akribischen Suche nach Indizien, die den Doppelmord aus dem letzten Jahr endlich aufklären sollten.

Sie hatte von Alex gehört, dass ihr Vater meistens noch weit nach Feierabend alleine in seinem Büro saß und über den Morden grübelte.

Doch alle Spuren hatten sich bisher im Sande verlaufen und der Fall war im wahrsten Sinne des Wortes kalt geworden. Isabell war in der Kriminaltechnik längst wieder dem Alltag verfallen und hatte es vermieden, dieselben Tatorte zu bearbeiten wie ihr Vater.

Trotz der geregelten Arbeitstage hatte Isabell in den letzten Wochen immer mehr gespürt, dass sie dringend eine Pause brauchte. Ihr letzter Urlaub war über ein Jahr her und sie musste dringend einmal ausspannen und abtauchen. Sie hatte sich die anstehenden Flitterwochen mehr als verdient.

Alex und sie hatten fast ihr gesamtes Gepäck beisammen und Übermorgen kurz vor Mitternacht sollte es losgehen. Den frühen Feierabend wollte sie dazu nutzen, um letzte Dinge zu erledigen, bevor Alex und sie heute Abend bei ihrer Mutter zum Essen eingeladen waren.

Der Plan war lückenlos gewesen, bis ihr Vater vor fünf Minuten die verhängnisvolle Textnachricht geschickt hatte.

Dies war der Augenblick, den ihr Vater so sehr herbeigesehnt hatte. Es schien neue Bewegung in den Fall des Wespengiftmörders zu kommen.

Isabell seufzte. Sie war gedanklich schon im Urlaub und plötzlich gab es einen möglichen Durchbruch in der Mordserie.

Nein, das Timing war alles andere als perfekt gewesen. Fast ein Dreivierteljahr war seit dem ersten Mord vergangen und ausgerechnet jetzt stießen sie auf eine weitere Leiche.

Noch bevor sie ihre Ausrüstung vorbereiten konnte, flog die Bürotür auf und Alex platzte herein. Er war genauso hektisch wie sie und hielt sein Smartphone hoch.

»Hast du die Nachricht von Daske erhalten?«

Isabell nickte. »Ich suche schnell meine Sachen zusammen und dann sollten wir fix los.«

»So ein scheiß Timing.« Er verdrehte die Augen.

Isabell nickte erneut und gemeinsam machten sie sich daran, ihre Ausrüstung zusammenzutragen.

***

Sie fuhren zügig mit Zabinskis Dienstwagen in das stadtnahe Erholungsgebiet Mollbeck. Es wimmelte von uniformierten Polizisten, die über den gesamten Rodelberg verteilt waren und die Zufahrt abgesperrt hatten.

Nachdem die Kollegen sie passieren ließen, empfing sie ein energisch winkender Daske in der Nähe des Fundorts.

Der Bereich hinter ihm war die Böschung hinauf großflächig mit Flatterband eingegrenzt und umspannte unzählige Bäume.

Das Areal war übersichtlich, da innerhalb der Absperrung kaum Sträucher zu finden waren. Dafür war eine furchteinflößende Menge an Laub im letzten Herbst gefallen und die Lichtverhältnisse waren ebenfalls sehr dürftig.

Es würde über eine ganze Woche vergehen, bis wirklich alle Spuren gesichert waren, schätzte Isabell.

Während Zabinski den Wagen parkte, zückte sie ihr Handy und beorderte weitere Kriminaltechniker an den Fundort.

»Da seid ihr ja endlich«, rief Daske ihnen ungeduldig durch die geschlossene Fahrertür entgegen. Er schwitzte beträchtlich und hatte seinen Anorak ausgezogen.

Isabell betrachtete ihren Vater durch die Windschutzscheibe.

Er wirkte mitgenommen und man sah ihm an, dass er zermürbende Monate hinter sich hatte.

Der Fall hatte ihn förmlich kaputt gemacht.

Sie hatte von ihrer Mutter erfahren, dass er in den langen und dunklen Winternächten oft alleine im Büro oder zu Hause gesessen und sich das Gehirn zermartert hatte. Während dieser ganzen Monate hatte ihn die Sorge weiter angetrieben, dass der Täter noch einmal zuschlagen würde. Isabell wusste, dass ihr Vater seitdem sämtliche Volksfeste und Veranstaltungen überwachen ließ. Daske hatte seine Leute verstärkt auf den Weihnachtsmarkt in die Altstadt und zu sämtlichen Karnevalsveranstaltungen geschickt. Erst neulich hatte er die Osterfeuer auf den Feldern außerhalb der Stadt strenger beobachten lassen.

Aber der Mörder hatte nicht wieder zugeschlagen und die Monate waren ohne weitere Fortschritte ins Land gezogen.

Zuletzt hatte es mehr und mehr den Eindruck, als wären ihrem Vater die Ermittlungen entglitten und man sah ihm die Versagensangst mittlerweile deutlich an. Sie hatte mitbekommen, dass er mehrfach betrunken zum Dienst erschienen war.

Besorgt schaute Isabell ihren Vater an.

Sie musste sich eingestehen, dass sie ebenfalls nicht unschuldig am körperlichen und seelischen Verfall ihres Vaters war.

Vor den Feiertagen im Dezember war der Konflikt zwischen ihnen geradezu außer Kontrolle geraten. Daske hatte sie in der Weihnachtszeit vor dem Präsidium abgefangen und versucht sich in ihr Leben einzumischen. Er hatte Alex einen *widerlichen Perversling* genannt und ihn beschuldigt, sich illegalen Prostituierten hinzugeben. Er hatte natürlich keine Beweise vorbringen können, sondern hatte nahezu unprofessionell rumgestottert.

Sie war daraufhin regelrecht explodiert und hatte ihm auf dem Vorplatz eine riesige Szene gemacht. Nachdem ihr erster Ärger jedoch verraucht war, war sie den Vorwürfen aus Neugierde und Trotz nachgegangen. In den Akten zu der Razzia hatte sie natürlich keine Beweise für die Hirngespinste ihres Vaters gefunden und auch Alex hatte sich königlich über das Märchen amüsiert. Sie hatten über die Anschuldigungen ihres Vaters geredet und er hatte ihre wenigen Zweifel gänzlich ausräumen können.

Obwohl Alex keine Schuld traf, war er in den Wochen nach dem Vorfall noch liebevoller und fürsorglicher gewesen. Zumindest hatte sie den Eindruck.

Den Heiligen Abend hatte Isabell letztendlich mit Alex und ihrer Mutter bei sich zu Hause verbracht und ihr Vater war alleine zurückgeblieben. Er hatte sich stattdessen mit Wesseling betrunken und damit über die weiteren Weihnachtstage noch mehr Streit mit seiner Frau losgetreten. Zum Jahreswechsel hatte ihre Mutter endgültig reinen Tisch gemacht und ihn zu Hause rausgeworfen.

Seine alkoholischen Eskapaden, das permanente Arbeiten ohne Rücksicht auf die Gefühle seiner Frau und dazu noch seine Vorwürfe gegen Alex waren auch für ihre Mutter zu viel gewesen.

Seitdem bewohnte ihr Vater eine kleine 1 ½-Zimmerwohnung am Kaiserwall gegenüber vom Rathaus.

Isabells Eltern lebten seit nunmehr zwei Monaten getrennt voneinander, hatten bisher aber noch keine offizielle Scheidung in Betracht gezogen.

Als sie und Alex sich schließlich vor drei Wochen im Standesamt das Jawort gaben, war ihr Vater zwar offiziell eingeladen worden, aber er war der Hochzeit ferngeblieben.

Zu allem Überfluss hatte er in diesem Jahr zwei Abmahnungen wegen Trunkenheit im Dienst gesammelt.

Doch all diese Konflikte und Spannungen schien ihr Vater im Augenblick des Knochenfunds über Bord geworfen zu haben.

Er hatte sowohl ihr als auch Zabinski umgehend eine Textnachricht geschrieben und winkte ihnen in diesem Augenblick zu, als wäre zwischen ihnen nie etwas vorgefallen.

Der Drang nach einem Ermittlungserfolg hatte ihn alles vergessen lassen und stellte ihn geradezu unter Starkstrom.

Isabell stieg aus dem Wagen.

»Wir haben eine weibliche Zeugin. Ihr Hund hat beim Spaziergang einen Knochen aus dem Laub gezogen«, keuchte Daske.

Die Worte sprudelten nur so aus ihm heraus und er verhaspelte sich. Er musste zweimal laut husten und atmete lauthals durch.

»Wir haben alles großflächig abgesperrt und niemand hat seit dem Hund das Areal betreten. Der Knochen ist eindeutig menschlich. Da bin ich mir sicher.«

Er schnaufte erneut nach Atemluft.

»Es klang in deiner Textnachricht, dass es sich um Biedermeier oder Dietz handelt.« Seine Tochter begrüßte ihn mit einem Kopfnicken in Richtung des Abhangs.

»Die Chancen stehen gut. Wir hatten im letzten Jahr bis auf die beiden Freunde keine unaufgeklärten Vermisstenmeldungen.«

»Wenn es sich denn um einen menschlichen Knochen handelt«, brachte sie kritisch ein.

»Davon gehe ich aus«, meinte Daske mit ernster Miene.

Es stand für ihren Vater zu viel auf dem Spiel. Einen weiteren Dämpfer in den Ermittlungen würde er nicht mehr ertragen.

Wortlos gingen sie zu der Umzäunung, wo zwei Beamte die Überreste des vermeintlich menschlichen Knochens sicherten.

Isabell streifte sich Handschuhe über und kniete sich zu dem Fund herunter. Sie nahm den Knochen in ihre

Hände und musterte ihn sehr genau. Sie drehte ihn langsam hin und her, während Daske nervös auf der Stelle wippte.

Schließlich richtete sie sich wieder auf und machte eine bestätigende Kopfbewegung.

»Eindeutig menschlich.«

Daske ballte seine Faust und biss sich auf die Lippe. Es gab eine erste kleine Gewissheit.

»Sage ich doch«, brummte er und versuchte scheinbar, seine Begeisterung vor ihr zu verbergen. »Dort drüben hat der Köter den Knochen aus der Erde gezogen.« Er deutete an einer Gruppe von schmalen Birken vorbei auf eine dicht belaubte Stelle.

Isabell folgte seinem Blick.

»Ich habe den Ort noch nicht begutachtet, da ich keine Spuren verwischen wollte«, merkte er an.

Sie nahm es dankend zur Kenntnis. Ihr Vater mochte zwar unter gehörigem Erfolgsdruck stehen, aber er dachte weiterhin sachlich und vermied überstürzten Aktionismus. Es war nicht die Zeit für sinnlose Alleingänge.

Während Isabell den Knochen noch ein wenig betrachtete und ihn vorsichtig mit den Fingern abtastete, streiften sich Daske und Zabinski die forensischen Schutzanzüge über.

»Der Knochen ist sehr kräftig«, sagte Isabell und drehte das Fundstück vor ihren geschulten Augen. »Ich würde sagen, dass es sich hier um die Elle eines Mannes handelt. Grob geschätzt würde ich auf ein Alter zwischen zwanzig und dreißig Jahren tippen.«

Daske schaute sie anerkennend an.

»Um sicherzugehen, muss das die Rechtsmedizin bestätigen«, legte sie schnell nach, damit niemand vorschnelle Schlüsse zog.

»Das Prosper-Hospital, aus dem Biedermeier verschwunden ist, liegt keine fünf Kilometer von hier«, sagte Daske. »Das könnte er tatsächlich sein.«

»Oder sein Freund Dietz«, entgegnete Isabell. »Wir sollten den Fundort großflächig nach weiteren menschlichen Überresten absuchen.«

Sie stülpte sich eine Plastikhaube über die schwarzen Locken und stieg bedächtig den Hang hinauf. Ihr Vater und Zabinski folgten auf dem Fuße.

Zunächst wollte sie sich den Ort genauer anschauen, wo der Hund seine Trophäe ungefähr entwendet hatte. Sie tastete sich mit beiden Füßen vorsichtig durch das Laub und achtete auf jeden Schritt. Ihr war bewusst, dass Witterung, umhertollende Hunde und die Bewohner des Waldes viel Zeit gehabt hatten, sämtliche Spuren zu verwischen. Trotzdem gab sie sich Mühe, nicht durch eigene Unachtsamkeit eventuelle Beweise zu vernichten.

Kurz vor ihrem vermeintlichen Ziel blieb sie stehen und blickte nach oben. Das dichte Geäst der Bäume versperrte jeglichen Blick gen Himmel. Falls sie hier einen Leichnam finden sollten, war der menschliche Körper keinem direkten Sonnenlicht oder besonders viel Niederschlag ausgesetzt gewesen.

Schließlich erreichte sie die Stelle, die ihnen die Zeugin laut Daske beschrieben hatte. Das Erdreich war von dem Jack Russell aufgeschoben worden und das Laub türmte sich an einigen Stellen. Äste lagen in allen erdenklichen Größen herum und machten die Szenerie noch undurchsichtiger.

Isabells kriminaltechnischer Blick wanderte in ruhiger Routine über die chaotisch anmutende Fundstelle. Behutsam ging sie in die Hocke und schob etwas laubbedecktes Erdreich an die Seite.

Hier musste der Hund gegraben haben.

Ihr Herzschlag legte unbewusst an Tempo zu und ihr gesamter Körper stand mit einem Mal unter Spannung.

Sie fokussierte ihren Blick und unter vielen Schichten gefallener Blätter ragte plötzlich etwas aus der Erde empor. Sie schob erneut einiges Laub zur Seite und ging näher heran.

Was aus der Ferne für ein Ast gehalten werden konnte, war in Wirklichkeit ein weiterer Knochen. Sie traute ihren Augen kaum und musterte den Gegenstand genauer. Tatsächlich. Dies war ohne Frage ein menschlicher Oberarmknochen.

Daskes Vermutungen waren scheinbar richtig gewesen. Sie hatten es hier eindeutig mit einem Leichenfundort zu tun.

***

Daske hatte Wesseling kurz nach seiner Tochter über den Knochenfund informiert und der Pathologe hatte das Waldstückchen in der Mollbeck zügig aufgesucht.

Ungeduldig begrüßte Daske seinen Freund. Am liebsten hätte er die Leichenteile noch an Ort und Stelle identifizieren lassen und den ganzen, verdammten Fall endlich abgeschlossen. Aber die rechtsmedizinische Arbeit war komplex und in Teilen ermüdend sorgfältig.

Als erste Amtshandlung bestätigte Wesseling Isabells Aussage, dass es sich bei dem gefundenen Knochen eindeutig um die zirka zwanzig- bis dreißigjährige Elle eines Mannes handelte.

Daske atmete erleichtert aus. Zwar hatte er der Untersuchung seiner Tochter vertraut, aber es war immer gut, eine offizielle Bestätigung zu haben.

Schließlich wies er dem Pathologen den Weg zum Fundort.

Schweigend liefen sie die Böschung hoch und Wesseling kniete sich neben Isabell, die die Fundstelle immer noch in Augenschein nahm. Daske stellt sich neben den Pathologen und beobachtete die weitere Untersuchung mit ein wenig Abstand, während Zabinski mit einigen Kriminaltechnikern die Umgebung nach weiteren Knochen absuchte.

Der dunkle Knochen, den Isabell kurz vorher entdeckt hatte, ragte bizarr in die halogenbeleuchtete Umgebung und wirkte hier im Wald vollkommen unscheinbar.

»Definitiv ein Oberarmknochen«, sagte Wesseling in die Stille hinein.

Bisher hatte niemand ein unnötiges Wort gesprochen und die Worte des Pathologen durchschnitten die Waldluft geradezu.

Vorsichtig zog er an dem Knochen und konnte ihn ohne große Probleme aus dem lockeren Erdreich bergen. Er hielt das Fundstück mit beiden Händen und betrachtete es eingehend.

»Ebenfalls männlich und zwischen zwanzig und dreißig Jahren alt.« Er nickte bestätigend. »Ich würde sagen, dass wir das passende Stück zu unserer Elle gefunden haben.«

Für Daske waren die Worte des Pathologen ein wahrer Segen und mit jeder Bestätigung wurde ihm ein wenig Ballast abgenommen. Es musste sich um einen der beiden vermissten Jungs handeln. Endlich würde es in den Ermittlungen vorangehen. Er war sich da ganz sicher.

Geschickt schob Wesseling das lockere Erdreich beiseite und brachte ohne großen Aufwand weitere Knochen zum Vorschein. Isabell ging dem Pathologen dabei zur Hand und gemeinsam legten sie nach und nach das Schulterblatt und Schlüsselbein einer männlichen Leiche frei.

Daske sah den beiden genau zu und wagte nicht einmal zu blinzeln. Er war derart aufgeregt, dass ihn der

Anblick der menschlichen Knochen nicht im Geringsten störte.

Als sie schließlich einen freien Blick auf den Schädel des Toten hatten, ging Daske sogar noch ein Stück näher heran.

Die weitere Bergung der vollständigen Leiche gestaltete sich nicht sonderlich schwierig, da der Täter es ihnen wirklich leicht gemacht hatte. Er hatte die Leiche kaum tiefer als einen halben Meter verscharrt und scheinbar lose mit Laub und Ästen bedeckt. Ein Wunder, dass sie nicht viel eher von umherschweifenden Tieren entdeckt worden war.

Isabell assistierte Wesseling bei der Bergung der Leichenteile und sammelte sämtliche Gegenstände um den Toten herum ein. Mit ihrer Spiegelreflexkamera dokumentierte sie nebenher alle Veränderungen und Entdeckungen am Fundort.

Die meisten Körperteile der Leiche bargen sie ausschließlich in skelettierter Form und legten die einzelnen Knochen in einem herbeigeholten Zinnsarg ab. Einzig in den Lederstiefeln des Opfers waren stark verweste Überreste von Haut und Fleisch konserviert. Die übrigen Kleidungsstücke der Leiche waren hingegen vollständig von gefräßigen Waldbewohnern zersetzt worden. Lediglich unappetitliche Knöpfe und Reißverschlüsse konnte Isabell in kleine Plastiktüten verpacken.

Eine Geldbörse mit entsprechendem Personalausweis und Führerschein fanden sie jedoch nicht, sodass eine Identifizierung per DNA-Analyse ihre einzige Hoffnung war.

»Besonders geschickt ist die Leiche wahrlich nicht vom Erdboden verschwunden«, sagte Daske, der der Bergung immer noch tapfer beiwohnte.

»Der Täter hatte sich beeilen müssen oder unter Stress gehandelt«, pflichtete Wesseling ihm bei.

»Was denkst du, wie lange liegt der Tote schon hier?«

»Schwierig, das jetzt schon genau zu sagen. Aber aufgrund der gegebenen Umstände würde ich vermuten, dass die Leiche an dieser Stelle ungefähr ein halbes bis ganzes Jahr liegt.«

»Du bist dir sicher?«

»Ja«, sagte der Pathologe bestimmt.

»Das würde zeitlich durchaus zum Verschwinden von Biedermeier und Dietz passen.« Daske rieb sich grübelnd das Kinn.

»Halte dich lieber an die Fakten, Karl. Wir benötigen zunächst eine DNA-Analyse des Toten.«

Gerade als Daske eine weitere Vermutung äußern wollte, winkte ein Kriminaltechniker keine 50 Meter von der ersten Fundstelle entfernt aufgeregt mit den Armen.

Er hatte eine zweite Leiche entdeckt.

***

In einer geschäftigen Lobby lief eine Person derweil schnellen Schrittes dem Ausgang entgegen. Als das Handy vibrierte, nahm er den Anruf an und ging aus dem Gebäude heraus.

»Sie haben sie gefunden«, sagte die Person am anderen Ende.

Dann war die Leitung tot.

20

Daske ließ die Wohnungstür schwer ins Schloss fallen und tappte durch die Diele, bis er endlich den Lichtschalter gefunden hatte.

Die Wege in der neuen Wohnung waren noch nicht routiniert und er hatte sich schon öfters im Dunkeln gestoßen. In seinem Haus war ihm das noch nie passiert. Dort hatte er sich nachts geschmeidig wie eine Katze bewegt.

Missmutig schlurfte er in die kleine Küche, ignorierte die leeren Pizzakartons und nahm sich ein Bier aus dem kargen Kühlschrank. Das alte Gerät surrte bedenklich laut vor sich hin und würde über kurz oder lang den Geist aufgeben.

Mit dem Pils in der Hand begab er sich ins Wohnzimmer und ließ sich in den geliebten Sessel aus grünem Ziegenvelours fallen. Das Möbelstück war das Einzige, was er aus seinem Haus mitgenommen hatte. Den Rest hatte er Petra überlassen.

Es war eh nur vorübergehend. Petra würde sich schon wieder einkriegen. Zumindest hatte er damit sein Gewissen beruhigt.

Die meisten der neuen Möbelstücke stammten aus Wesselings Keller und hatten ihre beste Zeit schon hinter sich. Trotzdem war er dankbar, dass er sich in Notzeiten auf den alten Kumpel verlassen konnte.

Auf der kleinen Schlafcouch lagen benutzte Hemden und Hosen wild durcheinander und die rot-weißen Socken waren überall im Zimmer verstreut. Doch selbst diese Marotte pflegte er nicht mehr bewusst, denn er hatte in der Zwischenzeit sogar das Interesse am Fußball verloren. Seine Dauerkarte für RWE hatte er erst einmal in dieser Saison genutzt und las die Ergebnisse meist am nächsten Tag in der Zeitung.

Immerhin hatte er es endlich geschafft, seine Dartscheibe aufzuhängen, aber das Spiel machte ihm alleine wenig Freude.

Die Luft im Wohnzimmer, das gleichzeitig als Schlafzimmer herhielt, war abgestanden und stickig. Dennoch unternahm er keinen Versuch, das Fenster zu öffnen.

Er hatte in den letzten Monaten wieder mit dem Rauchen angefangen und der Geruch der kalten Zigarilloasche wog zusätzlich schwer.

Daske schaute auf die Uhr. Es war mittlerweile kurz vor Mitternacht und an Schlaf war noch lange nicht zu denken. Er war nach den Ereignissen des Tages viel zu aufgeregt.

Er nahm einen Schluck Bier und lehnte sich zurück. Krampfhaft bemühte er sich, zur Ruhe zu kommen und seine Gedanken etwas zu entspannen.

Seit einem Dreivierteljahr hatte er die beiden Vermissten erfolglos gesucht und obwohl die Toten vom Rodelberg noch nicht eindeutig identifiziert worden waren, war er sich sicher, die sterblichen Überreste von Paul Biedermeier und Fabian Dietz gefunden zu haben.

Das Pils und die schwere Luft in der kleinen Wohnung sorgten dafür, dass Daskes Lider immer schwerer wurden. Ausgelaugt zappte er sich durch die Programme und blieb schließlich bei einem alten Western hängen.

Die gute alte Welt.

Nachdem die zwei Leichen vollständig geborgen worden waren, waren sie zur näheren Klärung der Todesursache in das pathologische Institut von Wesseling gebracht worden. Eine Identifizierung der Skelette per DNA-Bestimmung hatte Isabell derweil höchstpersönlich erledigen wollen.

Daske seufzte. Er schaute mittlerweile durch das Bild des alten Röhrenfernsehers hindurch und nahm nichts mehr von dem Western wahr.

Er hatte seine Tochter heute das erste Mal seit ihrer Hochzeit mit Zabinski gesehen. An ihrem Hochzeitstag hatte er sich dem Standesamt im Rathaus von Ferne genähert und beobachtet, wie Isabell zusammen mit Zabinski vor den Stufen des alten Gebäudes posiert hatte. Petra hatte die beiden dabei herzlich in die Arme genommen und schien tatsächlich glücklich gewesen zu sein.

Daske konnte es hingegen nicht ertragen, dass seine Tochter nun offiziell eine Zabinski war und Zabinski somit offiziell sein Schwiegersohn.

Zabinski, dieses notgeile Schwein.

Daske hatte seine neue Wohnung ganz bewusst gewählt. Sie lag direkt neben dem bekanntesten Freudenhaus von Recklinghausen. Nachdem er das vermeintlich klärende Gespräch mit seiner Tochter so kolossal verkackt hatte, lag er seit Januar jeden Tag bis spät in die Nacht am Fenster auf der Lauer und hoffte Zabinski auf frischer Tat zu ertappen. Er glaubte nicht, dass sein feiner Schwiegersohn so blöd wäre, sich nochmals illegaler Prostitution hinzugeben und stattdessen die legale Befriedigung suchte.

Doch heute war er zu entkräftet, um den Sessel ans Fenster zu schieben.

Was wohl Zabinskis Vater über diese Hochzeit dachte, hatte sich Daske am Tag der Eheschließung gefragt. Wobei bekanntlich bei Söhnen immer die Mütter am kritischsten sind.

Zabinski war allerdings zu seiner eigenen Hochzeit alleine erschienen und Daske musste sich eingestehen, dass er überhaupt nichts über dessen Familie wusste. Zabinski hatte sich immer fein zurückgehalten, wenn im Kollegenkreis vom Wochenende oder über Familienfeiern gesprochen wurde. Er wusste fast nichts Privates über den neu gewonnenen Schwiegersohn. Die meisten Infos stammten von Petra und Isabell, als sie noch mit ihm sprachen.

Insgeheim vermutete er, dass Zabinski weiterhin seinem fragwürdigen Hobby im Rotlichtmilieu nachging und deswegen wenig Privates von sich preisgab.

Während der Dienstzeit hatten Zabinski und er es nahezu perfektioniert nicht über Isabell oder sonstige familiäre Dinge zu reden.

Sie waren zwei Arbeitskollegen.

Mehr nicht.

Daske holte sich ein weiteres Bier aus der Küche. Er würde sich zusammenreißen und auf Zabinskis Fähigkeiten als Kriminalbeamter vertrauen. Erst, wenn der Fall abgeschlossen war, könnte er sich weiter um seinen notgeilen Schwiegersohn kümmern.

Er wischte die Gedanken an Zabinski beiseite, setzte sich wieder in seinen Sessel und dachte an das abgezäunte Waldstück. Metalldetektoren hatten den Forensikern dabei geholfen, die vom menschlichen Auge nicht sofort wahrgenommenen Gegenstände ans Tageslicht zu fördern. Sie hatten allerlei Unrat gefunden, erhofften sich deswegen aber nicht sonderlich neue Erkenntnisse.

Viel zu viel Zeit war vergangen, seit die zwei Leichen halbherzig verscharrt worden waren.

Trotz alledem hatten sie Laubschicht um Laubschicht im Anschluss sorgsam abgetragen und sie in großen Plastiksäcken asserviert. Das Team der Kriminaltechnik würde sie in mühsamster Kleinarbeit in der kommenden Woche auswerten.

Gegen drei Uhr in der Früh schreckte Daske plötzlich aus dem Sessel hoch, als das Handy auf dem Couchtisch lautstark piepste. Er war scheinbar endlich eingeschlafen und der Western war mittlerweile zu einer Werbesendung für Sex-Hotlines geworden.

Das Display des Smartphones zeigte den Eingang einer Textnachricht.

›Wir haben sie tatsächlich gefunden‹, schrieb seine Tochter.

Sie hatte die genetische Auswertung zur Identifizierung von Paul Biedermeier und Fabian Dietz abgeschlossen. Die menschlichen Überreste aus der Mollbeck stimmten zu 99,9999% mit der DNA der beiden Gesuchten überein.

***

Es war erst sechs Uhr in der Früh, als Daske Isabells DNA-Analyse im Präsidium abholte. Von der übrigen Mordkommission war verständlicherweise noch niemand im Haus und er begegnete einzig der Sekretärin Frau Eichler auf dem Flur.

Daske sah aufgrund der kurzen Nacht ziemlich fertig aus. Seine Augen hatten tiefe Ringe, sein Schnauzer stand in alle Richtungen ab und er war voller unrasierter Bartstoppeln. Sein ramponierter Anblick veranlasste Frau Eichler ihm Gott sei Dank einen Kaffee aufzusetzen.

Der Duft und Geschmack des köstlichen Kaffees revitalisierten Daske umgehend und er nutzte die Energie, um sich doch noch schnell im Büro zu rasieren.

Als er kurz darauf in der Pathologie ankam, holte Wesseling gerade vier Lederstiefel aus der Kühlung.

Der Anblick der Schuhe war regelrecht zum Fürchten. Aus ihnen ragten die Schien- und Wadenbeinknochen der beiden Opfer und sahen aus wie die Überbleibsel einer Zombieapokalypse.

Daske gesellte sich dennoch zu Wesseling und wollte dieses Mal nicht eine Minute der anstehenden Untersuchung verpassen. Seine generelle Angst vor den Toten hatte er für den heutigen Tag abermals abgelegt. Immerhin kannte er die Leichen schon vom Vortag und entwickelte so langsam eine ungewollte Toleranz. Nichts in der Welt hätte ihn davon abgehalten, Wesselings Begutachtung der Lcichen fernzubleiben.

»Wir können uns gleich die beiden Skelette anschauen«, sagte der Pathologe und zeigte auf den Nebenraum. »Die Knochen sind gerade aus einem Laugenbad gekommen und wären bereit für die Analyse.«

Wesseling gähnte. Die Nacht war für ihn ebenfalls kurz gewesen.

»Das klingt hervorragend.« Daske lächelte leicht gequält. »Aber ich befürchte, du willst dir zunächst die Schuhe anschauen.«

»Du hast es erfasst.«

Wegen des fauligen Gestanks versorgte Wesseling Daske wieder mit seinem speziellen Öl und schnitt im Anschluss die Schuhe vorsichtig mit einer scharfen Schere auf. Der modrige Duft des verbliebenen menschlichen Gewebes in den Lederstiefeln hatte den Raum sofort fest im Griff und kroch an dem Öl vorbei in Daskes Nase. Der Geruch löste sofort einen unwillkürlichen Würgereflex bei ihm aus. Dennoch wich er Wesseling nicht von der Seite und starrte gebannt auf dessen weitere Arbeitsschritte.

Die spärlichen Gewebefetzen hingen rund um die Knöchel und hielten die Schien- und Wadenbeinknochen fest in ihrer Verankerung.

Der Pathologe legte mit dem Skalpell als erstes jeweils das obere Sprunggelenk frei und schnitt es durch. Mit zackigen Bewegungen entriss er den Füßen die großen Beinknochen und legte sie schließlich auf den Seziertisch. Sie würden, wie die anderen Knochen, in einem Bad aus Lauge gereinigt werden.

Plötzlich deutete Wesseling auf die freiliegenden, fauligen Füße sowie das auseinanderklaffende Schuhwerk. Einige Asseln und Käfer strebten aus ihrer zerstörten Behausung. Der Pathologe nahm mit einer Pinzette einen rasch fliehenden Hundertfüßer auf und hielt das sich windende Insekt gegen das Licht.

»Wie gut, dass ich jemanden in der forensischen Entomologie kenne«, sagte er mit Blick auf den Gliederfüßer. »Wir werden den Rat eines Insektenkundlers zur Bestimmung der Todesursache dringend benötigen.«

Daske nickte nur stumm und war froh, dass er sich mit den Krabbeltieren nicht näher auseinandersetzen musste.

Nachdem Wesseling die verwesten Füße gänzlich aus den Schuhen befreit und ergebnislos untersucht hatte, wanderten sie ebenso wie die Unterbeinknochen in das Laugenbad zur weiteren Reinigung.

»Wir können jetzt in den Nebenraum gehen und uns die beiden Skelette anschauen.«

Wesseling ging zu den beiden Tischen mit den gereinigten Knochen und Daske folgte ihm auf dem Fuße.

»Das sieht nach viel Arbeit aus.« Daske begutachtete die Skelette, die feinsäuberlich sortiert auf den Metalltischen lagen.

Doch Wesseling schien von ihm keine Notiz zu nehmen. Irgendetwas hatte augenscheinlich seine Aufmerksamkeit erregt.

»Hmm«, machte er, als Daske ihn fragend ansah.

Er wechselte von Biedermeiers zu Dietz' Knochen und schaute sich die Kniescheiben der beiden Opfer durch eine Lupe an.

»Beide Tote haben großflächige Knochenentzündungen«, versuchte er die Entdeckung in Worte zu fassen. »Mir scheint es, als hätten die beiden Toten für längere Zeit auf den Knien gehockt.«

»Wie soll ich das verstehen?«, fragte Daske irritiert.

Doch Wesseling hatte sich wieder die Lupe ins Blickfeld geklappt und betrachtete weitere Knochen. Er wechselte erneut zwischen beiden Skeletten hin und her. Daske verkniff sich weitere Fragen und ließ Wesseling konzentriert seiner Arbeit nachgehen.

Schließlich klatschte der Pathologe in die Hände.

»Ich bin ganz Ohr.« Daske war sofort hellhörig.

»Beide Opfer weisen auch an den Handgelenken und Schultern Knochenentzündungen auf«, beschrieb Wesseling seine Beobachtungen und deutete auf die entsprechenden Stellen. »Wir werden diese Verletzungen garantiert auch später an den Füßen sehen.«

»Was bedeutet das?«

»Ich kenne diese Art von Verletzungen noch aus meiner Zeit an der Universität. Ich hatte vor Jahren einmal ein Forschungsprojekt, dass ...«

»Spann mich bitte nicht weiter auf die Folter, Jürgen, und sag mir, was das für unsere Opfer heißt.«

»*Folter* ist genau das richtige Stichwort.« Wesseling lachte bitter. »Im Mittelalter wiesen die Leichen von Gefangenen häufig diese Art von Verletzungen auf, wenn sie lange Zeit in einer Zwangshaltung waren.«

»Du willst damit sagen, dass unser Mörder die beiden Opfer tagelang in einer Art Verlies gefangen gehalten hat«, stellte Daske betroffen fest.

»Nein.« Wesseling schüttelte entschieden den Kopf. »Sie müssen monatelang gefesselt gewesen sein.«

***

Nach der Untersuchung der beiden Skelette war Daske in das erstbeste Taxi vor dem Krankenhaus gesprungen und hatte sich auf dem schnellsten Wege zurück ins Präsidium bringen lassen.

Die gesamte Mordkommission war bereits versammelt und in eine rege Diskussion über die Ereignisse verfallen, als er die Tür zum Besprechungsraum öffnete.

Erfreut stellte er fest, dass die Kollegen die mittlerweile vier Todesopfer plakativ auf einzelne Flipcharts im Raum verteilt hatten. Sie hatten zusätzlich unter jedem Bild die wichtigsten Fakten zu den entsprechenden Personen aufgeführt. Er betrachtete die Bilder von Biedermeier und Dietz eingehender und hoffte inständig, dass die beiden der langersehnte Schlüssel zur Aufklärung der ursprünglichen Mordfälle waren.

Nachdem er sich gesetzt hatte, berichtete er ohne Umschweife von Wesselings Entdeckung.

»Wieso hält jemand die beiden Opfer für Monate gefangen, um sie letztendlich doch umzubringen«, keuchte Isabell ungläubig, nachdem er seinen Bericht abgeschlossen hatte. »Wieso quält der Täter sie so lange?«

Daske machte ein bedrücktes Gesicht. Die Tatsache, dass die beiden jungen Männer vor ihrem Tod monatelang gelitten hatten, schlug ihm regelrecht auf den Magen.

»Vielleicht wusste der Mörder im ersten Moment nicht, was er mit den beiden machen sollte, nachdem sie ihn bei seinem Mord an Martin Lorenz gesehen hatten«, äußerte Zabinski eine Vermutung.

Daske fuhr sich durch den Schnauzbart. Die Gefangenschaft der beiden Toten hatte ihn ein wenig überrumpelt.

Warum hatte der Mörder sich mehrere Monate Zeit gelassen?

Hatte er diese beiden Morde bewusst geplant und Biedermeier und Dietz mit Absicht gequält?

Das Ganze hatte mit einem Mal eine persönliche Note bekommen. In seinen Augen handelte der Täter nicht mehr willkürlich.

»Wir sollten uns erneut mit Biedermeiers Freundin und den Eltern der drei Opfer unterhalten«, sagte er schließlich. »Es wäre sicherlich auch sinnvoll, sich noch einmal Biedermeiers Verschwinden aus dem Krankenhaus anzuschauen. Vielleicht haben wir etwas übersehen.«

»Wissen wir schon, woran die beiden gestorben sind?«, fragte Voss.

»Leider noch nicht«, sagte Daske. »Aber Wesseling hofft, dass er bis zum Nachmittag diese Frage beantwortet hat.«

»Vor allem wäre es interessant zu erfahren, ob Biedermeier und Dietz direkt am Rodelberg gestorben oder dort nur vergraben worden sind«, merkte Morgenstern an. »Wir sollten versuchen, rund um den Fundort an Zeugen heranzukommen.«

»Das dürfte ein schwieriges Unterfangen werden«, warf Zabinski kritisch ein. »Es sind wahrscheinlich einige Monate vergangen und außerdem ist diese Gegend spärlich besiedelt.«

»Wir sollten trotzdem mit einer Haus-zu-Haus-Befragung bei der Siedlung hinter den kleinen Teichen beginnen und später die nahen Wohngegenden in Speckhorn und bei der Sternwarte ablaufen«, entschied Daske. »Vielleicht ist jemandem etwas aufgefallen.«

»Sollten wir nicht lieber einen Zeugenaufruf in der lokalen Presse starten?«, fragte Morgenstern.

»Das würde ich noch ein wenig hinauszögern«, wies Daske den Vorschlag zurück.

Es langte ihm völlig, dass er gestern drei Telefonate mit dem Polizeipräsidenten wegen der Leichenfunde hatte ertragen müssen. Noch war es ihm gelungen, seinen Chef davon zu überzeugen, dass er der richtige Mann für diesen Fall war. Sollte die Presse erst einmal Wind von einem vierfachen Mörder bekommen, würde der Fall sicherlich an höhere polizeiliche Instanzen weitergereicht werden.

»Voss und Morgenstern, Sie organisieren die Befragung rund um die Mollbeck, während Zabinski mich zum Krankenhaus begleitet«, entschied er schließlich.

Er vermied es dabei tunlichst, seiner Tochter eine konkrete Arbeitsanweisung mit auf den Weg zu geben. Sie wusste eh viel besser, was als Nächstes kriminaltechnisch zu tun war.

21

Der forensische Entomologe Doktor Hubert Böhmer war bereits in der Pathologie von Wesseling eingetroffen, als Daske hinzukam. Zabinski hatte sich den Gang in die Kellergewölbe gespart und wollte seinerseits Ermittlungen im übrigen Prosper-Hospital zum Verschwinden ihres Opfers Paul Biedermeier anstellen.

Böhmer war ein kauziger Typ mit Fliege und krausem Haar. Sein Äußerliches verhielt sich dabei absolut deckungsgleich zu seiner Profession als Experte für Insekten und andere Krabbeltiere. Er überragte Wesseling um zwei Köpfe und wirkte aufgrund seines schlaksigen Körperbaus geradezu stocksteif. Neben ihm sah der Pathologe winzig und dessen Leibesfülle noch stattlicher aus.

Wesseling hatte Daske erklärt, dass er sich durch die Konsultation des forensischen Kollegen weitere Erkenntnisse über die genaueren Liegezeiten der Leichen und die Todesursache erhoffte. Da von den beiden Leichen bis auf die Knochen nicht sonderlich viel übriggeblieben war, mussten die eingesammelten Krabbeltiere als Spurengeber herhalten.

Nachdem sich Daske kurz vorgestellt hatte, machte sich der Insektenkundler sofort an die Arbeit.

Während sich der Entomologe in einem angrenzenden Labor mit den mitgebrachten Utensilien einrichtete, untersuchte Wesseling abermals sämtliche Knochen der Toten. Die vollständig gereinigten Skelette wirkten auf Daske wie Elfenbein. Sie waren kein Vergleich mehr zu den verschmutzten Leichenteilen, die sie gestern aus dem Erdreich des Waldes geborgen hatten. Besonders die vielen Fußknochen waren vollständig vom verfaulten Gewebe der Opfer befreit worden und erinnerten ihn nicht mehr an die Zombieapokalypse vom Morgen.

Daske ließ die Erkenntnis, dass beide Opfer womöglich monatelang gefesselt gewesen waren, gedanklich nicht mehr los und er wich Wesseling nicht von der Seite.

Der Pathologe begann dieses Mal mit dem Schädel von Paul Biedermeier und betrachtete ihn durch seine Lupe. Er glitt mit den Fingern durch jede Vertiefung und Wölbung.

»Ich kann leider nichts Außergewöhnliches feststellen. Alle Kanten und Furchen fühlen sich an wie von der Natur vorgesehen.« Schwer atmend legte Wesseling den Schädel wieder zurück auf den Seziertisch.

Ein schauriges Geräusch entstand, als der menschliche Knochen dumpf auf die metallische Arbeitsfläche traf.

Als Nächstes widmete er sich mit den Nacken- und Halswirbeln des Opfers.

»Keine Hinweise auf Druckstellen und Quetschungen«, murmelte er vor sich hin, nachdem er sie ausgiebig begutachtet hatte.

»Biedermeier wurde also nicht erwürgt oder erhängt?«, fragte Daske, der Wesselings Worte begierig aufgeschnappt hatte.

»Ich denke nicht«, bestätigte der Pathologe. »Alle Wirbel sind noch intakt und weisen keine Veränderungen auf.«

Wesseling nahm sich den nächsten Knochen von Biedermeier vor und es verging Viertelstunde um Viertelstunde, während er schweigend und konzentriert nach Anhaltspunkten für die Todesursache suchte.

Er hatte mittlerweile die Untersuchung beider Arme abgeschlossen und sich zum Rippenbogen vorgearbeitet, als es an der Tür klopfte.

Es war Böhmer, der vor dem Autopsiesaal stand und keine Anstalten machte hereinzukommen.

Er mag sein Leben mit Spinnen, Maden und Kakerlaken verbringen, aber menschliche Leichen meidet er selbst in skelettierter Form, dachte Daske und ihm war Böhmer sofort sympathisch.

Der Entomologe wartete geduldig, bis Daske und Wesseling vor die Tür kamen.

Böhmer wirkte nervös und trat von einem Bein auf das andere, was aufgrund seiner schlaksigen Statur unfreiwillig komisch wirkte.

»Hast du was herausgefunden?«, fragte Wesseling neugierig.

Böhmer kratzte sich am Ellenbogen.

»Zumindest in Bezug auf den Todeszeitpunkt kann ich weiterhelfen.«

»Ich höre.«

»Unter den Innensohlen in den Lederstiefeln habe ich auffällig viele Kellerasseln gefunden«, sagte Böhmer und deutete mit seinem dünnen Zeigefinger auf das Labor. »So weit ist das nicht besonders verwunderlich, da sich Asseln durchaus in feuchten Laubwäldern tummeln. Allerdings sind diese Asseln gerade erst ausgewachsen.«

»Was bedeutet das, Doktor?«, fragte Daske ungeduldig.

»Das bedeutete, dass sie zirka fünf bis sechs Monate alt sind«, klärte ihn Böhmer auf. »Ich habe unter den Innensohlen viele Häutungen vorgefunden, die darauf hinweisen, dass die Asseln in dem Schuh aufgewachsen sind und dort geschlechtsreif wurden.«

Wesseling nickte anerkennend, während der Entomologe seine Fliege zurechtrückte.

»Meine Theorie ist, dass ein Muttertier auf der Suche nach Futter ihre befruchteten Eier mit in den Schuh gebracht hat. Das reichhaltige Nahrungsangebot durch die verwesende organische Substanz war für die Larven und Jungtiere optimal. Die Lederschuhe haben sie dann als eine Art wärmende Behausung über den Winter gebracht.«

Daske hatte den Ausführungen interessiert und geduldig zugehört. Die Menschen Paul Biedermeier und Fabian Dietz als *reichhaltiges Nahrungsangebot* zu beschreiben, war ihm bisher noch nicht untergekommen.

»Wenn ich Ihnen richtig folgen kann, würden Sie den Todeszeitpunkt auf den letzten Herbst legen?«

»Auf Ende Oktober, Anfang November, um exakt zu sein.«

In Daskes Kopf schossen die Gedanken wie auf Kommando wild durcheinander.

Biedermeier und Dietz waren kurz nach dem ersten Mord an ihrem Freund Martin Lorenz Mitte Juni verschwunden, doch erst nach der zweiten Tat an Barbara Hartmann auf dem Oktoberfest hatte der Mörder beschlossen, die zwei Freunde umzubringen.

Warum hatte er die beiden Gesuchten vier Monate unter scheinbar menschenunwürdigen Bedingungen gefangen gehalten? Waren Biedermeier und Dietz entführt worden, weil sie den Mörder bei seiner ersten Tat an Martin Lorenz gesehen hatten?

Ohne sich bei Böhmer zu bedanken oder von Wesseling zu verabschieden, drehte Daske plötzlich um und lief hastig Richtung Ausgang. Er suchte in Gedanken bereits nach Ansatzpunkten, die er übersehen hatte.

***

Daske hastete aus dem Keller der Pathologie heraus und ging auf direktem Weg auf die Station, aus welcher der längst verstorbene Patient Paul Biedermeier vor einem Dreivierteljahr spurlos verschwunden war.

Zabinski empfing ihn auf dem Flur der Inneren und führte Daske ins Schwesternzimmer. Er hatte in der Zwischenzeit einige Krankenschwestern noch mal über den damaligen Vorfall befragt und wie zu erwarten war, konnten sich die wenigsten an etwas erinnern. Er lag einfach zu weit zurück.

Nun wartete Daske mit seinem Kollegen darauf, dass sich die diensthabende Oberschwester zeitlich für sie freimachen konnte.

Bei aller Anspannung war Daske plötzlich kraftlos und ausgebrannt. Die kurze Nacht machte ihm zu schaffen.

Schwester Susanne betrat schließlich den Raum und Daske erkannte die drahtige Frau mit ihrer Bobfrisur sofort wieder.

Mit knappen Worten erläuterte er sein Anliegen und blickte sie dabei hoffnungsvoll an.

»Ich kann mich noch sehr genau an Sie und den Vorfall erinnern, Herr Kommissar«, sagte die Krankenschwester. »Als Sie mich damals zu dem Verschwinden des Patienten befragen wollten, hatte es plötzlich einen Notfall auf der Station gegeben.«

Daske erinnerte sich ebenfalls. Ihr Gespräch war abrupt unterbrochen worden und er hatte vergeblich auf Schwester Susannes Rückkehr gewartet. Als sie nicht wieder erschienen war, hatte er schließlich seine Visitenkarte hinterlegt und war unverrichteter Dinge gegangen.

Ein paar Tage später hatte er dann Voss und Morgenstern in das Krankenhaus geschickt. Die übereifrigen Kriminalbeamten hatten beinahe die gesamte Krankenstation lahmgelegt und ein regelrechtes Chaos angerichtet. Sie hatten im letzten Sommer sämtliche Mitarbeiter zum Verschwinden von Biedermeier befragt und Daske dachte automatisch an ihre umfangreichen Protokolle.

Die Ermittlungen steckten damals gerade erst in den Anfängen und das heutige Ausmaß des Falls war noch lange nicht abzusehen gewesen.

Obwohl Voss und Morgenstern sämtliches Personal ausgiebig befragt hatten, war das Verschwinden von Biedermeier nicht aufgeklärt worden. Der Patient hatte sich vor ihren Augen buchstäblich in Luft aufgelöst.

»Wir haben intern noch lange über den Fall gesprochen, Herr Kommissar«, beteuerte Schwester Susanne.

»Das spurlose Verschwinden bleibt uns selbst heute noch ein Rätsel.«

»Da haben wir wohl etwas gemeinsam.« Daske lächelte. »Ich weiß, dass ich Sie das damals schon gefragt habe, aber haben Sie in der kurzen Zeit, in der Herr Biedermeier bei Ihnen auf der Station lag, etwas Ungewöhnliches in seinem Verhalten bemerkt? War er vielleicht nervös oder hatte Angst?«

»Er war auf jeden Fall verunsichert und wirkte auf mich tatsächlich ein wenig nervös«, erinnerte sich die Krankenschwester. »Haben Sie denn die Besucherin ausfindig gemacht?«

»Besucherin?«, fragte Daske irritiert.

Er konnte sich an keine Besucherin erinnern. In den Protokollen von Voss und Morgenstern hatte er dazu keine Notiz gefunden.

»Es war mir durch den ganzen Trubel entfallen und ich habe deswegen erst Tage später auf dem Präsidium angerufen.« Schwester Susanne machte eine entschuldigende Geste.

»Sie trifft keine Schuld«, beruhigte Daske die sichtlich erregte Frau. »Erzählen Sie ruhig weiter.«

»Viel konnte ich ihrem Kollegen am Telefon damals jedoch nicht sagen. Ich hatte die junge Frau ja höchstens ein paar Augenblicke gesehen.«

Daske zog die Augenbrauen erstaunt nach oben.

»War diese junge Frau etwa blond und zirka Mitte zwanzig?«, hakte er nach.

»Ja, das war sie.«

Daske tauschte einen vielsagenden Blick mit Zabinski. Die beiden Kriminalbeamten wussten ganz genau, wer diese junge Frau war.

Wollt ihr zu Paul?

Die Worte der Frau hallten mit neunmonatiger Verzögerung in Daskes Kopf nach. Damals hatte sie nur mit einem Bademantel bekleidet die Tür zu Biedermeiers Wohnung geöffnet. Fiona Peters hatte ihnen gegenüber vehement bestritten, von der Einlieferung ihres Freunds ins Krankenhaus gewusst zu haben.

Ob sie etwas mit dem Verschwinden zu tun hatte?

Sie mussten dringend mit Fiona Peters reden. Irgendetwas stimmte da nicht.

»Können Sie sich noch daran erinnern, an wen Sie diese Information damals weitergegeben haben?«, fragte Daske.

»Nein, das kann ich beim besten Willen nicht, Herr Kommissar.«

»Ein letztes Anliegen habe ich noch. Könnten wir bitte noch mit dem behandelnden Arzt von Herrn Biedermeier reden?«

Daske hatte den schnöseligen Assistenzarzt bislang nicht auf der Station entdeckt. Damals wäre er dem Mann fast an die Wäsche gegangen.

»Da müsste ich einmal schnell in die Patientenakte schauen, welcher Arzt genau zuständig war«, antwortete die Oberschwester und flog förmlich aus dem Raum.

»Wer hat diese wichtige Information damals nur verschlampt?«, knurrte Daske.

»Wir hätten dieser verlogenen Fiona Peters auf jeden Fall viel früher auf die Finger klopfen können«, entgegnete Zabinski.

Noch bevor Daske weitere Überlegungen anstellen konnte, wen er zur Rechenschaft ziehen konnte, kam die Oberschwester zurück.

»Leider kann ich Ihnen nicht weiterhelfen. Der entsprechende Doktor arbeitet nicht mehr für uns. Er ist mittlerweile in das St. Vincenz-Krankenhaus nach Datteln gewechselt.«

»Könnten Sie uns den Namen des werten Herrn verraten?«

»Entschuldigen Sie, Herr Kommissar.« Sie errötete leicht. »Der Arzt hieß Peters. Doktor Tim Peters.«

Daske machte ein grimmiges Gesicht. Das konnte kein Zufall sein.

***

Daske stand mit Zabinski in der wärmenden Frühlingssonne vor dem Prosper-Hospital.

Die Aussage der Oberschwester hatte ihn regelrecht aus den Schuhen gehauen.

Fiona Peters hatte Paul Biedermeier vor dessen Verschwinden im Krankenhaus besucht. Sie war bei ihrem Freund im Krankenhaus gewesen, obwohl sie das damals in der ersten Befragung bestritten hatte. Sie hatte entschieden verneint, etwas von dem Giftanschlag auf Biedermeier zu wissen.

Zweimal *Peters*.

Fiona hatte denselben Nachnamen wie der behandelnde Assistenzarzt Tim Peters.

Für Daskes Geschmack waren das eindeutig zu viele Peters'.

Er müsste dringend die Beziehung der beiden zueinander durchleuchten. Vielleicht waren sie miteinander verwandt und hatten im schlimmsten Fall etwas mit dem Verschwinden von Paul Biedermeier zu tun.

Daskes Gedanken spielten geradezu verrückt, als sein Handy vibrierte und Wesseling anrief.

»Karl, ich habe einen Hinweis auf die Todesursache gefunden«, sagte der Pathologe.

An Wesseling und dessen andauernde Untersuchung der Skelette hatte Daske in der letzten Stunde gar nicht mehr gedacht.

»Ich habe fünf Punktionsstellen auf dem linken Oberschenkelknochen von Fabian Dietz entdeckt«, fuhr der Pathologe fort. »Bei Biedermeier waren es insgesamt sogar sieben Löcher.«

»Einstiche?«

»Danach sieht es meiner Einschätzung nach aus«, bestätigte Wesseling. »Jemand muss den Verstorbenen mehrmals und heftig mit einem spitzen Gegenstand in den jeweiligen Oberschenkel gestochen haben. Eine gewisse Grobheit oder rasende Wut sind aufgrund der Tiefe der Löcher nicht auszuschließen.«

»Irgendwelche konkreten Vermutungen?«

»Ich würde tippen, dass der Täter in absolutem Furor den Opfern eine Kanüle mehrfach in den Oberschenkel gerammt hat.«

»Eine Spritze mit Wespengift?«, fragte Daske nahezu atemlos.

»Darauf würde ich mein gesamtes Hab und Gut verwetten. Um Gewissheit zu haben, werde ich versuchen, in dem geretteten Fußgewebe Abbaustoffe gegen Wespengift nachzuweisen. Es wird schwierig sein, aber ich werde es versuchen.«

Daske bedankte sich und beendete das Gespräch.

Zabinski schaute ihn fragend an.

»Wesseling hat Einstiche bei unseren Opfern nachgewiesen«, setzte er seinen Kollegen in Kenntnis und winkte dann ein Taxi herbei.

Die nächsten Minuten saßen sie schweigend nebeneinander und gingen ihren Gedanken nach. Daske ließ Zabinski am Präsidium aussteigen, damit dieser nähere Informationen über den Assistenzarzt Peters und dessen Verhältnis zu Fiona Peters zusammentragen konnte. Er ließ sich stattdessen direkt zu der Anschrift des Mediziners weiterfahren.

Da die Fahrt nur kurz dauerte, hatte Daske wenig Zeit gehabt, sich einen konkreten Plan zurechtzulegen. Es war gut möglich, dass Tim Peters nicht zu Hause war. Doch er wollte sich vor Ort umschauen und sehen, wie der Assistenzarzt wohnte. Vielleicht gab es einen abgeschiedenen Keller, der als Verlies für die beiden Opfer hergehalten hatte.

Peters wohnte unweit des Präsidiums an einem großzügigen Platz, der nach dem ehemaligen Reichskanzler Bismarck benannt war.

Daske ließ sich am Fuße der parkähnlichen Anlage absetzen und lief hastig durch die blühenden Baumreihen hindurch. Er hatte für die Schönheiten des Frühlings an diesem sonnigen Tag jedoch keinerlei Sinn, musste aber anerkennen, dass der Assistenzarzt in einer absolut idyllischen Lage wohnte.

Endlich erspähte Daske die ersehnte Hausnummer.

In dem eleganten Altbau wohnten sechs Parteien und der Mediziner hatte laut Klingelschild in der zweiten Etage sein Zuhause.

Ernst ließ Daske den Blick über die Fassade streifen. Die Chance auf einen geheimen Kerker im Keller war in diesem Mehrfamilienhaus schon einmal nicht gegeben.

Nachdem das Läuten überraschenderweise einen Türsummer zum Leben erweckt hatte, stieg er die knarrenden Holzstufen hinauf. Peters schien tatsächlich zu Hause zu sein.

Zu Daskes Erstaunen erwartete ihn ausgerechnet Fiona Peters auf dem Treppenabsatz vor der Wohnungstür. Die attraktive Blondine war anders als im Sommer letzten Jahres adäquat gekleidet und schaute ebenso verwundert drein wie er.

»Sie?«, entfuhr es beiden gleichzeitig.

Fiona Peters wirkte aufgeregt und Daske meinte, ein wenig Besorgnis in ihrem Blick zu erkennen.

»Sind Sie wegen meines Bruders gekommen?«, fragte sie.

Zumindest war ihr Verhältnis zu Tim Peters damit geklärt. Der Assistenzarzt war tatsächlich ihr Bruder.

»Hat Sie das Krankenhaus zu mir geschickt?« Sie zitterte leicht und hielt sich am verzierten Holzgeländer fest.

»Frau Peters, beruhigen Sie sich bitte«, sprach Daske in sanftem Tonfall auf sie ein. »Was ist denn überhaupt los?«

»Tim ist gestern Abend nicht nach Hause gekommen und auf dem Handy erreiche ich ihn nicht. Es geht immer nur die Mailbox ran.«

Ihr Blick wurde noch ein wenig hektischer, als sie merkte, dass Daske offensichtlich keine Ahnung von dem Verschwinden des Bruders hatte.

Er fasste sie schließlich sanft, aber bestimmend an der Schulter und führte sie in die Wohnung.

Drinnen war es geschmackvoll und teuer eingerichtet. Moderne und antike Möbel wechselten sich in gefälliger Eintracht ab. Daske ging mit ihr in die Küche und setzte einen Wasserkocher in Gang, um für die sichtlich mitgenommene Frau einen Tee aufzubrühen.

Während das Wasser sich allmählich dem Siedepunkt näherte, inspizierte er sämtliche Schränke und Schubladen nach Teebeuteln und Tassen.

Fiona Peters nahm von alledem keine Notiz. Sie starrte vor sich hin und wippte dazu leicht mit dem Oberkörper.

Erst als sie das heiße Getränk zwischen ihren Händen hielt und Daske am Tisch Platz genommen hatte, sah sie ihn an.

»Wann haben Sie Tim das letzte Mal gesehen?«, fragte Daske.

»Wir haben gestern Morgen vor der Uni zusammen gefrühstückt«, flüsterte sie.

»Sie wohnen zurzeit zusammen?«

»Seit Paul verschwunden ist, geht es mir nicht so gut. Tim hat mir deswegen angeboten bei ihm zu wohnen. Er hat mir in der schwierigen Zeit sehr geholfen.«

»War denn alles wie immer?«

»Ja. Er muss immer sehr viel arbeiten und ist auch am Wochenende häufig im Krankenhaus.«

»Und gestern Morgen?«, fragte Daske. »War da alles normal?«

»Er hatte ein Marmeladentoast und dazu einen Milchkaffee. Wir haben zusammen Radio gehört und nicht viel miteinander geredet. Alles war wie immer.«

»Und er ist dann gestern Abend nicht nach Hause gekommen?«

Sie schüttelte den Kopf und schluchzte.

»Kann es sein, dass Ihr Bruder nach der Arbeit noch eine Verabredung hatte?«, hakte er nach. »Vielleicht hat er sich mit einer Frau getroffen und ist über Nacht geblieben?«

»Ohne Bescheid zu sagen?« Fiona Peters blickte ihn empört an. »Mein Bruder hätte mir gesagt, wenn er eine Verabredung gehabt hätte.«

»Glauben Sie, dass ihm etwas zugestoßen ist?«

»Keine Ahnung«, flüsterte sie.

Daske strich sich durch seinen Schnauzbart.

Wenn er etwas Entscheidendes in Erfahrung bringen wollte, musste er ein wenig mehr wagen und vielleicht einen Schritt zu weit gehen.

»Wir haben gestern Ihren Freund Paul Biedermeier tot aufgefunden«, sagte er ohne Vorwarnung und fixierte Fiona Peters dabei mit scharfem Blick. »Er lag seit Monaten achtlos verscharrt in einem Waldstück.«

Er hatte ihr seine Worte förmlich ins Gesicht geschlagen und beobachtete ihre Reaktion. Doch sie rührte sich nicht vom Fleck. Kurz zuckten ihre Augenlider, dann starrte sie für einige Sekunden ins Leere.

Plötzlich entglitt ihr die Teetasse und zerbrach krachend auf dem Küchenboden. Im selben Augenblick rutschte sie vom Stuhl und klatschte in die Scherben und Lache aus Tee.

Daske sprang auf und kniete sich sofort neben sie. Er richtete sie ein wenig auf und hielt sie in den Armen. Sie zitterte am ganzen Leib.

Während er fürsorglich mit ihr auf dem Küchenboden hockte, musste er unwillkürlich an seine erste Begegnung mit der jungen Frau denken.

Damals hatte sie sich ähnlich schockiert und unwissend gezeigt, obwohl sie nachweislich gelogen hatte.

Vielleicht war Fiona Peters einfach nur eine verdammt gute Schauspielerin.

22

Trotz wilder Träume und einer unruhigen Nacht fühlte sich Daske ausgeruht und war voller Tatendrang. Die Besprechung am frühen Sonntagmorgen ließ die Mitglieder der Mordkommission geradezu euphorisch im Präsidium erscheinen. Die Nachricht des verschwundenen Assistenzarztes und seine Verbindung zu Paul Biedermeier hatte eingeschlagen wie eine Bombe. Niemand trauerte dem Sonntag hinterher und sogar Isabell und Zabinski wirkten gelöst, obwohl ihr Urlaubsflieger um kurz vor 23 Uhr abheben sollte. Sie hatten vorsorglich ihr Urlaubsgepäck mitgebracht und waren entschlossen, bis zur letzten Minute an dem Fall zu arbeiten.

Daske nahm genügsam zur Kenntnis, dass seine Tochter voll und ganz nach ihm kam. Sie war mit Leib und Seele Kriminalbeamtin und wollte die Ermittlungen, solange es ging, fortführen.

Insgeheim rechnete sich Daske aus, dass sie nach ihrem Urlaub wieder auf privater Ebene zusammenfinden würden. Für ihn war das Tischtuch zwischen ihnen noch nicht zerschnitten. Es hatte im letzten Jahr nur gefährlich viele Risse abbekommen. Irgendwann würde er Zabinski schon auf frischer Tat ertappen und dann würde sich alles zum Guten wenden.

Daske war darum bemüht, das Zusammentragen der Fakten kurz zu halten, denn sie wollten alle rasch ans Werk.

»Die Großfahndung nach Tim Peters läuft bereits auf Hochtouren, aber es gibt derzeit noch keinen konkreten Hinweis auf einen möglichen Aufenthaltsort des Gesuchten«, informierte er die Kollegen. »Fiona Peters wurde gestern nach ihrem Schwächeanfall ins Prosper-Hospital gebracht und ist stationär aufgenommen worden. Ich werde ihr auf jeden Fall im Laufe des Tages einen Besuch abstatten.«

»Während sich die Ereignisse bei Ihnen überschlagen haben, war unsere Haus-zu-Haus-Befragung im Grunde genommen verschenkte Zeit. Wir haben nicht eine vorzeigbare Zeugenaussage zu Tage gefördert.« Voss wirkte auf ihn ein wenig genervt. »Müssen wir heute noch mal alle Häuser abklappern und ein Bild von Tim Peters herumzeigen?«

»Nein, das wird nicht nötig sein«, entschied Daske. »Ich denke, es genügt, wenn wir Peters' Foto morgen mit einem Fahndungsaufruf an die Presse weiterreichen.«

Voss und Morgenstern zeigten sich erleichtert.

»Die Punktionsstellen auf den Oberschenkeln der beiden Skelette waren tatsächlich identisch mit einer Nadelspitze«, sagte Daske und hängte ein entsprechendes Foto an ein Flipchart. »Wesseling hat die Knochen nach seiner Entdeckung durch ein CT gejagt und tatsächlich einen Fremdkörper in Form einer Kanülenspitze entdeckt. Er hat mir gegenüber betont, dass der Druck, mit der die Nadel auf die Knochen geprallt war, immens gewesen sein muss.«

»Das ist echt krass«, entfuhr es Zabinski.

»Wenn ich bedenke, dass die beiden zuvor monatelang gefesselt waren, war dies sicherlich kein schöner Tod«, sagte Daske bitter. »Wesseling ist es zudem gelungen, aus dem fauligen Fußgewebe Abbaustoffe gegen Wespengift nachzuweisen. Wir haben es also unwiderruflich mit einem vierfachen Mörder zu tun.«

Nachdem sich das allgemeine Gemurmel gelegt hatte, erteilte Daske seiner Tochter das Wort.

»Wir arbeiten fieberhaft daran, von allen asservierten Gegenständen des Waldbodens menschliche DNA zu extrahieren«, berichtete Isabell.

»Wann seid ihr damit fertig?«, fragte Daske.

»Ich befürchte, dass das einige Tage in Anspruch nehmen wird. Der Leichenfundort war leider ein ziemlich großes Areal. Aber die Kollegen werden das auch ohne mich gut hinkriegen.« Sie lächelte Zabinski an, der nun seinerseits über die Geschwister Peters berichtete.

Tim Peters war 33 Jahre alt, stammte gebürtig aus Herten und hatte seine Kindheit und Jugend zusammen mit seiner Schwester Fiona im dortigen Elternhaus verbracht.

Er hatte Medizin an der Ruhruniversität in Bochum studiert und vor fünf Jahren erfolgreich seine Approbation erhalten. Direkt im Anschluss trat er seinen Dienst als Assistenzarzt im Prosper-Hospital an.

»So weit ein stringenter Lebenslauf«, merkte Zabinski an. »Erstaunlich ist allerdings, dass sich Tim Peters bereits kurz nach dem Verschwinden von Biedermeier ins St. Vincenz-Krankenhaus nach Datteln versetzen ließ.«

»Das ist allerdings erstaunlich«, murmelte Daske.

»Ob diese beiden Tatsachen im direkten Zusammenhang stehen, werde ich noch herausfinden müssen«, schob Zabinski schnell hinterher.

Im zweiten Teil seiner Recherche stellte er Fiona Peters näher vor.

Sie war 25 Jahre alt und hatte sich nach dem bestandenen Abitur für das Lehramt Grundschule eingeschrieben. Sie studierte an der Universität Duisburg-Essen wie ihr Freund Paul Biedermeier und dessen Kumpel Lorenz und Dietz.

»Ich möchte wetten, dass sie sich dort kennengelernt haben«, beendete Zabinski schließlich den kurzen Vortrag.

»Wie Fiona Peters und die drei ermordeten Jungs zueinanderstehen, hätten wir geklärt«, fasste Daske zusammen. »Es bleibt allerdings die Frage, ob Tim Peters mit den Jungs in Verbindung stand.«

»Meinen Sie, dass Tim Peters für die Mordserie verantwortlich ist?«, sprach Morgenstern aus, was scheinbar alle dachten.

»Ich kann es Ihnen nicht klar beantworten«, sagte Daske ehrlich. »Er hat zumindest viele Berührungspunkte mit dreien der vier Opfer.«

»Stimmt«, sagte Isabell. »Der zweite Mord passt wirklich überhaupt nicht ins Bild.«

Daske nickte. Sie mussten herausfinden, in welcher Beziehung Tim Peters zu der toten Frau vom Oktoberfest stand.

Dennoch ging ihm eine weitere Frage nicht aus dem Kopf.

Warum hatte Fiona Peters damals gelogen, als sie vorgab nicht zu wissen, dass ihr Freund im Krankenhaus liege?

Welche Rolle spielte sie in der Geschichte?

***

Daske lehnte sich in seinem Bürostuhl zurück. Die Besprechung war hervorragend gelaufen. Seine Tochter war trotz ihrer anstehenden Flitterwochen weiterhin tatkräftig involviert und sie zeigte ihm gegenüber nicht die befürchtete Ablehnung.

Die Arbeit mit ihr konnte so schön sein. Wäre da nicht ihr Alex.

Dienstlich konnte er seinem frischgebackenen Schwiegersohn nichts vorwerfen. Er arbeitete tadellos und brachte die Ermittlungen zielorientiert voran.

Dennoch konnte und wollte er sich nicht an Zabinski als neues Familienmitglied gewöhnen.

Aber er würde diesen ledernen Lustmolch schon noch im Puff erwischen und dann könnte Isabell endlich mit eigenen Augen sehen, was für ein feiner Kerl ihr Göttergatte war.

Doch es half nichts. Für den Augenblick war er auf Zabinskis Mitarbeit angewiesen.

Daske ging an das Waschbecken und benetzte das Gesicht ein wenig mit fließendem Wasser. Er musterte sich im Spiegel.

Schluck deine Gefühle runter und klär diesen Scheißfall endlich auf.

Das Telefon riss ihn aus seinen Gedanken.

Am anderen Ende der Leitung war der Polizeipräsident.

»Daske, mir sitzt seit heute Morgen die Politik im Nacken.« Sein Vorgesetzter kam direkt zum Punkt. »Ich werde Ihnen deswegen die Leitung in diesem Fall entziehen und dem Landeskriminalamt übertragen.«

Die Stimme des Vorgesetzten klang dabei anklagend und Daske erwiderte kein Wort. Dies war sein Fall. Er hatte sich mit der Suche nach dem Mörder seit einem Dreivierteljahr herumgeschlagen und sein Privatleben dafür geopfert. Es gab auf der ganzen Welt niemanden, der mit dem Fall vertrauter war als er. Aber seit wieder Bewegung in die Ermittlungen gekommen war, wollte man ihm die Lorbeeren stehlen.

»Sie haben bis morgen Zeit, Ihre Sachen in Ordnung zu bringen und die Übergabe vorzubereiten«, fuhr der Polizeipräsident fort.

Es entstand eine kurze Pause, in der niemand etwas sagte.

»Wenn die Arbeiten an dem Fall abgeschlossen sind, werden wir uns über Ihre weitere berufliche Perspektive als Leiter der Mordkommission unterhalten müssen«, schob sein Vorgesetzter nach. »Sie haben sich in letzter Zeit zu viele Abmahnungen durch Trunkenheit im Dienst eingehandelt.«

Daske grunzte und legte grußlos auf.

Es blieben ihm also noch 24 Stunden Zeit, um den Fall eigenständig zu lösen. Was danach kam, würde sich schon noch zeigen.

Da die Uhr gegen ihn tickte, ging er zurück in das Dienstzimmer, wo die gesamte Mordkommission auf ihn wartete. Geräuschvoll warf sich Daske auf seinen Platz und bemerkte erst dann, dass ihn alle Augenpaare erwartungsvoll anblickten.

»Ich habe mir in der Pause unsere Gedankenspiele noch einmal durch den Kopf gehen lassen«, sagte er schließlich und behielt das Gespräch mit dem Polizeipräsidenten erst einmal für sich.

»Wir sind uns alle einig, dass Biedermeier und Dietz aufgrund ihres Wissens über den Täter sterben mussten.«

Seine Kollegen blickten ihn zustimmend an.

»Das könnte theoretisch bedeuten, dass Tim Peters den ersten Mord an Lorenz begangen hat und von Biedermeier im Krankenhaus entlarvt wurde«, spann Daske den Bogen weiter. »Da Peters fürchtete, von Biedermeier verraten zu werden, musste er diesen und dessen Freund Dietz beseitigen.«

»Und da Peters ausgerechnet an dem Tag verschwindet, an dem wir die zwei Leichen von Biedermeier und Dietz im Wald finden, ist das fast wie ein Eingeständnis«, bemerkte Isabell.

Daske lächelte seine Tochter bestätigend an. Die Theorie klang schlüssig. Jetzt mussten sie seinen Gedankengang nur noch mit Beweisen füllen.

»Wie hat Peters von dem Leichenfund Wind bekommen?«, fragte Voss.

»Vielleicht war er zufällig in der Mollbeck spazieren.« Zabinski zuckte mit den Achseln. »Wir haben dort immerhin einen riesigen Rummel veranstaltet.«

Daske konnte den Gedankengang zwar nachvollziehen, war aber mit dieser Erklärung nicht zufrieden.

»Bei aller Euphorie bleibe ich aber immer bei der Frage hängen, warum mussten Martin Lorenz und Barbara Hartmann sterben«, warf Isabell einen anderen Gedanken ein. »Wir haben für beide Morde überhaupt kein Motiv.«

Daske sah seine Tochter anerkennend an. Sie verknüpfte immer alle Aspekte einer Ermittlung miteinander und war erst zufrieden, wenn das Gesamtbild stimmig war.

»Wir sollten definitiv die Wohnung der Geschwister Peters nach konkreten Hinweisen durchsuchen. Zabinski, Sie kümmern sich bitte darum und schauen sich dort mit Isabell gemeinsam um«, entschied er schließlich die weitere Vorgehensweise. »Des Weiteren möchte ich, dass sich Voss und Morgenstern noch einmal an den Rechner hängen und Tim Peters komplett durchleuchten. Informieren Sie sich, in welchen Vereinen Peters Mitglied war, welche Zeitschriften er gelesen hat und welche Bankkonten er unterhält. Ich will ein vollständiges Bild von dem sauberen Herrn Doktor bekommen.«

Daske klopfte auf den Tisch und gab damit das unmissverständliche Zeichen, dass die Sitzung hiermit beendet war.

Er selbst musste einer anderen Spur nachgehen.

***

Er fand Mark Sikora an seinem gewohnten Arbeitsplatz in der Leitstelle. Es war der modernste Raum im ganzen Präsidium und erst kürzlich aufwendig mit der neusten Technik ausgestattet worden. Sikora saß an einem großzügigen Schreibtisch mit unzähligen Bildschirmen in seinem Blickfeld und sprach gerade in ein Headset, als Daske zu ihm trat.

Er setzte sich auf die Schreibtischkante und wartete darauf, dass Sikora den Anruf beenden würde.

Daske hatte sich über Sikora zuvor mit dem Leiter der Leitstelle ausführlich unterhalten und war über dessen Werdegang bestens im Bilde.

Sikora war seit zehn Jahren im Polizeidienst und davon die letzten vier Jahre in der Leitstelle. Er hatte sich auf diese Position beworben, nachdem er zuvor auf einer Demo zwischen die Fronten von rechten und linken Lagern geraten war und schlimme Verletzungen davongetragen hatte. Eine tiefe Narbe in seinem Gesicht würde ihn wohl immer an diesen folgenschweren Tag in Dortmund erinnern.

»Daske von der Mordkommission«, beantwortete er Sikoras fragenden Blick, nachdem dieser sein Telefonat beendet hatte. »Es geht um eine Zeugenaussage im letzten Sommer. Aus den Dienstprotokollen geht hervor, dass Sie den Anruf entgegengenommen haben.«

Sikora schaute ihn leicht verdutzt an.

»Der Anruf kam von einer Schwester Susanne Kallwitz aus dem Prosper-Hospital und ihre Aussage ist für eine Ermittlung von großem Wert. Können Sie sich vielleicht erinnern, an wen Sie die Aussage weitergeleitet haben?«

»Nein, kann ich nicht.« Der Kollege wirkte leicht genervt. »Werfen Sie mir vor, schlampig gearbeitet zu haben, oder warum spionieren Sie mir nach?«

»Nein, beim besten Willen nicht«, sagte Daske entschieden. »Ich weiß ja selbst, dass Sie allein am Wochenende hunderte Notrufe haben. Ich hatte nur gehofft, dass Sie sich vielleicht erinnern würden.«

Sikora seufzte und klickte schließlich in seine dienstliche Korrespondenz. Nachdem er eine gefühlte Ewigkeit durch sein Postfach gescrollt hatte, fand er schließlich, wonach er gesucht hatte.

»Ich habe die Aussage von der Krankenschwester ordnungsgemäß an Ihr Sekretariat weitergeleitet.«

Daske sah die Mitteilung des Kollegen mit eigenen Augen. Schwester Susanne hatte tatsächlich eine Aussage gemacht.

Hatte Frau Eichler vergessen, ihm die Information zukommen zu lassen?

Hatte er die kleine Notiz in dem damaligen Tohuwabohu schlichtweg übersehen?

Im schlimmsten Fall hatte einer der Kollegen, die Nachricht verbummelt.

Voss, Morgenstern und seine Tochter waren allerdings über jeden Zweifel erhaben. Und selbst Zabinski mochte zwar Isabell mit perversen Sexspielchen im Puff betrügen, aber dienstlich war er integer.

Für sein Team würde er die Hand ins Feuer legen.

Vielleicht hatte er die Notiz sogar selbst verschusselt.

Daske beschloss die Sache erst einmal für sich zu behalten und ihr im Verborgenen nachzugehen.

***

Er fühlte sich jäh in den Sommer des letzten Jahres zurückversetzt, als er Paul Biedermeier im Krankenhaus besucht hatte und mit dem Assistenzarzt Tim Peters aneinandergeraten war. Nun saß Daske erneut in einem trostlos eingerichteten Zimmer auf der Inneren und wartete am Krankenbett von Fiona Peters darauf, dass diese endlich aufwachte. Er hatte der Krankenschwester zuvor geschworen, die Patientin nicht grob wachzurütteln und ihr die nötige Ruhe zu geben.

Ganze fünf Minuten hatte er sich bisher schon zusammenreißen können, aber die junge Frau erweckte nicht den Anschein, demnächst aufzuwachen.

Ungeduldig rüttelte er ein wenig an dem Krankenbett. Doch Fiona Peters zeigte keine Reaktion und schlief weiterhin tief und fest.

Daske rüttelte etwas stärker, bis die Patientin schließlich die Augenlider etwas fester zu presste und die Arme und Beine streckte.

Nach einigen Augenblicken blinzelte sie ihn schläfrig von der Seite an.

»Sie?«, fragte sie sichtlich verschlafen.

Dann wurde sie plötzlich munterer und Besorgnis legte sich in ihre Mimik.

»Haben Sie Tim gefunden?«, fragte sie mit belegter Stimme. »Sind Sie deswegen hier? Ist meinem Bruder etwas passiert?«

»Nein, Frau Peters. Wir haben ihn noch nicht gefunden«, konnte Daske ihr keine Klarheit über den Verbleib des Bruders geben. »Ich bin hier, weil ich von Ihnen noch einige Auskünfte benötige.«

Fiona Peters war die Enttäuschung deutlich im Gesicht abzulesen. Sie richtete sich aber ein wenig im Bett auf, sodass sie Daskes Fragen sitzend entgegennehmen konnte.

»Frau Peters, ich möchte ehrlich mit Ihnen sein. Wir suchen Ihren Bruder in erster Linie, weil wir denken, dass er für den Tod Ihres Freundes Paul verantwortlich ist«, sagte Daske in ernstem Tonfall. Er beobachtete ihre Reaktion. Die Zeit für langsames Abtasten war längst abgelaufen und er wollte keine Spielchen mehr spielen.

»Tim soll Paul umgebracht haben?«, krächzte sie ungläubig. »Das ist doch völlig absurd! Wie kommen Sie darauf?«

Daske ließ den Einspruch unbeantwortet und wechselte scheinbar unbeschwert in eine etwas andere Fragerichtung.

»Wie lange waren Paul und Sie ein Paar?«

»Wir waren seit fast drei Jahren zusammen«, flüsterte sie.

Ihre Stimme erstarb und brach schließlich ab. Tränen traten hervor und Daske reichte ihr umständlich ein sauberes Stofftaschentuch aus seinem Jackett.

Sie schluchzte herzzerreißend, sodass er ihr behutsam die Hand auf den Arm legte.

Die wichtigsten Männer in Fiona Peters Leben schienen tendenziell alle zu verschwinden.

»Kannten sich Ihr Freund und Ihr Bruder?«

»Ich habe Paul Tim natürlich vorgestellt. Aber letztes Jahr habe ich noch mit einer Freundin zusammen im Studentenwohnheim gewohnt, da habe ich meinen Bruder nicht häufig gesehen.«

»Wann haben Sie Ihrem Bruder Paul vorgestellt?«

»Das muss in unserem ersten Monat als Paar gewesen sein.« Sie wischte sich eine scheue Träne aus dem Augenwinkel, bevor sie weitersprach: »Wir waren zusammen auf einer Party an der Uni.«

»Haben sich die beiden gut verstanden?«

»Sie hatten sich an dem Abend in den Haaren.«

»Es gab Streit?«

»Streit würde ich es nicht nennen. Sie hatten einfach beide sehr viel getrunken.«

»Und danach?«

»Sie haben sich danach eigentlich nicht mehr gesehen.«

»Wusste er von Pauls Allergie gegenüber Insektenstichen?«

Fiona Peters hatte während der letzten Fragen die Bettkante mit den Augen fixiert, doch nun blickte sie auf und sah Daske direkt an.

Die Art der Frage schien ihr im ersten Moment unverständlich zu sein und darum wiederholte er sie erneut.

Fiona Peters ließ ihre Pupillen im Raum wandern und überlegte.

»Ich glaube, ich habe ihm davon erzählt«, sagte sie schließlich.

»Was haben Sie dabei genau gesagt?«

»Na, dass er eine Allergie gegen die Viecher hat und deswegen manchmal im Sommer einen kleinen Tanz aufführt.«

»War seine Allergie schlimm?«

»Es war eher eine leichte Allergie, aber er war früher als Kind von einer Wespe gestochen worden, als er im Garten ein Eis gegessen hat. Das hat ihn geprägt.«

»Er war also immer auf der Hut?«

»Na ja, er hat sich jetzt kein Eis oder Radler im Sommer verkniffen, wenn Sie das meinen. Aber er hat immer alles gecheckt, bevor er es sich in den Mund geschoben hat.« Sie verschränkte die Arme. »Was soll diese Fragerei? Glauben Sie, dass mein Bruder etwas mit Pauls Tod zu tun hat? Das wäre vollkommen lächerlich und absurd!«

Ihre Stimme hatte sich zum Schluss überschlagen und sie hatte vor Aufregung rote Flecken am Hals bekommen.

Daske nahm den Einspruch zur Kenntnis. Dennoch wollte er sich nicht in die Karten blicken lassen und behielt daher seine konkreten Vermutungen weiter für sich.

»Wusste Ihr Bruder auch von der Allergie von Pauls Freund Martin Lorenz?«

»Nein. Darüber haben wir nie gesprochen.«

»Aber Sie wussten davon?«

»Klar. Martin und Paul waren die besten Freunde. Martins Allergie war allerdings wesentlich schlimmer als Pauls«, schob sie mit Nachdruck hinterher.

»Eine letzte Frage habe ich noch. Wieso haben Sie uns damals belogen, als Sie behauptet haben, nicht bei Paul im Krankenhaus gewesen zu sein?«

»Tim hatte mir gesagt, dass Paul auf dem Festival Drogen konsumiert hat und mir geraten, deswegen nichts der Polizei zu sagen. Er befürchtete, dass Sie mich in Ihre Ermittlungen gegen Paul reinziehen würden.«

»Wir haben Ihnen eindeutig zu verstehen gegeben, dass auf Paul ein Mordanschlag verübt worden war.«

»Tim hatte gesagt, dass Sie versuchen würden, mich mit einer Finte zu einer Aussage zu bringen.«

»Hatten Sie denn etwas zu verbergen?«

»Natürlich nicht, Herr Kommissar.«

Daske erhob sich und reichte ihr schließlich die Hand.

»Frau Peters, ich hoffe, dass Sie schnell wieder auf die Beine kommen«, sagte er ehrlich. »Trotzdem muss ich Sie bitten, dass Sie sich für weitere Fragen zur Verfügung halten.«

Daske verließ das Prosper-Hospital und machte sich wieder auf den Weg zum Präsidium. Er stand unter dem Eindruck des Rätsels Lösung einen entscheidenden Schritt nähergekommen zu sein.

Während des Gesprächs fühlte sich Daske in seiner Annahme bestärkt, dass Tim Peters der lange gesuchte Mörder war. Er wollte den Freund seiner Schwester umbringen und hatte drei Menschenleben billigend in Kauf genommen.

War dies das Motiv eines krankhaft eifersüchtigen Bruders auf den Freund seiner Schwester?

Daske sog die frische Luft ein, während er um den Verkehrskreisel mit der gewaltigen Skulptur nahe dem Steintor lief.

Die tote Frau auf dem Oktoberfest passte jedoch nicht in das Schema des eifersüchtigen Bruders.

Sie schien überhaupt in gar kein Schema zu passen. Ihr Tod machte gar keinen Sinn.

Wenn ihn sein Gefühl nicht täuschte, schien mehr hinter den Morden zu stecken als bloße Eifersucht. Er war etwas Größerem auf den Fersen.

23

»Na, dann wollen wir mal«, sagte Isabell und warf Tim Peters Wohnungstür sanft hinter sich ins Schloss.

»Wie sollen wir vorgehen?«, fragte Zabinski, nachdem sie sich in der Diele Handschuhe übergestreift hatten.

»Wenn es für dich okay ist, würde ich mir erst mal einen Überblick über die Wohnung verschaffen.« Isabell verschwand postwendend im ersten Zimmer zu ihrer Linken, ohne seine Antwort abzuwarten.

Insgesamt gab es fünf Zimmer auf ungefähr einhundert Quadratmetern verteilt. Eine großzügige Küche, ein kleines zweckmäßiges Badezimmer, ein gemütliches Wohnzimmer, ein Schlafzimmer und ein Büro. Alle Räume wirkten auf sie bewohnt. Tim Peters war nicht Hals über Kopf geflohen. Erleichtert stellte Isabell fest, dass sich Fiona das Büro als ihr eigenes Zimmer zurechtgemacht hatte. Sie war zwar bei ihrem Bruder eingezogen, teilte sich aber zum Glück nicht mit ihm das Schlafzimmer.

Unwillkürlich stellte sie sich vor, wie Daske, nachdem ihre Mutter ihn rausgeworfen hatte, auf ihrer Couch übernachten würde. Eine irrwitzige Vorstellung.

Vielleicht würde die längere Auszeit allen guttun und sie könnten sich nach den Flitterwochen endlich wieder zusammenraufen. Sie nahm sich zumindest fest vor, ihrem Vater aus dem Urlaub heraus ein paar Postkarten zu schicken und den Kontakt langsam wieder aufzunehmen.

»Wenn du weiter so trödelst, kriegen wir unseren Flieger heute Abend nie«, frotzelte Zabinski, als sie wieder in der Diele stand.

»Jeder übernimmt ein Zimmer?«

»Ich übernehme das männliche Schlafzimmer.« Zabinski machte eine übertriebene sexistische Anspielung und grunzte dazu begleitend.

Genervt stöhnte Isabell auf, boxte ihm auf den Oberarm und ging stattdessen selbst zielstrebig in das Schlafzimmer. Auf männliches Platzhirschgehabe konnte sie gut und gerne verzichten.

Sie schloss die Tür hinter sich und sah sich zunächst in Ruhe in dem Raum um.

Das Schlafzimmer war in Weiß gehalten und ohne Schnörkel eingerichtet. Neben dem ungemachten Bett lag ein Kriminalroman aus Schweden und an der Wand hing ein gerahmtes Poster mit dem Skelett- und Muskelaufbau des Menschen. Ein moderner Kleiderschrank samt biederer Garderobe und ein Schreibtisch rundeten das Interieur ab. Der Assistenzarzt hatte sich offenbar einen kleinen Arbeitsbereich geschaffen, seitdem seine Schwester das eigentliche Büro bewohnte.

Der Schreibtisch war übersät von aufgeklappten Fachbüchern, einem Laptop und mehreren Collegeblöcken.

Er schien sich auf seine Facharztprüfung vorzubereiten.

Isabell hielt nach persönlichen Gegenständen Ausschau und entdeckte auf einem Regalbrett einen kleinen Pokal. Sie nahm ihn hoch und drehte ihn vor ihren Augen. *Tennisgemeinschaft Hüls, Vereinsmeister* war auf dem Wanderpokal eingraviert.

Neben dem Pokal stand ein gerahmtes Foto von Tim Peters mit einem älteren Herrn an Deck eines Bootes. Hinter den beiden war strahlender Sonnenschein, azurblaues Meer und wolkenloser Himmel zu sehen.

Isabell ließ den Raum noch einige Augenblicke auf sich wirken und versuchte, ein Gefühl für Tim Peters zu bekommen.

Auf den ersten Blick schien Peters zielstrebig seine Karriere im Sinn zu haben. Es hatte jedenfalls nicht den Anschein, dass der Assistenzarzt geplant hatte, bis auf Weiteres zu verschwinden.

Sie holte etliche durchsichtige Kisten aus dem Auto und verstaute Peters' Laptop, sämtliche Fotos, Unterlagen, medizinische Literatur, Briefe und Postkarten.

Zabinski war zeitgleich mit der Durchsuchung von Fiona Peters' Zimmer fertig und sie machten sich als Nächstes gemeinsam im Wohnzimmer ans Werk.

Das Mobiliar war hier nicht so modern, wie in den Schlafzimmern, sondern verband alte Möbel mit moderner Technik. Besonders der überdimensionierte Fernseher ließ Zabinski mit der Zunge schnalzen.

Die Küche und das Badezimmer hatten sie abschließend schnell durchgesehen und keine Gegenstände gefunden, die den gesuchten Mediziner verdächtig erscheinen ließen.

Nachdem sie sämtliche Kisten mit beschlagnahmten Materialien aus der Wohnung gebracht hatten, ging Isabell ein letztes Mal mit wachsamem Auge durch die einzelnen Räume.

Nachdenklich blieb sie in der Diele stehen und ließ ihren Blick schweifen.

Irgendetwas hatten sie übersehen. Plötzlich hielt sie inne und ging gezielt zu dem kleinen Schuhschränkchen.

Sie öffnete es und schlug sich mit der flachen Hand gegen die Stirn.

Volltreffer! Wer hätte es gedacht.

Aus dem Inneren des Schranks blickten sie zwei schwarze Lacklederschuhe für Herren an. Dieselben

Schuhe hatte sie im letzten Sommer schon einmal gesehen.

Es waren mit allergrößter Wahrscheinlichkeit die Schuhe des Wespengiftmörders.

***

Daske bereitete sich gerade auf die Telefonate mit den Eltern von Martin Lorenz, Fabian Dietz und Paul Biedermeier vor, als seine Tochter plötzlich im Türrahmen seines Büros stand.

»Wir sind wieder von der Wohnungsdurchsuchung zurück.«

Daske blickte überrascht auf und ließ den Kugelschreiber sinken.

»Habt ihr etwas Verdächtiges bei Peters entdeckt?«, fragte er und bemühte sich, nicht nervös zu wirken.

»Ich habe ein paar Lacklederschuhe gefunden, wie sie unser Täter damals auf dem Foto im Wohnmobil der Opfer getragen hat«, sagte sie. »Als Beweis für Peters' Schuld ist das natürlich dürftig.«

»Das wird nicht ausreichen«, stimmte er zu.

»Wir haben alles aus der Wohnung in die Kriminaltechnik gebracht und werden es weiter auswerten«, fuhr Isabell fort. »Bis jetzt deutet aber nichts auf eine geplante Flucht hin.«

»Wir werden Peters sicherlich bald finden und zu den Anschuldigungen befragen können«, sagte Daske.

Schließlich kam sie zum eigentlichen Grund ihres Besuchs: »Vielleicht ist es besser, wenn Alex und ich auf unsere Flitterwochen verzichten und den Fall zu Ende bringen. Wir können den Flug heute Abend sicherlich stornieren.«

Daske strich sich durch seinen Schnauzer und schaute aus dem Fenster in den blauen Frühlingshimmel. Er dachte ernsthaft über ihr Angebot nach und wog die Worte seiner Tochter ab. Einerseits wollte er nicht, dass sie mit diesem Widerling in den Urlaub flog, andererseits würde ihre Anwesenheit nicht dauerhaft zu einer Lösung des familiären Problems führen. Irgendwie hatte er das Gefühl, dass es ihnen allen guttäte, wenn zumindest für einen kurzen Zeitraum einige Landesgrenzen zwischen ihnen liegen würden.

»Ich weiß das sehr zu schätzen«, sagte er schließlich. »Aber wir werden das auch ohne euch stemmen können.«

»Ich könnte mit Alex reden«, wiederholte sie ihren Vorschlag.

»Nein, das ist nicht nötig. Du hast dir diese Auszeit mehr als verdient und die Ermittlungen sind bei uns in guten Händen.«

Nach deinem Urlaub werde ich Zabinski in seinem Ledertanga auf frischer Tat ertappen und wir werden unsere Beziehung zueinander retten, hätte er am liebsten hinzugefügt. Doch stattdessen sagte er nichts mehr und Isabell ließ ihn wieder alleine.

24

Daske saß zur Mittagszeit in seinem Büro und telefonierte die Eltern der drei toten Freunde ab. Er befand sich erst im zweiten Gespräch und hatte bislang wenig über die Geschwister Peters in Erfahrung bringen können, als der Anruf aus der Leitstelle kam und sämtliche Pläne für das weitere Vorgehen über Bord warf.

»EWALD1233, Huber hier. Ich bin gerade an dem verfallenen Hof in der Mollbeck«, presste der Kollege hervor. »Sie müssen sofort kommen. Hier ist alles voller Blut.«

»Sagen Sie mir, was Sie genau sehen.«

»Ich sehe Blut. Sehr viel Blut«.

»Wer blutet?«

»Ein Mann. Er sieht aus wie tot.«

»Haben Sie die Rettung verständigt?«

»Die ist schon hier.«

»Bleiben Sie, wo Sie sind«, befahl Daske. »Fassen Sie nichts an. Ich komme sofort.«

Schlagartig überkam ihn ein ungutes Gefühl.

Mit Blaulicht jagte er zum zweiten Mal innerhalb kürzester Zeit zur Mollbeck. Er bretterte die letzten Meter über einen holprigen Feldweg und strapazierte die Achsen seines Dienstwagens auf das Äußerste. Es wimmelte bereits von Einsatzkräften, als er hinter zwei Rettungswagen parkte.

Der kleine Hof war ein Schatten seiner Vergangenheit. Unwillkürlich ging von dem Gebäude eine dunkle Anziehungskraft aus, die fast ein wenig bedrohlich wirkte. Der Verfall war der Fassade deutlich anzusehen. Die Fenster waren eingeworfen worden und die Natur hatte das alte Bauernhaus fast komplett umschlungen. Das Dach war teilweise eingefallen und ein Abriss aufgrund der schrittweisen Vernachlässigung unumgänglich.

Nachdem er sich bei dem Kollegen Huber nach der aktuellen Lage erkundigt hatte, führte dieser ihn zu einem aschfahlen Mann von ungefähr fünfzig Jahren.

Mit zittriger Hand stellte sich der Mann als Bauleiter vor, der den baldigen Abriss des Hofs koordinierte. Er hatte sich offenkundig mehrmals übergeben und Speichelreste hingen in dem ansonsten gepflegten Vollbart.

»Er ist da drin«, keuchte der Mann. »Ich ...«

Abrupt erbrach er sich vor Daakes Füßen und starrte ausdruckslos geradeaus. Seine gesamte Körpersprache verdeutlichte einen großen Unwillen, nochmals in das Gebäude zu gehen.

Daske legte dem bemitleidenswerten Bauleiter eine Rettungsdecke um und wand sich ab, um den Hof alleine zu betreten.

Durch den geöffneten Spalt einer aus den Angeln gehobenen Tür gelangte er in eine Art Flur. Die Sonnenstrahlen reflektierten von den verwitterten Wänden, sodass er keine Taschenlampe benötigte. Es roch nach altem Mauerputz und erstaunlicherweise nach Frühling. Allerhand Graffitikünstler hatten sich jahrelang im Inneren des Gebäudes ausgetobt und ihren Müll vollkommen achtlos hinterlassen. Schweigend durchquerte er einen kleinen Vorraum und gelangte schließlich in einen großzügigen Wohnbereich.

Die Wände waren auch hier mit Graffiti übersät und wurden teilweise von Efeu und Brombeersträuchern überrankt, die sich tief ins Gebäude geschlängelt hatten.

Jemand hatte vor langer Zeit die *Tennenparty 2010* per Sprühdose großflächig ausgerufen und Unzählige waren dieser Aufforderung gefolgt. Offenkundig waren in den letzten Jahren viele Partys in dem verlassenen Gebäude über die Bühne gegangen. Leere Bierdosen und Schnapsflaschen verstreuten sich großzügig und der Vandalismus war ein fester Bestandteil im letzten Kapitel des Hofs gewesen.

Das sich darbietende Bild war absolut surreal und wurde durch den Menschen in der Mitte des Raumes nur noch hervorgehoben.

Dort saß ein Mann mit nacktem Oberkörper regungslos auf einem Stuhl und der Kopf war unnatürlich in den Nacken gefallen. Die Hände des Mannes waren hinter der entblößten Brust auf dem Rücken zusammengeschnürt und ein blutgetränktes Hemd lag achtlos weggeworfen auf dem Boden.

Eine ordentliche Menge Blut war hier verspritzt worden und hatte sich im Umkreis des Opfers großzügig verteilt.

Die Quelle des vielen Bluts war eine Schnittwunde, die sich quer über den Hals des Mannes zog. Sie hatte dazu geführt, dass der Kopf beinahe vom Rumpf abgetrennt worden war und deswegen weit nach hinten hing.

Der Mann war definitiv tot.

Daske hielt den Atem an und ließ die Szene auf sich wirken. Er würde Wesselings und Isabells Expertise zwingend gebrauchen. Er schluckte sein Unwohlsein herunter und näherte sich dem Mann von der Seite, um einen Blick auf dessen Gesicht zu werfen. Das ausgeströmte Blut wurde mit jedem Schritt bedrohlicher und tödlicher. Er bewegte sich vorsichtig und vermied es, in die Blutspritzer zu treten. Er stand nun ganz dicht neben der Person.

Daske starrte auf die riesige Wunde und die durchtrennte Halsschlagader. Fliegen labten sich bereits in der tödlichen Verletzung und setzten somit den Zyklus des Lebens gnadenlos fort.

Sein Blick war bisher ausschließlich auf die prägende Wunde fokussiert gewesen, doch nun fiel ihm die Hornbrille auf, die vor dem Opfer auf dem Boden lag. Er hatte diese Brille schon einmal gesehen. Der Mann trug mittlerweile einen buschigen Vollbart und das Kopfhaar war stoppelig kurzrasiert.

War das möglich?

Daske ging um den Stuhl herum und schaute direkt in das entstellte Gesicht des Toten.

Ihm stockte der Atem. Er hatte den Hauptverdächtigen in vier Mordfällen gefunden.

Tim Peters war tot.

***

Der kleine Vorplatz des verfallenen Hofs war mittlerweile überfüllt mit uniformierten Polizisten und Kriminaltechnikern in weißen Overalls.

Daske stand unter immenser Anspannung und tigerte wild gestikulierend hin und her.

Es war bereits der dritte Tote innerhalb von nur vier Tagen und die fünfte Leiche innerhalb eines Jahres. So konnte es nicht weitergehen.

»Ist es schlimm da drin?«, fragte Wesseling, nachdem er am Leichenfundort eingetroffen war.

»Es sieht fürchterlich aus. Einfach unfassbar viel Blut.«

Wesseling klopfte ihm auf den Rücken, als wolle er ihm Mut zusprechen.

Sie schlüpften in weiße Ganzkörperanzüge und stülpten sich Schutzhüllen über ihre Schuhe.

»Na, dann wollen wir mal.« Daske wies Wesseling den Weg in das verfallene Gebäude.

Der Hof hatte mittlerweile seine gespenstische Stille verloren und es herrschte durch die vielen Kriminaltechniker ein konzentriertes Treiben.

Daske und Wesseling gingen grußlos an den Kollegen vorbei und betraten schnellen Schrittes den großen Wohnraum. Der Tote saß immer noch gefesselt auf dem Stuhl in der Mitte des Raumes.

Sie näherten sich der Leiche, gingen einmal um sie herum und blieben schließlich genau vor ihr stehen.

Kritisch betrachtete Wesseling den leblosen Körper und trat auf den toten Assistenzarzt zu.

»Glatter Schnitt durch beide Arteriae carotis und beide Venae jugularis«, beschrieb er kühl in den verwahrlosten Raum hinein, wie die Halsschlagadern und die Halsvenen von Tim Peters durchtrennt worden waren. »Selbst die Luftröhre ist komplett durchtrennt und nur die Speiseröhre liegt noch an der Wirbelsäule. Der Tod wird rasch eingetreten sein. Ich würde auf ein sehr scharfes Messer tippen.«

Daske deutete auf ein paar kreisrunde braune Punkte auf Peters Oberkörper.

»Sieht nach Brandmalen aus«, sagte Wesseling und berührte eine der Wunden.

»Du denkst an Folterung?«, fragte Isabell, die plötzlich hinter ihnen stand.

Sie war unverkennbar soeben erst eingetroffen und war noch ein wenig aus der Puste.

»Es würde mir schwerfallen, dies auszuschließen«, sagte Wesseling.

»Peters ist dringend tatverdächtig und wird nun selbst gefoltert und getötet.« Daske konnte es nicht fassen. »Das ist doch vollkommen verrückt.«

Wesseling schüttelte lediglich den Kopf. »Diese Art der Ermittlung ist nicht mein Fachgebiet.«

»Was kannst du denn über den Todeszeitpunkt aussagen?«, hakte Isabell nach.

»Einen kleinen Moment.« Wesseling langte mit einer Hand an die Wade des Opfers.

Er legte die andere Hand auf dessen Knie und versuchte, mit einiger Kraftanstrengung den Verstorbenen aus dessen angewinkelter Haltung zu lösen. Die Streckung wollte ihm jedoch nicht gelingen.

»Die Totenstarre ist in den Beinen bereits eingetreten.« Wesseling blickte zu Isabell auf. »Ich nehme an, dass wir am Gesäß des Opfers die entsprechenden Leichenflecken finden werden.«

Isabell trat einen Schritt näher, um besser sehen zu können.

»Wenn ihr eine grobe Einschätzung von mir haben wollt, würde ich sagen, dass der Tod gestern – aber am wahrscheinlichsten eher vorgestern – eingetreten ist«, sagte Wesseling und erhob bedächtig seinen fülligen Leib.

»Also wurde Peters vorgestern nach der Arbeit im Krankenhaus erst ein bisschen gefoltert und dann hier ermordet«, interpretierte Daske.

»Zeitlich passt das in den Rahmen.«

Isabell war einen Schritt zurückgetreten.

»Wie man an den Blutspritzern eindeutig sehen kann, muss der Täter hinter dem Opfer gestanden haben. Die Blutfontäne hat sich zumindest gleichmäßig über den Boden verteilt.«

Wesseling deutete auf die Schnittwunde am Hals. »Darüber hinaus wurde der Schnitt von rechts nach links ausgeführt, wie man an den Enden der Einkerbungen deutlich erkennen kann.«

»Der Täter war Linkshänder?«, entfuhr es Isabell.

»Das ist deine Schlussfolgerung.« Wesseling zuckte mit den Schultern. »Ich sage euch lediglich, von wo der Schnitt ausgeführt wurde.«

Daske ließ die Information sacken und bemerkte, dass seine Tochter dicht an ihn herangerückt war. So nah waren sie sich in den letzten Monaten nicht ein einziges Mal gekommen. Und nun standen sie dicht beieinander und blickten auf eine grausam zugerichtete Leiche.

»Ich wäre hier fertig«, sagte Wesseling und zog sich die Handschuhe aus. »Die weitere Untersuchung erfolgt in meinem Autopsiesaal. Der Tote gehört damit erst mal euch.«

Daske zwang sich, noch ein wenig zu bleiben und seiner Tochter bei der Arbeit zuzuschauen.

Isabell machte zunächst einige Fotos von der Leiche und bugsierte das blutgetränkte Hemd des Opfers in eine beschriftete Plastiktüte. Danach entnahm sie allen Blutspritzern auf dem Boden DNA-Proben.

»Du müsstest mir mal zur Hand gehen, Karl.« Sie winkte ihn heran.

Ein wenig widerwillig löste er sich von seinem Beobachtungspunkt und half seiner Tochter die Leiche samt Stuhl vorsichtig auf eine Folie zu stellen. Er musste dabei gehörig aufpassen, dass der Kopf des Opfers nicht nach vorne schnappte.

Es hätte nicht mehr viel gefehlt und Daske hätte auf den Toten gekotzt.

Nachdem er sich verschnauft hatte, wechselte er mit seiner Tochter die Position.

Er löste Peters die Handfesseln, wobei Isabell den Oberkörper des Toten abstützte, damit dieser nicht ungebremst nach vorne kippte.

Es war ein simpler Knoten, der keine seemännischen Fertigkeiten voraussetzte. Aber er war viel zu aufgewühlt und hatte große Schwierigkeiten ihn zu lösen.

»Kunstfaser. Absolut reißfest und in jedem normalen Baumarkt zu kaufen«, merkte Isabell an, nachdem er ihr das dünne Seil übergeben hatte.

Sie legten die Leiche schließlich auf die Seite und seine Tochter rieb Rücken, Nacken und die Ohren von Peters mit Wattestieltupfern für weitere DNA-Proben ab.

»Der Täter muss hinter dem Opfer gestanden haben, als er ihm die Kehle durchschnitt«, erklärte sie ihm. »Gut möglich, dass er dabei einen Schweißtropfen oder ein Haar verloren hat.«

Daske nahm die Worte seiner Tochter kaum noch auf. Seine Schmerzgrenze war endgültig erreicht. Er musste raus aus diesem verdammten Hof und dringend an die frische Luft.

Als er sich draußen an die Wand des Gebäudes lehnte und angestrengt atmete, ertönten laute Rufe aus dem Inneren.

Ein Kriminaltechniker hatte im Anbau des Gebäudes eine Art Verlies gefunden, in welchem sich noch die Überreste menschlicher Exkremente befanden.

Sie hatten allen Anschein nach den Ort gefunden, an dem Paul Biedermeier und Fabian Dietz monatelang gefangen gehalten worden waren.

***

Mittlerweile war es später Nachmittag geworden. Daske hatte an dem verfallenen Hof nichts mehr ausrichten können und das Feld gänzlich den Kriminaltechnikern überlassen.

Nachdem sie zuvor in einer ausgehöhlten Fuge des Verlieses' den Personalausweis von Biedermeier entdeckt hatten, war Daske völlig außer sich geraten. Die Erkenntnis, dass die zwei Gesuchten direkt vor seiner Nase gefangen gehalten worden waren, hatte ihn schlichtweg rasend gemacht.

Er hatte seinen ersten Frust an dem bemitleidenswerten Bauleiter ausgelassen und ihn derart laut angebrüllt, dass seine Worte weit über die Felder zu hören gewesen waren.

Selbstverständlich traf den Mann keine direkte Schuld, das war Daske durchaus bewusst, aber im ersten Moment waren die Emotionen mit ihm durchgegangen. Biedermeier und Dietz waren kaum jünger als seine Tochter gewesen.

Nun saß er im Präsidium mit der Mordkommission zusammen. Isabell war ebenso wie Zabinski immer noch anwesend. Sie würden jedoch bald zum Flughafen aufbrechen müssen.

»Fünf Tote in neun Monaten.« Daske fiel es immer noch schwer sich zu beruhigen.

Er hatte die Bilder des Verlieses viel zu deutlich vor sich. Auf dem blanken Boden war ein wenig Stroh ausgeworfen worden, auf welchem die Gefangenen monatelang geschlafen und vor sich hinvegetiert hatten. Daske hatte zudem zwei leere Wasserflaschen auf dem Boden entdeckt, die schon Grünspan angelegt hatten. Die zwei Jungs mussten absolute Höllenqualen erlitten haben.

Zu allem Überfluss hatte Isabell ihm einen Eimer gezeigt, indem die Notdurft der beiden Freunde aufgefangen worden war. Das Gefäß war wahrscheinlich nie geleert worden.

Daske schlug mit der Faust gegen ein Whiteboard, sodass dieses krachend zu Boden fiel. Er musste die Bilder aus dem Hof irgendwie abschütteln.

»Das ist einfach scheiße!«

Er stiefelte wutschnaubend durch den Besprechungsraum und fluchte dabei vor sich hin.

»Warum zum Henker wird der einzige Verdächtige, den wir seit Langem präsentieren können, plötzlich ermordet?«, rief er immer noch aufgebracht den Kollegen zu. »Das kann doch nicht wahr sein!«

Niemand wagte es nur in Ansätzen, ihn zu unterbrechen. Als er an seinem angestammten Platz vorbeikam, blieb er stehen und ließ sich schwer auf den Stuhl fallen.

»Was bleibt uns jetzt noch von den Ermittlungen gegen Peters übrig?«, fragte er schließlich in ruhigem Tonfall in die Runde hinein.

Nachdem sich die Mitglieder der Mordkommission während Daskes Toberei ruhig verhalten und verlegen zur Seite geschaut hatten, waren nun alle Augenpaare wieder auf ihn gerichtet.

»Ich glaube, wir sind da auf etwas gestoßen«, sagte Voss plötzlich. Sie war mit Morgenstern nicht am Hof gewesen. »Wir konnten endlich die Bankdaten von Peters durchgehen und uns ist da etwas aufgefallen.«

Daske hob aufmerksam eine Augenbraue.

»Peters hat über mehrere Jahre jedes Quartal 5.000 Euro auf das Scheinkonto einer Briefkastenfirma im Ausland überwiesen«, fuhr sie fort. »Insgesamt 100.000 Euro.«

Zabinski pfiff durch die Zähne.

»Zwei Sachen sind dabei richtig interessant«, sagte Voss. »Zum einen überwies Peters die ersten 5.000 Euro zeitgleich mit seinem Berufsstart als Assistenzarzt und zum anderen hören die quartalsweisen Überweisungen direkt vor dem ersten Mord im letzten Jahr auf.«

»Das können keine Zufälle sein.« Daske nickte Voss und Morgenstern anerkennend zu. »Haben Sie eine Vermutung, was hinter den Zahlungen steckt?«

»Von Steuerhinterziehung bis zu illegalen Wertanlagen können wir aktuell nichts ausschließen.«

»Könnte es sein, dass er von Biedermeier und seinen Freunden erpresst wurde und deswegen seine Peiniger getötet hat?«, warf Zabinski ein.

Daske zuckte mit den Schultern. Er wollte auch diese Möglichkeit nicht ausschließen.

»Fiona könnte mit Biedermeier und Co ihren Bruder erpresst haben«, führte Zabinski seine Idee weiter aus. »Wir finden den toten Biedermeier und sie tötet in Rage den eigenen Bruder.«

»Ich glaube, an diesem Punkt geht Ihre Fantasie dann doch ein wenig zu weit.« Daske schüttelte energisch mit dem Kopf.

»Außerdem passt der Mord auf dem Oktoberfest überhaupt nicht in deine Theorie, Alex«, pflichtete Isabell ihrem Vater bei.

Daske nahm wohlwollend zur Kenntnis, dass seine Tochter Partei für ihn ergriff. Er fuhr sich durch den Schnauzer und verstummte für einige Minuten.

Er dachte erneut an das Verlies.

Peters konnte die Morde unmöglich alleine begangen haben. Er musste einen Komplizen gehabt haben.

Ihm war dieser Gedanke bereits gekommen, als er in die leblosen Augen des Assistenzarztes geblickt hatte. Doch jetzt fand er endlich die Ruhe, die Ereignisse auf sich wirken zu lassen. Besonders die monatelange Gefangenschaft von Biedermeier und Dietz bereitete ihm Kopfschmerzen. Dies war unmöglich die Tat eines Einzelnen.

Plötzlich schlug er sich mit der Hand vor die Stirn.

»Was wäre, wenn Peters tatsächlich erpresst wurde und von seinem Erpresser gezwungen wurde, die Morde zu begehen?«

Vier Augenpaare guckten ihn relativ entgeistert an.

»Ich weiß selbst, wie verrückt das klingt.« Daske konnte seinen Gedankengang selbst kaum glauben. Zumal er Zabinski mehrfach wegen seiner ausgefallenen Theorien abgekanzelt hatte.

»Falls dem so ist, müssen wir herausfinden, weswegen Peters erpresst wurde«, sagte er. »Finden wir den Erpresser, finden wir auch den Mörder.«

»Wir sollten also dringend die beschlagnahmten Sachen aus Peters' Wohnung durchsehen und schauen, ob es Hinweise auf eine Erpressung gibt«, füllte Isabell seine Worte sofort mit Taten.

Daske war mehr als einverstanden.

»Ich werde in der Zwischenzeit erneut Fiona Peters auf den Zahn fühlen.«

25

Es war richtig spät geworden und Daske ärgerte sich, dass das Telefonat mit dem Landeskriminalamt derart lange gedauert hatte. Viel vertane Zeit, nur um die Übergabe der Ermittlungen am nächsten Tag zu regeln. Immerhin sollte erst mal nur ein Landeskriminalbeamter zur Sichtung der Ermittlungen zu ihnen geschickt werden. Der hochrangige Beamte sollte die Lage vor Ort auskundschaften, bevor die ganze Kavallerie anrücken würde.

Die Zeit drängte, wenn er die Ermittlungen selbst zu Ende bringen wollte.

Auf den Fluren des Prosper-Hospitals war die dämmrige Nachtbeleuchtung eingeschaltet worden und seine schnellen Schritte störten eindeutig den Hausfrieden.

Fiona Peters lag noch wach in ihrem Bett und schaute irgendeinen Krimi im Fernsehen, als er ihr Zimmer betrat.

»Guten Abend, Frau Peters«, übertönte Daske den Monolog des TV-Ermittlers.

»Haben Sie meinen Bruder gefunden?«, platzte es aus ihr heraus. »Sie haben ihn gefunden! Nicht wahr?«

Die junge Frau hatte sich kerzengerade im Bett aufgerichtet. Ihre Wangen glühten vor Aufregung.

»Es geht um die Erpressung Ihres Bruders«, ließ sich Daske nicht aus dem Konzept bringen und setzte direkt alles auf eine Karte. »Warum haben Sie uns das verschwiegen?«

»Sie haben mich nicht danach gefragt, Herr Kommissar«, verteidigte sie sich. »Ist er tot?«

Daske überhörte die Frage erneut und machte innerlich einen Haken auf seiner Liste. Tim Peters war tatsächlich erpresst worden. Sie hatte ihm soeben seine Theorie bestätigt. Als wäre es das Natürlichste auf der Welt.

»Ihr Bruder wurde in den letzten Jahren um 100.000 Euro erleichtert. Wissen Sie, warum er erpresst wurde?«

Sie zuckte mit den Schultern.

»Er hat gesagt, dass ihm jemand von früher etwas anhängen will. Ich weiß aber wirklich nicht, worum es ging.«

Daske bemerkte das leichte Flackern in Fiona Peters' Augen. Er war sich sicher, dass ihm die junge Frau erneut irgendetwas verschwieg und ihn vielleicht sogar anlog.

»Wissen Sie, wer ihn *von früher* erpresst hat?«

»Ich mische mich nicht in die Angelegenheiten meines Bruders.« Sie verschränkte die Arme vor der Brust.

»Trotzdem hörten die Forderungen des Erpressers auf, als Ihr Freund verschwand und Sie bei Ihrem Bruder eingezogen sind.«

»Ich habe keine Ahnung, was Sie meinen. Ich ...«

»Jetzt passen Sie mal auf«, zischte Daske ungehalten. »Binden Sie mir keinen Bären auf. Sie haben Ihren Bruder zusammen mit Biedermeier erpresst.«

Fiona Peters wurde kalkweiß und riss die Augen weit auf.

»Was sagen Sie da?«, stammelte sie. »Ich habe nichts mit der Erpressung zu tun. Ich habe mir große Sorgen um meinen Bruder gemacht.«

»Erzählen Sie mir keine Märchen«, knurrte Daske. »Sie wissen genau, warum Ihr Bruder erpresst wurde.«

Tränen kullerten Fiona Peters über das Gesicht und ihr ganzer Körper bebte. Sie stand kurz davor erneut zusammenzubrechen. Viel Zeit blieb Daske nicht mehr.

»Helfen Sie mir«, flehte er. »Helfen Sie mir, Ihren Bruder zu entlasten.«

Sie schnäuzte in ein Taschentuch und sah ihn verzweifelt an.

»Er rief mich in einer Nacht im letzten Sommer an und sagte, dass sein Leben ihm gerade entgleiten würde.« Sie schluchzte. »Er hatte riesengroßen Mist gebaut und sei richtig am Arsch.«

»Er meinte die Erpressung?«

»Ja, er hat mir in dieser Nacht alles gebeichtet.«

»Alles?«

»Er hat seinen Abschluss an der Uni damals gefälscht und hätte die Approbation niemals bekommen dürfen.« Sie verzog das Gesicht.

Tim Peters war kein legitimer Mediziner gewesen und hatte sich seinen Berufsstand nur erschwindelt.

»Das ist in der Tat nicht die feine englische Art«, sagte Daske und hatte Mühe, seine Überraschung zu verbergen.

Er versuchte, die Aussage der jungen Frau einzuordnen. Jemand war dem vermeintlichen Assistenzarzt auf die Schliche gekommen und hatte ihn wegen der gefälschten Approbation erpresst.

Zum ersten Mal hatte Daske das Gefühl, dass Fiona Peters ihm wirklich die vollständige Wahrheit sagte und die Emotionen nicht gespielt waren.

»Sie sagten, dass sich Ihr Bruder Ihnen im letzten Sommer anvertraut hat«, griff Daske ihre Worte auf. »Genau zu dieser Zeit stoppten die Zahlungen an den Erpresser«, fuhr er weiter fort und legte sich seine nächsten Worte behutsam zurecht. »Wir gehen davon aus, dass Ihr Bruder genau dann zum Mörder geworden ist.«

Er musterte Fiona Peters, konnte aber keine Reaktion im Gesicht der jungen Frau ablesen.

»Wir denken, dass Ihr Freund Biedermeier der Erpresser Ihres Bruders war, und dass Tim ihn und seine beiden Freunde deswegen getötet hat.«

Fiona Peters war während der Anschuldigungen stillschweigend in sich zusammengesunken und hatte ihr Gesicht zwischen ihren Beinen vergraben. Sie würde nichts mehr sagen.

Daske blickte sie mitleidig an und seufzte innerlich. Viel schlimmer konnte es für die junge Frau nicht mehr kommen und dennoch musste er ihr nun vom Tod ihres Bruders berichten.

***

Daske schob Fiona Peters in einem Rollstuhl vor sich her. Die Todesnachricht ihres Bruders hatte ihr sprichwörtlich den Rest gegeben und sie sah furchtbar aus.

Ihre roten Augen hatten tiefschwarze Ringe und die Haut war fahl. Ihre Haare standen wild in alle Richtungen ab und Nasensekret hing um ihren Mund. Es wirkte, als wäre ihre betörende Schönheit für immer verblasst.

Daske sah nach dem langen Tag allerdings auch ziemlich mitgenommen aus. Er benötigte dringend eine Dusche, frische Kleidung und ein paar Stunden Schlaf. Die Krawatte baumelte nur noch provisorisch um seinen Hals und die Wangen waren vor Müdigkeit gerötet.

Daske ließ Fiona Peters in ihrem Rollstuhl auf dem Flur stehen und ging zunächst alleine zu Wesseling, der erstaunlicherweise vollkommen munter aussah.

Erleichtert nahm er zur Kenntnis, dass Wesseling die Leiche bis auf das Gesicht mit einem grünen Tuch abgedeckt hatte. Ein erneuter Blick auf die furchterregende Halsschnittwunde blieb ihm somit erspart.

Daske deutete auf die Leiche unter dem grünen Tuch. »Kannst du mir schon was Näheres sagen?«

»Aufgrund der Schneiderichtung kann ich bestätigen, dass der Täter ein Linkshänder ist«, sagte Wesseling. »Wobei der Täter den todbringenden Schnitt definitiv von hinten ausgeführt haben muss.«

Er imitierte die Bewegungen des Täters.

»Die Tiefe des Einschnitts zeugt eher davon, dass der Täter männlich ist«, fuhr er fort. »Nur ein sehr starker Mann kann ein Schneidewerkzeug mit solcher Kraft durch menschliches Gewebe führen.«

»Die Tatwaffe war ein Messer?«

»Da bin ich mir sicher. Jedenfalls verlaufen die Ränder der Wunde glatt und nicht ausgefranst, wie sie vielleicht entstanden wären, wenn ein deutlich stumpferer Gegenstand durch den Hals gepflügt hätte.«

Erstmalig war im Laufe der Ermittlungen nicht das Gift einer Wespe als Tatwaffe verwendet worden.

Hatte sich Peters mit seinem Erpresser oder Komplizen überworfen und war deswegen getötet worden?

Der Tod des Assistenzarztes versprach jedenfalls nicht nur Aufklärung, sondern brachte auch neue Rätsel zum Vorschein.

Die eigentliche Identifizierung von Tim Peters dauerte schließlich keine zwei Sekunden. Nachdem Daske Fiona Peters in den Saal geschoben hatte, erhob sie sich mit seiner Hilfe schwerfällig aus dem Rollstuhl. Sie warf einen kurzen Blick auf das Gesicht des toten Mannes und brach sofort in seinen Armen zusammen. Sie hatte in der Leiche eindeutig ihren Bruder erkannt und Daske konnte sie wieder zurück zur Krankenstation bringen, wo ihr der Nachtdienst ein Beruhigungsmittel verabreichen musste.

***

Wieso er diesen Weg einschlagen hatte, wusste er selbst nicht genau. Er musste nach diesem anstrengenden und nervenaufreibenden Tag eigentlich dringend nach Hause.

Doch der Gedanke an die abgestandene Kneipenluft und das unaufgeräumte Chaos in seiner kümmerlichen Wohnung trieben ihn stattdessen zum Präsidium. Der Gedanke an sein Büro hatte eine beruhigende Wirkung.

Die Kollegin am Eingang grüßte ihn gelangweilt, als er das Gebäude betrat. Er zog sich zunächst einen Kaffee am Automaten und nahm einen kleinen Umweg zu seinem Büro. Die Flure waren zu dieser Zeit menschenleer und seine Schritte hallten in den Gängen wider.

Er schaute kurz in den Arbeitsräumen der Mordkommission vorbei und traf natürlich niemanden mehr an. Die Kollegen waren alle in ihrem wohlverdienten Feierabend oder hatten sich in ihre Flitterwochen verabschiedet, während er unstet durch das Gebäude lief.

Als er schließlich an seinem Schreibtisch saß, sah er eine E-Mail von Voss. Sie ließ ihn wissen, dass sie in den beschlagnahmten Unterlagen von Tim Peters keine Hinweise auf einen Erpresser gefunden hatten. Dennoch hatten sie weitere Indizien dafür gefunden, dass Peters sehr wahrscheinlich die Wespengiftmorde begangen hatte.

Daske starrte für einen Moment ins Leere.

Seit einem Dreivierteljahr hatte er den Tag herbeigesehnt, an dem sie den Wespengiftmörder endlich überführen würden, doch nun war dieser selbst bestialisch ermordet worden. Sie hatten zwar einige Indizien gegen Peters gesammelt, aber sie würden nun nie sein Geständnis bekommen.

Nein, ihm war in diesem Augenblick überhaupt nicht zum Jubeln zumute.

Daske strich sich durch den Schnauzbart.

Peters hatte den Abschluss seines Medizinstudiums nicht geschafft und deswegen seine Approbation gefälscht. Er war ein Hochstapler gewesen und jemand war ihm voraussichtlich auf die Schliche gekommen und hatte ihn um eine hohe Geldsumme erleichtert.

Als die Erpressung schließlich stoppte, wurde Peters zeitgleich zum Mörder und tötete mit großer Sicherheit vier Menschen.

Daske nahm die Brille ab und rieb sich die Augen. Er knipste die kleine Schreibtischlampe aus und saß für einige Minuten nahezu bewegungslos in der Dunkelheit.

Der Erpresser wird zum Mordkomplizen und schließlich selbst zum Mörder.

Seine wilde Theorie nahm immer mehr Gestalt an.

Trotzdem ließ ihn das Gefühl nicht los, dass er irgendetwas übersehen hatte.

Plötzlich sprang er auf und verließ hastig das Büro. Er lief schnurstracks in den Flügel der Kriminaltechnik. Ohne weitere Umschweife betrat er das große Labor, in dem nur noch ein einziger Kriminaltechniker anwesend war. Der Mann lag mit dem Kopf auf einer Tischplatte und ein leichter Speichelfaden rann ihm aus dem Mundwinkel. Neben dem Techniker stand ein großer Apparat, der für die Extraktion von DNA verwendet wurde. Daske erinnerte sich daran, dass ihm Isabell einmal erklärt hatte, wie ein Thermocycler und die weiteren Schritte für die Bestimmung von DNA funktionierten.

Gerade, als der Speichelfaden des Kriminaltechnikers auf den Tisch zu tropfen drohte, gab der Thermocycler ein ohrenbetäubendes und schrilles Surren von sich.

Der schlafende Kollege schreckte augenblicklich auf und schlug sich zweimal mit der flachen Hand gegen die Wangen. Er gähnte lautstark und stellte schließlich das Gerät aus.

»Sind das die Proben vom Hof?«, fragte Daske.

Der Kriminaltechniker fuhr erschrocken herum und blickte ihn vollkommen entgeistert an.

»Vom Hof und der Pathologie.« Er nickte benommen. »Ich werde die ersten Ergebnisse allerdings erst am frühen Morgen haben, Herr Kommissar.«

Daske klopfte ihm dankbar zum Abschied auf die Schultern. Er sollte die wenigen Stunden bis zum Morgengrauen nutzen, um ein wenig Schlaf zu finden.

26

Das Klingeln des Telefons riss ihn aus dem Tiefschlaf. Draußen dämmerte es leicht und er war im ersten Moment vollkommen desorientiert.

Wo war er?

Er konnte sich nicht daran erinnern, irgendetwas geträumt zu haben. Er fühlte sich lediglich ausgebrannt und leer.

Es dauerte einige Augenblicke, bis er endlich die vertraute Umgebung seines Büros erkannte und die Erinnerung langsam zurückkam.

Er war gestern Nacht nach dem kurzen Abstecher in die KTU wieder zurück in sein Büro gegangen und hatte bei geöffnetem Fenster zunächst einen Zigarillo geraucht. Er hatte eine Flasche Whiskey aus dem Schreibtisch geholt und nach dem dritten Glas die Füße hochgelegt. Danach verschwamm alles.

Er musste im Bürostuhl eingeschlafen sein.

Das Telefon schrillte gnadenlos weiter und er spürte sofort die einsetzenden Kopfschmerzen. Daske wand sich mühevoll aus dem Jackett, welches ihm als Decke ausgeholfen hatte, und langte quer über den Schreibtisch nach dem Hörer. Dabei stieß er gegen die immer noch geöffnete Whiskeyflasche und fluchte lauthals über den spärlich verschütteten Inhalt.

»Wusste ich doch, dass Sie schon im Büro sind«, krähte der Kriminaltechniker von gestern Nacht. »Die DNA-Proben sind in zirka 20 Minuten fertig. Ich dachte, dass Sie das vielleicht interessieren würde.«

»Danke.« Daske legte ohne ein weiteres Wort auf.

Schwerfällig erhob er sich aus seiner nächtlichen Ruhestätte und schälte sich aus dem Hemd. Er roch an dem Kleidungsstück und verzog das Gesicht.

Das Hemd stank regelrecht nach Kneipe. Er roch dazu noch nach Schweiß und sein Atem bestand hauptsächlich aus altem Whiskey und ungeputzten Zähnen.

Seufzend öffnete er den Wandschrank und entnahm ihm einen Kulturbeutel, ein neues Hemd sowie frische Unterwäsche, welche er genau für solche Momente im Büro deponiert hatte.

Mit dem alten Hemd wischte er noch schnell den verschütteten Whiskey vom Schreibtisch und schleppte sich schließlich im Unterhemd zu den Gemeinschaftsduschen im Keller.

Nachdem er fast fünf Minuten unter der warmen Dusche ins Leere gestarrt hatte, rasierte er sich noch hastig die Bartstoppeln aus dem Gesicht und föhnte im Anschluss die Haare. So langsam kam die Lebensenergie wieder zurück und er lief mit einem Kaffee in der Hand schließlich zur KTU.

Er fand den Kriminaltechniker erneut im großen Labor vor. Der Kollege saß bereits am Laptop. Seine Wangen waren mit Bartstoppeln übersät und der blonde Pferdeschwanz stand struppig ab. Es wirkte nicht so, als wenn er eine erholsame Nacht hinter sich hatte. Der Kriminaltechniker trank einen tiefen Schluck von einem Energydrink und gähnte herzhaft.

»Guten Morgen«, begrüßte ihn Daske knapp. »Ist das Ergebnis jetzt da?«

Der Kollege schaute kurz vom Display auf und schüttelte den Kopf.

Daske setzte sich an einen freien Tisch und trank schweigsam seinen Kaffee.

Nach ein paar Minuten verkündete schließlich eine große Apparatur in einer Ecke des Labors, dass es die Arbeit vollendet hatte. Die DNA-Extrakte waren nach stundenlanger Prozedur endlich fertig und ein aufgeregtes Kribbeln stieg in Daske auf.

Der Kriminaltechniker stand scheinbar vollkommen unbeeindruckt auf und verband seinen Laptop wortlos mit dem Gerät. Danach zog er sich einen weißen Kittel und Laborhandschuhe über und öffnete die Apparatur.

»Ich habe insgesamt 90 Extrakte aufbereitet und kann jetzt auf meinem Laptop sehen, welche der extrahierten Proben DNA enthalten oder welche unbrauchbar sind«, erklärte er. »Viele der Proben sind unvollständig oder vom Opfer selbst. Außer die hier ...« Er tippte auf seinen Bildschirm. »Wir haben bei Probe 23 einen Treffer.«

Daske war von seinem Platz aufgestanden und hatte sich hinter den Kriminaltechniker gestellt.

Die Probe war ein Abrieb von den Fesseln des getöteten Tim Peters und hatte tatsächlich ein vollständiges Profil hervorgebracht, das nicht dem Opfer gehörte. Der Kriminaltechniker druckte sich das Profil aus, speiste die relevanten Ergebnisse in ein anderes Programm ein und rief dann die DNA-Analysedatei auf, um einen Abgleich vorzunehmen.

Die beiden Männer starrten gebannt auf den Bildschirm, während der Rechner das extrahierte DNA-Profil mit der Datenbank abglich.

Plötzlich stockte ihm der Atem. Das Programm hatte einen Treffer angezeigt. Daske schaute gebannt auf den Bildschirm.

Ihm rutschte mit einem Mal das Herz in die Hose und jemand zog ihm gleichzeitig den Fußboden unter den Füßen weg.

Er starrte ungläubig auf das Ergebnis.

Das konnte nicht sein.

Träumte er noch?

War er derart übernächtigt?

Er schloss die Augen, zählte bis zehn und blickte erneut auf den Bildschirm.

Nichts hatte sich verändert.

War das wirklich möglich?

Irgendetwas war in ihren Ermittlungen gehörig schiefgelaufen.

»Überprüfen Sie das erneut«, befahl er dem Kriminaltechniker. »Verlieren Sie zu niemandem ein Sterbenswort!«

***

In den Räumlichkeiten der Mordkommission angekommen, ließ sich Daske auf einen Stuhl fallen. Die Kopfschmerzen waren mit Vehemenz zurückgekehrt und er starrte für einige Zeit ins Nichts. Er saß vollkommen regungslos und schmeckte den Restalkohol auf der Zunge, während sich die Gedanken in seinem Inneren überschlugen.

»Wir haben einen Treffer«, hörte er die frohlockenden Worte des Kriminaltechnikers nachhallen.

Der Moment, als sich das DNA-Profil vor ihren Augen geöffnet hatte, hatte sich für immer in sein Gedächtnis eingebrannt.

Sie hatten irgendwo einen riesigen Fehler begangen.

Daske war vollkommen unruhig und sein Magen zog sich unwillkürlich zusammen.

Sie mussten einen Fehler gemacht haben. Anders war das Ergebnis nicht zu erklären.

Er würde alles noch einmal unter die Lupe nehmen und dabei jeden noch so kleinen Stein umdrehen müssen.

Mit einem Mal wurde ihm jedoch bewusst, dass Isabell heute nicht zum Dienst erscheinen würde.

Ausgerecht er hatte sie davon überzeugt, in den Flieger zu steigen und die Ermittlungen den Kollegen zu überlassen. Doch genau jetzt hätte er Isabell unbedingt vor Ort gebrauchen können.

»Die DNA lügt nicht«, hörte er seine Tochter sagen und starrte verzweifelt zur Decke. Er würde dringend mit ihr telefonieren müssen.

Er war immer noch dabei, die Gedanken zu sortieren, als Voss und Morgenstern schließlich parallel zum Dienst erschienen. Daske wischte die bösen Vorahnungen beiseite und versuchte, eine professionelle Miene aufzusetzen.

Die nächsten Schritte sollte er am besten allein bewerkstelligen. Je weniger Kollegen von seinen Plänen wussten, desto besser. Er musste die erneute Analyse der DNA durch die Kriminaltechnik abwarten, bevor er die engsten Mitarbeiter einweihen würde.

Bis dahin musste er Morgenstern und Voss mit weiteren Aufgaben versorgen und die beiden förmlich in Arbeit ertränken.

Morgenstern hatte zur Verwunderung aller frisches Gebäck mitgebracht und so saßen sie für eine kurze

Zeit kauend, kaffeetrinkend und vor allem schweigend im großen Ermittlungsraum zusammen, bis es pünktlich um neun Uhr an der Tür klopfte und Frau Eichler den Beamten vom Landeskriminalamt hereinbrachte, der die Leitung in diesem Fall übernehmen sollte.

Zu Daskes Überraschung hatte das LKA eine Frau geschickt.

***

Er nahm sich neue Kittel, Mundschutz, Handschuhe, Haarnetz und Schuhüberzieher aus dem Schrank. Alles war steril und er hatte extra eine komplett neue Verpackung angebrochen. Nach dem höchstwahrscheinlich verunreinigten DNA-Ergebnis vom frühen Morgen überließ der Kriminaltechniker nichts mehr dem Zufall.

In komplett steriler Montur betrat er schließlich das Labor und ging sehr bedacht zu dem Materialschrank. Er holte zwei Flaschen hochprozentigen Ethanol heraus und dazu ein steril verpacktes Tuch.

Großflächig goss er die desinfizierende Flüssigkeit auf den Arbeitsbereich, sodass sich zwei große Lachen bildeten. Er nahm sodann das sterile Tuch und begann das Ethanol sorgsam zu verreiben. Er vertraute auf nichts mehr.

Mit dem getränkten Tuch ging er zu den technischen Geräten und reinigte diese ebenso penibel. Wobei er das Tuch immer wieder mit Ethanol tränkte.

Mehr als eine Stunde putzte er konzentriert jeden Zentimeter des Arbeitsbereichs. Erst danach war er mit seinem Werk zufrieden und wähnte das Labor frei von fremden Einflüssen.

Es war alles lupenrein und absolut steril.

Dieser Fehler wird mir nicht noch einmal passieren, dachte er sich und bleckte hinter dem Mundschutz die Zähne.

Er würde die Ergebnisse vom Morgen mit einer erneuten DNA-Bestimmung widerlegen und den Ruf seiner Abteilung wiederherstellen.

Bis dahin würde er auf eigene Faust arbeiten, sich niemandem anvertrauen und schweigen. Wie er es dem Kriminalhauptkommissar versprochen hatte. Spätestens heute Abend sollte sich dann alles aufgeklärt haben.

Der Kriminaltechniker holte schließlich die gesicherten Gegenstände vom verfallenen Hof heraus und untersuchte sie abermals. Er widmete den Fesseln des Getöteten dabei besondere Aufmerksamkeit, denn immerhin stammte davon das womöglich verunreinigte Ergebnis.

Insgesamt setzte er weitere neunzig DNA-Extrakte zur erneuten Bestimmung auf. Er hatte vorab sogar die Plastiktüten mit den Spuren vom Tatort von außen mit Ethanol gereinigt und dasselbe mit den verpackten Wattestieltupfern gemacht. Er wurde langsam, aber sicher paranoid.

Erst als die Extrakte endlich in der großen Apparatur verschwunden waren, gestattete er sich kurz durchzuatmen. Der Stress der letzten Stunden nagte an ihm und es ärgerte ihn, dass ausgerechnet er dieses fälschliche DNA-Profil analysiert hatte.

Seit Isabell in den Urlaub aufgebrochen war, trug er die Verantwortung und er wollte die Kollegin nicht enttäuschen. Aber es würde schon alles gut gehen und sich der Irrtum aufklären.

Sein Herz raste dennoch und er war ungewöhnlich angespannt. Er müsste die Zeit der DNA-Gewinnung irgendwie rumkriegen und sich die nächsten Stunden in Geduld üben.

Es war zum Verrücktwerden.

***

Daske klickte nervös mit seinem Kugelschreiber.

Die Einweisung des LKAs dauerte seit drei Stunden an und sie wälzten quälend langsam sämtliche Akten, die sich im Laufe der Mordserie angehäuft hatten.

Er konnte jedoch an nichts anderes denken als an den DNA-Treffer vom Morgen. Er hatte es bislang für sich behalten und hoffte inständig, dass es der Kriminaltechniker ebenso tat.

Die Durchsicht der Ermittlungsordner erschien ihm nun als unsinnige Zeitverschwendung. Es brodelte in ihm und er konnte seine Nervosität nur schwer im

Zaum halten. Er musste hier raus und etwas Sinnvolles tun.

Er schaute auf die Uhr.

Gleich 12.

»Ich muss leider mal kurz austreten. Mir ist nicht gut«, flunkerte Daske. »Mir ist wohl Morgensterns Gebäck auf den Magen geschlagen.«

Ohne eine Antwort der Kollegen abzuwarten, verließ er fluchtartig den Raum.

Es war an der Zeit, sich der Frau vom LKA schnellstmöglich und elegant zu entledigen. Er musste die Ermittlungen ab sofort von allen unbemerkt fortführen.

Auf dem Weg zu seinem Schreibtisch verschaffte er sich Zugang zu Voss' und Morgensterns Büro und holte sich in drei Etappen sämtliche beschlagnahmten Gegenstände aus Peters Apartment.

Nach dem letzten Beutezug schloss er seine Tür von innen ab. Er wollte auf keinen Fall gestört werden.

Bevor er sich an die Arbeit machte, probierte er erneut, Isabell auf dem Handy zu erreichen. Seit dem Morgen hatte er sie stündlich angerufen und ihr Speicher war bereits gut mit seinen Sprachnachrichten gefüllt.

Wieder sprang die Mailbox an. Ihr Handy war immer noch ausgeschaltet.

Daske überlegte kurz, was er als Nächstes tun sollte und schrieb seiner Tochter kurzerhand eine knappe E-

Mail. Vielleicht hatte sie eine schlüssige Erklärung für die Verunreinigung in den DNA-Spuren.

***

Tim Peters grinste und lachte. Mal streckte er die Zunge raus oder prostete seinem Gegenüber gefällig zu.

Daske untersuchte seit einer guten Stunde sämtliche portablen Festplatten sowie den Laptop des vermeintlichen Mediziners nach auffälligen Fotos. Praktischerweise hatte Peters den Zugang zu seiner Cloud auf dem Laptop abgespeichert und ermöglichte Daske somit Zugriff auf die Bilder der letzten zwanzig Jahre. Mit Hilfe eines Fotodruckers erschuf er somit schrittweise eine bizarre Collage und bekam langsam ein tiefgreifendes Gefühl für den Ermordeten.

Als Erstes machte Daske eine interessante Entdeckung.

Peters hatte im letzten Jahr nahezu täglich die belanglosesten Fotos gemacht, nur an den Tagen um die beiden Morde auf dem Musikfestival und dem Oktoberfest hatte er nicht ein einziges Foto geschossen.

War das ein Zufall? Nein, an Zufälle glaubte er schon lange nicht mehr. Die Lücke in Peters Bildern war durchaus ein weiteres Indiz für dessen Schuld.

Passenderweise fand er abermals ein paar Tage im November, die ohne Fotos vergangen waren. Ein zusätzlicher Anhaltspunkt, um den Tod von Biedermeier und Dietz einzukreisen.

Daske ließ die Fotocollage ein wenig auf sich wirken.

Die Biografie des jungen Mannes war komplett aus dem Ruder gelaufen.

Was war dem Mann widerfahren, dass er ein Mörder geworden war?

Daske schätzte, dass er noch ungefähr eine Stunde ungestört dieser Frage nachgehen könnte. Danach würde die Kollegin vom LKA sicherlich nach ihm sehen und wieder auf seine wertvollen Dienste zurückgreifen wollen.

Er musste sich beeilen.

Als Nächstes schaute er sich die Bilder aus den Jahren vor den Morden an. Er war sich sicher, dass die Erpressung und die Mordserie in einem unmittelbaren Zusammenhang standen, und hoffte auf weitere Indizien.

Die Fotos zeigten zunächst Krankenhaus- und Unialltag im lockeren Wechsel und dazwischen immer wieder Familiengeburtstage und diverse Partys. Auf den Fotos der Familienfeiern tauchte endlich auch Fiona Peters auf. Die junge Frau sah betörend aus und wirkte unbekümmert. Allerdings fand er keine Hinweise, die Rückschlüsse auf die Mordserie oder die Erpressung zuließen.

Er klickte auf den chronologisch ältesten Ordner, den Tim Peters *Kinder- und Jugendzeit* genannt hatte.

Daske musste bei dem Anblick der Frisuren und Mode aus den 90er-Jahren schmunzeln. Er bekam die digitalisierten Fotos der ersten heiligen Kommunion sowie sämtliche Klassenfotos und Geburtstage zu sehen. Familie Peters machte auf ihn einen harmonischen Eindruck.

In den 2000er Jahren wurde die Qualität der Bilder durch die ersten Digitalkameras sofort merklich besser. Und Daske stellte fest, dass die Häufigkeit von belanglosen Fotos rapide zunahm.

Als er die Fotos von Tim Peters' Abiturzeit durchging, verharrte er plötzlich bei einem Bild. Irgendwas hatte in Daskes Hinterkopf geklickt.

Peters posierte auf diesem Bild zusammen mit seinen Eltern und der jungen Fiona auf seinem Abiball. Die Familie hatte sich schick gemacht und sah glücklich aus. Die Eltern platzten förmlich vor Stolz und strahlten um die Wette.

Daskes Interesse galt der zweiten Familie auf dem Foto. Tim Peters hielt einen jungen Mann freundschaftlich im Arm und beide jubelten über ihr bestandenes Abitur in die Kamera.

Daske stockte der Atem.

Den Vater des Freundes hatte er schon einmal gesehen. Genau genommen hatte er ihn vor Ewigkeiten eines schweren Verbrechens überführt und verhaftet.

Er erinnerte sich nicht sofort, worum es in dem Fall im Detail ging, aber den Vater hatte er definitiv schon einmal gesehen. Der Name des Mannes war ihm für den Moment entfallen, aber er würde sich die dazugehörigen Akten schnellstmöglich heraussuchen.

Daske schnitt Familie Peters aus dem Bild heraus und druckte sich nur die Familie des Freundes aus.

Als er das Bild endlich in den Händen hielt, musterte er den jungen Abiturienten. Ihm kam der Teenager komischerweise bekannt vor. Bevor er den jungen Mann jedoch eingehender betrachten konnte, ließ ihn sein Handy hochschrecken.

Seine Hoffnung, dass ihn Isabell endlich zurückrief, wurde jedoch enttäuscht.

Der Name *Lothar Barthel* leuchtete in seinem Display auf und Daske dämmerte es.

Er hatte gestern nach seinem dritten Whiskey einen sehr theatralischen Anruf getätigt.

Er kannte Barthel von der Polizeischule und die beiden verband eine lange Freundschaft. Als Isabell noch klein gewesen war, hatten die Daskes und Barthels gemeinsame Urlaube in der Normandie und auf Texel verbracht. Mittlerweile war Barthel ein hohes Tier beim BKA geworden und hatte Möglichkeiten, die Daske manchmal auch gerne zur Verfügung hätte.

Es geht um Leben und Tod. Du musst mir dringend helfen.

»Du hast gestern wirklich dramatisch geklungen, Karl«, sagte Barthel. »Ich kann nur hoffen, dass das nicht nur am Alkohol lag.«

»Kannst du mir einen Namen nennen?«

»Du bringst mich noch in Teufels Küche, Karl. Es war in der Kürze der Zeit echt nicht leicht, aber mir waren ein paar Leute einen Gefallen schuldig und ich konnte den Kontoinhaber herausfinden.«

»Ich höre.«

»Der Name deines Erpressers ist ein gewisser Tobias Alexander Schultenhöfer.«

Daske fiel es wie Schuppen von den Augen.

Schultenhöfer war der Name des damals inhaftierten Mannes auf dem Foto in seinen Händen.

27

Langsam hob und senkte sich das T-Shirt über seiner Brust. Die Atmung war gleichmäßig und er schlief geradezu leise. Nächtliche Stille lag zaghaft auf ihnen und erlaubte ihr eine eindringliche Konzentration auf seine Atemzüge.

Sie waren allein und ein Meer aus Sternen schimmerte auf die beengte Schlafstätte.

Sie hatten die ganze Nacht davor im Flugzeug verbracht und waren in glühender Hitze gelandet. Im Anschluss hatten sie den gemieteten Campervan bezogen und sich erst mal häuslich eingerichtet. Nach einem großen Einkauf waren sie gut hundertfünfzig Kilometer ins Landesinnere gefahren, hatten eine kleinere Wanderung durch die Natur unternommen und das Abendessen unter freiem Himmel zubereitet. Es hatte Fleisch vom Grill gegeben und das gekühlte Bier hatte ihren durstigen Kehlen gutgetan.

Die Hitze des Tages hatte sich schlagartig verzogen und die Nacht war abrupt und sehr früh über sie hereingebrochen. Sie hatten noch kurz im Schein der Kerzen gesessen, doch dann war ihr Mann schlaftrunken in den Wagen geklettert.

Isabell hatte noch eine Weile die nächtlichen Geräusche der Wildnis auf sich wirken lassen und war ihm schließlich in den Schlafbereich gefolgt.

Nun betrachtete sie ihn eingehend im Schlaf. Er hatte die Zeitverschiebung scheinbar mühelos verkraftet und mit den veränderten Tageszeiten überhaupt keine Probleme.

Eigentlich sollten wir nicht hier sein.

Nachdem sich die Ereignisse durch Peters' Tod förmlich überschlagen hatten und die bisherigen Ermittlungen komplett auf den Kopf gestellt worden waren, wäre sie am liebsten in Recklinghausen geblieben.

Doch Alex und sogar ihr Vater hatten sie letzten Endes davon überzeugt, die Flitterwochen wahrzunehmen.

Isabell griff nach ihrem Tablet und schaltete es ein. Sie konnte nicht anders. Sie musste kurz in Erfahrung bringen, was sich in der Heimat getan hatte und ob sie der Lösung des Falls einen Schritt nähergekommen waren.

Das Handy hatte sie den ganzen Tag über nicht eingeschaltet und wollte es bewusst die nächsten Wochen abgeschaltet lassen.

Alex und sie hatten sich im Vorfeld extra eine teure Digitalkamera gekauft, damit sie nicht in Versuchung kamen, die Handykameras zu benutzen. Sie wollten vollständig aus dem Alltag abtauchen.

Isabell aktivierte schließlich den Datentransfer an ihrem Tablet und es dauerte eine Weile, bis die virtuelle Brücke nach Hause stand.

Es war unfassbar. Sie befanden sich mitten im Nirgendwo, waren bestimmt hundert Kilometer von der nächsten Zivilisation entfernt und dennoch war sie in der Lage, ihre E-Mails zu checken.

Sie überflog die Betreffzeilen der ungelesenen Mails und scrollte sich durch die Nachrichten.

Plötzlich hielt sie inne.

Ihr Vater hatte tatsächlich eine Mail geschrieben.

Das konnte nichts Gutes bedeuten.

›Liebe Isabell,

ich möchte dich nicht im Urlaub stören, aber es ist wirklich dringend.

Ist es möglich, dass die Spurensicherung auf dem alten Hof unabsichtlich verunreinigt worden ist?‹

Typisch Karl, dachte sie und verdrehte leicht verärgert die Augen.

Ihr Vater hielt sich nie lange mit Sentimentalitäten auf und kam immer sofort zum Punkt.

›Ich hoffe, du kannst uns helfen.‹

Isabell schloss die Augen und grübelte.

Sie erinnerte sich genau, wie sie die verbrauchten Materialien zur Spurensicherung vor dem letzten Einsatz ergänzt hatte. Sie hatte in bewährter Routine gehandelt und nicht über jeden einzelnen Handgriff nachdenken müssen.

War ihr dennoch ein Fehler unterlaufen?

War sie aufgrund ihrer Vorfreude auf den Urlaub unkonzentriert gewesen?

Isabell starrte auf das Display des Tablets.

›Ich hoffe, du lässt dir von mir nicht die Urlaubsstimmung verderben.

Hab dich lieb,

Karl‹

Ihr Vater hatte seine Nachricht tatsächlich mit einer persönlichen Note beendet, aber sie nahm dies nicht mehr wahr.

Es ärgerte sie, dass vermutlich durch ihr Missgeschick eine Verunreinigung vorlag. Die Kollegen würden die vorhandenen Spuren vom Tatort nachprüfen und ihre Validität bestätigen müssen.

Dennoch war sie sich erst mal keiner direkten Schuld bewusst und überdachte den letzten Arbeitstag Schritt für Schritt.

Es gefiel ihr überhaupt nicht.

Ausgerechnet jetzt war sie im Urlaub und besaß keinerlei Chance, die Ergebnisse im Präsidium zu korrigieren.

Leise legte sie das Tablet weg und zog ihren Schlafsack bis zur Kinnspitze hoch, während die Nacht draußen unaufhaltsam voranschritt und die Temperatur merklich senkte.

Sie würde Alex besser nichts von der Mail erzählen. Er würde sich nur aufregen und ihr Vorhaltungen machen.

Sie hörte ihn förmlich sagen, dass sie ständig an die Arbeit dachte und keinerlei Entspannung finden könne.

In diesem Zuge war sie genauso schlimm wie ihr Vater.

Mit einem Mal sehnte sie sich danach, sich an seine starke Schulter anzulehnen. Ihr Leben lang hatte er ihr den Rücken freigehalten und sie vor allem Unheil beschützt.

Sie würde sich nach den Flitterwochen mit ihm aussöhnen müssen.

Isabell legte den Kopf auf das Kissen und schloss die Augen. Sie wusste, dass sie es schwer haben würde, Schlaf zu finden.

›Ich hoffe, du kannst uns helfen.‹

Sie war beunruhigt.

28

Daske hatte die Tür zum Büro sperrangelweit offen gelassen und rannte eilig über die Gänge des Präsidiums. Er musste, so schnell es ging, in das Archiv im Keller und hoffte sehnlichst, dass er auf keinen Fall der Kollegin vom LKA begegnen würde.

Es galt um jeden Preis irgendwelche Fragen bezüglich seiner stundenlangen Abwesenheit zu verhindern.

Nachdem Daske durch seinen Freund beim BKA die wahre Identität des Erpressers erfahren hatte, hatte er sofort ein ungutes Gefühl gehabt.

Der identifizierte Tobias Schultenhöfer war ein ehemaliger Schulfreund von Tim Peters und hatte den vermeintlichen Mediziner um 100.000 Euro erleichtert. Barthel hatte dies sorgsam in Erfahrung gebracht.

Hastig stürzte Daske in das Archiv und stellte zufrieden fest, dass der Archivar scheinbar in der Pause weilte. Er schloss die Tür hinter sich und trat zu dem verwaisten Computer auf einem kleinen Schreibtisch am Eingang.

Mit zittrigen Fingern gab er *Schultenhöfer* in die interne Suchmaschine ein und wartete ungeduldig auf das Ergebnis.

Er wusste nicht mehr viel über den alten Fall und hatte auf dem Weg ins Archiv nicht viel Zeit gehabt, eingehend darüber nachzudenken. Dennoch war er sich sicher, dass er damals den Vater von Tobias Schultenhöfer inhaftiert hatte.

Der Rechner spuckte ihm schließlich eine lange Zahlenkombination aus und Daske notierte sich die Nummern.

Im Anschluss dauerte es ein wenig, bis er sich in den Gängen des Archives zurechtgefunden hatte und die entsprechenden Kartons mit den Akten gefunden hatte.

Daske trug alle Unterlagen heimlich in sein Büro und öffnete den ersten Karton.

Während er in den Akten las, kamen die Erinnerungen allmählich zurück.

Der Fall hatte sich nur ein paar Wochen nach der Abiturfeier der beiden Schulfreunde Tim Peters und Tobias Schultenhöfer ereignet. Daske war damals frisch ans Polizeipräsidium Recklinghausen gewechselt und selbst noch ein einfacher Kriminalbeamter. Er war einem Kriminalhauptkommissar Jähnig an die Seite gestellt worden, der kurz vor dem Ende seiner beruflichen Tätigkeiten stand.

Als die Pensionierung des Kollegen nur noch zwei Monate entfernt gewesen war, hatte sich in der Innenstadt ein spektakulärer Banküberfall ereignet, der mit einer getöteten Geisel kurz vor der niederländischen Grenze endete. Einer der Täter war vor Ort von einem Spezialeinsatzkommando erschossen worden und der zweite Bankräuber entkam.

Daske erinnerte sich, wie Jähnig den Fall damals unbedingt noch vor seiner Pensionierung hatte lösen wollen.

Eines Morgens hatte Daske ihr gemeinsames Büro betreten und der Kollege hatte ihm mit Uwe Schultenhöfer vollkommen unerwartet einen Verdächtigen präsentiert. Der Beschuldigte war in der Woche vor dem Überfall mehrfach von den Kameras der Bank gefilmt worden und Daskes Vorgesetzter war schließlich auf ihn aufmerksam geworden.

Schultenhöfer senior hatte damals fast täglich kleine Geldbeträge am Schalter der Bank abgehoben und dieses verdächtige Verhalten im Verhör nicht schlüssig erklären können.

Für Jähnig hatte dies letztendlich ausgereicht, um Schultenhöfers Schuld als bewiesen anzusehen, und er hatte den Familienvater vor dessen Reihenhaus filmreif verhaften lassen.

Der Beschuldigte hatte passenderweise kurz zuvor seine Anstellung als Stahlarbeiter verloren und ausgerechnet bei der betroffenen Bank durch einen Hauskauf eine hohe Schuldensumme angehäuft.

Daske blätterte sich tiefer und tiefer durch die Akten und sein Magen zog sich immer weiter zusammen.

Er fand schließlich mehrere Verhöre, in denen Schultenhöfer senior unbeugsam seine Unschuld beteuert hatte. Zu seinem Unglück hatte er kein entlastendes Alibi vorgelegt und niemand hatte ihn mit einer Aussage aktiv entlasten können.

Daske dämmerte es langsam, dass der Kollege Jähnig damals trotzdem auf dem falschen Dampfer unterwegs gewesen war.

Die Ermittlungen waren nicht stimmig und rund. Daske erinnerte sich plötzlich genau, wie er sich als jüngerer und unerfahrener Kriminalbeamter nicht getraut hatte, seinem Vorgesetzten zu widersprechen. Er hatte die Ermittlungen nicht in Frage gestellt und somit indirekt dazu beigetragen, dass Schultenhöfer Senior unschuldig in Untersuchungshaft festgehalten worden war.

Er blätterte in der letzten Akte ein paar Seiten weiter und dann fiel es ihm von selbst wieder ein.

Noch bevor es zu einem großen Prozess vor dem Landgericht Bochum gekommen war, hatte sich Uwe Schultenhöfer schließlich mit einem zusammengeknoteten Bettlaken in seiner Zelle erhängt.

Daske starrte auf die vor ihm liegende Akte. Er hatte den Fall und dessen tragisches Ende vollkommen verdrängt.

Besorgt fuhr er sich durch den Schnauzbart und ein übler Gedanke machte sich plötzlich in ihm breit.

In ihm erwuchs der immer stärker werdende Eindruck, dass Tobias Schultenhöfer nicht nur von Tim Peters viel Geld erpresst hatte, sondern dass er letztendlich hauptverantwortlich für die vier Morde war. Er hatte die erschwindelte Approbation des vermeintlichen Mediziners als Druckmittel benutzt und Peters förmlich instrumentalisiert.

Kleine Schweißperlen bildeten sich auf seiner Stirn, während sich in seinem Kopf eine immer verrücktere Theorie zu einem noch bedrohlicheren Gebilde zusammensetzte.

Der Sohn des vermeintlichen Bankräubers hatte mit ihm seit fast einem Jahr ein perfides Spiel gespielt und ihn nahezu in den Wahnsinn getrieben.

Daske beschlich das ungute Gefühl, dass es Tobias Schultenhöfer durchaus auf ihn persönlich abgesehen hatte.

An Kriminalhauptkommissar Jähnig konnte sich der Filius nicht mehr rächen, da dieser vor einigen Jahren an einem Herzinfarkt verstorben war. Aber Daske war quicklebendig und er hatte ausgerechnet zu Beginn seiner Karriere von der Aufklärung dieses Banküberfalls in Form einer großzügigen Beförderung immens profitiert. Der Weg zum Kriminalhauptkommissar und Leiter der Mordkommission hatte damals seinen Ursprung gefunden.

Doch seine berufliche Karriere war nun durch seine dienstlichen Entgleisungen so gut wie erledigt. Der langanhaltende Misserfolg hatte mehrfach dazu geführt, dass er betrunken im Dienst erschienen war und sein Privatleben komplett aufgegeben hatte.

Daske legte die Stirn in Falten und überlegte angestrengt, ob er als Nächstes um sein Leben fürchten musste oder ob Petra und Isabell in Gefahr waren.

Musste er Angst um seine Familie haben?

Was hatte der Mörder vor?

Mit einem Mal klingelte sein Handy und riss ihn aus allen Gedanken.

»Können Sie reden?«, fragte der Kriminaltechniker am anderen Ende der Leitung.

»Schießen Sie los.«

»Die Analyse ist abgeschlossen. Ich habe die gefundene DNA auf den Fesseln des Getöteten vom Hof abermals bestätigt. Es lag keine Verunreinigung in der Analyse vor.«

Daske verarbeitete besorgt die soeben erhaltene Information, während sein Blick zufällig auf das Bild der glücklichen Familie Schultenhöfer fiel.

Er hatte das alte Foto von den Abiturfeierlichkeiten die ganze Zeit neben den Akten liegen.

Plötzlich durchfuhr es ihn wie ein Blitz und ihm wurde für einen kurzen Moment schwarz vor Augen.

Daske wusste mit einem Mal, an wen ihn der jugendliche Tobias Schultenhöfer erinnerte.

Der Jüngling hatte damals zwar eine komplett andere Haarfarbe und Frisur gehabt, aber dennoch war die Ähnlichkeit der Gesichtszüge bei intensiver Betrachtung nicht zu leugnen.

Tobias Schultenhöfer war kein Geringerer als sein Kollege und Schwiegersohn Alexander Zabinski.

Der Kriminaltechniker hatte es soeben am Telefon bestätigt.

Es war Zabinskis DNA, die sie auf den Fesseln des getöteten Mediziners gefunden hatten. Sein Schwiegersohn hatte Tim Peters umgebracht.

29

Tränen kullerten über ihre Wangen und sie konnte das Gelesene nicht begreifen. Sie versuchte verzweifelt, durch den wässrigen Schleier vor ihren Augen die neue Mail ihres Vaters zu entziffern.

›Wir haben Alex' DNA an Peters Fesseln gefunden.‹
Ihr Vater musste sich getäuscht haben.
Konnte das mit rechten Dingen zugehen?
Alex war es, der Peters kaltblütig ermordet hatte.
Ihr über alles geliebter Alex war doch kein kaltblütiger Mörder.
Alex hatte sie getäuscht und war von ihrem eigenen Vater überführt worden.
Ein Irrtum war scheinbar vollkommen ausgeschlossen.
Ihr Ehemann war ein Mörder. Alex war Tobias Schultenhöfer. Unumstößlich.
Sie weinte seit Minuten bitterlich und bemerkte erst jetzt, dass die E-Mail einen Anhang enthielt.

Das Foto der glücklichen Familie Schultenhöfer erschien auf ihrem Bildschirm.

Isabell betrachte das Foto einige Minuten lang und ließ es auf sich wirken.

Alex hatte damals blonde Haare und eine kecke Igelfrisur gehabt.

Alex.

Er war von Anfang an als Täter in ihrem Fall involviert gewesen und hatte die Ermittlungen immer wieder zu seinen Gunsten manipuliert.

Er hatte sie alle getäuscht und betrogen.

Tobias Alexander Schultenhöfer.

Er war der wahre Mörder!

Nicht ihr über alles geliebter Alex.

Isabell starrte ihrem blonden Alex auf dem Display noch für einige Augenblicke in die Augen, bevor sie offline ging und das Tablet wieder in ihrem Rucksack verstaute.

Alex würde bald zurückkommen und sie würden zusammen auf engstem Raum die Nacht verbringen.

Sie musste an ihre Hochzeit denken.

Warum, um alles in der Welt, musste sie ausgerechnet jetzt an ihre Hochzeit denken?

Trotzdem drangen diese Bilder mehr und mehr in ihren Kopf und ließen sie nicht mehr los. Alex und sie waren voller Lebensglück gewesen und seitdem war nicht einmal ein halbes Jahr vergangen.

Hatte die Mail ihres Vaters diese wunderbare Ehe mit einem Mal ausgelöscht?

Sie wurde unglaublich wütend auf ihren Vater.

Er konnte Alex noch nie leiden und hatte ihn wie einen Aussätzigen behandelt.

So wie damals, als er ihn einen *widerlichen Perversling* genannt hatte.

Er hatte die Beziehung zu ihm seit dem ersten Tag torpediert und nun versetzte er ihr den endgültigen Todesstoß.

Oder waren an seinen Anschuldigungen doch etwas dran und Alex hatte immer eine Art Doppelleben geführt?

Dicke Tränen schossen erneut hervor und kullerten ihr über das Gesicht.

Alex war ein Betrüger und ein Mörder.

Er hatte ihr seine Liebe vorgespielt, um sich an ihrem Vater zu rächen.

Wie sollte sie die nächsten Tage überstehen?

Wie sollte sie sich Alex gegenüber verhalten?

Musste sie Angst vor ihm haben?

Die Fragen schossen wie ein wildes Feuerwerk durch ihren Kopf und sie konnte sich nicht beruhigen. Sie schluchzte und wischte sich immer wieder die Tränen aus den Augen.

Kurz dachte sie daran, vor dem eigenen Ehemann zu fliehen, doch im nächsten Moment kam ihr der Gedanke vollkommen abstrus und lächerlich vor. Er war doch ihr Alex.

Schließlich musste sie sich eingestehen, dass es eh keine Möglichkeit zur Flucht geben würde. Sie konnte in dieser Wildnis nicht weg und musste sich der Situation stellen.

Alex und sie waren bis auf Weiteres einander ausgesetzt und aufeinander angewiesen. Wenn sie überleben wollte, würde sie sich einen Plan zurechtlegen müssen, um auf alle Eventualitäten vorbereitet zu sein. Sie konnte nicht erst auf die Ankunft ihres Vaters warten.

Als sie gerade mechanisch das gemeinsame Nachtlager im Campervan vorbereitete, riss Alex die Tür zu der Schlafkoje auf. Er hatte geduscht, war frisch rasiert und präsentierte breit grinsend die geputzten Zähne.

Er erwischte sie dabei, als sie sich wie in Trance nachtfertig machte und soeben den BH auszog. Das Grinsen wich nicht aus seinem Gesicht und sie schämte sich, wie er unverhohlen ihre entblößten Brüste anglotzte. Hastig zog sie sich das Schlafshirt über und entschwand selbst zur nächsten Waschgelegenheit.

Sie hoffte inständig, dass er in dieser stockfinsteren Nacht nicht ihr Unwohlsein bemerkt hatte.

Alex war ihr mit einem Mal unglaublich fremd. Das ureigene Vertrauen war weg und sie fühlte sich einsam auf dieser Welt. Sie war sich sicher, dass es nie wieder wie früher werden würde.

Nachdem sie vom Waschhäuschen zurückgekehrt war, öffnete sie leise die Autotür und stellte erleichtert fest, dass der Innenraum unbeleuchtet war. Sie kletterte über ihren liegenden Ehemann und hoffte inständig, dass er schon schlief.

Sie bemühte sich, so geräuschlos wie möglich zu sein, doch als sie genau über ihm war, griff er plötzlich blitzartig nach ihren Hüften. Er zog sie gierig heran und umfasste ihren Po. Isabell spürte sofort seinen versteiften Schritt und verkrampfte sichtlich.

Beinahe hätte sie laut aufgeschrien und um Hilfe gerufen. Doch Alex bemerkte ihr Missfallen und ließ ihre Hüften entweichen, um augenblicklich meckernd in den Schlaf zu fallen. Isabell legte sich schließlich mit respektvollem Abstand neben ihn und atmete erleichtert aus.

Es war stockdunkel und sie war wieder mit den quälenden Gedanken allein.

Ihr Ehemann war ein Betrüger, Erpresser und Mörder.

Alexander Zabinski gab es nicht mehr und sie wusste nicht mehr weiter.

30

Die zuschlagende Autotür riss sie aus dem Schlaf.

Die Sonne schien bereits kraftvoll vom Himmel und Schultenhöfer ging in Richtung der Toiletten. Sie hatte in der Morgendämmerung die letzten beiden Stunden in einem komatösen Zustand verbracht. Zuvor hatte sie wie in Schockstarre neben ihrem Ehemann gelegen und in der gesamten Nacht keine Ruhe gefunden. Die Gedanken waren die ganze Zeit mit ihr Achterbahn gefahren und schließlich vor eine riesige Betonwand gekracht.

Isabells Kopf hämmerte und ihr war kotzübel.

Was für ein beschissener Traum.

Doch in der darauffolgenden Sekunde war ihr bewusst, dass es kein Traum gewesen war und die schockierende Realität holte sie auf grausame Weise ein.

Mit zittrigen Fingern kramte sie im Rucksack und holte schließlich wieder das Tablet hervor. Sie hatte die Mail, trotz der eindringlichen Bitte ihres Vaters, nicht gelöscht und las sie mittlerweile zum achten Mal. Mit jedem weiteren Durchlesen wuchs ihr Verständnis für die bittere Wahrheit und die Hoffnung auf eine schlichte Verwechslung erstarb zusehends.

Es war unumstößlich, dass ihr Ehemann der langgesuchte Drahtzieher und Täter in der Mordserie war.

Nachdem Isabell die E-Mail abermals nicht gelöscht hatte, betrachtete sie sich in einem kleinen Kosmetikspiegel und erschrak.

Ihre Augen waren gerötet und regelrecht aufgequollen. Sie sah mitgenommen aus und die seelischen Qualen der letzten Stunden zollten ihren Tribut. Wenn Schultenhöfer sie in diesem Zustand zu Gesicht bekommen würde, würde er sofort stutzig werden. Sie musste sich ab sofort in seiner Gegenwart zusammenreißen und die glückliche Ehefrau in den Flitterwochen mimen. Isabell atmete zweimal heftig aus, wischte sich eine letzte Träne weg und griff dann tatkräftig nach dem Kulturbeutel. Sie würde ihre Verzweiflung großzügig überschminken, aber hinter der Fassade auf der Hut sein. Sie musste Schultenhöfers Spiel mit aller Macht mitspielen und durfte ihm keinen Anlass zum Zweifel geben.

***

Nach dem Frühstück rumpelten sie stundenlang auf schlechten asphaltierten Straßen vor sich hin und blickten auf eine stumpfe Vegetation in kargen Landschaften.

Die Sonne brannte durch die geschlossenen Fensterscheiben auf sie nieder und versprach keinerlei Abkühlung.

Am Horizont sahen sie immer wieder Greifvögel kreisen und Isabell wurde das Gefühl nicht los, dass die Vögel förmlich auf sie warteten.

In ihren düsteren Gedanken lag sie verdurstet in dieser rauen Wildnis und wurde von den Adlern in tausend Stücke zerhackt. Passend dazu sah sie immer wieder totes Aas am Wegesrand liegen und die Grausamkeit des Lebens wurde ihr mit jedem Kadaver aufs Neue bewusst.

Sie saß schwitzend in der engen Fahrerkabine des Campervans neben ihrem Ehemann und es gab keine Möglichkeit, der Realität zu entfliehen. Sie waren nur um Zentimeter getrennt und dennoch unendlich voneinander entfernt.

Isabell verschloss sich während der Fahrt nach außen hin und igelte sich ein.

Sie hatte ihrem Ehemann üble Kopfschmerzen durch den Jetlag vorgegaukelt und er hatte sich scheinbar vorerst mit der Funkstille abgefunden. Er spielte stattdessen zur Unterhaltung über sein Handy ein Musikalbum nach dem Nächsten ab, während sie stundenlang durch die öde Landschaft fuhren.

Sie waren fast alleine unterwegs und es kamen ihnen während der ganzen Zeit höchstens zehn Fahrzeuge entgegen. Es waren allesamt Trucker, die lebenswichtige Nahrung und Getränke zu den entlegenen Ortschaften brachten. Verstohlen hatte Isabell die Augen nach einem patrouillierenden Polizeiwagen offengehalten, aber in dieser menschenleeren Gegend war das schier unwahrscheinlich.

Nach vier Stunden in der sengenden Hitze erreichten sie schließlich eine kleine Siedlung, die aus ein paar Hütten und einer Tankstelle bestand.

Isabell hielt unauffällig nach einer Polizeistation Ausschau und wurde erneut enttäuscht. Sie blickte ihren Ehemann von der Seite an und wusste nicht so recht, was sie als Nächstes tun sollte.

Ihr Leben hatte sich seit gestern Abend komplett verändert und der innerliche Druck war immens. Ihre Zweisamkeit war jäh beendet worden und für immer verloren. Ihr Ehemann war nicht länger ein Teil von ihr und sie war vollkommen allein in der weiten Wildnis.

Ob Schultenhöfer sie durchschaute, fragte sie sich und Angst kroch ihr kalt unter die Haut.

Isabell musste sich zusammenreißen und mit aller Macht den Schein wahren, wenn sie die nächsten Tage überleben wollte.

Sie tankten, tranken eine wohltemperierte Cola und kontrollierten am Campervan Motoröl und Kühlwasser. Dann fuhren sie weiter und waren nach nur ein paar hundert Metern wieder vollkommen von der harschen Landschaft umschlungen.

Isabell hatte mit ihrem Ehemann das Steuer gewechselt und konnte sich wenigstens ein bisschen auf die

Fahrt konzentrieren. Sie hegte die leise Hoffnung, sich durch die Fahrerei abzulenken und nicht gänzlich den apokalyptischen Gedanken zu verfallen.

Sie kamen gut voran und trotzten der unerträglichen Hitze. Immer wieder deutete Schultenhöfer in die Ferne und machte Fotos von den unterschiedlichsten Felsformationen und flachen Steppenlandschaften.

Mehrfach überlegte Isabell ihren Ehemann dazu zu ermutigen, für ein paar schöne Fotos aus dem Wagen zu steigen. Sie malte sich aus, wie sie davonbrauste und ihn einsam in der Wildnis seinem Schicksal überlassen würde. Er würde elend verdursten und zu einem Festmahl für die Raubtiere und Aasfresser werden. Doch sie verwarf die morbiden Pläne und parkte den Campervan nach einer zermürbenden Fahrt noch vor Sonnenuntergang an ihrem Zielort.

Isabell hatte unterwegs die verrücktesten Szenarien für den weiteren Ausgang ihres restlichen Lebens durchgespielt und war heilfroh, als sie den Wagen endlich in der vorgesehenen Haltebucht abstellen konnte.

Während Schultenhöfer den Campervan eincheckte, atmete sie einmal kurz durch und kontrollierte ihre Schminke. Die geröteten Augen hatten sich während der langen Fahrt etwas erholt und sie konnte die Sonnenbrille getrost abnehmen.

Ernst betrachtete Isabell ihr Spiegelbild und war ein wenig stolz auf sich. Die äußere Fassade hatte gehalten und ihr Ehemann hatte nichts von der seelischen Zerrissenheit bemerkt. Dennoch musste sie sich eingestehen, dass sie noch genauso planlos war, wie zu Beginn der letzten dreihundert Kilometer.

Nachdem ihr Ehemann von der Rezeption zurückgekehrt war, bestand Isabell augenblicklich darauf, einen Spaziergang zu unternehmen. Sie wollte die kleine Ortschaft erkunden und erneut nach einer kleinen Polizeistation Ausschau halten.

Es gab in dem Ort insgesamt drei Campingplätze, vier Läden für Wassersport und einen kleinen Supermarkt. Sie waren in einem absoluten Kaff gelandet, das ausschließlich zu touristischen Zwecken errichtet worden war und offenkundig keine Polizei benötigte.

Zum Abschluss ihres kurzen Rundgangs gingen sie an den Strand.

Die Weite des Meeres war überwältigend und sie genoss für einen kurzen Augenblick den Wind in den Haaren und den Geruch des Salzes auf der Haut.

Sie blickte bis zum Horizont, wo sich das Wasser an einem gigantischen Riff brach und die Sonne dahinter pittoresk unterging. Irgendwo dort draußen lag die Heimat, wo das Leben, bis auf den Streit mit ihrem Vater, perfekt gewesen war.

Der Anblick überforderte sie gänzlich. Dicke Tränen kullerten über ihre Wangen und tropften in den weißen Sand.

Schultenhöfer legte sanft den Arm um Isabell herum und zog sie behutsam an sich heran. Sie ließ die Umarmung geschehen und ergab sich seiner Nähe. Sie fühlte sich in diesem Moment angenehm geborgen und wollte sich ihrem Ehemann für den Moment nicht länger entziehen.

31

Daske trat aus dem Flugzeug heraus und wurde schlagartig von der Hitze und hohen Luftfeuchtigkeit erdrückt. Er fummelte umständlich die Sonnenbrille aus dem Handgepäck und stieg dabei vorsichtig die Gangway in Richtung Rollfeld hinab.

Als er endlich wieder festen Boden unter den Füßen hatte, zwängte er sich in einen bereitgestellten Bus und ließ sich willenlos zum Terminal kutschieren.

Das Flughafengebäude war zu seiner Freude angenehm temperiert und er war heilfroh, der drückenden Hitze fürs Erste entkommen zu sein.

Nach der obligatorischen Kontrolle des Reisepasses suchte er sofort nach dem richtigen Gate für den Anschlussflug und lief dabei aufmerksam durch die riesige Flughalle.

Lediglich die Heerscharen von Menschen aus aller Welt erinnerten ihn daran, dass er in einem fernen Land gelandet war. Die unzähligen Einkaufsmöglichkeiten und Schnellrestaurants entsprachen dagegen eher einer westlichen Fußgängerzone und Daske huschte mit gesteigertem Desinteresse an ihnen vorbei.

Nachdem er das Gate gefunden hatte, ließ er sich auf eine Sitzbank fallen.

Daske war seit über 24 Stunden wach und hatte nach dem langen Tag im Präsidium auf dem gesamten Flug kein Auge zugetan. Er stand förmlich unter Hochspannung.

Schultenhöfer junior gab ihm die Schuld am Tod seines Vaters und hatte scheinbar über Jahre hinweg seine Rache geplant. Er hatte die gesamten Ermittlungen beeinflusst und ein perfides Spiel mit ihnen gespielt.

Nachdem Daske die Zusammenhänge bewusst geworden waren, war er in die Personalabteilung gerannt und hatte sich die Personalakte *Alexander Zabinski* ausdrucken lassen. Nach einer kurzen Recherche und einem Anruf im Standesamt hatte er herausgefunden, dass Zabinski vollkommen legal seinen Namen geändert hatte. Er war nach dem Selbstmord seines Vaters angeblich traumatisiert gewesen und hatte deswegen den Familiennamen seiner Mutter angenommen.

Zu allem Überfluss hatte er herausgefunden, dass Zabinskis Mutter seit dem Selbstmord ihres Mannes in einer Wohneinrichtung für psychiatrisch kranke Menschen wohnte.

Er hatte Zabinskis Familie zerstört.

Nach dieser Erkenntnis war Daske zu seiner Wohnung gerast und hatte in Windeseile einen Rucksack mit dem Nötigsten gepackt.

Schlussendlich war er mit reichlich überhöhter Geschwindigkeit zum Flughafen gerast und hatte sich vor Ort eine Last-Minute Verbindung buchen lassen. Die Flugroute war zwar unverschämt teuer und etwas umständlich, aber dafür hatte ihm die freundliche Dame am Schalter alle wichtigen Dokumente für die Einreise ausgefüllt.

Nervös blickte Daske auf die Uhr. Die Zeit bis zu seinem Anschlussflug wollte nicht vergehen.

Neben all der Angst und Sorge um seine Tochter musste er an den längst vergangenen Banküberfall denken. Daske hatte sich bislang keine befriedigende Antwort geben können, ob er Schultenhöfers Vater letztendlich in den Suizid getrieben hatte.

Hätte er den Freitod von Schultenhöfer senior verhindern können?

Damals hatte er dem vorgesetzten Kollegen zu wenig widersprochen und die Ungereimtheiten in den Ermittlungen stattdessen billigend in Kauf genommen.

Daske wischte den Gedanken an den alten Fall beiseite und erweckte sein Handy aus dem Flugmodus. Er hatte unzählige Anrufe in Abwesenheit und die Mailbox zeigte ihm fünfzehn Sprachnachrichten an. Besorgt stellte er fest, dass Isabell nicht unter den Anrufern war. Stattdessen hatten sich die Kollegen Voss und Morgenstern ebenso nach ihm erkundigt wie die Beamtin vom Landeskriminalamt.

Die meisten Nachrichten waren vom Polizeipräsidenten höchstpersönlich. Nachdem die ersten beiden Mitteilungen noch relativ freundlich seinen Verbleib erfragten, wurde der Tonfall des Präsidenten im Folgenden immer schärfer.

Daske hörte die letzten Sprachnachrichten auf der Mailbox nicht mehr ab. Er war sich sicher, dass ihn nach seiner Rückkehr neben mehreren Disziplinarverfahren auch eine Versetzung erwartete.

Gleichgültig rief er die E-Mails ab und musste auch hier besorgt feststellen, dass Isabell ihm immer noch keine Antwort geschickt hatte. Schließlich angelte er mit zittrigen Fingern einen DIN-A4-Zettel aus dem Rucksack und faltete ihn auseinander.

Seine Frau war gestern Abend sehr verwundert gewesen, als er sie anrief, hatte ihm aber dennoch Isabells Reiseroute in kurzen Stichworten diktiert. Daske hatte tunlichst vermieden, Petra von der bedrohlichen Lage ihrer Tochter zu erzählen.

Er studierte den Zettel zum zehnten Mal und hatte die Route weitestgehend verinnerlicht. Wenn alles gut ginge, könnte er Isabell auf ihrer dritten Station entlang der Küste eingeholt haben.

Daske rutschte unruhig auf dem Stuhl hin und her. Er hatte seit dem Abflug seiner Tochter kein Lebenszeichen mehr von ihr erhalten. Sein Herz schlug abermals schneller und Schweiß trat ihm auf die Stirn.

Isabell war in allerhöchster Gefahr und er konnte seine Reise bis auf Weiteres nicht beschleunigen. Er betete inständig, dass er sie trotzdem früh genug finden würde.

***

Mit einem Mal schoss die Kälte auf sie ein. Sie tauchte unter und das Wasser kroch langsam am Körper hoch. Sie ließ sich fallen und versank vollkommen in den friedlichen Weiten. Es war atemberaubend und sie war in einer gänzlich anderen Welt. Die Probleme und Sorgen waren plötzlich wie weggewischt und sie ließ sich treiben.

Die Korallen türmten sich vor ihr auf und bildeten eine faszinierende Landschaft. Schwärme von Fischen zogen vorbei und eine riesige Schildkröte gab sich kurz die Ehre, bevor sie ängstlich das Weite suchte.

Isabell klebte bewegungslos an der Wasseroberfläche und genoss es, den bunten Lebewesen bei ihrem Alltag im Riff zuzuschauen. Es wurde um den besten Brocken dieser köstlichen Korallen gestritten und um die schillernde Gunst der Fischdamen gebalzt. Es war eine sorglos heile Welt und sie fühlte sich absolut frei.

Noch vor Sonnenaufgang war Isabell gemeinsam mit Schultenhöfer aufgestanden und sie hatten ihr angemietetes Boot mitsamt Ausrüstung bestiegen. Draußen, kurz vor dem Riff, hatten sie Halt gemacht und das kleine Motorboot an einer Boje vertäut.

Es war bislang ein fantastischer erster Tauchgang. Die Strömung war fernab vom Ufer zwar stark, aber sie konnten an dieser Stelle beschützt vom Riff schwerelos dahingleiten.

Nach einem spartanischen Mittagssnack an Bord des kleinen Motorboots bestand Isabell darauf, den zweiten Tauchgang in den Futtergründen in einer seichten Lagune schnellstmöglich anzugehen. Mittlerweile war das Wasser angenehm warm und die Sonne brachte das Riff regelrecht zum Leuchten.

Während sie ein paar Putzerfische in den Korallen beobachtete, bemerkte sie plötzlich, wie sich ein riesiger Fisch lautlos genähert hatte. Hungrig glitt er über den Meeresboden, wirbelte etwas Sand auf und labte sich an den freigelegten Kleintieren. Dabei schwamm er mehrere Salti und wirkte nahezu glücklich. Er ließ sich bei dem Festmahl nicht weiter von ihr stören, sondern zog immer wieder seine Kreise, um weitere Krebstierchen aufzustöbern. Nachdem der Manta fürs Erste gesättigt war, schwamm er gemächlich auf die vor Ehrfurcht und Faszination erstarrte Isabell zu, um dann im letzten Moment abzudrehen. Nach ihrer ersten Verwunderung glitt sie ebenfalls lautlos hinter dem Fisch her und folgte ihm in kurzem Abstand. Sie war regelrecht angezogen von dessen Anmut, während sich der

Manta weiter majestätisch fortbewegte. Er nahm seine Begleiterin zwar zur Kenntnis, störte sich aber nicht an ihr.

Isabell schwamm hinter dem riesigen Fisch her und vergaß dabei Raum und Zeit. Sie ließ sich vollkommen fallen und hatte in diesem Moment keine Sorgen mehr. Sie war frei in all ihren Entscheidungen und hatte ein Leben voller Zufriedenheit. Isabell war in absoluter Harmonie mit sich und der gesamten Welt.

Sie war nicht länger die Ehefrau eines Mörders.

Isabell trieb weiter hinter dem Tier her und war von dessen gefühlvollen Schwingen wie hypnotisiert. Sie würde das Leben bis an das Ende ihrer Tage mit Schultenhöfer an diesem Fleckchen Erde verbringen können. Sie hätte die Chance, unter Wasser jeden Tag aufs Neue der erschreckenden Realität zu entkommen. An diesem Ort würde sie mit ihm glücklich werden und über die Taten hinwegsehen, bis sie nur noch eine blasse Erinnerung an ferne Zeiten sein würde.

Sie war von der schillernden Unterwasserwelt geradezu betäubt und folgte dem Fisch in glückseliger Trance.

Plötzlich drehte sich der Manta noch einmal zu ihr um und stieb dann ins dunkle Meer davon. Erst jetzt bemerkte sie, dass sie vollkommen allein war.

Wo war Schultenhöfer?

Isabell konnte ihn nirgendwo entdecken und der Ozean wirkte plötzlich dunkel und kalt.

Hatte er sie im offenen Meer alleine zurückgelassen?

Panik ergriff sie und sie strampelte hektisch der Wasseroberfläche entgegen.

Als Isabell endlich aus der Unterwasserwelt auftauchte, spuckte sie das Mundstück aus und schnappte gierig nach frischer Atemluft.

Nervös blickte sie sich um, konnte Schultenhöfer aber nirgendwo entdecken.

Sie drehte sich um die eigene Achse, wirbelte herum und versuchte verzweifelt, das Boot zu erblicken.

Krampfhaft und von Furcht erfüllt, probierte sie ihre Lage einzuschätzen. Das Ufer war zu weit entfernt, um bis dorthin zu schwimmen. Außerdem würde die Strömung sie ständig auf das offene Meer herausziehen. Die Angst vor ihrem Ehemann war plötzlich wieder zum Greifen nahe und sie fühlte sich lebensbedrohlich verlassen.

Nach einer gefühlten Ewigkeit entdeckte sie das Boot ganz in der Nähe und kletterte schließlich zitternd an Bord. Isabell war am Ende ihrer Kräfte und realisierte in diesem Moment, dass der Traum einer gemeinsamen Zukunft in Flucht und Liebe in dem fremden Land reinste Utopie war.

Sie war in großer Bedrängnis und lebte an der Seite eines Mörders. Sie würde ihrem Ehemann nie wieder vertrauen können und immerzu in Angst vor ihm leben.

Tief im Inneren spürte Isabell, dass Schultenhöfer sie töten würde.

32

Entkräftet setzte Isabell ihre Füße abwechselnd voreinander. In ihrem Rücken toste der Ozean und der Wind zerrte an den Haaren. Die Sonne drückte sengend aus dem Zenit auf sie herab und es war kein guter Tag für eine ausgedehnte Tour durch das ausgetrocknete Flussbett.

Sie waren am frühen Morgen aus dem Tauchparadies aufgebrochen und die Küste entlang zu dieser neuen Bucht gefahren. Während der Fahrt hatten sich Angst, Hoffnung und Verzweiflung minütlich abgewechselt und Isabell war dem Wahnsinn endgültig nahe.

Ihre Fassade bröckelte bedenklich und sie würde sie nicht mehr lange aufrechthalten können.

Die Bucht lag inmitten eines riesigen Reservats, welches für seine raue Schönheit und tiefen Schluchten berühmt war. Vom Strand aus drangen viele versunkene Furchen weit in die bergige Landschaft ein und gaben ihr einen einzigartigen Charakter. Eine Wanderung auf einem der ausgetrockneten Flussbetten in die Schluchten hinein war ein absolutes Naturspektakel und ein Muss auf ihrer Reise.

Isabell folgte ihrem Ehemann apathisch und ließ sich willenlos von einer unsichtbaren Schnur in die Schlucht hineinziehen. Die anschmiegsamen Kiesel unter den Wanderschuhen ließen sie beim Auftreten einsinken und verwandelten jeden ihrer Schritte in mühsame Qualen.

Sie liefen immer tiefer in das Landesinnere und gewaltige Felsformationen türmten sich neben ihnen auf, während die Sonne unaufhaltsam auf sie niederbrannte. Der Ozean hallte dabei permanent von den steilen Felswänden, sodass sie schweigend und in einem gebührenden Abstand zueinander unterwegs waren.

Der vorgeschriebene Wanderpfad aus ihrem Reiseführer war zuweilen abenteuerlich und sie mussten sich an manchen Stellen durch dichtes Strauchwerk hindurchkämpfen.

Nach einer Weile holte die Schlucht schließlich zu einer gewaltigen Biegung nach Süden aus und sie machten eine kurze Pause.

Da der ohrenbetäubende Lärm des Ozeans durch die Krümmung des Flussbetts ein wenig abgeebbt war, war es erstmals seit Beginn der Wanderung möglich, ein Wort zu wechseln. Doch Isabell setzte sich stattdessen ein wenig von ihrem Ehemann entfernt auf einen Felsen und starrte teilnahmslos in die Weite der imposanten Schlucht.

Ihre Schläfen pochten seit den Morgenstunden gewaltig und während sie dort auf dem nackten Stein hockte, brach es über sie herein. Sie fing bitterlich an zu weinen.

Sie musste an ihre erste Begegnung und den ersten Kuss denken. Er war so freundlich und höflich gewesen. Sie hatte ihn sofort gemocht und war von der ersten Minute an verliebt gewesen. Isabell sah ihr altes, glückliches Leben vor sich, wie es plötzlich aus dem Nichts Risse bekam und schließlich in einem riesigen Knall zerbarst. Es hatte sich vor ihr aufgelöst und sie hatte unerwartet die Kontrolle verloren.

Isabell konnte den unmittelbaren Kontakt zu ihrem Ehemann nicht länger ertragen und wusste nicht mehr, wie sie diese ganze Scharade länger mitspielen sollte.

Seine direkte Nähe in den letzten beiden Nächten war die absolute Hölle gewesen und sie war mittlerweile ausgebrannt und leer.

Sie musste etwas unternehmen. Sie konnte nicht länger darauf vertrauen, dass ihr Vater sie endlich in diesem weitverzweigten Land finden würde und sie aus dem Unheil heraus befreite.

Unauffällig wischte sie die Tränen weg und schnäuzte verstohlen in ein Taschentuch.

Während Isabell die Gefühle langsam wieder in den Griff bekam, stand Schultenhöfer plötzlich vor ihr.

»Wir müssen dort entlang«, sagte er emotionslos und zeigte auf eine steile Felswand.

Er hatte sich mit ihrer abweisenden Haltung abgefunden und schien es auf hormonell bedingte Stimmungsschwankungen zu schieben.

Isabell folgte seinem Blick und schaute ungläubig den schmalen Kletterpfad hinauf, welcher sich senkrecht durch den Stein gen Himmel wandt.

»Da sollen wir hoch.« Er machte sich bereit für den Aufstieg.

Isabell umfasste die Kamera unwillkürlich etwas fester, straffte ihre Kleidung und folgte ihm schließlich die Felswand hinauf.

Vorsichtig zog sie sich an den ersten vorstehenden Gesteinsbrocken in den Hang hinein und tastete sich abwartend vorwärts. Es gab im Felsen keine eingeschlagenen Halterungen oder sonstige Sicherungen. Nach ein paar Schritten waren sie in beträchtlicher Höhe und der Wind nahm ein wenig zu. Isabell schaltete ihren Verstand komplett aus und konzentrierte sich stattdessen auf jede Bewegung. Dabei vermied sie es tunlichst, sich umzudrehen und ins Flussbett hinunterzuschauen. Sie fühlte vor jedem ihrer Schritte haltsuchend nach dem nächsten Stein und kletterte auf diese Weise langsam die Felswand weiter hinauf. Da sie nicht genau erkennen konnte, wo der Weg im Einzelnen entlangführte, durfte sie ihren Ehemann nicht aus den Augen verlieren. Sie musste Schultenhöfer während des Aufstiegs bedingungslos vertrauen, ob sie nun wollte oder nicht. Wachsam fixierte sie den Blick auf seinen orangen Rucksack und stieg ihm angestrengt hinterher.

Nach einer gefühlten Ewigkeit stand sie schließlich hoch oben auf den Klippen und wurde von einem ohrenbetäubenden Wind empfangen. Sie ließ ihren Blick über ein gewaltiges Plateau streifen, das durch die riesige Schlucht förmlich in zwei Hälften geteilt worden war. Sie waren gut einhundert Meter den Felsen emporgeklettert und erst jetzt realisierte Isabell, wie steil es von hier oben ins ausgetrocknete Flussbett hinabging.

Schultenhöfer war ihr ein paar Minuten voraus und hatte seinerseits scheinbar beleidigt den Rückweg in Richtung Camp angetreten. Zumindest war er einige hundert Meter durch die karge Vegetation in Richtung des tosenden Ozeans gegangen.

Sie atmete befreit auf und schmeckte den bitteren Salzgeschmack auf der Zunge, während der Wind unaufhörlich an ihren langen schwarzen Locken riss.

Mit einem Mal fiel die gesamte Anspannung des gefährlichen Aufstiegs sowie der letzten Tage von ihr ab und sie fühlte sich unendlich leer. Isabell war mit den Kräften schlichtweg am Ende. Sie wollte und konnte nicht mehr weiter. Es war genug und sie war vollkommen ausgebrannt. Die ganze Umgebung verschwamm allmählich vor ihren Augen und wurde zu einer einzigen undefinierbaren Masse.

Es war vorbei. Sie wollte sich nur noch hinlegen und Stille über sich kommen lassen.

Wütende Tränen rannen über ihr Gesicht und sie suchte nach den letzten verbliebenen Reserven. Der Ausweg war direkt vor ihr und lag zum Greifen nahe.

»Wann wolltest du mir eigentlich von der Mail erzählen?«

Schultenhöfer hatte umgedreht und war auf sie zugekommen.

Isabell hatte ihn nicht kommen sehen und seine Frage war ungehört im Wind verhallt. Sie standen nur ein paar Meter voneinander entfernt.

»Wann wolltest du mir von Daskes Mail erzählen?«, wiederholte Schultenhöfer die Frage und er klang dabei bedrohlich fremd.

Isabell blickte ihn perplex und irritiert an.

Das Adrenalin kehrte schlagartig in ihren Körper zurück und ließ sofort einen unbändigen Überlebenswillen frei. Es gab kein Zurück mehr. Schultenhöfer wusste Bescheid und ihre Sinne waren plötzlich wieder hellwach. Sie ging intuitiv einen Schritt von den steilen Klippen weg und war bereit, sich ihrem Ehemann zu stellen. Sie funkelte ihn herausfordernd an.

»Warum hast du das getan?«, schrie sie statt einer Antwort in die Windböen hinein.

Ihre Stimme bebte vor Verzweiflung und Tränen flossen in großen Rinnsalen über ihr Gesicht.

»Warum, verflucht noch mal, hast du das getan?«, kreischte sie erneut und spuckte ihm die Wörter förmlich ins Gesicht.

»Die Frage hat dein Vater in seiner Mail doch schon ganz gut beantwortet«, sagte Schultenhöfer mit ruhiger Stimme und zuckte mit den Achseln. »Ich habe das Leben deines Vaters genauso zerstört, wie er das Leben meiner Familie zerstört hat.«

Er starrte sie angriffslustig an und Isabell sah in seinen Augen die Antworten auf all ihre Fragen.

Schultenhöfer hatte die Mordserie nur dazu benutzt, um ihren Vater dienstlich zu diskreditieren und ihn mürbe zu machen. Er hatte seine Rache seit Jahren geplant und durch die Rolle als Kriminalbeamter *Alexander Zabinski* bis zur Perfektion ausgeführt. Er hatte durch den Einsatz von Wespengift eine nahezu perfekte Tötungsmethode entwickelt, die ihren Vater geradezu in den ermittlungstechnischen Wahnsinn getrieben hatte. Als Mitglied der Mordkommission hatte er zudem die Möglichkeit gehabt, an den Tatorten falsche Fährten zu legen und die Beweismittel für seine Zwecke zu manipulieren.

Sie erinnerte sich plötzlich, dass es Zabinski war, der Biedermeier vom Musikfestival ins Krankenhaus zu seinem Komplizen Peters gefahren hatte. Er hatte wahrscheinlich auch die Aussage der Krankenschwester verschwinden lassen.

Sein Plan war bislang aufgegangen und er war ihnen immer einen Schritt voraus gewesen. Doch der Mord an Tim Peters schien nicht Teil der Rache gewesen zu sein und er hatte einen Fehler begangen. Deswegen hatte er darauf gedrängt, in den Urlaub aufzubrechen. Hier entging er der Verhaftung und konnte seinen Plan dennoch vollenden.

Wenn sie der Logik seines Plans richtig folgte, würde sie heute in dieser Schlucht sterben müssen.

Die Erkenntnis ließ Isabell hysterisch auflachen und sie stützte ihre Hände auf die Knie. Sie hatte ihren Ehemann durchschaut und ließ ihn nicht mehr aus den Augen. Hasserfüllte Blicke kämpften sich durch den Wind und bohrten sich in ihn hinein.

Jetzt und hier. Es gab kein Zurück mehr.

»Du hast fünf Menschenleben eiskalt ausgelöscht!«, schrie sie.

Er funkelte sie giftig an und er schien den Augenblick ihrer größten seelischen Qualen geradezu zu genießen, während der Wind unaufhörlich an ihren Körpern riss.

»Ich habe dir vertraut!«, schrie sie ihn weiter an. »Ich habe dir bedingungslos vertraut!«

Seit der Mail ihres Vaters hatte Isabell nicht wahrhaben wollen, dass er sie die gesamte Zeit nur benutzt hatte und keinerlei Gefühle für sie hegte.

Doch seine Augen verrieten die grausame Wahrheit.

Sie war für ihn lediglich eine weitere Spielfigur gewesen, um das Leben ihres Vaters zu zerstören. Isabell war der Schlüssel zur vollständigen Vernichtung des Menschen Karl Daske.

Es war eine quälende Erkenntnis, aber Schultenhöfer hatte ihre Beziehung einzig für seine Zwecke missbraucht. Er hatte ihr zunächst zaghafte Avancen gemacht und war mit der Verlobung schließlich aufs Ganze gegangen. Er hatte nicht nur ihren Vater beruflich bis ins Mark getroffen, er hatte ihre ganze Familie weitestgehend auseinandergebracht.

»Meinst du, dass durch deine Taten dein Vater wieder lebendig wird?«, warf sie ihm unvermittelt an den Kopf.

Schultenhöfer zuckte durch ihre Worte kurz zusammen.

Es war ihr gelungen, ihn mit der Anspielung auf seinen eigenen Vater ein wenig aus dem Konzept zu bringen und ihn zu irritieren. Sie durfte jetzt nicht lockerlassen. Wenn sie die Klippen dieser Schlucht lebend verlassen wollte, war es an der Zeit selbst zum Angriff überzugehen.

»Wieso mussten ausgerechnet diese Leute sterben? Sie hatten weder etwas mit meinem noch mit deinem Vater zu tun!«

Isabell fixierte ihn mit entschlossenem Blick und sah, wie Schultenhöfer sichtlich mit sich selbst rang.

»Biedermeiers Tod war Peters' Idee«, sagte er schließlich gespielt gelangweilt und gab einen Teil seines Täterwissens frei. »Er war krankhaft eifersüchtig auf den Freund seiner Schwester und wollte Fiona nur für sich haben.« Schultenhöfer spuckte angewidert auf den Boden, bevor er weitersprach: »Peters war verknallt in die eigene Schwester und wollte auf dem Festival Biedermeier vergiften. Um die Spuren zu verwischen, hatte er ein paar weitere Spritzen mit geringeren Dosierungen dabei. Doch der Trottel hat vor lauter Aufregung die Spritzen vertauscht und das hochprozentige Wespengift dummerweise dem Falschen verabreicht. Ich habe Biedermeier deswegen mit meinem Dienstwagen zu ihm ins Krankenhaus gefahren, damit er die Sache ordentlich zu Ende bringt. Aber der Idiot hat sich nicht getraut, Biedermeier dort zu töten und hat ihn stattdessen mit Dietz zusammen in diesen Hof verschleppt.«

»Ihr habt die beiden monatelang wie die Tiere eingesperrt.« Isabell funkelte ihn an.

»Ebenfalls Peters' Idee.« Er grinste diabolisch. »Nachdem er sie endlich in dem alten Hof eingesperrt hatte, wollte er sie zu seinem Vergnügen noch ein bisschen leiden sehen. Mir sollte es recht sein, da die erfolglose Fahndung deinen Alten richtig auf die Palme gebracht hat. Zum Schluss haben die zwei förmlich um ihren Tod gebettelt.«

Er wartete belustigt auf eine Reaktion.

»Was war mit der Frau auf dem Oktoberfest?«

Sie wollte die ganze Wahrheit erfahren. Außerdem musste sie ihn länger in ein Gespräch verwickeln, wenn sie sich einen Plan zurechtlegen wollte. Sobald ihr Ehemann seine Geschichte zu Ende erzählt hatte, würde er sie endgültig töten wollen.

»Die Frau war ein totales Missverständnis.« Schultenhöfer fletschte wie ein angriffslustiger Kampfhund die Zähne. »Peters hatte Blut geleckt und es auf seinen alten Uniprofessor abgesehen, der ihn damals hat durch die Prüfung rasseln lassen. Aber er hat den falschen Bierkrug mit dem Gift versehen. Nach dem Kollaps der Alten ist er dann nervös geworden und sofort abgehauen. Mir waren die Opfer vollkommen egal, solange dein Alter durch die Ermittlungen den Verstand verlor.« Er klang nahezu vergnügt. »Kannst du dich noch an das Foto mit dem Lackschuh erinnern? Bevor ich es bearbeitet hatte, war da doch tatsächlich Peters' Visage mit drauf.« Schultenhöfer lachte schallend auf. »Die Aussage der Nachtschwester habe ich ebenfalls verschwinden lassen, nachdem Peters mich völlig aufgelöst darauf hingewiesen hatte.«

Er war ihnen wirklich immer einen Schritt voraus gewesen.

»Wieso Peters? Wieso wusstest du von seiner Approbation?«

»Nachdem der Idiot seine Prüfung verkackt hatte, hat er im Suff gefragt, ob ich für ihn die Approbation fälschen könnte. ›*Für 100.000 Euro mach ich dir alles, was du willst*‹, hab' ich nur gesagt. Ab da hatte ich ihn an den Eiern. Ich konnte mit ihm machen, was ich wollte und ihn jahrelang für meinen Plan bearbeiten.«

Schultenhöfer bog sich beinahe vor Belustigung.

»Warum musste er sterben?«, fragte Isabell und rang dabei mit ihren Emotionen.

Die Gleichgültigkeit, mit der Schultenhöfer über seine Taten und die Todesopfer sprach, drehte ihr den Magen um.

»Peters hat die Nerven verloren, als die beiden Leichen in dem Waldstück gefunden wurden. Er wollte plötzlich zur Polizei gehen und alles gestehen. Du kannst dir vorstellen, warum ich das nicht zulassen konnte.« Schultenhöfer lachte laut. »Wie der geguckt hat, als ihm bewusst wurde, dass ich ihm die Kehle durchschneiden werde. Wirklich erstaunlich, mit welchem Druck das Blut aus einem Körper herausspritzen kann.«

Isabell konnte nicht mehr. Die kaltblütigen Worte ihres Ehemanns hatten sie bis ins Mark getroffen und sie erbrach sich mit einem abrupten Würgen. Magensäure spritzte Schultenhöfer vor die Füße und er grinste. Er ergötzte sich förmlich an dem Anblick und konnte sich nicht satt genug sehen.

»Hast du eigentlich eine Ahnung, wie lange ich mich auf diesen verdammten Augenblick gefreut habe? Jahrelange Plackerei für diesen einen Moment.« Er lachte bitter. »Erst habe ich meinen Namen völlig legal geändert wegen angeblichem Psychodruck durch die Geschichte mit meinem Alten. Danach die Quälerei auf der Polizeischule und die Bewerbung zum Kriminalbeamten.« Er verfiel fast in einen belustigten Plauderton. »Und dann musste ich nicht nur dich rumkriegen, ich musste auch diesen beschissenen Blümchensex mit dir veranstalten. Was meinst du, wie oft ich nach unserem Rumgekuschel im Puff so richtig die Sau rauslassen musste. Es grenzt an ein Wunder, dass mich dein Alter nicht öfter erwischt hat.« Er lachte höhnisch. »Aber wenn ich dich jetzt so sehe, hat sich jede verdammte Minute gelohnt. Du bist so ein erbärmliches Häufchen Elend! Ich würde am liebsten ein Selfie mit dir machen.«

Er tat so, als würde er das Selfie machen. Dann riss er plötzlich und ohne Vorwarnung einen kleinen Wegweiser neben sich aus der staubigen Erde. Seine blanke Wut hatte ihm schier unbändige Kräfte gegeben.

»Jetzt haben wir genug gequatscht«, presste er bedrohlich durch die gefletschten Zähne hervor. »Es ist an der Zeit, meinen Plan zu vollenden und unsere gemeinsame Reise zu beenden!«

Er hielt den Pfahl furchteinflößend über dem Kopf und wirbelte ihn mehrfach durch die Luft. Isabell hatte sich vom Erbrechen kaum erholt und war dennoch bis zum Äußersten angespannt. Sie fixierte ihn und wagte es nicht einmal mehr zu blinzeln.

Plötzlich ging Schultenhöfer zum Angriff über und schlug mit dem Pfahl wild um sich. Seine Augen waren voller Hass, als er zum finalen Schlag ausholte, um sie über die Klippen zu befördern.

Noch bevor er zuschlagen konnte, sprang Isabell blitzartig in die Luft und nahm all ihre Kraft zusammen. Sie trat ihm bei der Landung wuchtig von oben auf die Kniescheibe, sodass er einknickte und versetzte ihm gleichzeitig mit beiden Armen einen gewaltigen Stoß auf die schutzlose Brust.

Schultenhöfer war vollkommen perplex und überrumpelt. Er starrte sie mit weit aufgerissenen Augen an, während er panisch auf der Felsenkante nach Halt suchte.

Durch den Schlag auf die Brust war ihm die Waffe aus der Hand gefallen und er ruderte mit beiden Armen unkontrolliert in der Luft. Verzweifelt versuchte er das Gleichgewicht zu halten und Todesangst spiegelte sich in seinem Gesicht wider.

Isabell war nach ihrem Angriff eine Armlänge von ihm entfernt direkt neben dem Pfahl gelandet. Geschwind sprang sie auf und stand direkt vor Schultenhöfer, der sie feindselig anstarrte.

»Du widerst mich an«, sagte sie in ruhigem Ton und fügte flüsternd hinzu: »Guten Flug.«

Dann stieß sie ihn mit dem Wegweiser in der Hand endgültig über die Kante.

Unendlicher Hass lag in seinen Augen, als er sein Schicksal begriff und gnadenlos dem Flussbett entgegenrauschte.

Schultenhöfer verstarb vor dem finalen Aufprall im Kiesbett, denn sein Kopf prallte während des Flugs dreimal mit voller Wucht gegen vorstehende Felskanten. Als er endlich unten aufschlug, wurde sein Blut sofort gierig von den weißen Kieseln aufgesogen und der Schall des Aufpralls hallte sanft durch die Schlucht. Er war auf dem Rücken gelandet und seine aufgerissenen Augen fixierten leblos die Felskante, von der er vor wenigen Augenblicken abgestürzt war.

Dort unten war es plötzlich ungewohnt windstill und es schien eine geradezu friedliche Ruhe zu herrschen.

Isabell stand wie angewurzelt auf den Klippen der Schlucht und hatte sich bisher nicht vom Fleck gerührt. Sie zitterte am ganzen Leib und durchlebte die Szene immer und immer wieder vor ihrem geistigen Auge. Der Moment, als ihr Ehemann in die Schlucht stürzte und dabei ein fürchterliches Gurgeln von sich gab, würde sie nie wieder loslassen.

Nach vielen quälenden Minuten ging sie schließlich auf die Knie und schob sich vorsichtig auf die Felskante zu. Sie nahm die Kamera mit ihren gemeinsamen Fingerabdrücken, hielt sie über das Flussbett, zoomte Richtung Ozean und drückte auf den Auslöser. Sie hatte den atemberaubenden Anblick in einem perfekten Foto festgehalten. Ein touristischer Leichtsinn, der auf der Speicherkarte mit Datum und Uhrzeit für die Nachwelt gespeichert war. Der perfekte Zeuge und das perfekte Alibi. Sie warf die Kamera schließlich in Richtung des leblosen Schultenhöfers ins ausgetrocknete Flussbett und hörte sie in dessen Nähe aufprallen und zerbersten.

Bis das der Tod euch scheidet.

Langsam erhob sie sich und klopfte die staubige Erde von ihrer Hose und ihrem Oberteil ab. Sie setzte die Sonnenbrille auf und machte sich schließlich auf den Weg zu ihrem Campingplatz, um von dem tragischen Unfall ihres Ehemanns zu berichten, der auf der Suche nach dem schönsten Urlaubsfoto den Halt verloren hatte.

Epilog

Das Stroboskop zuckte durch das Kellergewölbe und leichter Nebel hing unter der Decke. Dicke Bässe wummerten unter dem Rathaus und drangen bis nach draußen, wo die Halloweendekoration im kühlen Wind an der Fassade hing.

Hier unten war es bullig heiß und knüppelvoll. Menschen drängten sich dicht um die Bar und die Tanzfläche war ebenfalls gut besucht.

Daske schwitzte und sein Hemd hatte bereits dunkle Flecken am Rücken. Er gab sich vollkommen der Musik hin und strahlte über das ganze Gesicht. Ausgelassen bewegte er sich zwischen den Feiernden und sang nahezu textsicher und aus voller Kehle den Refrain mit.

Die 80er waren seine Zeit gewesen.

In der einen Hand hielt er eine Whiskey-Cola und in der anderen Hand hielt er Dagmar an seinem ausgestreckten Arm. Die wunderschöne Daggi. Er zog sie zu sich heran und sie tanzten engumschlungen während des nächsten Liedes.

Nachdem sie sich in eine hintere Ecke zurückgezogen und etwas geknutscht hatten, verabschiedete sich Dagmar kurz, um sich den Lippenstift nachzuziehen.

Was für ein toller Abend.

Er hatte sie vor ein paar Wochen auf dem Altstadtmarkt bei einem Glas Wein kennengelernt und es hatte sofort gefunkt. Nachdem sie ein paar Mal essen gewesen waren, war der heutige Tanzabend ihre Idee gewesen.

Wenn das was Ernstes wird, würde er sich bald eine schickere Bleibe suchen müssen. In seine kleine, verrauchte Bude neben dem Puff könnte er sie jedenfalls nicht mitnehmen.

Daggi hatte schließlich Klasse und Stil.

Daske grinste wie ein Honigkuchenpferd, als sich Isabell zu ihm an den Tisch gesellte.

»Ich habe mich schon gewundert, wo du abgeblieben bist«, rief sie ganz nah an seinem Ohr.

»Ich musste mich nur kurz von meiner Tanzeinlage erholen.« Er lachte verschmitzt, während er an Dagmars heißen Atem an seinem Hals dachte.

Seine Tochter holte zwei Sektgläser hinter ihrem Rücken hervor und reichte ihm eins.

»Ich habe heute einen Brief von der australischen Staatsanwaltschaft erhalten«, sagte sie unvermittelt. »Sie haben die Ermittlungen zu seinem Tod endgültig abgeschlossen. Für die Behörden war es ein Unfall mit Todesfolge. Ich ...«

Mehr musste sie nicht sagen. Es war endlich vorbei.

Er drückte seine Tochter ganz fest an sich. Sie hatten es überstanden.

Daske fiel ein Stein vom Herzen.

Sie prosteten einander zu und leerten ihre Gläser in einem Zug.

»Das verlangt nach dem besten Whiskey, den sie hier haben. Auf einem Bein kann man schließlich nicht stehen.«

Als Daske mit den Drinks von der Bar zurückkehrte, sah er, dass Dagmar und Isabell sich angeregt unterhielten. Seine Freundin hatte vertraut eine Hand auf Isabells Hand gelegt und sie lachten herzlich miteinander.

Als er sich wieder zu ihnen gesellt hatte, vibrierte sein Handy auf dem Tisch.

Es war Timmermans. Die neue Leiterin der Mordkommission.

Daske nahm das Handy und schaltete es aus.

Dieser Abend gehört einzig Daggi und Isabell.

Danksagung

Danke ...

... an meine Frau Lina und meinen Sohnemann Felix. Ihr habt mich meine kreativen Phasen ausleben lassen, habt immer an mich und meinen Traum vom eigenen Krimi geglaubt und mich (nicht nur mit medizinischem Wissen) unterstützt. Ohne euch und den Rest der Familie wäre dieses Buch nicht möglich gewesen. Ich liebe euch.

... an meinen nimmermüden Testleser Michael »Ritchy« Richter. Dein offenes Ohr, die anregenden Diskussionen und deine Ratschläge waren mir sehr wichtig.

... an meine großartige Lektorin Daniela Guse, an die wunderbare Marion Stadler für den stetigen Austausch und an die ganze Empire Familie – allen voran Nicole und Thomas.

... an die beste Tanzkapelle 'Sondaschule'. Einfach nur abgefahren, dass ihr den Krimi eröffnet. Und an 'Mr. John Porno himself' Marcus Schönhoff für den Kontakt.

Abschließend möchte ich mich bei den Ruhrfestspielen, dem Drübbelken, der Hausbrauerei Boente sowie den Recklinghausen Chargers für die netten Kontakte und Gespräche bedanken.